# dtv

Die beiden jungen Kommissarinnen Emilia Capelli und Mai Zhou werden an den Tatort eines mysteriösen Doppelmordes gerufen: Im vierzehnten Stock eines Frankfurter Luxushotels liegen die Leichen des Unternehmers Peter Klatt und seiner Frau Ramona. Beide wurden durch einen gezielten Schuss in die Stirn getötet. Das etwa zehnjährige asiatische Mädchen, das sie bei sich hatten, ist zunächst unauffindbar. Noch im Hotel läuft jedoch das völlig verstörte Kind Emilia in die Arme. Die Kleine scheint unversehrt, schweigt aber beharrlich. Eine mehr als ungute Situation: Die einzige Zeugin spricht nicht, und auch sonst gestalten sich die Ermittlungen zäh. Dann scheint endlich Bewegung in den Fall zu kommen: Onkel und Tante des Mädchens, der chinesische Geschäftsmann Sun Chang und seine Frau Wu Yuen, melden sich bei der Polizei. Doch noch während Em und Zhou die beiden befragen, verschwindet Kaylin erneut …

Zum zweiten Mal lässt die Abteilung für Kapitaldelikte der Zentralen Kriminaldirektion Frankfurt am Main das erfolgreiche Team um Capelli und Zhou in einem Fall von höchster Brisanz ermitteln: Sie müssen Kaylin finden, bevor es der Mörder tut. Jede Minute zählt.

*Judith Winter*, 1969 in Frankfurt am Main geboren, studierte Germanistik und Psychologie in Berlin und Wien und arbeitete viele Jahre in einem renommierten wissenschaftlichen Institut, bevor sie sich selbstständig machte. Nach Aufenthalten in Mailand und Paris lebt sie heute mit ihrer Familie in Konstanz.

# Judith Winter
# Lotusblut

Thriller

Deutscher Taschenbuch Verlag

Von Judith Winter
ist im Deutschen Taschenbuch Verlag erschienen:
Siebenschön (21489)

Ausführliche Informationen über
unsere Autoren und Bücher
finden Sie auf unserer Website
www.dtv.de

Originalausgabe 2015
© 2015 Deutscher Taschenbuch Verlag GmbH & Co. KG,
München
Umschlagkonzept: Balk & Brumshagen
Umschlaggestaltung: Wildes Blut, Atelier für Gestaltung,
Stephanie Weischer unter Verwendung von Fotos von
Arcangel Images
Satz: Greiner & Reichel, Köln
Gesetzt aus der Stempel Garamond 9,5/12,4
Druck und Bindung: Druckerei C.H.Beck, Nördlingen
Gedruckt auf säurefreiem, chlorfrei gebleichtem Papier
Printed in Germany · ISBN 978-3-423-21569-5

*Ein guter Ninja hat keinen Geruch, keinen Namen,
und alle, die von ihm wissen, fragen sich,
ob er überhaupt je existiert hat.*

# Prolog

Badesee in der Nähe von Frankfurt,
Sommer 1994

Der See hockt in seiner Senke wie ein dicker, zufriedener Frosch.

Über dem grün glitzernden Wasser flirrt die Hitze. Die Luft des Spätnachmittags ist weich wie Butter und erfüllt vom Summen unzähliger Insekten. Die Augustsonne malt lange Schatten auf den Weg der beiden Mädchen, als sie in ihren dünnen Sandaletten die flache Böschung hinunterstolpern.

»Herrgott noch mal, Mellie!« Das Mädchen in den abgerissenen Jeansshorts blickt sich ungehalten nach ihrer Freundin um. Unter ihren Sohlen knirscht bereits der Uferkies. »Wo bleibst du denn?«

»Ich komm ja schon.«

»Los!«

Mellies Wangen sind tiefrot, und sie sieht aus, als ob sie jeden Augenblick schlappmachen würde. Doch diese Blöße will sie sich nicht geben. Sie weiß viel zu genau, was die wilde Emilia von ihr hält. Und auch, dass sie sich praktisch nie mit Mädchen abgibt. Dass ausgerechnet sie die Ausnahme ist, erfüllt Mellie mit Stolz und lässt sie durchhalten. Trotz der Hitze. Trotz des brennenden Dursts. Warum hat sie auch nicht daran gedacht, sich etwas zu trinken einzustecken? Es ist ein langer Weg bis zum See. Und jetzt, kurz vor dem Ziel, bekommt sie auf einmal Angst. Vor dem Wasser, von dem niemand genau weiß, wie tief es ist. Vor der Stille, die im dichten Gesträuch klebt wie Pattex.

Eine Stille, die nichts durchdringen kann.

Nicht einmal ein Schrei ...

Mellie sieht ihre Arme an, die urplötzlich von einer dicken Gänsehaut überzogen sind. Und am liebsten würde sie einfach wegrennen.

Doch ein paar Meter vor ihr hat die unerschrockene Emilia bereits ihr T-Shirt abgestreift. Darunter trägt sie einen hellblauen Badeanzug. Ihre Haut ist braungebrannt von langen Tagen im Freien. Die Sommerferien sind fast zu Ende. Nur noch wenige Tage, dann geht die Schule wieder los. »Was ist?«, fragt sie mit verächtlich herabgezogenen Mundwinkeln. »Hast du Schiss?«

Mellies Blicke irren über den Steg. Es gibt auch eine richtige Badebucht, doch die liegt am anderen Ufer des Sees. Bis dorthin wäre es eine weitere Dreiviertelstunde Fußmarsch. Viel zu viel, um rechtzeitig zu Hause zu sein.

Wahrscheinlich kommen sie auch so schon zu spät.

Mellies Augen bleiben an den Zeigern ihrer Armbanduhr hängen. Ein Geburtstagsgeschenk von ihrer Mutter.

»Die ist nicht wasserdicht«, konstatiert Em, in Gedanken schon beim nächsten Thema, obwohl Mellie ihre Frage noch gar nicht beantwortet hat. »Nimm sie lieber ab, sonst ist sie hin.«

»Okay.« Ihre schweißnassen Finger kämpfen mit dem Armband. »Guck mal«, sagt sie, um von sich und ihrer Ungeschicklichkeit abzulenken. »Da drüben sind Brombeeren.«

Der Blick, den ihre Freundin ihr zuwirft, ist vernichtend.

*Wir sind nicht hergekommen, um blöde Brombeeren zu sammeln ...*

Mellie ignoriert den unausgesprochenen Tadel und zupft trotzig ein paar Beeren von der Ranke, die in ihren Weg ragt. »Probier doch mal! Die sind voll lecker!«

Einen Moment lang sieht Em so aus, als würde sie explodieren. Aber sie hat auch Durst. Klar, immerhin sind sie schon seit zwei Stunden unterwegs. Und bei dieser Hitze ist das selbst für eine Draufgängerin wie Emilia Capelli kein Pappenstiel.

Woher ihre Freundin die Energie nimmt, von morgens bis abends durch Felder, Wald und Wiesen zu streifen, ist Mellie völlig schleierhaft. Sie selbst würde sich am liebsten irgendwo in einer kühlen Ecke verkriechen und ein Buch lesen.

»Und?«, fragt sie.

»Hm«, brummt Em, den Mund voller Beeren. »Sind ganz gut.«

Für ihre Verhältnisse ein dickes Lob …

Mellie wischt sich eine Biene aus dem Haar. Ihr Vater nennt den Farbton Kastanienbraun, was in erster Linie einer unerschütterlichen Portion elterlicher Liebe geschuldet ist. Ihre Klassenkameraden werden da schon deutlicher: »Rote Zora« gehört definitiv noch zu den freundlicheren Spitznamen. Seltsamerweise muss sie ausgerechnet jetzt daran denken, dass der italienische Nachname »Capelli« wörtlich übersetzt so viel wie »Haare« bedeutet, und sie überlegt, ob sich die wilde Emilia wohl auch in der nächsten Woche noch mit ihr abgeben wird. Wenn die Jungs wieder da sind …

Ihre Freunde.

Sie hebt den Kopf, als Em neben ihr plötzlich stutzt. Sie kaut noch immer, doch ihr Blick ist auf eine Stelle hinter den Brombeeren gerichtet. Aufs Wasser.

Mellie dreht sich um. Von jetzt auf gleich ist da ein Loch in der Luft. Eine Art Vakuum, das alles ringsum zu ver-

schlingen droht. Schutz suchend hebt sie die Hand an die Stirn, die heiß ist. So heiß, dass sie kaum denken kann.
»Was ist?«
»Fühlst du das auch?«, fragt Em anstelle einer Antwort. Ihre Muskeln sind bis zum Zerreißen gespannt, der schmale Körper straff und sehnig.
»Lass uns gehen«, flüstert Mellie.
»Warte mal...«
»Nein, bitte.« Sie krallt die Finger in den Arm ihrer Freundin. »Komm weg hier. Ich...«
Doch Em steht da wie angewurzelt.
Mellie hat keine Ahnung, was sie tun soll. Sie weiß nur, dass sie fortwill. Zurück. Nach Hause. Ein Stück entfernt fliegen ein paar Enten auf. Ihr wütendes Geschnatter verfängt sich im dichten Ufergebüsch.
»Em...«
»Was?«
»Guck!«
Der Junge treibt mit dem Gesicht nach unten im flachen Wasser. Als ob er an dieser völlig unpassenden Stelle vom Schlaf übermannt worden wäre. Sein Blondhaar ist ein wenig zu lang und sieht im hellen Sonnenlicht aus wie flüssiges Gold. Die Wellen wiegen den Körper sanft hin und her.
»Ist er...« Ihre Stimme klingt dünn und piepsig, und wieder ist ihr erster Gedanke, dass Em jetzt glaubt, dass sie keine Courage hat. »Glaubst du, er ist verletzt oder so?«
»Ja«, antwortet Em mit seltsamem Unterton. »Oder so...«
»Sollen wir Hilfe holen?«
Ein vielsagender Blick. »Hier ist doch keiner.«
»Wir könnten nach Hause laufen und...«
»Nein«, sagt Em, die längst entschieden hat. So wie immer. »Zuerst müssen wir ihn aus dem Wasser ziehen.«

»Du willst ihn anfassen?« Mellies Stimme wird schrill, doch Em packt ihr Handgelenk mit eisernem Griff.

»Du kommst mit!«

»Nein.«

»Oh doch!«

Ihr Griff ist gnadenlos, ihre Miene hart wie Stahl. Als ob das, was hier geschieht, mit ihr nicht das Geringste zu tun hätte. Als ob sie dergleichen alle Tage täte.

Mellie wehrt sich nach Kräften, aber gegen Emilia Capellis eiserne Entschlossenheit hat sie keine Chance. Schließlich gibt sie auf und lässt sich einfach mitziehen.

Das Wasser ist knietief und eisig kalt.

Sie sprechen kein Wort. Seite an Seite waten sie dem leblosen Körper entgegen, und mit jedem Schritt, den sie machen, treten die Geräusche, die sie umgeben, weiter in den Hintergrund. Das Geschnatter der Enten reißt ab. Die Tannen rauschen nicht mehr. Der See scheint verstummt. Und auch die Wellen, die den schlaffen Körper sanft hin und her wiegen, haben kein Geräusch.

Es ist, als halte irgendwer der Welt den Mund zu.

»Bitte nicht!«, flüstert Mellie, als Em die Hand ausstreckt und den Jungen an der Schulter berührt.

Doch ihre Freundin ist nicht zu stoppen.

Eine kupferfarbene Wolke steigt ihnen entgegen, als der Körper des Jungen auf Ems Berührung hin sacht zur Seite gleitet.

Sie sind zehn Jahre alt, und sie haben nie zuvor einen Toten gesehen.

# EINS

*Was du auch tust, tue es mit ganzem Herzen.*
Konfuzius

# I

```
Frankfurt, Diplomatenviertel, Villa von Sun
Chang, 14.13 Uhr
```

Es ist schon einmal jemand hier gewesen.

In diesem Haus. In diesem Raum.

Sie kann es fühlen. Und sie weiß auch, dass es ein Mädchen gewesen ist. Ein Mädchen wie sie.

Sie kennt ihren Namen nicht. Aber manchmal, wenn es ganz still ist, kann sie ihre Gegenwart spüren. Als würde sie leise aus einer der Wände treten und sich neben sie auf die Bettkante setzen. Allerdings kommt sie nur aus ihrem Versteck, wenn alle fort sind. Sie wartet geduldig, bis sich die Haustür hinter Wu geschlossen hat und der schwarze Porsche langsam aus der Garage rollt. Zum Glück vollziehen sich Wus Abgänge nach einem ewig gleichen Muster: Zuerst das Klirren ihres Schlüsselbunds unten in der Halle, die schwindelerregend hoch und kalt und leer ist. Dann Wus Schritte, zielstrebig und schnell. Sie geht immer, als ob jemand hinter ihr her wäre. Allerdings bewegt sie sich auch in Eile stets unauffällig.

Und sie trägt niemals Schuhe, die Lärm machen.

Aber das macht nichts.

Kaylin hat Ohren wie ein Luchs. Sie hört die Bewegungen der Frau, die von ihr verlangt, dass sie »Tante Yuen« zu ihr sagt, ganz egal, wo sie sich gerade befindet. Als ob sie einen eigenen Sinn hätte, einzig und allein dafür. Für Wus Schritte.

Gerade hat sie den Gang neben der Küche erreicht, von

wo aus eine Verbindungstür direkt in die Garage führt. Kaylin hört, wie die Schlösser des Porsche aufschnappen. Das leise Klicken, als der Sicherheitsgurt einrastet. Und auch das satte Schmatzen, als sich das automatische Garagentor in Bewegung setzt, um Wu und ihr Lieblingsspielzeug hinaus in den Regen zu spucken.

Der Motor schnurrt die lange, nasse Auffahrt hinunter.

Seit den frühen Morgenstunden schüttet es wie aus Eimern. Doch das stört Kaylin nicht weiter. Sie mag Regen. Sogar hier, in diesem seltsamen, dunklen Land, das noch im hellsten Sonnenlicht den Eindruck macht, als habe ihm irgendwer eine riesige Kapuze übergestülpt.

*Wasser steht für Weichheit und Ausdauer*, sagt Thien. Er war ihr Lehrer, bis Chang ihn aus dem Haus geworfen hat. *Es steht für den steten Tropfen, der den Stein höhlt. Aber auch für den Wandel. Den Beginn von etwas Neuem.*

Kaylin stutzt. Der Beginn von etwas Neuem ...

Der Porsche stoppt vor dem Haupttor. Wu drückt auf den Knopf neben dem Armaturenbrett, und das alte schmiedeeiserne Gitter gleitet ehrfürchtig zur Seite.

Doch nur wenige Augenblicke später hält der Wagen erneut.

Kaylin lächelt. Anders als Chang setzt Wu ihre Fahrt niemals fort, solange das Tor in ihrem Rücken auch nur eine Handbreit offen steht. Eine alte Gewohnheit vielleicht. So wie vieles andere, was Wu tut.

Die beiden Torflügel knirschen, als sie wieder in ihrer Verankerung im Boden einrasten.

Allerdings scheint heute Nachmittag viel Verkehr zu sein.

Wu muss warten.

Kaylins Blick sucht das Fenster. Von den Blättern des wilden Weins, der das alte Gemäuer umrankt, tropft der Regen, und der Park wirkt verschwommen. Wie, wenn man durch eine beschlagene Glasscheibe blickt. Sie hat früh gelernt, sich nicht zu rühren. Nicht einmal, wenn ihr das Herz bis zum Hals schlägt.

So wie jetzt ...

Irgendetwas ist anders heute, das fühlt sie genau. Etwas, das sie nicht greifen kann. Und doch ist es da. Dieses dumpfe, unbestimmte Gefühl, dass etwas geschehen wird. Etwas, das wichtig ist. Vielleicht sogar gefährlich.

Unwillkürlich tasten ihre Finger nach dem Saum ihres Unterhemdes. Dort, in einem Loch in der Naht, versteckt sie ihren Dzi, den heiligen Stein mit den zwölf Augen. Wo genau sie ihn herhat, kann sie nicht sagen. Die Erinnerung an diese Zeit ihres Lebens ist wie weggesperrt, an einem fernen Ort, zu dem sie keinen Zugang mehr hat. Aber sie weiß, dass Dzi-Steine über große Kräfte verfügen. Sie schützen ihre Träger vor allem Übel, und wenn man den Umgang mit ihnen beherrscht, kann man angeblich sogar Drachen lenken.

Ein paar hundert Meter entfernt, an der Straße, gleitet nun endlich der Porsche über den Bordstein und fädelt sich in den fließenden Verkehr ein. Eine winzige Unregelmäßigkeit im Surren des Motors verrät ihr, dass Wu in den nächsthöheren Gang geschaltet hat. Nur Sekunden später hat sich ihre Spur im Lärm der Großstadt verloren.

Trotzdem bleibt Kaylin vorsichtshalber noch ein paar Minuten auf der Bettkante sitzen.

Mit jeder Sekunde, die verstreicht, vertieft sich die Stille des Hauses. Sie wird größer und größer und nimmt dabei Gestalt an. Wie ein riesiger, zotteliger Bär, der träge aus seinem Schlummer erwacht, weil er spürt, dass die Wächter fort sind.

Kaylin hört sein Schnauben, als sie sich leise und sacht von der Bettkante erhebt. Sie streift sich die Hausschuhe von den Füßen und spürt den weichen Flor des Teppichs.

Der Bär öffnet ein Auge und blinzelt ihr zu.
*Freie Bahn!*
Kaylin lächelt. Dann geht sie langsam auf die Wand zu ...


2


Ärztehaus Westend, 16.53 Uhr

»Da sind sie.« Peter Klatt sprach leise, obwohl sie allein im Auto saßen. Trotzdem zuckte seine Frau neben ihm auf dem Beifahrersitz unwillkürlich zusammen.

»Ja, da sind sie«, sagte sie, als der silberne Lexus langsam und bedächtig an ihnen vorüberglitt.

Ihre Stimme verriet nicht, was sie fühlte. Aber Klatt kannte sie lange genug, um zu hören, dass sie fast umkam vor Angst.

Er ließ das Steuer los und sah sie an. »Wir können uns immer noch dagegen entscheiden.«

»Ich weiß.«

»Was heißt das?«

Sie seufzte. »Es hat keinen Zweck, die Augen zu verschließen.«

»Wir könnten einen Koffer packen ...« Es war ein Vorschlag, zu dem er sich irgendwie verpflichtet fühlte. Auch wenn sie beide nur zu gut wussten, dass er sinnlos war. Die Entscheidung war gefallen. Es gab kein Zurück. »Rein theoretisch könnten wir schon morgen Abend irgendwo am Strand sitzen, Eistee trinken und aufs Meer schauen.« Seine Hand legte sich sanft auf ihren Oberschenkel. »So wie damals.«

Die Erinnerung an glücklichere Zeiten zauberte ein flüchtiges Lächeln auf ihre Lippen.

»Wir würden schon irgendwie klarkommen, finanziell.« Er schluckte trocken. »Es gibt immer einen Weg.«

»Herrgott noch mal, Peter.« Das vertraute Blau ihrer Augen traf ihn mitten ins Herz, als ihr Kopf plötzlich herumfuhr. Klatt sah tiefe Besorgnis. Aber auch noch etwas anderes. Etwas, das ihm Angst machte.

»Was denn?«

»Wir haben eine Verantwortung.«

»Natürlich«, stimmte er ihr zu. »Aber diese Verantwortung tragen wir doch zuallererst für uns selbst, meinst du nicht?«

Sie drehte den Kopf weg. Vielleicht, weil sie innerlich genauso schwankte wie er selbst. »Das haben wir doch alles schon hundertmal besprochen«, sagte sie trotzig.

»Aber es wäre …«

»Nein.«

Und auf einmal klang sie wieder so unerschrocken, wie er sie kannte.

Das war der Moment, in dem die Tür hinter ihnen endgültig ins Schloss fiel. Er spürte es. Und er hatte alle Mühe, nicht zu weinen. Schnell blickte er wieder auf die regennasse Straße hinaus. »Ausgerechnet heute muss so ein Mistwetter sein.«

Ramona zuckte die Achseln. »Wer weiß, wozu es gut ist.«

Wie aufs Stichwort sprang hoch über ihren Köpfen in diesem Augenblick die Straßenbeleuchtung an, und automatisch sah Klatt auf die Uhr neben dem Tacho. Doch es war tatsächlich erst wenige Minuten vor fünf. Seine Augen suchten das Nummernschild des Lexus. Sie waren immer auf die Minute pünktlich, obwohl Pünktlichkeit ja angeblich eine ur*deutsche* Eigenschaft war. Aber auch in diesen

Dingen schien sich in den letzten Jahren eine ganze Menge verschoben zu haben. Er drehte den Kopf. Das Profil seiner Frau spiegelte sich in der Scheibe des Seitenfensters, gebrochen in Hunderten von Regentropfen. Klatt hörte, wie sie auf das Mercedesdach prasselten. Ein stetes, gleichmäßiges Geräusch, das sich vertraut anfühlte. Die Tropfen trafen die Motorhaube und zerstoben auf dem glänzenden schwarzen Lack, um sich anschließend sofort wieder zu winzigen Bächen zu vereinigen, die links und rechts des Wagens auf die Straße rannen. In die Gosse. Er fuhr Mercedes, seit er es sich leisten konnte. Das waren nun immerhin sechsunddreißig Jahre. Aber erst vor kurzem war ihm klar geworden, dass selbst dieser Umstand etwas über ihn verriet. Dass er Solidität schätzte, zum Beispiel. Und dass er gern auf Nummer sicher ging. Er legte den Kopf in den Nacken und hätte am liebsten laut losgelacht. Auf Nummer sicher! Wenn das kein guter Witz war!

»Was ist?«, fragte seine Frau, der auch diese Regung nicht entgangen war.

Klatt schüttelte den Kopf. »Nichts«, sagte er.

Dann spähten sie beide wieder zum Eingang des achtstöckigen Geschäftshauses hinüber.

Auf der tadellos sauberen Fassade hatten sich Sprayer mit ausladenden Graffitis verewigt, doch ein großer Teil davon war bereits wieder überpinselt worden. In einer so vornehmen Gegend wie dieser konnte sich niemand leisten, bei so etwas lange zu fackeln. Allerdings machte der Regen dem unbekannten Restaurateur einen Strich durch die Rechnung: Auf dem Deckel des verlassenen Farbeimers perlten dicke Tropfen, und auch auf der Plastikplane, die den Bordstein vor Farbspritzern schützen sollte, stand das Wasser in trüben Pfützen. Klatts Blick blieb an einem stilisierten Drachenkopf hängen, der noch unter der frisch aufgetragenen Farbe zu erkennen war. Zwischen den Augen des Tieres, die erstaunlich plastisch funkelten, war der Knauf eines blutigen Dolches zu erkennen.

Der Lexus hatte unterdessen wenige Meter vom Eingang entfernt am Straßenrand gehalten und die Warnblinkanlage eingeschaltet. In wenigen Augenblicken würde er dort hinten um die Ecke verschwinden, um irgendwo im Verborgenen darauf zu warten, dass die Frau auf dem Beifahrersitz ihn zurückrief. Zweimal war Klatt dem Wagen gefolgt, doch im dichten Gewühl des Frankfurter Feierabendverkehrs hatte er ihn beide Male schnell aus den Augen verloren.

»Es ist die Dicke«, konstatierte seine Frau, als eine vollschlanke Asiatin aus dem Wagen stieg.

»Ist das gut?«

Sie nickte. »Die andere ist immer viel nervöser.«

Klatt nickte auch. Gleichzeitig überlegte er, ob eine besonnene Begleitperson tatsächlich ein Vorteil war. Doch er kam nicht dazu, länger darüber nachzudenken. Er spürte, wie sich die Muskeln seiner Frau verspannten. Das korpulente Kindermädchen hatte ein Schreiben aus der Handtasche gezogen und schickte sich an, die hintere Autotür zu öffnen. Die auf der Beifahrerseite ...

Klatt merkte, wie ihm der Atem stockte. Irgendwie hatte er bis zuletzt darauf gehofft, dass etwas dazwischenkam. Dass die Nanny allein war. Dass irgendeine obskure höhere Macht verhinderte, was offenbar nicht zu verhindern war. Doch mit der kleinen Gestalt, die in diesem Augenblick aus dem verspiegelten Wagen stieg, war auch diese letzte, irrwitzige Hoffnung dahin. Nun gab es endgültig kein Zurück mehr. Kein Entrinnen.

Das Mädchen trug eine schwarze Wolfskin-Jacke mit Kapuze, so dass von seinem Gesicht fast nichts zu erkennen war. Seine zierliche Gestalt war kaum mehr als ein Schatten, der hinter der korpulenten Nanny herhuschte. Doch kurz vor der Tür blieb die Kleine plötzlich stehen. Abrupt, als habe ihr irgendwer von hinten an die Schulter gegriffen. Sie drehte den Kopf, und für den Bruchteil einer Sekunde konnte Klatt ihr direkt in die Augen sehen. Das warme Neonlicht, das aus dem Inneren des Gebäudes fiel, ließ die Iris in sattem Tiefblau schimmern, und der wache Blick des Mädchens schien geradewegs in seine Seele zu dringen.

Er begann zu zittern.

Doch da hatte sich die Kleine bereits abgewandt und folgte ihrer Betreuerin in die Wärme hinter der gläsernen Automatiktür.

Klatt wischte sich mit dem Jackenärmel über die schweißnasse Stirn. »Glaubst du, sie hat uns gesehen?«

»Ach was. Und selbst wenn ... Sie kennt uns doch gar nicht.«

Ein Argument, dem er wenig entgegenzusetzen hatte. Trotzdem hatte sich der klare Blick des Kindes mit beunruhigender Schärfe in sein Bewusstsein gebrannt und verstärkte die bange Ahnung drohenden Unheils, die seit Stunden wie ein Bleigewicht auf ihm lastete. »Vielleicht sollten wir doch lieber ...«, setzte er an.

Aber seine Frau hatte bereits die Autotür geöffnet und trat in den strömenden Regen hinaus. »Wünsch mir Glück«, sagte sie, indem sie sich noch einmal kurz zu ihm in den Wagen beugte und ihm in einer seltsam förmlichen Geste die Hand hinstreckte.

Er griff danach und hielt sie fest. Ein kurzer Moment des Friedens, der sich wie ein sanftes Herbstlicht auf ihre aufgepeitschten Gemüter legte.

Dann zog sie die Hand zurück und ging mit grimmiger Entschlossenheit auf die erleuchtete Tür zu.

Seine Augen folgten ihren Füßen, die klein und zierlich waren wie alles an ihr. Sie trug an diesem Nachmittag schwarze Pumps.

»Gib acht auf dich«, flüsterte er ihr nach.

Doch sie war bereits hinter dem Glas der Eingangstür verschwunden.

### 3

Hotel Rothschild Plaza, 14. Etage, 21.01 Uhr

Der Drache ist erwacht.

Er pirscht sich heran. Unaufhaltsam wie ein Schicksalsschlag.

Kaylin kann seinen Atem spüren, auch wenn bislang kein Laut verrät, dass er da ist. Aber von etwas so Trügerischem wie Stille hat sie sich noch nie täuschen lassen. Dazu kennt sie den Drachen viel zu gut. Ihr Blick sucht das Gesicht der Frau, die auf dem Sofa eingenickt ist. Vor lauter Stress. Dabei hat sie zuerst einen so starken Eindruck gemacht. Viel stärker als der Mann, dessen Hände am Steuer gezittert haben. Doch seit sie hier sind, in diesem Zimmer, das die Angestellte an der Rezeption als »Junior-Suite« bezeichnet hat, scheint der Akku der Fremden leer zu sein. Als habe irgendwer sie einfach ausgeknipst.

Eine tiefe Falte zwischen ihren Augen verrät, dass ihre Sorgen sie selbst jetzt, im Schlaf, nicht loslassen. Ihre Augen bewegen sich rastlos unter den dünnen Lidern. Und die Haut um ihre Lippen ist weiß wie frisch gefallener Schnee. Der Mann nennt sie »Sandra«, aber das ist nicht ihr richtiger Name. Kaylin merkt es an der Art, wie sie auf diese Anrede reagiert. Und auch daran, wie der Mann den Namen ausspricht. Fremd klingt das. Und sperrig. Als ob es ihn viel Überwindung koste, sie so zu nennen.

Kaylin dreht den Kopf und sieht ihn an.

Er bemerkt es sofort und erwidert ihr Lächeln. Er hat gute Instinkte. Er spürt immer, wenn sie ihn ansieht. Und er weicht ihrem Blick nie aus, obwohl er nach wie vor sehr nervös ist. Kaylin überlegt, ob sie ihn auf das, was sie fühlt, aufmerksam machen soll. Auf den Drachen, der unaufhaltsam näher kommt. Auf die Gefahr, die ihm droht. Vielleicht, denkt sie, ist er einfach zu beschäftigt mit seinen Sorgen, um zu spüren, was ich spüre.

Er hat sich unterdessen wieder in sein Buch vertieft. Ein Kalender, nach allem, was sie sieht. Aber ihm ist bewusst, dass sie ihn noch immer anschaut.

Sie mag ihn. Sein volles weißes Haar und die klaren grauen Augen. Und sie mag auch die Art, wie er mit ihr umgeht. Genau genommen ist er seit langem der Erste, der sie wirklich ernst nimmt. Außer Thien vielleicht. Aber sogar der hat sie hin und wieder wie ein Kind behandelt. Trotz der vielen Gespräche, die sie miteinander geführt haben. Trotz allem, was sie ihm über sich erzählt hat.

Der Mann hält die Fernbedienung des Fernsehers hoch und schaut sie fragend an.

Kaylin schüttelt den Kopf, enttäuscht fast, dass er schon wieder auf Worte verzichtet. Der Klang seiner Stimme ist warm und beruhigend, trotz aller Anspannung. Leider hat er nicht viel gesprochen, seit sie vor über vier Stunden in sein Auto gestiegen ist. Nicht einmal mit seiner Frau.

Zwischen den beiden besteht eine ganz besondere Verbindung, das hat sie sofort gespürt. Eine tiefe, innige Verbundenheit.

Wie lange die beiden wohl verheiratet sind?

Kaylin dreht sich um und betrachtet die Hand der Frau. Ihr Trauring ist schlicht und aus Gelbgold, ohne Stein und ohne jeden Schnörkel. Ganz anders als der Schmuck, den Wu immer trägt ...

Instinktiv fasst sie nach der Kette um ihren Hals, an der ein winziges Amulett aus Jade baumelt. Es ist kaum größer als eine Fingerkuppe, und doch hat Kaylin immer das Gefühl, es liege wie ein Wackerstein auf ihrer Brust. Leider besteht Wu darauf, dass sie die Kette täglich trägt. Sogar in der Nacht. Obwohl das Amulett ihr Angst macht. Nicht nur, weil es von Wu ist. Da ist noch etwas anderes. Etwas, das sie sich beim besten Willen nicht erklären kann. Sie weiß nur, dass das Schmuckstück ihr das Gefühl gibt, sich etwas angeeignet zu haben, das ihr nicht zusteht …

Sie lässt die Kette los und sieht wieder die schlafende Frau an, die endlich ein wenig Ruhe gefunden zu haben scheint. Ihr Atem geht ruhig und gleichmäßig, und auch die Hände wischen nicht mehr ziellos umher, sondern liegen entspannt auf der Decke, die ihr Mann vor ein paar Minuten über sie gebreitet hat. Sie lag ganz oben in dem begehbaren Kleiderschrank neben dem Bad, und sie hat dieselbe Farbe wie die Vorhänge. Ein lichtes Türkis.

Kaylin liebt diese Farbe. Sie erinnert sie an das Wasser des Mapham Yutsho, jenes Sees ihrer Heimat, den sie nur ein einziges Mal gesehen hat und dessen Bild dennoch unauslöschlich in ihr Gedächtnis gebrannt ist. Wenn sie die Augen schließt, sieht sie ihn vor sich, sanft schimmernd vor dem majestätischen Weiß des heiligen Mount Kailash. Sein Wasser strahlt in reinstem Türkis, hell und kühl wie ein klarer Wintermorgen. Wer mit dem Wasser des Mapham Yutsho in Berührung kommt, gewinnt neue Kräfte.

Und Mut.

Und Zuversicht.

Schade eigentlich, denkt sie, dass Tibet so weit weg ist. Der Mann hinter ihr könnte ein bisschen Zuversicht gut gebrauchen, auch wenn er alles tut, damit man ihm genau das nicht anmerkt.

Nachdem seine Frau sie auf den Rücksitz seines Autos verfrachtet und vorschriftsmäßig angeschnallt hatte, war er zunächst ein ganzes Stück aus der Stadt herausgefahren. Kaylin hatte Bäume gesehen. Viele Bäume. Und dann hatten sie irgendwann angehalten, und der Mann hatte ein Handy aus der Brusttasche seines Jacketts gezogen. Es war nicht sein eigenes, das merkte man, denn er behandelte das Gerät wie einen lästigen Fremdkörper. Außerdem passte es auch nicht zu ihm. Kaylin hat keine Ahnung, was der Mann beruflich macht, aber er strahlt mit jeder Faser seines Körpers aus, dass er gut und erfolgreich ist in dem, was er tut. Da fügt sich ein schmuck- und funktionsloses Billighandy schlicht und einfach nicht ins Bild.

Er war ein paar Schritte in den Wald hineingegangen, und gleich darauf hatte Kaylin ihn leise sprechen hören. Und dann war er zurückgekommen und hatte ihr das Telefon ans rechte Ohr gehalten.

»Kaylin?«

Natürlich hatte sie Changs Stimme sofort erkannt. Aber sie war nicht sicher gewesen, wie sie reagieren sollte. Also hatte sie vorsichtshalber gar nichts gesagt.

»Kaylin? Bist du da? Geht es dir gut?«

Der Mann hatte ihr aufmunternd zugenickt und ihr dabei eine Hand auf die Schulter gelegt. Warm und sanft wie ein Vater.

»Ja«, hatte sie gesagt. »Ja, es geht mir gut.«

Changs Entgegnung hatte sie nicht mehr mitbekommen, denn der Mann hatte ihr das Handy wieder weggenommen und war im Wald verschwunden. Und seine Frau hatte eine Packung Schokowürfel aus ihrer Handtasche gezogen.

»Möchtest du?«

Kaylin hatte einen Moment gebraucht, um zu begreifen, dass die Frau Chinesisch mit ihr sprach. Lupenreines

Mandarin. Erst danach war sie in der Lage gewesen, den Kopf zu schütteln.

Die Frau hatte gelächelt. »Ist schon gut«, hatte sie gesagt. »Wir bestellen uns später noch was Richtiges beim Zimmerservice, ja?« Und beinahe entschuldigend hatte sie hinzugefügt: »Ich kann leider nicht viel in deiner Sprache sagen. Nur ein paar Worte.«

Danach hatten sie wieder geschwiegen. Kaylin hatte den Wind in den Kronen der Bäume gehört. Der Wind hatte den Regen vertrieben. Die Scheinwerfer des Mercedes hatten eine Schneise aus Licht in die Dunkelheit des Waldes geschnitten, und irgendwann war der Mann zurückgekommen und sie waren zurück in die Stadt gefahren. Hierher, zu diesem riesigen Haus mit den vielen Zimmern …

»Hast du Durst?«

Er ist aufgestanden und hält ihr eine Flasche Mineralwasser unter die Nase.

Sie schüttelt den Kopf.

Der Mann gießt ein Glas für sich selbst ein und setzt sich anschließend wieder zu seinem Kalender. Er wirkt verloren in dem großen Zimmer, in das er sie gebracht hat.

Ein großes Zimmer in einem großen Haus.

Fast wie in Changs Villa.

Und doch ist etwas anders als sonst. Kaylin atmet tief durch. Sie ist nicht mehr allein.

Die Frau hat ihr eine Tüte gegeben. Eine Tüte mit verschiedenen Puzzles, ein paar Comic-Heftchen und einer Lego-Packung. Außerdem Kuschelsocken, ein Nachthemd und frische Kinderunterwäsche. Noch immer hat sie keine Ahnung, was der Mann und seine Frau mit ihr vorhaben. Sie weiß nur, dass von den beiden keine Gefahr für sie ausgeht.

Die Gefahr ist anderswo.

Und sie kommt näher …

Ihre Augen bleiben an der weiß lackierten Tür hängen, und etwas dort draußen lässt sie den Atem anhalten. Schnell dreht sie sich wieder zu dem Mann um.

Er scheint es auch zu spüren, denn er sitzt mit einem Mal ganz vorn auf der Kante des Sessels, gewissermaßen sprungbereit und äußerst konzentriert.

Von einem Augenblick auf den anderen ist es totenstill. Dann beginnt die Luft zu knistern. Als jage irgendwer einen mächtigen Stromstoß durch die Atmosphäre.

Kaylin hört ihren eigenen Herzschlag.

Die ruhigen Atemzüge der schlafenden Frau.

Und vor der Tür ...

»Geh da rein«, flüstert der Mann, und weil er nicht weiß, ob sie ihn verstehen kann, unterstreicht er seine Anweisung mit Gesten. »Schnell!«

Doch Kaylin zögert.

Er nimmt ihre Hand. Eine warme Berührung, eindringlich, aber sanft. »Bitte.«

Sie tauschen einen Blick.

Im selben Moment klopft es an der Tür. »Zimmerservice.«

Ihre Augen bohren sich in die des Mannes. *Nicht aufmachen! Bitte!*

Er lächelt ihr zu. Ein Lächeln, das seine Angst nur unzureichend verbirgt. *Tut mir leid ...*

*Können wir uns nicht einfach verstecken?*

Ein Kopfschütteln. Mehr zu ahnen, als zu sehen. *Tut mir leid, aber das geht nicht.*

Er will ihre Hand loslassen, doch sie hält ihn fest. Beschwörend. *Nein! Bitte! Tun Sie's nicht!*

Er beugt sich zu ihr hinunter, und noch immer lächelt er. Als ob er sie beruhigen wolle. »Ist schon gut«, flüstert er und zeigt auf die geschlossene Badezimmertür. »Geh dort rein und warte, bis ich dich hole ...«

# 4

```
Polizeipräsidium Frankfurt, Seminarraum,
21.19 Uhr
```

Warum, um Himmels willen, tat Makarov ihnen das an?

Emilia Capelli, genannt Em, verschränkte demonstrativ die Arme vor der Brust. Sie hatte Hunger. Sie hatte Kopfschmerzen. Ihr gegenüber saß Zhou und wartete auf etwas, das sie nicht zu geben bereit war. Und was noch weit unangenehmer war: Sie musste dringend aufs Klo. Kurz gesagt: Sie hatte einen rundum gelungenen Abend.

»… jedenfalls bin ich runter zum Grillplatz«, manifestierte sich im selben Augenblick Alexander Deckers vertraute Stimme aus dem Gemurmel, das sie umgab. »Und da hab ich sie dann gesehen …«

Die Stimme ihres Kollegen klang anders als sonst. Aber das war kein Wunder. Immerhin berichtete der Playboy der Abteilung für Kapitaldelikte seinem Partner gerade von dem Moment, in dem er Julia, eine seiner Exfreundinnen, mit dem Kopf im Schoß eines anderen Mannes erwischt hatte.

Em schielte unauffällig nach links und sah, dass Carsten Pell, Deckers Gegenüber, am liebsten im Erdboden versunken wäre angesichts des pikanten Seelen-Striptease, den sein Partner da vollführte. Pell war einer von drei »Frischlingen«, die nach Abschluss ihres Studiums für ein paar Monate in der Abteilung für Kapitalverbrechen Dienst taten und diese damit weiter verjüngten. Unter den älteren Kollegen hieß es bereits, dass Fortbildungsmaßnahmen demnächst Säuglingspflegekurse beinhalten müssten, und selbst Em kam sich mit ihren achtundzwanzig Jahren allmählich geradezu reif vor.

Pell hingegen hatte sich bei seinem Eintritt in die Abteilung vermutlich auch nicht träumen lassen, dass er bereits im ersten Monat derart tiefe Einblicke in das Privatleben seines Partners auf Zeit gewinnen würde. Doch er hielt tapfer durch und fixierte das Gesicht seines Gegenübers mit stoischer Anteilnahme. Ganz so, wie die Aufgabenstellung es erforderte …

»Die beiden haben nicht mal gemerkt, dass ich da war«, erzählte Decker gerade, und ein Anflug von Bitterkeit färbte seine Stimme noch dunkler. »Aber natürlich habe ich mich auch gehütet, sie auf mich aufmerksam zu machen.«

Pell schenkte ihm ein verständnisvolles Nicken, und Em hatte einmal mehr das Gefühl, irgendwie in einen falschen Film geraten zu sein.

Geschlagene fünf Stunden hockten sie nun schon in diesem fensterlosen Seminarraum im Keller des Präsidiums und ließen eine Fortbildungsmaßnahme mit dem klangvollen Titel »Mikromimik – auf der Suche nach versteckten Emotionen« über sich ergehen. Nach drei ermüdenden Vorträgen und einer Diskussionsrunde war sie eigentlich zu der Überzeugung gelangt, schlimmer könne es nicht mehr kommen. Doch das war leider eine glatte Fehleinschätzung gewesen, wie sich vor wenigen Minuten herausgestellt hatte. Da nämlich hatte der Dozent, ein geschniegelter BKA-Mann namens Gert Morton, das Stichwort »Partnerübung« ins Spiel gebracht – ein Begriff, der Em augenblicklich und überaus unsanft aus ihrer schläfrigen Lethargie riss.

»Sie setzen sich jetzt bitte zwei und zwei voreinander und schildern Ihrem Partner ein Ereignis aus Ihrer Vergangenheit, an dem Sie emotional beteiligt waren«, hatte Morton in sachlichem Ton verkündet. »Team Blau beginnt.«

*Team Blau!* Em fuhr sich entnervt durch die Haare. Als ob sie ein Haufen Grundschüler wären, die einander in irgendwelche bescheuerten Völkerball-Mannschaften wählten!

»Alles klar?«, fragte Zhou ihr gegenüber.

»Nein.«

»Aspirin?«

Em zog überrascht die Brauen hoch. »Ist es so offensichtlich, dass ich eins brauche?«

Ihre Partnerin zuckte unschuldig die Achseln.

*Na, herzlichen Dank auch!*

»Was soll's«, gab Em mit gespielter Fröhlichkeit zurück. »Vielleicht macht ein Schuss Acetylsalicylsäure diesen Schwachsinn hier ein bisschen erträglicher.«

Zhou grinste und begann in ihrer Handtasche zu wühlen. Ein ausladendes Modell von Guess, das sie erst seit ein paar Tagen zu besitzen schien.

Em musterte das ebenmäßige und wie immer tadellos geschminkte Gesicht ihrer Partnerin. Sie arbeiteten jetzt ein knappes halbes Jahr zusammen, nannten einander beim Vornamen und waren sich doch während dieser ganzen Zeit nicht nennenswert nähergekommen. Und daran würde – zumindest wenn es nach ihr ging – auch dieser mehr als unerfreuliche Abend nichts ändern!

»Hier, bitte.«

»Danke.« Mit einem halbherzigen Lächeln griff sie nach der Tablettenschachtel, die Zhou ihr hinhielt, drückte zwei Aspirin heraus und spülte sie mit dem letzten Rest Kaffee aus ihrer Tasse hinunter.

Sie hasste diesen Psycho-Quatsch von wegen »eigene Erfahrungen einbringen« und dergleichen. Und noch viel mehr hasste sie es, wenn sie solche Geschichten vor einer Streberin wie Mai Zhou auspacken sollte. Vor jemandem, der sich seit geschlagenen fünf Stunden artig und brav Notizen machte und sich dabei nicht ein einziges Mal hatte ablenken lassen …

»Haben Sie ein Problem mit der Aufgabenstellung?«, fragte Morton, der urplötzlich neben ihrem Stuhl stand, ohne dass sie ihn hätte kommen hören.

Em hob den Kopf und sah ihm in die Augen. »Ehrlich gesagt ja.«

»Warum?«

»Weil ich Ihrer Aufgabenstellung«, sie betonte das Wort bewusst abfällig, »nicht allzu viel Sinn abgewinnen kann.«

Er schenkte ihr ein sparsames Lächeln. »Ich fürchte, das müssen Sie mir erklären.«

»Was bitte soll es bringen, wenn ich irgendwem ...« Sie unterbrach sich und hob die Hand zu einer entschuldigenden Geste in Zhous Richtung.

*Geschenkt*, las sie in den undurchdringlichen schwarzen Augen.

»Was also soll es bringen, wenn ich irgendwem von irgendeiner blödsinnigen Begebenheit erzähle, die Ewigkeiten her ist und die darüber hinaus in keinerlei Beziehung zu ...«

»Wir müssen lernen bewusst wahrzunehmen, welche Spuren echte Emotionen im Gesicht unseres Gegenübers hinterlassen«, unterbrach Morton. »Und das wiederum bedingt, dass wir einander echte Emotionen zeigen.«

»Fein«, gab Em zurück. »Dann wird es Sie freuen zu hören, dass ich meiner Partnerin nun schon seit mindestens fünf Minuten echten, unverfälschten Unmut zeige. Kann ich jetzt gehen?«

»Nein.«

»Wieso nicht?«

»Weil Ihr Unmut nichts mit der Aufgabe zu tun hat, die ich Ihnen gestellt habe.«

Sie wandte entnervt den Blick ab und stopfte den angebrochenen Blisterstreifen in die Tablettenschachtel zurück.

»Haben Sie Kopfschmerzen?«

»Iwo«, gab sie übertrieben fröhlich zurück. »Ich nehme das Zeug als Blutverdünner, damit mich nicht unversehens der Schlag trifft, wenn mich hier gleich die großen Emotionen übermannen.«

Sein Lächeln bekam einen säuerlichen Beigeschmack. »Kommen Sie schon, Capelli«, versuchte er es ausnahmsweise mal auf die joviale Tour. »Geben Sie sich einen Ruck und erzählen Sie Ihrer Partnerin eine Episode aus Ihrer Vergangenheit. Es muss ja nicht gleich etwas so«, sein Blick suchte Decker, der zwei Stühle weiter noch immer von seiner Verflossenen sprach, »… etwas so Intimes sein.«

Em holte tief Luft. »Na gut …«

Morton kniff argwöhnisch die Augen zusammen. Dass sie so bereitwillig einlenkte, schien ihn zu überraschen. Und offenbar traute er dem Frieden nicht.

»Also es …« Sie räusperte sich. »Es war am 26. Juni 1989.«

Ihr gegenüber biss Zhou sich auf die Lippen, um das Lachen zu unterdrücken.

»Was genau war da?«, fragte Morton.

»Ich wurde fünf.«

»Toll. Und weiter?«

»Ist das nicht genug?« Em bemühte sich um eine möglichst unschuldige Miene, während die Kollegen ringsum ungeniert loswieherten. »Ich meine, so ein Geburtstag hat doch durchaus etwas Persönliches, finden Sie nicht? Immerhin war es mein eigener. Ganz abgesehen davon, dass ich bislang erst ein einziges Mal fünf geworden bin. Und rückblickend betrachtet, war das ganz sicher ein total emotionaler Mome…«

»Sie sollten das hier wirklich ernst nehmen«, fiel Morton ihr erneut ins Wort, und dieses Mal war sein Ton deutlich schärfer.

»Ach ja?«

»Ja.«

Sie fixierte einen Punkt zwischen seinen Brauen. Der Kerl war auf Konfrontation aus? Prima, die konnte er haben! »Na schön, wenn unser Gedächtnis tatsächlich eine so gute Quelle für echte Emotionen darstellt, wie Sie behaupten ... Warum fangen wir dann nicht mit *Ihren* Erinnerungen an?«

Seine Augen gefroren zu Stahl. »Weil das für den Ausbildungszweck nicht viel bringen würde.«

»Nicht?« Sie lachte höhnisch auf. »Und warum nicht? Weil Sie so gottverdammt gut sind, oder was?«

Die Kollegen ringsum kicherten. Etwas, das Em in diesem Fall eher ansporte als verunsicherte.

Doch Morton schien entschlossen, sich nicht vorführen zu lassen. »Nicht, weil ich gut bin«, entgegnete er ruhig. »Sondern weil ich diesbezüglich einfach schon einen Schritt weiter bin als Sie.«

»Ach, wirklich?«

»Wie Sie dem Vortrag des Kollegen Evers entnehmen konnten, gibt es bestimmte Techniken, mit deren Hilfe man sich ...«

»Genau!« Sie schlug sich mit der flachen Hand gegen die Stirn. »Das war diese Sache mit der neurolinguistischen Programmierung, nicht wahr?«

Der BKA-Mann verzog das Gesicht.

»Eine Methode, die wissenschaftlich zutiefst umstritten ist, wenn ich das eben richtig mitbekommen habe«, setzte Em kühn noch einen obendrauf.

»Umstritten oder nicht«, widersprach Morton. »Wenn man die Mechanismen kennt, kann man undichte Stellen des eigenen Bewusstseins zumindest so weit überspielen, dass es dem Gesprächspartner weitaus schwerer fällt zu beurteilen, ob man die Wahrheit sagt oder lügt.«

Sie straffte die Schultern. »Also, ich persönlich sage meistens, was ich denke. Und daraus folgt, dass ich meistens meine, was ich sage.«

»Und?«

»Na ja ...«

Seine Miene spiegelte blanke Verzweiflung, doch sie kam gerade erst richtig in Schwung. »Schließt mich das als Studienobjekt nicht automatisch aus?«

»Netter Versuch.«

»Nein, ernsthaft.« Sie fixierte seinen Blick. »Selbst wenn ich hier von irgendeiner todtraurigen Begebenheit aus meiner Vergangenheit erzählen würde, sähe ich dabei nicht anders aus als sonst.«

»Was genau ist dann Ihr Problem?«

»Ich weiß keine Begebenheit«, versuchte sie es spontan mit einer neuen Strategie. »Was unerfreulich ist, versuche ich zu ändern. Und was nicht zu ändern ist, verdränge ich.«

»Soso.« Er wirkte beinahe amüsiert, als er einen Blick auf die Teilnehmerliste warf, die ganz oben in seinem Klemmbrett steckte. »Sie sind bei der Mordkommission?«

»Abteilung für Kapitalverbrechen, ja.«

Er ließ das Klemmbrett sinken. »Gut, dann machen wir uns die Sache ein wenig leichter, und Sie erzählen Ihrer Partnerin jetzt vom ersten Mordfall Ihrer Karriere.«

»Wozu?«, fuhr Em auf.

Doch Morton ignorierte sie einfach. »Das ist doch eine ganz klare Aufgabenstellung, oder nicht? Orientieren Sie sich einfach an den Fakten: Wer war das Opfer? Ein Mann oder eine Frau?«

Sie zögerte. »Ein Junge.«

»Sie meinen ein Kind?« Er schien erstaunt.

Und auch Zhou hob interessiert den Kopf.

»Ja«, knurrte Em widerwillig. »Ein Kind.«

»Wie alt?«

»Zehn.«

»So jung noch?«

»Ja. Und?«

»Todesursache?«

»Ein Stich, direkt ins Herz.« Sie hielt erschrocken die Luft an, als unvermittelt ein Bild vor ihrem inneren Auge erschien. Eine Erinnerung, die sie lange überwunden geglaubt hatte und die so plötzlich und schmerzhaft zurückkam wie ein Schnitt ins Fleisch.

Morton nickte, ohne von seinem Klemmbrett aufzusehen. »Und vorher?«

»Was meinen Sie?«

»Wurde das Kind missbraucht, bevor es getötet wurde?«

Em spähte an ihm vorbei. In Zhous tiefschwarzen Augen spiegelten sich die nackten Neonröhren. »Ja.«

Ein Blick wie ein Pfeil. »Von wem?«

»Das konnte nicht ermittelt werden.« Sie sah stur geradeaus, während an der Wand hinter Zhou auf einmal der Steg auftauchte. Funkelndes grünes Wasser im Sonnenlicht. Wie ein Meer aus Smaragden. Und für einen flüchtigen Moment glaubte Em sogar, das Aroma von Brombeeren wahrzunehmen. Ein schwerer, dunkler Akkord inmitten der Hitze des Spätsommertages.

»Was genau meinen Sie mit *nicht ermittelt*?« Mortons Kopf schnellte vor. »Soll das heißen, dass Ihr erster Mordfall ein ungelöster ist?«

Em wollte eben den Mund öffnen, doch das Piepsen ihres Handys entband sie von einer Antwort auf diese unbequeme Frage. Und nur Sekunden später gab auch das Smartphone ihrer Partnerin ein gedämpftes Summen von sich.

Zhou warf einen flüchtigen Blick auf das Display und runzelte verwundert die Stirn.

»Probleme?«, fragte Morton.

Sie nickte. »Sieht so aus.«

»Tja, das ist jetzt vielleicht blöd ...« Im Gegensatz zu ihrer Partnerin gab Em sich nicht die geringste Mühe, ihre Freude über dieses unerwartete Ende ihrer Leiden zu verbergen. »Aber ich fürchte, wir müssen uns an dieser Stelle verabschieden.«

Morton starrte sie an. »Wie bitte?«

»Ja, leider.« Em hatte bereits ihre Jacke an. »Nichts für ungut, aber das hier ist dienstlich.«

»Sie sind für diese Veranstaltung freigestellt«, widersprach Morton.

»Das dachte ich auch«, rief Em, ohne sich noch einmal zu dem BKA-Mann umzudrehen. »Aber offenbar ist irgendwas dazwischengekommen. Am besten, Sie machen das direkt mit unserem Boss aus. Die Nummer haben Sie ja.«

Sie zog Zhou am Ärmel hinter sich her und bedeutete ihr, die Tür zu schließen, während die Kollegen ihren Abgang mit neidischen Blicken und unterdrücktem Raunen zur Kenntnis nahmen.

»Viel Vergnügen noch und frohes Schaffen!«

5

`Hotel Rothschild Plaza, 14. Etage, 21.23 Uhr`

*Nicht hinuntersehen!*

*Sieh auf gar keinen Fall in den Abgrund!*

Kaylin schloss die Augen und presste sich dicht an die Mauer, die kühl und erschreckend glatt war. So ganz anders als weiter unten, im alten Teil des Gebäudes. Dort, wo es Fugen gab und Steine und Ritzen. Strukturen, die vielleicht irgendwie Halt gaben. Aber hier oben ... Kaylin schauderte. Sie musste die Angst niederringen, die wie eine sprungbereite Raubkatze in ihrem Inneren lauerte. Hier oben war nichts außer Wind und Kälte und Dunkelheit.

Schon vorhin, bei ihrer Ankunft, hatte sie bemerkt, dass das Gebäude gewissermaßen aus zwei Teilen bestand. Wie ein altes Spielzeughaus, auf dessen Dach man kurzerhand noch ein zweites, moderneres Gebäude gesetzt hatte. Ein überdimensionales Monstrum aus Glas und Stahl, das wie ein glitzernder, zufriedener Buddha auf den alten Mauern hockte.

Die Kälte der Mauer kroch an ihrer Wirbelsäule abwärts, während sich ihre Finger Zentimeter um Zentimeter vorantasteten. Auf der Suche nach einer Unebenheit in der gläsernen Front, einem Halt, denn das Sims, auf dem sie stand, war erschreckend schmal. Sie wusste, es gab noch mehr Balkone wie den, über den sie vor wenigen Minuten aus der Suite geflüchtet war. Das Gebäude war hier oben genauso symmetrisch angelegt wie weiter unten, das hatte sie sehr wohl registriert, auch wenn es vom Auto bis zum Eingang des Hotels nur wenige Schritte gewesen waren. Doch sie sah sich ihre Umgebung immer ganz genau an. Erfasste Details. Merkte sich Strukturen. Muster. Diese präzise, umfassende Wahrnehmungsfähigkeit war etwas, das ihr niemand beigebracht hatte. Sie schien – im Gegenteil – aus ihr selbst zu kommen. Allerdings standen ihr die Informationen, die sie gewissermaßen im Vorbeigehen aufgenommen hatte, im Augenblick eher im Weg, weil sie der Angst in ihr Tür und Tor öffneten. Der Angst vor dem Abgrund. Da sind andere Balkone, versuchte sie sich selbst Mut zuzusprechen. Du siehst sie bloß nicht.

Aber sie sind da. Und du wirst sie finden, wenn du deine Angst überwindest.

*Also weiter!*

Sie konzentrierte sich auf ihren Atem und öffnete die Augen gerade so weit, dass ein schwacher Lichtschein durch den Kranz ihrer Wimpern drang. Vierzehn Etagen. Vierzehnmal zwei Meter irgendwas ... Das war wirklich verdammt hoch!

*Sieh nicht hinunter. Sieh nach oben. In den Himmel.*

Sie öffnete die Augen etwas mehr, und tatsächlich: Da waren Sterne! Die dunstige Lichtglocke über der Großstadt ließ sie seltsam farblos erscheinen. Aber sie waren da. Wenn sie ganz genau hinschaute, sah sie hier und da einen von ihnen flüchtig aufblitzen. Kaylin legte den Kopf in den Nacken und richtete ihre gesamte Aufmerksamkeit auf den düsteren Himmel. Thien hatte ihr erklärt, das Blitzen käme durch gewaltige kosmische Explosionen zustande. Explosionen, die obendrein bereits vor langer Zeit stattgefunden hätten. Doch Kaylin fand es viel schöner sich vorzustellen, dass die Sterne husteten. Sie ließ keinen Blick vom Himmel, und endlich wurden nun auch ihre klammen Fingerspitzen fündig. Da war das Ende des Fensterrahmens! Der nächste Vorsprung.

Die nächste Chance ...

Zwei dieser Vorsprünge hatte sie bereits überwunden. Doch dahinter hatte nicht der nächste Balkon auf sie gewartet, sondern nur neue Fenster. Glatte, knietiefe Fenster, die niemals geöffnet wurden. Wozu auch? Der gesamte obere Bereich des Hotels war klimatisiert und das Zimmer in ihrem Rücken noch nicht einmal erleuchtet. Etwas, das unter den gegebenen Umständen eine zusätzliche Gefahr darstellte ...

Was, wenn der Drache sie suchte? Wenn er systematisch Raum für Raum durchkämmte und dabei auch in dieses gähnend düstere Zimmer in ihrem Rücken kam? Was, wenn er ihre schmale Gestalt im Gegenlicht vor dem Fenster entdeckte?

Dann hätte sie das Risiko völlig umsonst auf sich genommen. Dann würde alles wieder so werden, wie es immer war. Bestenfalls. Kaylin fröstelte, obwohl der Abend bemerkenswert lau war für Ende März.

Aber in dieser Höhe, so ganz ohne Schutz …

Schnell schob sie sich weiter. Das Sims, auf dem sie balancierte, war nur etwa handbreit, so dass sie die Füße auswärts drehen musste, um überhaupt Halt zu finden. Trotzdem hatte sie das beklemmende Gefühl, dass der Abgrund nach ihr griff. Sie hinab in die Tiefe zog. Sie blinzelte und sah unter sich das Flimmern unzähliger Scheinwerfer. Hörte den Lärm der Autos. Roch das Benzin, das die Motoren unablässig in den düsteren Abend bliesen.

*Kümmer dich nicht um das, was dort unten ist!*

*Konzentrier dich auf das Wesentliche: Auf deinen Weg. Dein Ziel.*

Also weiter! Was ist da? … Der Vorsprung. Dann eine Ecke. Und dahinter … Die Kante unter ihren Füßen endete so plötzlich, dass der Ruck ihren Körper ins Schwanken brachte. Kaylin hörte das Schnappen ihres Atems. Spürte die Wand, gegen die sie kippte. Versuchte, nicht abzuprallen an diesem Monster aus Stahl und Beton. Den Halt zu wahren. Ihre Mitte. … Aber was war das? Mit pochendem Herzen tastete sie weiter. Ein Neunzig-Grad-Winkel. Und dahinter … Kaylin hielt die Luft an. Tatsächlich! Eine Brüstung! Ein Balkon!

Die Aussicht auf Rettung raubte ihr für einen flüchtigen Moment die Konzentration. Lang genug, um ihren Fuß über die Kante rutschen zu lassen. Innerhalb von Millisekunden sackte ihr Körper weg. Buchstäblich ins Bodenlose. Sie hörte ihren Schrei, der sich gellend an den glatten

Mauern brach und dann im Lärm des Verkehrsgetümmels unterging. Fühlte Metall, das ihre Hände streifte. Und griff zu, ohne nachzudenken.

Ein neuerlicher Ruck. Grob, wie der Faustschlag eines Boxers.

Dann baumelte sie über dem Abgrund, gehalten allein von der Kraft ihrer Hände.

Das Gewicht ihres Körpers zerrte wie Blei an den zarten Gelenken, doch Kaylin hielt sich mit eiserner Entschlossenheit. Sie ignorierte ihre Finger, die binnen kürzester Zeit zu Eis gefroren. Die wachsende Taubheit. Und auch den Schmerz, der an den Muskeln und Sehnen in ihrem Rücken zerrte, als wollte er sie in Stücke reißen.

*Was du auch tust, tue es mit ganzem Herzen.*

Sie schloss die Augen und versuchte, die Kräfte in ihrem Inneren zu bündeln. Und nach einer gefühlten Ewigkeit gelang es ihr tatsächlich, ihren ziellos pendelnden Körper wieder unter Kontrolle zu bringen. Ihre Füße fanden einen Widerhalt. Das Gummi ihrer Sohlen rutschte blind über Stahl oder Glas. Ihre Arme rebellierten. Ihr ganzer Körper bebte. Aber irgendwie schaffte sie es trotz allem, sich zumindest so weit hochzuziehen, dass ihr linker Fuß die Lücke unter dem Geländer erwischte.

*Okay. Bleib ruhig.*

*Und sieh auf gar keinen Fall nach unten.*

Umgreifen. Den zweiten Fuß nachziehen. Schwung nehmen. Und … Ihr linkes Fußgelenk knallte gegen den Handlauf. Schmerz jagte wie ein glühender Nagel durch ihr Bein, hinauf bis zur Hüfte und von dort weiter in die Wirbelsäule. Doch es gelang ihr, den Fuß so zu drehen, dass er wie ein Enterhaken an der Oberkante einrastete. Eine letzte große Überwindung, ein letzter Schwung, dann kauerte sie keuchend auf dem frisch geölten Akazienholz hinter der Brüstung. Den Atem des Drachens in ihrem Nacken. Unter sich den Lärm der Großstadt. Aber hoch über ihrem Kopf nichts als die Sterne …

## 6

```
Hotel Rothschild Plaza, Eingang, 21.51 Uhr
```

»Und dabei reden sie doch immer von Sparmaßnahmen«, schimpfte Em, als sie vor dem Rothschild Plaza hielten. »Aber für so einen Schwachsinn ist plötzlich Geld da …«

Sie knallte die Autotür zu und wartete.

Doch Zhou sagte nichts.

»Als ob wir nichts zu tun hätten! Ich meine … Wahrnehmungsschulung! So ein Quatsch!«

»Finden Sie?«

Em schlug die Autotür zu. »Mit der Zeit entwickelt man einen Instinkt dafür, ob jemand lügt oder nicht. Das tun Polizisten seit Jahrhunderten. Und zwar ganz ohne Studien und Zeitlupenaufnahmen und Partnerübungen und was weiß ich noch alles …«

»Hm.«

»Sind Sie anderer Meinung?«

Zhou zögerte. »Nun ja, ich … Ich fand das Seminar, ehrlich gesagt, ganz aufschlussreich.«

*Ja, na klar! Was denn sonst!* Kopfschüttelnd stapfte Em auf den Eingang zu. »Capelli und Zhou«, knurrte sie, während sie dem Uniformierten an der Tür ihren Dienstausweis unter die Nase hielt. »Abteilung für Kapitaldelikte.«

Der Mann nickte. »Vierzehnter Stock«, entgegnete er. »Am besten, Sie nehmen den Lift.«

»Witzbold!«

Em blickte sich in der weiten Halle um, deren hinterer Teil von einer monströsen Rezeption dominiert wurde. Dort stand ein Herr im dunklen Anzug und sprach mit einer der Angestellten. Als er die beiden Ermittlerinnen entdeckte, hob er wie elektrisiert den Kopf.

»Soll ich?«, fragte Zhou.

»Später«, entschied Em. »Kommen Sie erst mal mit rauf.«

Sie spürten die Blicke in ihrem Rücken, als sie sich nach links wandten, zu den Aufzügen. Dahinter ging es in die Bar, wo ein unmotivierter Pianist gerade die ersten Takte von »Hey Jude« anstimmte. Offenbar versuchte man es ganz bewusst mit »business as usual«, damit die übrigen Gäste nichts mitbekamen.

Das Hotel war fast ausgebucht, wie ihnen die Kollegen in der Zentrale verraten hatten. Darüber hinaus wussten sie nur, dass es um ein totes Ehepaar ging. Offenbar eine ziemlich hässliche Sache.

»Ganz schön nobler Schuppen, was?«, bemerkte Em, nachdem sie auf den Knopf für den Lift gedrückt hatte.

Zhou nickte. »Ja, ziemlich.«

Ziemlich ... Wie verwöhnt klang das denn? »Haben Sie schon mal in so einem Laden übernachtet?«

»Ja.«

»Mit Ihren Eltern, hm?«

»Ja, auch.«

Auch? Em sah sie an. Und weiter? So eine Antwort schrie doch förmlich nach einer näheren Erläuterung.

Ihre Partnerin schien ihre Neugier zu spüren und lächelte. »Während meiner Zeit in Israel bin ich ein paarmal mit jemandem verreist, der in Hotels dieser Kategorie abgestiegen ist.«

Moment! Was war denn das schon wieder für eine merkwürdige Aussage? Mit *jemandem*? Em kniff die Augen zusammen. So sprach kein Mensch über seinen Ex!

Doch Zhou dachte gar nicht daran, ihr mehr zu verraten, sondern starrte stur auf das Display über dem Liftknopf.

Einer der beiden Aufzüge war gerade auf dem Weg nach oben, der zweite befand sich laut Anzeige in der fünften Etage. Offenbar stieg dort jemand aus.

*Ich bin ein paarmal mit jemandem verreist ...* Jemand! Em hätte am liebsten laut losgelacht. Wirklich jammerschade, dass du nicht diejenige warst, die anfangen musste, eben im Seminar, dachte sie. Es hätte mich, verdammt nochmal, brennend interessiert, wie du dich aus dieser Nummer herausgewunden hättest!

Ungeduldig drückte sie ein zweites Mal auf den Liftknopf, während sich der Marmor zu ihren Füßen in funkelndes, smaragdgrünes Wasser verwandelte. Ein schmaler Körper, der wie schwerelos im Wasser treibt. Bewegungen, weich und harmonisch, die in trügerischen Frieden hüllen, was nur wenige Stunden zuvor in roher Gewalt geendet hat. Und über allem Mellies erstarrtes Gesicht, festgefrorener Schrecken ...

»Haben Sie eigentlich eine Ahnung, warum man ausgerechnet uns angefordert hat?«, holte Zhous angenehm tiefe Stimme sie ins Hier und Jetzt zurück, und endlich kam auch der Aufzug.

Em drückte auf die Vierzehn. »Was meinen Sie?«

»Na, eigentlich waren wir für die Fortbildung ja freigestellt.« Zhou zupfte die Manschetten der Bluse zurecht, die unter ihrem Tweedmantel hervorschauten. »Und es gibt beileibe genügend andere Kollegen innerhalb der Abteilung, die regulär Dienst hatten.«

Stimmt, dachte Em. Doch sie kam nicht mehr dazu, sich Gedanken über die Hintergründe dieser Entscheidung zu machen, denn der Lift hatte sein Ziel erreicht.

Das Plaza bestand aus einem sechsstöckigen Altbau aus

den Zwanzigern, den man in den letzten Jahren um nicht weniger als zehn Etagen aufgestockt hatte, um auf diese Weise Platz für zweiundneunzig weitere Zimmer und Suiten zu schaffen. Ganz oben, in der sechzehnten Etage, stand den zahlungskräftigen Gästen inzwischen sogar ein Hightech-Pool samt Beauty-Oase zur Verfügung, und auf der Dachterrasse der angrenzenden Poolbar servierte man die angeblich beste Piña Colada der Stadt. Die genannten Erweiterungsmaßnahmen waren seinerzeit mit viel Ärger verbunden gewesen. Bestechungsvorwürfe hatten im Raum und Baugenehmigungen zur Debatte gestanden. Irgendwer hatte ein privates Gutachten in Auftrag gegeben, das Zweifel an der Statik des inzwischen auf mehr als das Doppelte der ursprünglichen Höhe angeschwollenen Gebäudes aufwarf. Doch selbst das hatte dem Nimbus des traditionsreichen Hauses nicht nennenswert Abbruch getan.

Sie traten in einen schlichten, aber äußerst eleganten Flur, von dem links und rechts je zwei weitere Gänge abzweigten.

»Zimmer 1405«, sagte Zhou mit Blick auf die Informationen, die die Zentrale ihr mittlerweile aufs Smartphone geschickt hatte.

»Da lang.«

Em ging voran.

Als sie um die Ecke bogen, entdeckten sie zwei weitere Uniformierte, die unmittelbar hinter der Biegung auf dem Gang standen und den Tatort sicherten. Die Zimmertür in ihrem Rücken war nur angelehnt. Aus dem Inneren des Raumes drangen gedämpfte Stimmen.

Zum zweiten Mal innerhalb der letzten fünf Minuten nestelte Em ihren Ausweis hervor. »Capelli. Das ist meine Partnerin Mai Zhou.«

Der ältere der beiden Männer nickte. »Immer hereinspaziert, die Damen.«

Em spähte an ihm vorbei durch den Türspalt. »Sind die Kollegen von der Gerichtsmedizin schon da?«

»Nein.«

»Spurensicherung?«

»Ist angefordert und müsste eigentlich jede Minute eintreffen.« Er trat einen Schritt zur Seite. »Wir haben den Tatzeitpunkt: ziemlich genau 21 Uhr. Die Kollegen Wendt und Küppers vom KDD sind seit Viertel nach neun vor Ort. Herr Wendt ist da drin und unterhält sich mit dem Augenzeugen.«

Sie bedachte ihn mit einem ungläubigen Blick. »Was denn? Mit zwei Leichen im Rücken?«

Er zuckte die Achseln.

»Okay. Danke.« Sie schlängelte sich an dem Mann vorbei und machte Zhou ein Zeichen, ihr zu folgen.

Martin Wendt arbeitete nun schon fast zwei Jahrzehnte im Kriminaldauerdienst und galt allenthalben als clever und gewissenhaft. Extrem dünn und hoch aufgeschossen wirkte er mit seinen fünfundfünfzig Jahren noch immer wie ein ungelenker Junge. Als er die beiden Kolleginnen bemerkte, unterbrach er sein Gespräch und hob grüßend die Hand. »Capelli? Allen Ernstes? Na, dann ist das ja so was wie mein Glückstag heute.«

Em grinste. »Was macht deine Frau?«

»Keine Ahnung.«

»Wow, ich steh total auf Romantiker.«

»Wusste ich's doch. Wie geht's dir so?«

»Phantastisch, danke.«

Ein prüfender Blick streifte ihr Gesicht. »Nimm's mir nicht übel, aber … Du siehst irgendwie 'n bisschen geschafft aus.«

»Migräne.«

»Brauchst du ein Aspirin?«

»Nein, vielen Dank. Ich bin schon versorgt.« Sie drehte sich um und bedachte Zhou mit einem säuerlichen Lächeln.

Wendt schob sich an ihr vorbei und streckte ihrer Partnerin eine riesige, dabei jedoch erstaunlich feingliedrige Hand entgegen. »Zhou, nicht wahr?«

»Korrekt.«

»Freut mich.«

»Also, was genau ist hier passiert?«, fragte Em mit Blick auf das elegante Doppelbett im hinteren Bereich des Zimmers. Auf der rechten Bettseite waren die Laken zerwühlt. Auf Kissen und Bettbezug befanden sich deutlich erkennbare Blutspuren.

»Is 'ne echt komische Sache«, antwortete Wendt mit finsterer Miene. »Sieht nach 'nem Doppelmord aus. Und soweit ich das auf den ersten Blick beurteilen kann, hat er 'ne 45er benutzt.«

»Mit Schalldämpfer«, ergänzte der junge Mann, mit dem sich der Kollege vom KDD bei ihrem Eintreten unterhalten hatte. Ein südländischer Typ, dunkelhaarig und untersetzt, dem der Schock über die Bluttat noch immer ins Gesicht geschrieben stand. Seiner Kleidung nach arbeitete er im Service, wahrscheinlich als Etagenkellner.

»Das ist Herr Sanchez«, erklärte Wendt. »Er hatte zufällig auf dieser Etage zu tun und hat die Frau schreien hören.«

Em nickte und ging vorsichtig um das Bett herum. Dort lag die Leiche einer Frau, ihrer ersten Schätzung nach irgendwo zwischen fünfzig und sechzig. Die Tote war elegant und teuer gekleidet: knielanger Rock, Twinset und cremefarbene Nylons. Die Lage des Körpers ließ erkennen, dass die Schwerverletzte noch versucht hatte, sich bis zur angrenzenden Badezimmertür zu schleppen. Doch der Tod hatte sie ereilt, bevor sie ihr Ziel erreicht hatte.

»Wahrscheinlich wollte sie zu ihrem Mann«, mutmaßte Wendt, der Em gefolgt war. »Er ist da drin.« Seine Hand wies auf die halb geschlossene Badezimmertür.

»Todesursache?«

»Bei ihm? Ein Schuss in die Stirn.«

»Und bei seiner Frau?«

»Dasselbe. Plus ein Schuss in den Bauch.«

»Eine Hinrichtung?«

Er schob die Unterlippe vor. »So was in der Richtung, ja.«

»Offenbar war die Frau im Bett, als er hereinkam«, konstatierte Zhou, die neben der Leiche in die Knie gegangen war. »Er schießt ihr in den Bauch. Aber der Schuss tötet sie nicht und es gelingt ihr, sich noch ein Stück Richtung Badezimmer zu schleppen.«

»Warum hat sie nicht versucht, zur Tür zu kommen?«, fragte Wendt.

»Vielleicht wollte sie ihrem Mann helfen.«

Er machte ein zweifelndes Gesicht. »Gegen eine 45er?«

»Warum nicht?«, versetzte Em scharf. »Wenn einem jemand etwas bedeutet, ergreift man nicht gleich die Flucht. Unabhängig von den realen Chancen.«

Zhou warf ihr einen interessierten Blick zu. Dann sah sie wieder die Tote an. Die Frau hatte ein feines, gepflegtes Gesicht, das trotz der verkrusteten Wunde auf ihrer Stirn heil und beinahe lebendig wirkte. »Vermutlich hat der Mörder gehört, dass sie sich bewegt, und ist zurückgekommen, um die Sache zu Ende zu bringen.«

»Haben Sie den oder die Täter gesehen?«, wandte Em sich an den Etagenkellner, auf dessen blütenweißem Hemd sich zwei tellergroße Schweißinseln abzeichneten.

»Nicht direkt …«

»Was heißt das?«

»Ich hore Frau schreien. Also ich klopfen.«

»Und?«

»Als Frau nicht antworten, ich klopfe zweite Mal. Eigentlich privat ist, ich denken. Aber ...« Seine Stimme flimmerte. »Ich hatte komische Gefuhl.«

»Und dann?«, drängte Em.

»Ich klopfen wieder. Und als Frau nicht antworte, ich öffnen Tür und Mann schießen auf mich.«

Em wandte den Kopf, und erst jetzt bemerkte sie das Loch, das das Projektil im Holz der Tür hinterlassen hatte.

Sanchez folgte ihrem Blick und nickte. »Ich hore Zischen von Kugel. Danach nichts wissen. Ich nur rennen.«

*Das wäre ich an deiner Stelle auch*, las Em in den Augen ihrer Partnerin. »Können Sie den Mann beschreiben?«

Doch neben ihr winkte Wendt bereits ab.

»Nein.« Sanchez schüttelte den Kopf. »Gehen furchtbar schnell alles.«

»War der Mann klein oder groß?« Em wollte sich nicht so einfach geschlagen geben. »Jung, alt, dick, dünn?«

Der Etagenkellner seufzte. »Nicht so groß. Nicht wie ...« Seine Augen streiften Wendt. »Wie Kollege.«

»Gut.« Em nickte ihm aufmunternd zu. »Aber größer als ich?«

Die Antwort des Hotelangestellten beschränkte sich auf ein vorsichtiges: »Sí. Ich glauben.«

»Was ist das dort?« Sie wies auf eine weiß lackierte Schiebetür in der Wand hinter dem Bett.

»Ein begehbarer Kleiderschrank«, erklärte Wendt. »Dahinter befindet sich noch ein weiterer Schlafraum, den du normalerweise durch die Tür dort drüben betrittst.«

»Also ist das hier eine Suite?«

Er bejahte.

»Habt ihr euch in diesem zweiten Raum schon umgesehen?«

»Klar.«

»Und?«

»Nichts Besonderes.« Er zuckte die Achseln. »Das Zimmer verfügt über einen Balkon, aber es macht nicht den Eindruck, als ob sie's überhaupt benutzt hätten.«

»Na schön«, stöhnte Em. »Dann erzähl mir mal was über die Opfer.«

»Tja, das ist interessant …«

Sie sah ihn an. »Wieso?«

»Eingecheckt haben sie als Helmut und Sandra Grabowski. Aber wir haben ihre Ausweise gefunden.« Er machte eine wohlbedachte Pause. »In Wirklichkeit heißen sie Klatt. Und was noch interessanter ist: Sie wohnen hier in der Stadt.«

Sie zog die Stirn in Falten. »Wozu brauchen sie dann ein Hotelzimmer?«

»Vielleicht wird bei ihnen zu Hause umgebaut«, schlug Wendt vor. »Oder sie haben einen Wasserschaden. Bei meiner Schwester im Haus ist letzten Winter ein Rohr geplatzt. Ich kann dir sagen …« Die Erinnerung zauberte ein schadenfrohes Lächeln auf seine dünnen Lippen. »Sie mussten wochenlang bei meinen Eltern wohnen, und wenn du die kennen würdest, wüsstest du, was das bedeutet …«

Em dachte an ihre eigene Verwandtschaft und kam zu dem Schluss, dass sie sehr wohl beurteilen konnte, was dergleichen bedeutete. »Was haben sie beruflich gemacht?«

»Peter Klatt besitzt ein mittelständisches Unternehmen.« Wendt kratzte sich am Kinn. »Irgendwas mit Medizintechnik.«

»Und seine Firma ist …?«

»… ebenfalls hier in der Stadt. Nennt sich SaniCon.«

Em überlegte, konnte sich jedoch nicht erinnern, den Namen schon einmal gehört zu haben.

»Sie stellen irgendein Bauteil her, das bei bildgebenden

Diagnoseverfahren zum Einsatz kommt«, erklärte Wendt. »Aber frag bitte nicht nach Details.«

»Wie habt ihr das alles so schnell in Erfahrung gebracht?«

Er grinste und hielt sein Smartphone hoch. »Die gute alte Tante Google und dazu ein Anruf bei Klatts Sekretärin. Die ist übrigens aus allen Wolken gefallen, als ich ihr eröffnet habe, dass ihr Boss noch hier in der Stadt ist. Die Klatts hatten nämlich für heute Mittag einen Flug nach Mailand gebucht, wo in den nächsten Tagen eine Fachmesse stattfindet. Klatts Kalender ist angeblich randvoll mit Terminen.«

»Die Frage ist, warum er stattdessen hiergeblieben ist.« Em blickte nachdenklich auf den dunklen Teppichboden hinunter.

»Aber es kommt noch besser ...«

Sie sah hoch. »Was denn noch?«

»Als die Klatts angekommen sind, hatten sie ein Kind dabei.«

Em traute ihren Ohren nicht. »Wie bitte?«

»Ja«, nickte Wendt. »Peter Klatt stellte das Mädchen als seine Enkelin vor. Allerdings war es anscheinend ein asiatisches Kind.«

Automatisch drehte Em den Kopf und sah Zhou an.

*Haben Sie eine Ahnung, warum man ausgerechnet uns angefordert hat?*

Jetzt schon, dachte sie. »Und wo ist das Mädchen?«

Wendt schob den Daumen in den Bund seiner Hose. »Die Angestellte an der Rezeption hat natürlich nach dem Kind gefragt, aber Klatt meinte, sie bliebe nicht über Nacht. Seine Tochter käme später noch vorbei, um sie abzuholen.«

Em warf einen Blick auf ihre Armbanduhr. »Wann haben die Klatts denn eingecheckt?«

»Um kurz vor sechs.«

»Also vor fast vier Stunden«, resümierte sie.

»Genau.«

»Dann können wir nur hoffen, dass das Mädchen schon fort war, als das hier ...«, sie machte eine weitschweifende Geste, »geschehen ist.«

»Ich fürchte, das ist nicht unser Hauptproblem ...«

Sie war augenblicklich hellhörig. »Sondern?«

»Die Klatts hatten keine Kinder.«

Sie starrte ihn an.

»Du hast richtig gehört. Peter und Ramona Klatt waren Zeit ihres Lebens kinderlos.«

»Langsam.« Em hob die Hände. »Kinderlos bedeutet, dass sie keine leiblichen Kinder hatten. Aber ...«

»Nein«, unterbrach Wendt sie gleich wieder. »Kinderlos bedeutet in diesem Fall tatsächlich gar keine Kinder.«

»Also auch keine adoptierten?«

»Auch keine adoptierten. Der nächste Angehörige ist Ramona Klatts Neffe.« Er zog einen Block aus der Tasche seines Jacketts und konsultierte die spärlichen Notizen, die er sich gemacht hatte. »Der Sohn ihrer verstorbenen Schwester.«

Zhou trat hinter Em. »Also konnte auf gar keinen Fall eine Tochter vorbeikommen, um das Mädchen, wer immer sie war, abzuholen.«

»So sieht's aus«, pflichtete Wendt ihr bei. »Wir haben zwei Leichen und ein vermisstes Kind.«

Em sah sich um. »Habt ihr bei den Sachen der Klatts irgendwelches Spielzeug gefunden? Oder Kinderkleidung?«

Der Kollege verneinte. »Nichts dergleichen. Allerdings haben wir auch noch nicht gezielt danach gesucht«, setzte er einschränkend hinzu.

»Dann holen wir das jetzt nach«, entschied Em, während sich in Zhous Rücken eine ganze Armada von Spurentechnikern ins Zimmer drängte. Dahinter folgte auch endlich Karolyn Bechstein, die zuständige Rechtsmedizinerin. Sie hatte zwei ihrer Mitarbeiter im Schlepptau und begrüßte Em und Zhou mit einem knappen Kopfnicken.

»Was ist?«, erkundigte sie sich in ihrem gewohnt aufgeräumten Ton. »Können wir schon ran?«

»Sie gehören Ihnen«, gab Em zurück. Dann wandte sie sich noch einmal an Sanchez, der sich im Angesicht eines derart großen Aufgebots an Ermittlern diskret in eine Ecke zurückgezogen hatte und penibel darauf bedacht schien, nichts zu berühren. »Sagen Sie, Herr Sanchez …«

»Ja?«

»Ist Ihnen hier zufällig etwas aufgefallen, das auf die Anwesenheit eines Kindes hindeuten könnte?«

»Ein Kind?« Sein Gesicht verriet echtes Erstaunen. »No.«

»Jemand, der vielleicht geweint oder geschrien hat?«

»No, no, no, señora.« Er schüttelte den Kopf. »Nur die Frau …«

7

Hotel Rothschild Plaza, Zimmer 1405,
22.12 Uhr

»Die Angestellte an der Rezeption schätzt das Alter des Mädchens auf neun bis elf Jahre«, berichtete Zhou, nachdem sie noch einmal selbst mit dem Personal gesprochen hatte. »Es ist eins fünfunddreißig bis eins fünfundvierzig groß und normal gekleidet.«

»Was heißt normal?«, fragte Capelli, deren Laune sich in der vergangenen Viertelstunde noch weiter eingetrübt hatte.

Zhou lächelte sie an. »Bluejeans, schwarze Outdoorjacke, Sportschuhe.«

»Und es war ganz sicher ein asiatisches Kind?«

»Ganz sicher«, nickte sie. Aus eigener, schmerzvoller Erfahrung wusste sie, dass sich die Leute in diesen Dingen höchst selten irrten. Auch wenn sie sich oft gewünscht hatte, dass es anders wäre. Dass man sie gleich auf Anhieb als Person wahrnahm, als Individuum. Nicht als Zugehörige einer bestimmten ethnischen Gruppe.

Neben ihr tigerte Capelli unruhig auf und ab. »Was ist denn das für eine elende Scheiße?«, fluchte sie. »Ein Mann und eine Frau buchen in derselben Stadt, in der sie ein schönes, gemütliches Haus besitzen, ein Hotelzimmer für stolze dreihundertfünfundsiebzig Euro die Nacht. Und das nicht etwa, um wieder mal einen netten, romantischen Abend zu zweit zu verbringen, was ich vielleicht noch verstehen würde, sondern um sich ganz profan ermorden zu lassen. Und damit nicht genug: Sie haben auch noch ein Kind dabei, das nicht zu ihnen gehört und das sich einfach mal eben in Luft auflöst ...«

»Das ist in der Tat seltsam«, pflichtete Zhou ihr bei.

»Seltsam?« Capelli stieß ein verächtliches Schnauben aus. »Seltsam ist nicht unbedingt das Wort, das ich in diesem Zusammenhang wählen würde.«

Aber ich, dachte Zhou. »Übrigens hat Klatt tatsächlich behauptet, dass das Mädchen seine Enkelin ist.«

»Und?« Ihre Partnerin blieb stehen. »Hat sie sich auch so benommen?«

»Sie meinen, wie eine Enkelin?«

Capelli nickte nur. Offenbar hielt sie eine Antwort auf diese Frage für überflüssig.

»Nun«, entgegnete Zhou. »Zumindest scheint sie sich in keiner Weise auffällig verhalten zu haben.«

»Auch nicht ängstlich oder fremd?«

»Nein, auch nicht ängstlich oder fremd.« Sie stutzte, als sie Dr. Bechsteins Stimme hörte. Die Rechtsmedizinerin schien im Bad zu sein. *Bei der männlichen Leiche*, ergänzte sie im Stillen. »Die drei haben einen völlig normalen Eindruck gemacht.«

»Und hier?«

»Nicht viel Neues«, winkte Capelli ab. »Außer dass sich der Täter offenbar als Etagenkellner ausgegeben hat.« Sie wies auf einen silbernen Servierwagen mit einer Schiebestange aus Porzellan, der Zhou bereits vorhin, bei ihrem Eintreffen aufgefallen war. Aus naheliegenden Gründen hatte sie angenommen, dass er Sanchez gehörte.

»Wo hat der Täter den her?«, fragte sie.

»Keine Ahnung«, räumte Capelli ein. »Aber es gibt mehrere solcher Wagen. Wenn sie gerade nicht gebraucht werden, stehen sie in einem Raum neben der Küche. Ich war noch nicht unten, aber vermutlich fällt es nicht auf, wenn mal einer fehlt.«

Zhou nahm sich ein paar Latexhandschuhe und hob die Deckel über den beiden Tellern an. Das Geschirr war blitzsauber und leer.

»Hab ich auch schon gemacht«, grinste Capelli.

Na toll, dachte Zhou.

»Was sagt die Rezeption denn in Bezug auf das Gepäck der Klatts?«, fragte Capelli, indem sie ihre Partnerin ein Stück mit sich fortzog.

In der Suite hatten sie einen kleinen Trolley gefunden, den das Ehepaar jedoch noch nicht ausgepackt hatte. Inzwischen lag das Gepäckstück aufgeklappt in einer Ecke des Raumes auf dem Boden. Darin befanden sich ein paar wenige Kleidungsstücke und eine Kulturtasche mit Kosmetika. Ein Mitarbeiter der Spurensicherung war gerade dabei, alles in Klarsichtbeutel zu verpacken.

»Bei dem Mercedes, mit dem die Klatts gekommen sind, handelt es sich um einen Leihwagen«, erklärte Zhou, während ihre Augen die bereits verpackten Kleidungsstücke nach etwas absuchten, das irgendwie bedeutungsvoll sein konnte. »Gemietet haben sie ihn heute früh auf den Namen Grabowski.«

»Also derselbe Name, unter dem sie auch das Zimmer gebucht haben?«

»Genau«, nickte Zhou. »Ich habe mir den Wagen schon angesehen. Der Kofferraum ist leer und auch sonst gibt es da nicht viel zu holen. Aber der Rezeptionistin ist eine Tüte aufgefallen, die Frau Klatt bei sich hatte.«

»Was für eine Tüte?«

»Eine Plastiktüte von Toys"R"Us. Sie nahm an, dass die Klatts vor dem Einchecken in der Stadt waren, um für ihr Enkelchen einzukaufen.«

»Sie konnte nicht zufällig sehen, was drin war?«, fragte Em hoffnungsfroh.

»Leider nicht. Aber die Tüte war ziemlich groß.«

»Und wo ist sie jetzt?«

Zhou blickte sich ratlos um. »Keine Ahnung.«

»Ein verschwundenes Kind und eine verschwundene Tüte mit Spielsachen«, schnaubte Capelli. »Das wird ja immer besser!«

»Vielleicht wollte die Mutter der Kleinen wirklich vorbeikommen«, schlug Zhou vor, obwohl sie eigentlich nicht daran glaubte. »Vielleicht hat sie das Kind und die Tüte mitgenommen.«

Capelli warf ihr einen zweifelnden Blick zu.

»Aktuell ist jedenfalls kein Kind im passenden Alter vermisst gemeldet«, mischte sich Wendt ein, der gerade mit der Zentrale gesprochen hatte. »Schon gar kein asiatisches.«

»Das heißt gar nichts«, fauchte Capelli.

Zhous Blick blieb an einem Handy hängen, das in einem durchsichtigen Beweistütchen steckte. »Haben Sie sich das schon angesehen?«

Capelli nickte. »Das Ding ist ausgeschaltet. Laut Klatts Telefonanbieter seit heute Mittag.«

»Also von dem Moment an, in dem die Klatts im Flieger nach Mailand hätten sitzen sollen«, schloss Zhou nachdenklich.

»Sie meinen, er wollte den Anschein aufrechterhalten? Vor seiner Sekretärin zum Beispiel?«

»Davon würde ich ausgehen.«

»Dann hat er ja vielleicht von hier aus telefoniert.«

Sie schüttelte den Kopf. »Das habe ich schon überprüft.«

»Anrufe von außen?«

»Nein.«

»Und wenn jemand die Durchwahl hatte?«

»Auch nicht.«

»Wieso?«

»Weil die Klatts kein bestimmtes Zimmer vorbestellt hatten.«

Capelli verstand. »Das heißt, sie wussten im Vorfeld nicht, was sie kriegen würden?«

»Genau. Dass es die Junior-Suite wird, hat sich erst eine Stunde vor ihrer Ankunft ergeben, weil eine Buchung storniert wurde.« Zhou warf einen Blick auf ihr Smartphone, doch noch gab es keine neuen Informationen. »Die Angestellte sagt, das machen sie öfter so. Dass sie jemandem, der ein einfaches Doppelzimmer gebucht hat, zum selben Preis eine freie Suite geben. Das Mehr an Luxus mache Eindruck, so dass der Gast bei seinem nächsten Aufenthalt eher geneigt sei, wieder hier zu übernachten.«

»Um dann enttäuscht zu sein von der Enge eines gewöhnlichen Doppelzimmers«, setzte Capelli sarkastisch hinzu.

Zhou hob die Achseln. »Offenbar hat sich das Prinzip bewährt.«

»Hat irgendwer nach den Klatts beziehungsweise nach Herrn und Frau Grabowski gefragt, nachdem sie eingecheckt hatten?«, fragte Capelli ohne Zuversicht.

Das hätte ich doch längst erwähnt, gab Zhou ihr im Stillen zur Antwort. »Nein, nichts.«

»Was ist mit Videoüberwachung?«

»Das könnte vielleicht was bringen«, räumte sie ein. »Es gibt Kameras in der Eingangshalle, in der Tiefgarage, der Bar, im Keller und auf der Dachterrasse. Ausgenommen ist der gesamte Poolbereich.«

»Und in den Gängen?«

»Nur im Bereich der Aufzüge.«

»Na gut.« Capelli fuhr sich durchs Haar. »Dann schauen wir uns als Erstes an, wer das Gebäude seit dem Einchecken der Klatts alles betreten und wieder verlassen hat ...«

»Falls unser Täter überhaupt durch den Haupteingang gekommen ist«, gab Zhou vorsichtig zu bedenken.

»Ich denke dabei nicht nur an den Täter«, entgegnete Capelli.

»Sondern?«

Ihr Blick wurde eindringlich. »Es würde mich – ehrlich gesagt – sehr beruhigen, wenn wir auf einem der Bänder sehen würden, wie eine Mutter mit ihrem Kind das Haus verlässt, bevor hier oben das große Chaos ausbricht.«

# 8

Hotel Rothschild Plaza, Überwachungsraum,
22.23 Uhr

Heiner Kühnreich, der Chef des zuständigen Sicherheitsdienstes, sah aus, als hätte ihn eine Kamera in einem Moment des Stirnrunzelns eingefangen und mit exakt diesem Ausdruck für alle Ewigkeiten festgehalten. Sein Büro lag im Verwaltungstrakt des Rothschild Plaza, direkt neben dem quadratischen Überwachungsraum, dessen hintere Wand nahezu vollständig von Monitoren eingenommen wurde. Auf mehreren dieser Bildschirme war die Eingangshalle aus den unterschiedlichsten Perspektiven zu sehen. Die Drehtür im Hintergrund. Der Durchgang zur Bar. Die Rezeption. Eine weitere Reihe von Monitoren zeigten ausnahmslos Lifttüren. »3. Stock«, »4. Stock«, »Loft 1 + 2« stand auf Klebestreifen, die an den unteren Bildschirmrändern angebracht waren.

Alles in allem ziemlich provisorisch für ein Hotel dieser Güte, fand Em.

»Okay«, sagte sie, während sie entschlossen neben Kühnreichs Stuhl trat. Er hatte ihnen einen Sitzplatz angeboten, aber sie war zu nervös zum Sitzen. Ihr Instinkt verriet ihr, dass Gefahr drohte. Auch wenn sie beim besten Willen nicht sagen konnte, aus welcher Richtung.

»Versuchen wir es erst mal mit dem Moment des Eincheckens.« Zhou sah auf die Uhr. »Das war laut Rezeption um kurz vor sechs.«

Kühnreich nickte und tippte etwas in die Tastatur seines Rechners. Wenig später erschien auf dem Monitor vor ihm eine Totale des Empfangsbereichs. In der rechten oberen Ecke war die Uhrzeit eingeblendet.

*17 Uhr 45*, las Em.

»Gut«, sagte Zhou. »Lassen Sie's laufen.«

Der Sicherheitschef sah Em an. »In Echtzeit?«

Sie schüttelte den Kopf. »Das dauert zu lange.«

*Wozu die Eile?*, las sie in den Augen hinter der randlosen Brille. *Diese Leute sind doch tot, oder nicht?*

Doch Kühnreich wagte keinen offenen Widerspruch und tippte brav einen neuen Befehl in seinen Computer.

Während auf den Monitoren ringsum das sogenannte normale Leben weiterging, Hotelgäste Zimmer betraten und verließen, Lifttüren auf- und zuglitten und die Kellner in der Bar eisgekühlte Drinks servierten, ordnete die Rezeptionistin auf Kühnreichs Bildschirm im Zeitraffer irgendwelche Papiere. Kurz darauf kam ein Kollege ins Bild und flüsterte ihr etwas ins Ohr. Die Frau schien ungehalten, und ihre Antwort fiel entsprechend knapp aus. Sekunden später war der junge Mann auch schon wieder verschwunden.

»Stopp!«, rief Em. »Da sind sie!«

Kühnreich ging ein Stück zurück und ließ die Aufzeichnung im normalen Tempo laufen. Gebannt verfolgten Em und Zhou, wie Peter und Ramona Klatt an den blankgewienerten Echtholztresen traten. Noch sah man beide nur von hinten. Doch es war eindeutig das tote Ehepaar aus der Junior-Suite.

Klatt trug einen eleganten schwarzen Herrenmantel und hatte den Trolley an der Hand, den die Spurentechniker ein paar Stockwerke über ihnen noch immer untersuchten. Er schien etwas zu sagen, und die Rezeptionistin wandte sich mit einem freundlichen Lächeln dem Monitor mit ihren Reservierungen zu. Während sie die Buchungsdaten aufrief, drehte Klatt den Kopf.

Ein gutaussehender Mann, dachte Em, indem sie interessiert sein Profil betrachtete. Irgendwie edel ...

»Was macht sie da?«, fragte Zhou mit Blick auf Ramona Klatt, die auffordernd eine Hand ausgestreckt hatte. Doch die Frage beantwortete sich von selbst, als in diesem Moment ein Kind ins Bild kam. Ein Mädchen. Vom Gesicht des Kindes war nicht viel zu erkennen, denn es trug eine Jacke mit Kapuze. Doch seine Bewegungen waren grazil und scheinbar schwerelos, als es ohne Scheu näher kam und Ramona Klatts Hand nahm.

Angst hat sie nicht, resümierte Em im Stillen.

»Zoomen Sie näher ran«, bat Zhou neben ihr.

»Sie meinen das Kind?«

Sie nickte.

Die Kamera näherte sich Ramona Klatts Rücken. Ein weiterer Befehl, und auf dem Monitor erschien ein Hinterkopf.

»Das hilft uns nicht viel weiter«, fluchte Em.

Tatsächlich lieferten die körnigen Bilder wenig Aufschluss. Zwar hatte das Mädchen inzwischen die Kapuze abgestreift, doch sein Gesicht lag noch immer fast komplett im Schatten.

»Na schön«, seufzte Zhou. »Dann lassen Sie das Band erst mal in der Totale weiterlaufen. Vielleicht haben wir Glück und bekommen ein besseres Bild, wenn sie wieder gehen.«

Kühnreichs fleischiger Zeigefinger drückte auf *Enter*.

Keine Vermisstenmeldung, dachte Em. Trotzdem blieb die Frage, wie ein kinderloses Ehepaar, das eigentlich in Mailand sein sollte, an ein kleines Mädchen kam. Noch dazu an ein asiatisches.

»Irgendwie unwirklich, nicht?«, bemerkte Zhou in diesem Augenblick.

»Allerdings«, pflichtete Em ihr bei. »Übrigens ist da auch ihre ominöse Tüte.« Sie zeigte auf Ramona Klatts linken Arm.

»Toys"R"Us«, nickte Zhou. »Genau wie die Angestellte gesagt hat ...«

»Können wir da mal näher ran?«, wandte Em sich an Kühnreich.

»Klar.« Er tippte neue Befehle, und die Tragetasche auf dem Bildschirm gewann an Schärfe.

»Meine Mutter hat solche Tüten früher immer mitgeschleppt, wenn sie mit meinen Brüdern zum Kinderarzt musste.« Em sah die Frage in Zhous Blick und lächelte. »Da waren Bücher und Bauklötze und lauter so 'n Zeug drin, damit die Jungs sich beschäftigen konnten, ohne die Bakterien von hundert anderen mit nach Hause zu nehmen. Aber wenn ...« Sie brach ab, als sie auf einem der Monitore hinter Zhou etwas sah, das sie stutzig machte. Eigentlich nahm sie es nur aus den Augenwinkeln wahr, doch ihre Sinne waren augenblicklich bis aufs Äußerste gespannt.

»Was ist?«, fragte Zhou, der die Veränderung nicht entgangen war.

Anstelle einer Antwort fasste Em nach ihrem Ärmel. »Sehen Sie sich das mal an!«

Ihre Partnerin drehte sich um und riss erstaunt die Augen auf.

»Soll ich hier stoppen?«, fragte Kühnreich, dessen Aufmerksamkeit sich nach wie vor auf die Klatts und deren Ankunft richtete.

Em schüttelte den Kopf. »Die Kamera da«, rief sie mit vor Aufregung heiserer Stimme. »Wo hängt die?«

Er brauchte einen Augenblick, um die Situation zu erfassen. Um sich zu orientieren. »Das ... äh ... in der elften Etage«, stotterte er.

»Und das, was wir da gerade sehen, sind Live-Bilder, oder?«, fragte Em, die Mühe hatte, den Mann vom Sicherheitsdienst nicht anzuschreien.

Kühnreich bejahte.

»Ist sie das?«, flüsterte Zhou, ohne das Mädchen aus den Augen zu lassen, das vor wenigen Sekunden aus dem Aufzug getreten war.

»Ja«, nickte Em. »Ganz eindeutig.«

Das Kind trug noch dieselbe Jeans wie bei seiner Ankunft. Dazu ein helles Sweatshirt mit Knopfleiste. Und dieses Mal konnten sie auch das Gesicht des Mädchens erkennen. Feine Züge mit schwarzen Mandelaugen.

Als spüre sie instinktiv, dass von irgendwoher Aufmerksamkeit auf sie gerichtet war, drehte die Kleine in diesem Moment den Kopf und blickte sich sorgfältig um. Plötzlich lief ein Ruck durch ihren schmalen Körper.

»Sie hat etwas gesehen«, kommentierte Kühnreich, der mittlerweile genauso gebannt schien wie die beiden Ermittlerinnen.

»Aber was?«, flüsterte Em, während das Mädchen auf dem Monitor vor ihren Augen die Flucht ergriff.

Nur Sekunden später war sie aus dem Blickfeld der Kamera verschwunden.

»Bleiben Sie an ihr dran!«, rief Zhou mit ungewohnter Heftigkeit. »Wir brauchen Bilder.«

»Keine Chance«, antwortete Kühnreich. »In dieser Richtung haben wir keine weiteren Kameras mehr.«

»Und was genau ist da?«

»Zimmer. Und das hintere Treppenhaus.«

»Scheiße!« Ems Finger krallten sich in die Lehne seines Stuhls.

»Was?«, fragte Zhou alarmiert.

Anstelle einer Antwort wies Em stumm auf den Monitor. Auf dem Gang vor den Liften erschien ein Mann. Er trug dunkle Hosen zum dunklen Wollmantel und hielt den Kopf gesenkt, so dass das Auge der Kamera sein Gesicht nicht erfasste. Trotzdem wusste er offenbar ganz genau, wo er hinwollte.

»Er verfolgt sie!« Zhou schluckte angestrengt.

»Wir brauchen alle Bilder, die wir von dem Kerl kriegen können«, rief Em, schon halb aus der Tür. »Und geben Sie unseren Kollegen Bescheid. Die sollen das Treppenhaus dichtmachen. Vor allem den Ausgang.«

9

```
Hotel Rothschild Plaza, 11. Etage, 22.27 Uhr
```

Kaylins Herz raste. Wie konnte man nur so gottverdammt blöd sein?!

Aber sie hatte es nicht gewagt, einfach abzuwarten. Was, wenn das Zimmer, in das sie sich nach ihrer halsbrecherischen Klettertour geflüchtet hatte, am Ende doch belegt war? Was, wenn derjenige, der es gemietet hatte, plötzlich zurückgekehrt wäre?

Außerdem hatte sie nachsehen wollen. Sie musste wissen, was mit dem Mann und seiner Frau geschehen war. Auch wenn sie sich das im Grunde denken konnte. Sie schluckte krampfhaft, als sich die Angst wie eine eisige Hand um ihre Kehle legte. Dabei war Verlust doch etwas, an das sie inzwischen gewöhnt sein sollte. Sie schüttelte den Kopf. Nein, dachte sie, ich will mich nicht daran gewöhnen, dass mir nichts und niemand bleibt. Das war ein Gedanke, den sie einfach nicht zulassen konnte.

Sie atmete tief durch und schob die Angst weg.

Was sollte sie jetzt tun?

Gab es überhaupt noch einen Ausweg?

Aus der Finsternis um sie herum stieg der Duft von frisch gestärkter Wäsche auf.

Kaylin presste das Ohr an das warme Holz der Tür und lauschte. Nur wenige Meter von ihrem Versteck entfernt gabelte sich der Flur. Der Drache hatte sie gesehen. Doch sie war schnell gewesen. Für einen kurzen Moment war es ihr gelungen, noch einmal aus seinem Blickfeld zu entkommen, und er hatte sich nach rechts gewandt. In die entgegengesetzte Richtung. Weg von ihr. Allerdings würde er schnell feststellen, dass es dort nur wenige Verstecke gab. Und wenn er die abgeklappert hatte, würde er zurückkommen.

Sie biss sich auf die Lippen.

Das Hauptproblem bestand darin, dass die meisten Türen verschlossen waren. Zum Öffnen benötigte man eine spezielle Karte, wie der nette Mann sie bei ihrer Ankunft von der Rezeptionistin bekommen hatte. Doch die lag drei Stockwerke über ihr neben seinem leblosen Körper. Kaylin schauderte. Damit blieben nur sehr wenige Verstecke übrig. Der Drache wusste das. Und es war nur eine Frage der Zeit, bis er die Tür zu ihrer Wäschekammer öffnen würde. Eine Frage von Minuten, wenn überhaupt.

Aber was waren die Alternativen?

Konnte sie es bis zurück zu den Liften schaffen?

Eine andere Möglichkeit gab es nicht. Das Treppenhaus lag in der Richtung, die der Drache eingeschlagen hatte. Kaylin hatte das Schild an der Wand sehr wohl bemerkt. Ein rennendes Männchen auf grünem Grund. Ein Ausweg. Deshalb hatte der Drache angenommen, dass sie sich dorthin gewandt hatte. Weil es das Naheliegendste war. Menschen taten fast immer das Naheliegendste. Doch Kaylin hatte früh gelernt, dass die Überraschung einer der stärksten Verbündeten war, die man haben konnte. Deshalb, und nur deshalb, hatte sie sich an der Gabelung nach links gewandt. In die Sackgasse. Das verschaffte ihr ein wenig Zeit.

Aber half ihr das irgendwie weiter?

Je länger sie überlegte, desto weniger glücklich schien ihr ihre Entscheidung zu sein. Der Drache hatte sich täuschen lassen. Gut und schön. Doch das änderte nichts daran, dass sie in der Falle saß.

*Was auch immer das Richtige gewesen wäre, du kannst nicht hierbleiben. Du kannst nicht einfach darauf warten, dass er dich holt. Du musst etwas unternehmen!*

Ihre Finger schlossen sich fest um den Türgriff.

Solange der Drache noch mit der anderen Seite beschäftigt war, hatte sie vielleicht eine Chance.

Sie nahm allen Mut zusammen und drückte auf die Klinke.

Durch den schmalen Spalt konnte sie den Gang sehen. Rotgoldener Teppichboden. Weiße Wände. Fünfzehn Meter bis zur Gabelung. Dann der endlos lange Flur, Tür an Tür, dort war sie ihm schutzlos ausgeliefert. Auf halber Strecke die Aufzugtüren. Wenn sie Glück hatte, kam irgendwer gerade auf dieser Etage an. Dann konnte sie einfach in den Lift steigen. Der Drache würde es kaum wagen, ihr ein Leid anzutun, solange andere dabei zusahen. Oder?

Sie war nicht sicher, aber sie hatte nur diese eine Möglichkeit.

Mit einem Ruck stieß sie die Tür ganz auf. Der Gang war leer.

Kaylin rannte auf die Gabelung zu. Lauschte. Rannte. So viele Türen. So viele verschlossene Wege. Und hinter ihr ... Waren das nicht seine Schritte? Dieser leicht unrhythmische Gang, den sie immer und überall wiedererkennen würde, bis an ihr Lebensende, an jedem Ort der Welt?

*Nicht umdrehen!*

Sie stürzte weiter. Dem Lift entgegen. Das rote Lämpchen über der Tür blinkte auf. Irgendetwas kam in Bewegung. Vor ihr. Hinter ihr. Die Schritte in ihrem Nacken wurden länger. Kein Zweifel, der Drache flog. Und keine Menschenseele weit und breit. Nur diese verdammten Türen.

Eine Geschichte fiel ihr ein. Etwas, das Thien ihr erzählt hatte. Ein Rätsel. Es handelte von einem Prinzen, der jeden Tag eine Tür öffnen musste. Neun an der Zahl. Hinter einer der Türen lauerte ein Tiger. Die anderen Räume waren leer. Es ging dabei um Überraschungseffekte und Wahrscheinlichkeiten, und die Lösung hatte etwas mit Logik zu tun. Während sie rannte, jagte ein Gedanke den anderen. Zahlen. Türen. Tiger. Jade. Drachen. Und natürlich das Mädchen aus der Wand.

Vor ihr ertönte ein Knacken. Dann folgte ein leises Pling, und die Lifttüren glitten auseinander.

Heraus trat eine Frau. Sie war noch recht jung und trug ein dunkles Jackett und darunter eine kornblumenblaue Bluse.

*Hilf mir!*, dachte Kaylin, während die Türen rechts und links immer schneller an ihr vorbeiflogen. Als ob sie in einen horizontal verlaufenden Abgrund stürzte. *Bitte!*

Die Frau blickte an ihr vorbei, den Gang hinunter, und Kaylin sah, wie sich der Ausdruck ihrer Augen veränderte. Kein Zweifel, sie erfasste die Gefahr sofort. Während die Wachsamkeit in ihren Augen einer geradezu wütenden Entschlossenheit wich, griff ihre rechte Hand unter ihr Jackett.

Die nächsten Bilder erreichten Kaylins Bewusstsein seltsam zeitverzerrt: Eine zweite Frau, die hinter der ersten aus dem Lift trat. Schwarze Augen voller Skepsis. Kristalle, die wie gefrorenes Eis von der Decke hingen, erleuchtet von unzähligen Glühbirnen. Im selben Moment fühlte sie eine Hand auf ihrem Arm. Ein metallisches Geräusch in ihrem Rücken. Dasselbe Schnappen, das sie gehört hatte, nachdem der nette Mann dem Drachen die Tür geöffnet hatte.

Die Hand packte zu.

Ihr Körper wurde herumgerissen.

Kaylin sah den rotgoldenen Teppich auf sich zustürzen. Registrierte die Waffe in der Hand der ersten Frau. Ein Fauchen. Hektische Bewegungen. Rufe. Dann ein Knall.

Die nächste Information, die bis in ihr Bewusstsein drang, war, dass der Drache um die Ecke zum Treppenhaus verschwand …

10

Hotel Rothschild Plaza, 11. Etage, 22.29 Uhr

»Er haut ab!«, schrie Em, während sie das Mädchen kurzerhand in die Arme ihrer Partnerin stieß. »Kümmern Sie sich um die Kleine. Und lassen Sie sie auf gar keinen Fall aus den Augen.«

Dann rannte sie los, ohne Zhous Reaktion abzuwarten.

Während ein Stück vor ihr die schwere Tür zum Treppenhaus ins Schloss fiel, hörte sie die Stimme ihrer Partnerin in ihrem Rücken: »Wir haben einen Verdächtigen. Er flüchtet über das östliche Treppenhaus. Capelli verfolgt ihn. Wir brauchen Verstärkung. Ich gebe Ihnen …« Der Rest verlor sich im Rauschen des Blutes, das vom Adrenalin getrieben durch Ems Adern pulste.

Sie stieß die Tür auf und flog – immer drei Stufen auf einmal nehmend – die Treppe hinunter. Das Treppenhaus war genauso gepflegt wie der Rest des Gebäudes, trotzdem roch die Luft abgestanden, nach alter Farbe und Öl.

Im Rennen blickte sie über das Geländer nach unten, doch der Mann, den sie verfolgte, hielt sich dicht an der Wand, so dass sie nur den Schatten sehen konnte, den sein Körper auf den eisernen Handlauf warf.

Er hatte rund drei Stockwerke Vorsprung. Zu viel, wenn er schnell war ...

Ems Sohlen quietschten auf dem grauen Linoleum. In der rechten Hand spürte sie das beruhigende Gewicht ihrer Waffe. Ein Schild an der Wand verriet, dass sie sich mittlerweile in der sechsten Etage befand. Noch drei Stockwerke also, dann hatte er den Ausgang erreicht. Blieb nur zu hoffen, dass die Kollegen rechtzeitig dort waren. Em biss sich auf die Lippen. Da sie in ihrer momentanen Situation ohnehin nicht viel zu verlieren hatte, nahm sie den nächsten Absatz im Sprung. ... Doch was war das? ... Sie stoppte abrupt, bekam mit einiger Mühe das Geländer zu fassen und spähte über die Brüstung.

Im selben Moment hörte sie ein Stück unter sich eine Tür zuschlagen.

*Was hat er vor? Ist das ein Trick?*

Ems Finger schlossen sich fester um den Griff ihrer Waffe. Aus irgendeinem unerfindlichen Grund war es von jetzt auf gleich totenstill. Als ob auch die Welt um sie herum lauschend innehielt. Hatte der Mann, dem sie folgte, das Treppenhaus tatsächlich verlassen? Hatte er einen anderen Weg genommen, weil er wusste, dass am Ausgang höchstwahrscheinlich ein Begrüßungskomitee auf ihn wartete? Oder lauerte er irgendwo dort unten mit entsicherter Waffe darauf, dass sie ihm in die Arme lief?

Em schluckte und suchte die Stille unter sich nach etwas ab, das ihn verriet. Doch bis auf das matte Summen einer Neonröhre und ihren eigenen, gehetzten Atem war nichts zu hören.

War er da? Unter ihr?

Kein Mensch, der gerannt war, konnte derart konsequent die Luft anhalten. Oder doch?

Sie hielt sich dicht an der Wand und arbeitete sich Stufe für Stufe weiter vor.

Fünfter Stock.

Vierter.

Noch eine halbe Etage ...

Ems Blick glitt über die Wand, die Zentimeter für Zentimeter vor ihr auftauchte. Auf einmal hörte sie Stimmen. Ein Mann und eine Frau, vertieft in harmloses Geplänkel. Hotelgäste vielleicht. Oder Angestellte.

Nur Augenblicke später wurde eine halbe Etage unter ihr die Tür zum Hotelflur aufgestoßen. Die Stimmen gewannen an Kontur. Als hätte jemand auf einmal den Ton laut gestellt. Sekundenbruchteile später fiel ein Schuss.

*Also ist er tatsächlich noch da!*

Sie hörte die Frau kreischen. »Polizei!«, schrie sie, während sie die letzten Stufen im Sprung überwand und auf die abwärts führende Treppe anlegte. »Ist jemand verletzt?«

Die Angestellte, eine korpulente Inderin im weißen Kittel, wies mit zitternder Hand auf einen etwa vierzigjährigen Mann, der unter dem Rahmen der Brandschutztür auf dem Boden lag und sich ächzend eine Hand an die Schulter presste.

Em kniete sich neben ihn und warf einen Blick auf die Wunde.

*Nicht lebensbedrohlich.*

*Zum Glück!*

»Keine Sorge, das kommt wieder hin«, flüsterte sie, während sie ihm flüchtig die Hand auf den Arm legte. »Bleiben Sie einfach ruhig liegen. Es kümmert sich sofort jemand um Sie.« Dann drehte sie sich wieder zu seiner Begleiterin um. »Dieser Mann, der auf Sie geschossen hat ... Konnten Sie sehen, wo der hin ist?«

»Da lang.« Sie zeigte den Korridor entlang, der aus dieser Perspektive schier endlos wirkte und von dem nach etwa dreißig Metern ein weiterer Flur abzweigte.

Der alte Teil des Gebäudes war anders strukturiert als die neu aufgestockten Etagen über ihnen, trotzdem musste der Flur eigentlich zu den Fahrstühlen führen. Aber würde der Killer tatsächlich wagen, den Aufzug zu benutzen? Hinunter in eine Eingangshalle, in der es vor Polizisten inzwischen nur so wimmelte?

»Was ist hinter den Aufzügen?«

Die Frau in Weiß starrte sie an.

»Wenn man den Gang weiterläuft«, drängte Em. »Ist da auch noch ein Treppenhaus?«

»N-Nein«, stammelte die Angestellte. »Da sind nur ... Zimmer und ... äh ... die Raucher-Lounge.«

»Gibt es außer diesem Aufgang und dem Lift noch irgendeine andere Möglichkeit, das Gebäude zu verlassen?«

Die Wangen der Frau waren krebsrot. Dennoch hatte sie sich erstaunlich gut im Griff. »Vor der Lounge ist eine Terrasse«, antwortete sie nach kurzem Überlegen. »Von da aus könnte man es vielleicht aufs Dach des Nachbarhauses schaffen. Also theoretisch, glaub ich ...«

Im Treppenhaus unter ihnen wurden Schritte laut, und Em brauchte nicht erst über die Brüstung zu sehen, um zu wissen, dass es sich um Mitglieder eines Spezialeinsatzkommandos handelte. Zhou und Kühnreich waren offenbar nicht untätig gewesen. Und das wiederum bedeutete, dass es für den Flüchtigen zunehmend eng wurde. Falls er das Gebäude nicht längst verlassen hat, setzte sie in Gedanken hinzu.

Sie warf einen letzten prüfenden Blick auf den Verwundeten. »Bleiben Sie hier, die Kollegen sind sofort bei Ihnen«, wies sie die Frau an.

Dann stürmte sie weiter.

Die Raucher-Lounge war ausgeschildert, was gut war, denn der Flur beschrieb – bedingt durch die verschachtelte Bauweise früherer Zeiten – zwei unerwartete Knicke, bevor er vor einer zweiflügligen Milchglastür endete. Em nahm das Aroma von Pfeifentabak und erkalteter Asche wahr. Ein paar atemlose Sekunden lang lauschte sie in die Stille hinter dem Glas. Dann stieß sie entschlossen die Tür auf und grätschte mit gezückter Waffe in den Raum. Ihre Augen streiften Sitzgruppen aus dunklen Ledermöbeln. Einen Kamin. Direkt daneben ein Eisengestell mit Schürhaken und Kehrutensilien. Auf den Tischen lagen verschiedene Zeitungen und Magazine. Gegenwärtig war niemand hier, um zu rauchen oder zu lesen. Und doch ...

Em hielt inne.

*Ich kann ihn fühlen. Seine Körperwärme liegt noch in der Luft. Seine Spur ... Er ist hier!*

Sie zuckte zusammen. Von einem Augenblick auf den anderen war sie wieder am See. Fühlte den gluckernden Kies unter den Sohlen ihrer Sandaletten. Das eisige Wasser, das nach ihren Fesseln griff. Sie sah Algen, die wie hungrige Tentakel über den Grund fuhren und den zarten Körper umspielten, als wollten sie sagen: Sieh her, jetzt gehört er uns. Und da ist nichts, was du dagegen tun kannst ...

*Verdammt, Em! Konzentrier dich!*

Sie hob die Waffe und fixierte die gegenüberliegende Wand, wo eine breite Schiebetür auf die Terrasse hinausführte. TÜRE BITTE GESCHLOSSEN HALTEN stand auf einem Schild neben dem Griff.

Em trat darauf zu. Solange das Licht brannte, gab sie ein erstklassiges Ziel ab, so viel stand fest. Andererseits glaubte sie eigentlich nicht daran, dass der Killer es nach der gescheiterten Aktion im Treppenhaus noch einmal wagen würde, ihr aufzulauern. Er wusste, dass sie seine Pläne durchschaut hatte. Und er wusste auch, dass er kein Bein mehr auf die Erde bekam, wenn das SEK das Gebäude erst mal umstellt hatte.

*Er wird seine Chance genutzt haben.*

Sie holte tief Luft. Aus der Glasscheibe leuchtete ihr ihr eigenes Spiegelbild entgegen. Mit der linken Hand bekam sie den Griff der Terrassentür zu fassen.

*Wenn er da draußen ist, hast du nicht die geringste Chance ...*

Em fühlte, wie ihre Handflächen feucht wurden. Gegen ihre Angst stand nur die Logik: Wenn er da draußen wäre, hätte er dich längst erschossen. Was, um Himmels willen, sollte ihn davon abgehalten haben?

Ein beherzter Ruck, und die Tür war auf.

Augenblicklich schlug ihr würzige Abendluft entgegen. Drei Etagen unter ihr brandete der Verkehr. Em hörte wütendes Gehupe, und irgendwo aus einem der Nachbarhäuser drang der Streit zweier Männer. Arabisch, soweit sie das beurteilen konnte.

Sie hielt die Pistole auf Taillenhöhe vor sich und rannte geduckt wie ein Guerillakämpfer auf die Brüstung zu. Dahinter befand sich, ein halbes Stockwerk tiefer, eine Art Flachdach, das zu einem Zwischengebäude gehören musste. Es war schmal, kaum mehr als sechs oder sieben Meter breit, und unmittelbar dahinter erhob sich das nächste Haus, dessen Baustil an die New Yorker Großstadtkultur der Dreißigerjahre erinnerte. Ems Blicke scannten die düstere Fassade, doch bis auf ein paar spärlich verteilte Lichtschächte schien es keine Fenster zu geben, geschweige denn Türen. Somit war die einzig erkennbare Fluchtmöglichkeit tatsächlich ein Sprung auf das Flachdach ...

*Also los!*

Sie schwang die Beine über die Brüstung und landete auf etwas, das in dem spärlichen Licht, das von der Straße heraufschwappte, wie brüchige Teerpappe aussah. Ein

Stück weiter hinten befand sich eine Luke, doch sie ließ sich nicht öffnen. Also wandte Em sich weg von der Straßenfront. Dorthin, wo Hinterhöfe gähnten und Düsternis mit hungrigen Mäulern auf Beute lauerte. Dritter Stock, minus eine halbe Etage für das Flachdach, resümierte Em. Das klang, ehrlich gesagt, noch immer verdammt hoch!

Aber was war mit diesem Absatz da drüben?

Ihre Augen blieben an einem Mauervorsprung hängen, der zumindest auf den ersten Blick keinen erkennbaren Zweck erfüllte. Er lag rund anderthalb Meter tiefer als das Flachdach, auf dem sie stand, wenn auch ein wenig versetzt, und unterteilte den Abgrund, der sich vor ihr auftat. Em kniff die Augen zusammen. Sie schätzte die Entfernung auf etwa zwei Meter. Das war für einen einigermaßen sportlichen Kerl weiß Gott kein unüberwindliches Hindernis ...

Sie wollte eben zum Sprung ansetzen, als sich ein Stück unter ihr ein Schatten aus der Mauer des Hinterhofs löste. Instinktiv machte Em einen Schritt nach rechts. Nur Millisekunden später zischte etwas an ihrem linken Ohr vorbei.

»Gottverdammte Scheiße!«, fluchte sie und sprang. Über die Kante. Ins Ungewisse ...

Und dieses Mal war der Aufprall erwartungsgemäß weit unsanfter als zuvor.

Ems Muskeln zogen sich schmerzvoll zusammen, als sie mit einem dumpfen Schlag auf einer stahlähnlichen Oberfläche aufkam. Ein Müllcontainer wahrscheinlich. Jedenfalls roch das verdammte Ding danach. Die Wucht des Aufpralls nahm ihr den Atem. Doch mit viel Glück gelang es ihr, sich über die Schulter abzurollen, während in der Dunkelheit vor ihr bereits neues Mündungsfeuer aufblitzte. Ems Körper schlitterte über den kühlen Stahl. Etwas schnitt ihr in die Handkante. Aber das nahm sie allenfalls flüchtig zur Kenntnis. Ein neuer Ruck, dann fühlte sie plötzlich wieder festen Boden. Stein oder Asphalt.

Sie kam stöhnend auf die Beine und feuerte blind auf die Stelle, von der aus er zuletzt auf sie geschossen hatte. Sie hörte das charakteristische Zischen, als die Kugel den Lauf verließ, und kurz darauf, wie das Projektil an der unverputzten Mauer auf der anderen Seite des Hofs absplitterte. Dann war es wieder still.

Em warf sich in der Dunkelheit nach links und wartete darauf, dass der Mann, den sie verfolgte, das Feuer erwiderte. Doch stattdessen hörte sie seine Schritte.

Schritte, die sich eilig entfernten ...

»Bleiben Sie stehen!«, schrie sie, indem sie ein weiteres Mal in seine Richtung feuerte.

Doch der Vorsprung des Unbekannten war zu groß.

Nur einmal noch, ganz kurz, sah Em seine Silhouette, als er eine rostige Gittertür auf der anderen Seite des Hofes aufstieß. Dann war er in der Dunkelheit der dahinterliegenden Toreinfahrt verschwunden.


11


**Straße vor dem Rothschild Plaza, 22.43 Uhr**

»Gottverdammter Mist, ich hab's vermasselt!«, schimpfte Em, als sie kurz darauf humpelnd und völlig verdreckt aus der Dunkelheit der Hinterhöfe auf die Straße hinaustrat.

Vom Eingang des Hotels aus funkelte ihr mannigfaches Blaulicht entgegen. Em sah SEK-Leute in schwarzen Anzügen und Uniformierte, die den Verkehr einspurig am Ort des Geschehens vorbeilotsten. Auf der gegenüberliegenden Straßenseite hatten sich bereits erste Schaulustige versammelt. Ein paar von ihnen hielten Handys und Smartphones hoch.

Vom Eingang des Hotels aus stürzte ihr Zhou entgegen. »Gott sei Dank! Wir haben uns schon Sorgen gemacht.«

Em verdrehte die Augen. »Ich lebe noch.«

»Sind Sie verletzt?«

»Nein, verdammt. Alles bestens.«

»Aber Sie bluten …«

»Wirklich?« Sie hob den Arm und betrachtete verwundert ihr Handgelenk, an dem ein dünnes, aber kontinuierliches Rinnsal hinunterlief. »Hab ich gar nicht gemerkt.«

Zhou bedachte sie mit einem skeptischen Blick.

»Das ist gar nichts«, wiegelte sie ab. »Viel schlimmer ist, dass mir dieser Scheißkerl durch die Lappen gegangen ist. Haben Sie schon eine Fahndung rausgegeben?«

»Ich fürchte, das werden Sie nähen lassen müssen«, konstatierte Zhou, ohne auf die Frage einzugehen.

»Blödsinn!«, fauchte Em. »Geben Sie mir ein Tempo und lassen Sie mich in Ruhe.«

»Aber …«

Sie hob den Kopf und brachte ihre Partnerin mit einer unmissverständlichen Geste zum Schweigen. »Schlucken Sie's einfach runter, okay? Ich bin nicht in der Stimmung für Mitleid.«

Zhous Brauen verschmolzen zu einer schmalen, durchgehenden Linie. »Ich hatte weniger an Mitleid gedacht als an …«

»Was ist mit dem Mädchen?«, fiel Em ihr gleich wieder ins Wort. Sie war dreckig. Sie stank nach Müll. Da hatte sie weiß Gott nicht den Nerv, sich auch noch betüddeln zu lassen! »Hat sie was abbekommen?«

»Nein, es geht ihr gut«, antwortete Zhou, beinahe widerwillig. »Aber so eine Wunde, wie Sie sie da haben, sollte wirklich ...«

»Herrgott noch mal, ich bin kein Kleinkind, das vom Roller gefallen ist, klar?« Sie atmete tief durch. »Ich kann auf mich selbst aufpassen. Also bringen Sie mich jetzt auf den neuesten Stand!«

Zhou stöhnte, aber sie fügte sich. »Die Fahndung nach dem Schützen läuft«, berichtete sie knapp. »Allerdings ist die Beschreibung mehr als dürftig. Europäer. Etwa eins achtzig groß, schlank, dunkelhaarig.« Sie zuckte die Achseln. »Das Übliche. Es sei denn, Sie ...?«

Em schüttelte bedauernd den Kopf. »Leider nein. Genau genommen habe ich nicht viel mehr von ihm zu Gesicht bekommen als Sie.«

»Können Sie wenigstens irgendwas über sein Alter sagen?«

Sie bearbeitete die Flecken auf ihrer Bluse, während sie nachdachte. »Nicht mehr blutjung, würde ich sagen. Aber das ist mehr ein Instinkt als eine Beobachtung.«

Zhou blickte an ihr vorbei, die Straße hinunter. »Vielleicht haben wir Glück und eine von den Kameras hat ihn erwischt ...«

»Haben Sie gesehen, wie der mit der Waffe umgegangen ist?«, widersprach Em.

»Sie denken, er ist ein Profi?«

»Zumindest hat er eine einschlägige Ausbildung. Und ich glaube kaum, dass er so dumm ist, eine Überwachungskamera zu übersehen, wenn er ein Gebäude wie das Plaza betritt. Schon gar nicht, wenn er es in der Absicht tut, jemanden zu töten.«

»Ich denke, es kommt darauf an, wie viel Zeit ihm zur Vorbereitung der Aktion zur Verfügung stand.«

»Dann soll Makarov jemanden herschicken, der sich um

die Aufzeichnungen kümmert«, entschied Em. »Wir haben im Augenblick Wichtigeres zu tun.«

»Nämlich?«

»Das Mädchen.«

»Sie ist bei den Kollegen vom SEK. Die Geschäftsleitung hat ihnen einen Raum zur Verfügung gestellt, wo sie erst mal ein bisschen zur Ruhe kommen kann.«

»Haben Sie mit ihr gesprochen?«

»Ich habe es versucht.« Zhous Miene verfinsterte sich. »Auf Deutsch, auf Englisch und natürlich auf Mandarin. Nur leider antwortet sie nicht.«

Em zog die Stirn kraus. »Weil sie nicht versteht, oder will sie nicht antworten?«

»Keine Ahnung.«

»Seltsam.« Sie kaute nachdenklich auf ihrer Unterlippe. »Ist sie denn ... Ich meine, können Sie sagen, ob sie tatsächlich Chinesin ist?«

Zu ihrer Überraschung brach Zhou in schallendes Gelächter aus. »Sehen *Sie* es einem Menschen an, ob er aus Tschechien, Österreich oder aus der Schweiz stammt?«

Ertappt senkte Em den Blick. »Ich dachte nur, eine gewisse Physiognomie wäre vielleicht typisch für ...«

»Schon klar«, fiel Zhou ihr ins Wort. »Und gut möglich, dass Sie recht haben. Nur leider kenne ich mich mit Anthropologie so gar nicht aus. Rein aus dem Bauch heraus würde ich sagen, dass die Kleine aus Zentralasien stammt. Aber da käme China genauso infrage wie zum Beispiel Nepal oder Bhutan.«

Im selben Moment trat ein SEK-Mann, flankiert von zwei uniformierten Beamten, aus dem Hotel. An seiner Hand ging das Mädchen, das zwischen den hünenhaften Männern wie eine verirrte Elfe wirkte.

»He! Stopp!«, rief Em und fuchtelte wild mit den Händen. »Was soll denn das werden?«

»Vermutlich bringen sie sie ins Krankenhaus.«

»Ins Krankenhaus? Kommt gar nicht infrage! Nicht, bevor ich nicht selbst mit ihr gesprochen habe.«

Sie wollte los, doch Zhou hielt sie am Arm fest. »Sie ist ein Kind, Em.«

»Und?«

»Haben Sie mal auf die Uhr gesehen?«

*Nein, habe ich nicht ...*

»Wir fahren gleich morgen früh zu ihr, ja?« Zhous Stimme war ungewohnt sanft. »Ich weiß auch, dass wir keine Zeit zu verlieren haben«, kam sie Ems Einwand zuvor. »Trotzdem müssen Sie sie jetzt erst einmal gehen lassen. Damit sie untersucht werden kann. Und ein bisschen Ruhe bekommt. Wer weiß, was sie durchgemacht hat ...«

Ems Augen klebten am Seitenfenster des Audi, der sich in diesem Augenblick in Bewegung setzte. In der Scheibe spiegelte sich die Fassade des Hotels. Dahinter konnte man schemenhaft ein Kindergesicht erahnen. »Ich will, dass sie Personenschutz bekommt«, sagte sie. »Wir dürfen sie keine Sekunde aus den Augen lassen.«

Zhou horchte auf. »Was, um Himmels willen, befürchten Sie denn?«

Em antwortete mit einer Gegenfrage: »Können Sie mir einen einzigen vernünftigen Grund nennen, warum sich der Killer eine Dreiviertelstunde nach dem Mord an den Klatts noch immer in diesem verdammten Hotel herumgetrieben hat?«

»Stimmt.« Zhou senkte den Blick wie ein ertapptes Schulmädchen. »Dafür gibt es eigentlich nur eine Erklärung ...«

»Nämlich?«

»Er wollte das Mädchen.«

»Ja«, nickte Em. »Und zwar lebend.«

## 12

Polizeipräsidium Frankfurt, Besprechungszimmer, 23.14 Uhr

»Gütiger Himmel, Emilia!«, rief Makarov, als sie eine gute Viertelstunde später einen der Besprechungsräume ihrer Abteilung betraten. »Haben Sie sich geprügelt?«

»Klar.« Em warf ihre Jacke über einen der Stühle. »Gleich nachdem ich mich im Müll gewälzt hatte. Aber Sie sollten erst mal sehen, wie der andere aussieht.«

Im Angesicht von so viel Selbstironie blickte sich Makarov hilfesuchend nach Zhou um, doch die zuckte nur mit den Achseln. »Aber mal ernsthaft: Was ist mit Ihrer Hand passiert?«

»Nichts«, entgegnete Em entnervt. »Das ist nur ein Kratzer.«

»Es sieht aber nicht aus wie ein Kratzer.«

»Es ist harmlos, okay?«

»Okay.« Er hob abwehrend die Hände. Die Erfahrung hatte ihn gelehrt, so etwas wie Mitgefühl grundsätzlich nur dort aufzuwenden, wo es auch erwünscht war. »Dann bringen Sie mich mal auf den neuesten Stand.«

»Auf den ersten Blick riecht die Sache nach einem Auftragsmord«, berichtete Em. »Allerdings entsprechen die Opfer ganz und gar nicht dem für solche Taten typischen Bild ...«

Makarovs Wieselaugen blitzten über dem Rand seiner Brille auf. »Inwiefern?«

»Ein Ehepaar kurz vor dem Ruhestand. Gut situiert, unbescholten und nach allem, was wir bislang wissen, auch skandalfrei. Allerdings ...« Sie fuhr erschrocken herum, als sie einen stechenden Schmerz an ihrer Hand fühlte. »Heilige Scheiße! Was, zum Henker, machen Sie da?«

Zhou schenkte ihr ein strahlendes Lächeln. »Ich desinfiziere Ihre Hand.«

*Woher auch immer sie so schnell einen Wattebausch gezaubert hat ...*

»Nicht jetzt.«

»Doch, jetzt.« Die Zufriedenheit in Zhous Gesicht vertiefte sich, als sie ihrer Partnerin die mit irgendeinem stechend riechenden Desinfektionsmittel getränkte Watte abermals auf die Wunde drückte.

Makarov zog überrascht die Augenbrauen hoch. Es kam selten vor, dass es jemand wagte, der spröden Capelli zu widersprechen. Und noch seltener geschah es, dass derjenige sofort zur Tat schritt.

»Aua!«

»Entschuldigung.«

»Ja, ja.« Em zog geräuschvoll Luft durch die Zähne. »Warum können wir mich nicht einfach in Ruhe lassen?«

Makarov sah sie an. »Wir?«

»Vergessen Sie's.« Sie sah zur Tür, von wo aus ihr Alex Decker mit einem Stapel Computerausdrucke entgegenkam.

»Da sind ja unsere Fahnenflüchtlinge«, rief er fröhlich, und automatisch suchte Em in seinem Gesicht nach einer Spur jener Bitterkeit, mit der er dem jungen Pell nur wenige Stunden zuvor vom mehr als unrühmlichen Ende seiner Beziehung mit Julia berichtet hatte. Doch sie wurde nicht fündig: Decker wirkte so frisch und unbekümmert wie immer.

Hinter ihm steckte Carsten Pell den Kopf ins Zimmer. »Das war ein verdammt guter Abgang«, stellte er lächelnd fest, während er Em und Zhou ein provisorisch geheftetes Schriftstück in die Hand drückte. Kopien der Buchungsunterlagen aus dem Hotel, wie Em nach einem kurzen Blick auf das Dokument feststellte. »Allerdings hat er euch um den Genuss von Mortons Abmoderation gebracht.«

»Das ist das einzig Gute an dieser ganzen Geschichte«, knurrte Em.

»Ich habe schon gehört, wie angetan Sie von den Inhalten der Veranstaltung gewesen sind«, bemerkte ihr Vorgesetzter in erstaunlich wertfreiem Ton. »Aber keine Sorge, wir werden das so schnell wie möglich wiederholen.«

Sie starrte ihn an. »Das ist nicht Ihr Ernst, oder?«

Makarov verzog keine Miene. »Haben Sie ein Problem mit Mikromimik?«

»Wieso, verdammt noch mal, fragt mich heute alle Welt, ob ich Probleme habe?«, echauffierte sich Em.

Die Frage war rein rhetorisch, und die Kollegen hüteten sich, auch nur ansatzweise darauf zu reagieren.

»Ich habe mindestens ...« Sie unterbrach sich und rechnete nach. »Mindestens 85 Prozent dieses verdammten Seminars mitbekommen, bevor ich offiziell ...«, ihr Blick bekam etwas Herausforderndes, »ich betone: *offiziell* abgezogen wurde. Das heißt ja wohl, dass ich diese verdammte Teilnahmebescheinigung mehr als verdient habe.«

»Gert Morton scheint in diesem Punkt anderer Ansicht zu sein«, merkte ihr Boss vorsichtig an.

»Gert Morton und seine Ansichten interessieren mich ...«

»Scheiße, Em!«, fiel Decker ihr ins Wort, der erst jetzt ihren provisorischen Verband bemerkt hatte. »Was ist passiert?«

»Nichts.«

»Nichts?«

»Ich bin von einem Dach gesprungen und blöd gelandet. Aber keine Sorge ...« Sie bedachte Zhou mit einem ironischen Seitenblick. »Ich bin bereits bestens versorgt, wie du siehst. Können wir jetzt weitermachen?«

»Bitte.«

»Gut.« Sie holte tief Luft. »Also: Nach Lage der Dinge vermuten wir, dass es irgendwie um das Kind geht. Nur haben wir leider keine Ahnung, wo es herkommt und wieso es überhaupt in diesem Hotel gewesen ist. Noch dazu in Begleitung der Klatts.«

»Ich habe mir noch einmal sämtliche Vermisstenmeldungen angesehen«, erklärte Pell, der auf dem Stuhl neben Zhou Platz genommen hatte. »Aber es bleibt dabei: kein vermisstes asiatisches Kind im passenden Alter. Zumindest nicht hier in der Stadt.«

»Und sonst?«

»Ein zehnjähriger vietnamesischer Junge in Hamburg und zwei koreanische Schwestern in Berlin«, antwortete der junge Kollege. »Allerdings sind die erst vier und sechs Jahre alt.«

»Vielleicht ist das Mädchen illegal hier im Land«, schlug Makarov vor, indem er das Foto, das Zhou von der kleinen Asiatin gemacht hatte, nachdenklich betrachtete.

Em schnappte sich eine Tasse vom Tisch neben der Tür und schenkte sich Kaffee ein. »Sie denken an Menschenhandel?«

»Vielleicht.«

»Ich kann mir nicht vorstellen, dass Leute wie die Klatts in so was verstrickt waren.«

Zhou legte zweifelnd den Kopf zur Seite. »Ein Eindruck kann täuschen.«

Em sah sie an. Sie hatte das unbestimmte Gefühl, dass sich die Bemerkung nicht allein auf den Fall bezog. »Was sagt denn der Neffe?«

»Der ist total schockiert«, berichtete Decker, der vor einer halben Stunde mit Steven Groß telefoniert hatte. »Zumindest behauptet er das«, fügte er, an Zhou gewandt, hinzu. Doch die schien ihn nicht einmal zu bemerken. »Er sagt, sein Onkel habe sich wie gewohnt von ihm verabschiedet, als er die Firma gegen halb elf verlassen hat.«

Em balancierte ihre volle Tasse zum Tisch. »Ist er allein gegangen?«

»Ja. Die Sekretärin sagt, seine Frau habe ihn abgeholt.«

»Um gemeinsam mit ihm zum Flughafen zu fahren, nehme ich an?«

»Zumindest ging die Sekretärin davon aus«, nickte Decker.

Makarov nahm seine Brille ab und polierte hingebungsvoll die Gläser. »Wissen wir schon, wer die Klatts beerbt?«

Decker stöhnte. »Diese Leute sind gerade mal zwei Stunden tot. Da konnten wir unmöglich schon alles ...«

»Ist ja gut«, sagte Makarov. »Dann morgen.«


13


Universitätsklinikum Frankfurt, 23.50 Uhr

Die beiden Männer tragen Waffen an ihren Gürteln. Sie sitzen stumm auf dem langen Flur vor dem Zimmer und warten.

*Für den Fall, dass der Drache zurückkommt ...*

Kaylin hat sich entschlossen zu schweigen, obwohl die Ärztin ihr viele Fragen stellt. Sie ist eine große, auffallend schlanke Frau, ungeschminkt, mit kurzem braunen Haar und einer komischen halben Brille, die so fremd und unpassend auf ihrer Nase sitzt, als habe irgendwer anders sie dort vergessen. Ihr Atem riecht nach Kaffee und sie ist abgrundtief müde, auch wenn sie alles tut, es nicht zu zeigen.

»Wie heißt du denn?«, fragt sie und bedeutet Kaylin, dass sie Jeans und Sweatshirt ausziehen soll.

Kaylin denkt an den Dzi und zögert.

Doch die Ärztin nickt ihr aufmunternd zu und zeigt dabei mit dem Finger auf sich selbst. »Monika. And you?«

Kaylin wendet den Blick ab und schlüpft aus ihren Jeans. Anschließend streift sie auch ihr Sweatshirt über den Kopf. Ihr Arm ist nicht geschwollen und der Einstich kaum zu sehen. Trotzdem ist sie nicht sicher, ob die Frau mit der halben Brille nicht doch bemerken wird, dass sie schon einmal bei einem Arzt war an diesem Tag. Kaylins Herzschlag beschleunigt sich. Dann würde sie zweifellos Fragen stellen. Noch mehr Fragen. Fragen, die sie früher oder später zu Chang und Wu führten. Dann würde auch das Schweigen nichts mehr nützen …

»Komm her.« Die Ärztin lächelt, während sie Kaylin mit geübten Bewegungen herumdreht und ihre Latexfinger über deren Schultergürtel gleiten lässt, die Wirbelsäule abwärts. »What's your name?«

Kaylin beißt sich auf die Lippen.

*Du musst darauf achten, niemals aus Versehen zu antworten. Das hat Thien ihr wieder und wieder eingebläut. Unter gar keinen Umständen. Hast du mich verstanden? Das erfordert viel Willensstärke und einen wachen, jederzeit aufmerksamen Geist. Aber du kannst es schaffen. Man kann alles schaffen, wenn man es wirklich will …*

»Du verstehst mich nicht«, konstatiert unterdessen die Ärztin. Sie tastet gerade Kaylins Beine ab, und ihre Hände verweilen einen Augenblick im Bereich der Kniekehlen. Das Loch im Unterhemd und der Dzi scheinen ihr entgangen zu sein. Oder sie hat kein Interesse daran, weil ein Dzi nicht zu den Dingen gehört, nach denen sie sucht.

Aber was ist mit dem Einstich an Kaylins Oberarm?

»Leg dich mal hier hin«, sagt die Ärztin und klopft einladend auf die Liege neben sich. »Das müssen wir kurz ausziehen, ja?«

Kaylins Körper verspannt sich, als die Latexfinger unter den Rand ihres Slips gleiten.

»Keine Angst. Don't be afraid, hm?« Sie rollt ein Stück näher und rückt an ihrer Brille. Dann beugt sie sich vor. »It's okay. Don't be afraid.«

Die nächsten Minuten kommen Kaylin wie eine kleine Ewigkeit vor. Die Decke über ihr hat unzählige kleine Löcher, doch Kaylin konzentriert sich auf das Bild in ihrem Kopf: Mapham Yutsho, jener türkisblaue See am Fuße des Mount Kailash, des heiligen Berges, den die Chinesen Manasarovar-See nennen. Die Erinnerung an das reine blaue Wasser vor den schneebedeckten Bergen ist wie ein Foto, das Kaylin zur Hand nehmen und von allen Seiten betrachten kann. Und sie tut es, wann immer sie Trost braucht. So wie jetzt …

»Du kannst dich wieder setzen.« Die Ärztin lächelt, als ob auch sie heilfroh sei, es endlich hinter sich zu haben. »Get up.«

Kaylin erhebt sich. Kein Wort über den Einstich an ihrem Oberarm.

Keine Fragen.

Bis jetzt …

Die Ärztin hat sich abgewandt und notiert etwas auf einem Zettel, der in einem grauen Klemmbrett steckt. »What's your name?« Mittlerweile fragt sie nur noch aus Routine. Vielleicht auch, damit es nicht so quälend still ist. Wenn sie jetzt eine Antwort erhielte, würde sie vermutlich zu Tode erschrecken.

Kaylin betrachtet ihren Rücken.

»Mach mal bitte den Mund auf, ja? Schau, sooooo.« Sie

öffnet ihren eigenen Mund, so dass Kaylin bis tief in ihren Rachen schauen kann. Ihre Zähne sehen krank aus, und ein paar von ihnen haben Füllungen in Grüngold. »Jetzt du!« Ein behandschuhter Zeigefinger tippt gegen Kaylins Brustbein.

Kaylin macht den Mund auf.

»Gut.«

Die Ärztin leuchtet ihr mit einer kleinen Lampe in den Hals und anschließend auch in die Augen. Zuerst kurz in das linke. Dann ein wenig länger in das rechte Auge. Anschließend steht sie auf und trägt noch mehr Daten in ihr Formular ein.

»Okay«, sagt sie, als sie fertig ist. »Das war's.«

Aus den Augenwinkeln beobachtet Kaylin, wie sie zur Tür geht und den Wächtern sagt, dass sie hereinkommen können.

»Und?«, fragt der ältere der beiden, indem er Kaylin eine fleischige, erstaunlich behaarte Hand entgegenstreckt.

»Keine Hinweise auf Gewalt oder Missbrauch.«

»Irgendwas anderes?«

Die Ärztin schüttelt den Kopf. »Das Kind ist in einem guten Allgemeinzustand. Gut genährt. Gut entwickelte Muskulatur. Keine Auffälligkeiten.«

»Schauen Sie später noch mal nach ihr?«, fragt der Jüngere.

»Die Nachtschwester«, entgegnet die Ärztin, die bereits ein neues Formular in ihr Klemmbrett geschoben hat. Für sie ist die Angelegenheit offenbar erledigt. Begutachtet. Für unbedenklich befunden. Abgehakt. Trotz der Waffen, die die Wächter an ihren Gürteln tragen.

Als die beiden zusammen mit ihrem Schützling den Raum verlassen, dreht sie nicht einmal mehr den Kopf.

## 14

**Polizeipräsidium Frankfurt, 0.07 Uhr**

»Was für ein Tag!«, stöhnte Em, als Zhou und sie ein paar Minuten nach Mitternacht endlich im Aufzug standen.

»Wie kommen Sie nach Hause?«

»Ich?« Sie zog die Stirn kraus. »Mit der U-Bahn. Wie immer.«

Zhou öffnete den Reißverschluss ihrer Handtasche und zog einen Autoschlüssel heraus. »Ich könnte Sie mitnehmen ...«

Was waren denn das auf einmal für neue Töne? Em knöpfte ihre Jacke zu und schlang sich ihren maisgelben Lieblingsschal um den Hals. Das Angebot war angesichts der Uhrzeit und des Grades ihrer Erschöpfung zugegebenermaßen verlockend. Andererseits: Wenn sie erst mal zuließ, dass Zhou das Kindermädchen für sie spielte ... »Ihre Wohnung liegt in der entgegengesetzten Richtung.«

»Das ist korrekt.« Ein listiger Seitenblick. »Aber ich wollte noch bei McDonald's vorbei.«

Ems Augen blieben an der makellos schlanken Taille ihrer Partnerin kleben.

Zhou schien zu ahnen, was sie dachte, und lachte. »Essen ist wie fast alles im Leben eine Frage der Balance.«

*Ja, na klar ...*

»Also, was ist nun?«

Em blickte an ihren völlig verdreckten Jeans hinunter. »Von mir aus.«

Auf dem Weg in die Tiefgarage erhielt Zhou eine SMS. Zumindest gab ihr Smartphone einen entsprechenden Ton von sich. Doch sie schien nicht nachsehen zu wollen. Etwas, das Em ausgesprochen merkwürdig fand.

Nur Augenblicke später schnappte ein paar Meter vor ihnen die Zentralverriegelung von Zhous Mercedes auf. Sie fuhr einen schwarzen GLK mit 204 PS und Trittbrettern in Alu-Optik, der in dieser Ausstattung gut und gern fünfzigtausend Euro und mehr gekostet haben dürfte.

Em hielt so eine Anschaffung für völlig übertrieben, auch wenn Gerüchte besagten, dass ihre Partnerin den Wagen lediglich gebraucht gekauft und obendrein zu einem absoluten Vorteilspreis erstanden habe. Das allerdings bezweifelte Em. Bislang war sie vielmehr davon ausgegangen, dass Zhous Vater als Sponsor fungiert hatte. Immerhin saß er im Vorstand eines großen chinesischen Bankhauses. Doch seit der Bemerkung von vorhin musste man wohl oder übel auch die Möglichkeit auf der Rechnung haben, dass Zhou den Wagen von ihrem Ex geerbt hatte.

*Während meiner Zeit in Israel bin ich ein paarmal mit jemandem verreist, der in Hotels dieser Kategorie abgestiegen ist ...*

Ihr Blick streifte Zhous Hände, die locker und entspannt auf dem lederbezogenen Sportlenkrad lagen. Wie immer trug ihre Partnerin außer einer schlichten Armbanduhr im Herrenstil keinerlei Schmuck. Keine Ringe, keine Ketten und auch kein Armband. Die einzigen Statussymbole, die sie sich zugestand, waren dieses Auto, eine sündhaft teure Wohnung am Westhafen und die eine oder andere Designer-Handtasche, bei deren Auswahl sie – das musste Em unumwunden zugeben – einen exzellenten Geschmack bewies.

»Na, was denken Sie«, begann sie ein Gespräch, weil sie keine Lust hatte, die ganze Fahrt in diesem unbequemen Schweigen zu verharren. Und vielleicht ließ sich so eine lockere Plauderei unter Kollegen ja auch ganz beiläufig auf zurückliegende Beziehungen, Exfreunde und Hotelaufenthalte lenken. »Ist diese Julia schuld, dass unser guter Alex seit Jahren nur oberflächliche Bekanntschaften unterhält? Weil sie ihm damals das Herz gebrochen hat?«

Aufs Zhous Lippen erschien ein kryptisches Lächeln. »Nein.«

»Was nein?«

»Das denke ich nicht.«

Em war ehrlich erstaunt. »Wieso nicht?«

Das Lächeln vertiefte sich. »Weil die Geschichte mit Julias Fremdgehen von vorne bis hinten gelogen war.«

»Gelogen?« Em starrte ihre Partnerin an. »Wie kommen Sie denn auf die Idee?«

»Instinkt, schätze ich.«

*Ja, ja. Verarschen kann ich mich alleine!*

Sie kniff die Augen zusammen, doch Zhou gab sich keinerlei Blöße, sondern blickte stur und unbeteiligt auf die Straße. »Glauben Sie, dass der Killer noch mal einen Versuch unternimmt, an das Mädchen heranzukommen?«, wechselte Em eilig das Thema.

Ihre Partnerin überlegte. »Dazu müsste er zunächst einmal wissen, wo sie ist.«

»Na, das ist doch wohl naheliegend. Ich meine, in Fällen wie diesem fährt man die Beteiligten immer zuerst in ein Krankenhaus. Oder ins Präsidium, je nachdem.« Ihre Finger fuhren ziellos über die Kante ihres Sitzes. »Folglich würde es ihn trotz der großen Auswahl an Kliniken, die diese Stadt zu bieten hat, maximal ein paar Anrufe kosten, sie zu finden. Außerdem könnte er uns beobachtet haben.« Sie dachte an die Schaulustigen vor dem Plaza. »Vielleicht hat er gesehen, wie die Kollegen das Mädchen aus dem Haus gebracht haben, und er ist ihnen gefolgt.«

»Es wäre ziemlich dreist von ihm, sich nach dem Schusswechsel mit Ihnen noch mal in die Nähe dieses Hotels zu wagen«, gab Zhou zu bedenken.

»Vielleicht ist er dreist. Vielleicht steht er unter Druck. Was weiß ich.«

»Unter Druck?«

»Von seinen Auftraggebern zum Beispiel.«

»Sie denken, jemand hat ihn dafür bezahlt, dass er die Klatts tötet und das Mädchen …«, sie stockte, »… entführt?«

Em beobachtete eine Frau, die in schwindelerregend hohen Pumps über den schmutzigen Bordstein stakste und offenbar schon den einen oder anderen Drink intus hatte. »Ich weiß nicht, was ich denken soll.«

Zhou nickte. »Klar. Solange wir so wenig über die Opfer wissen …«

»Wie sind sie bloß an dieses Kind gekommen?«, murmelte Em gedankenverloren vor sich hin.

»Vielleicht waren *sie* diejenigen, die das Mädchen entführt haben.«

»Sie meinen die Klatts?« Diese Frau war wirklich immer für Überraschungen gut!

»Warum nicht?«

»Sie sind beide über sechzig«, widersprach Em. »Wieso sollten sie ein kleines Mädchen entführen?«

Zhou ließ die Frage einfach im Raum stehen und trat das Gaspedal durch, weil die Ampel rund hundert Meter vor ihnen bereits Gelb zeigte. Als sie über die Kreuzung schossen, war sie tiefrot. Doch das schien Zhou nicht weiter zu kümmern. Sie schaltete in aller Seelenruhe wieder einen Gang zurück und bemerkte dann, scheinbar ohne jeden Zusammenhang: »Sie ist ein sehr besonderes Kind, nicht wahr?«

»Was meinen Sie?«, fragte Em, obwohl sie genau wusste, wovon ihre Partnerin sprach.

»Ihre Ausstrahlung. Sie wirkt sehr reif.«

Ja, dachte Em. Die Kleine wirkt wie jemand, der trotz

seines geringen Alters schon mehr gesehen hat, als gut für ihn ist.

Sie wandte den Kopf ab und versank in nachdenkliches Schweigen.

Während der Mercedes ruhig und sicher durch die tags wie nachts hellerleuchteten Straßen glitt, sah sich Em in ihrer Erinnerung unvermittelt wieder am See stehen. Zehnjährig und frierend, trotz der Hitze. Das Summen der Insekten. Plätschern von Wasser. Und Mellies Schreie.

Sie waren gerannt, den ganzen langen Weg zurück, und Mellie hatte ununterbrochen weitergeschrien. Erst als die ersten Häuser hinter dem Hügel aufgetaucht waren, hatte sie aufgehört. Plötzlich, wie auf ein geheimes Kommando hin, war sie verstummt. Als hätte sie irgendwer einfach ausgeknipst. Sie hatten an der erstbesten Tür geklingelt, doch es hatte niemand aufgemacht. Also waren sie weitergerannt, und schließlich hatte ein Auto gehalten. Em blickte auf ihre rechte Hand hinunter, die verkrampft und fremd um den Türgriff lag. An das Gesicht der Fahrerin erinnerte sie sich nicht. Nur daran, dass sie zu ihr ins Auto gestiegen waren, ohne lange nachzudenken.

Mellies Eltern hatten ihre Tochter noch am selben Abend in ein Krankenhaus gebracht. Die Ärzte hatten Mellie eine Spritze gegeben, und ein paar Tage später war sie wieder entlassen worden. Trotzdem hatte es noch viele Wochen gedauert, bis sie wieder zur Schule gegangen war. Em erinnerte sich genau an den Tag, an dem sie unter den Kastanien im Hof gestanden hatte wie aus dem Boden gewachsen, den Reißverschluss ihrer Windjacke bis zum Kinn hochgezogen und die Schultasche krampfhaft an ihren dicklich gewordenen Körper gepresst. Innerhalb kürzester Zeit hatte sich eine Traube aus Mitschülern um sie herum gebildet, tröstende Hände hatten sich auf Mellies

Schultern gelegt und unzählige Fragen waren durch die kühle Herbstluft geschwirrt. Doch Mellie hatte keine einzige von ihnen beantwortet. Sie hatte einfach durch ihre Mitschüler hindurchgeschaut, ins Leere.

Wie anders, dachte Em, und erst mit einer gewissen Verzögerung wurde ihr klar, dass sie das Mädchen meinte. Die kleine Asiatin aus dem Audi der Kollegen. Sowohl vorhin, bei der Schießerei im Hotelflur, als auch später auf der Straße hatte sie das Mädchen nur für wenige Sekunden zu Gesicht bekommen. Doch das hatte bereits gereicht, um ihr den Unterschied vor Augen zu führen. Sie hatten beide Schlimmes gesehen, Mellie und die Kleine aus dem Hotel. Aber nur eine von ihnen hatte es aus der Bahn geworfen. Oder war Mellie schon vorher nicht in Ordnung gewesen? Vor dem Erlebnis am See?

Em ließ den Griff los und dachte wieder an den Morgen, an dem Mellie in ihr Leben zurückgekehrt war. An die Leere in den blaugrauen Augen. An den gähnenden Abgrund, der sich zwischen ihnen aufgetan hatte, einzig und allein durch diesen winzigen Moment dort am See. Der Abgrund hatte Mellie immer weiter hinabgerissen und schließlich ganz verschlungen. Doch das war an diesem kühlen Herbstvormittag allenfalls zu erahnen gewesen. Nur einmal noch, ein einziges Mal an diesem Morgen, war etwas wie Leben in Mellie zurückgekehrt.

Es war der Moment gewesen, an dem Em auf sie zugetreten war.

»Hi.«

Mellie hatte den Kopf gedreht, und Em war buchstäblich das Blut in den Adern gefroren. »Hi.«

»Schön, dass du wieder da bist«, hatte sie mit ungewohnter Hilflosigkeit gestottert. Und zugleich hatte sie sich geärgert, so wenig auf das Wiedersehen vorbereitet gewesen zu sein. »Geht's dir besser?«

Die Kinder um sie herum hatten den Atem angehalten. Alle hatten instinktiv gespürt, dass vor ihren Augen gerade etwas Gravierendes vor sich ging.

»Nein.«

Es war das erste Mal gewesen, dass Em gespürt hatte, zu welch tiefem Hass Menschen fähig waren. Und selbst heute, als längst erwachsene Frau, jagte die Erinnerung an dieses Gefühl ihr einen Schauder über den Rücken.

»Wir sind da«, sagte Zhou mitten in die Stille, die sich zwischen ihnen breitgemacht hatte, und erst jetzt nahm Em wahr, dass sie gehalten hatten.

Von links leuchtete ihr das Schaufenster von Trudis Laden entgegen. Liebevoll verpackte Pralinen und Computertastaturen aus Vollmilchschokolade. Daneben, etwas zurückgesetzt, lag der Eingang ihres Hauses.

»Entschuldigung«, sagte sie hastig. »Ich war in Gedanken.«

»Kein Problem.« Die unergründlichen Kohlenaugen wandten sich ihr zu. »Möchten Sie vielleicht noch mitkommen?«

Em starrte sie verständnislos an. »Mitkommen?«

»Zu McDonald's.«

»Ach so ... Nein, vielen Dank. Ich glaube, ich will einfach nur ins Bett.« Sie löste den Gurt und öffnete die Tür. »Danke fürs Mitnehmen.«

»Keine Ursache.«

Die Pause, die Zhou machte, gab Em das Gefühl, dass ihr noch etwas auf der Seele lag. Sie wollte gerade fragen, als ihre Partnerin sich anders zu besinnen schien. »Dann also bis morgen«, sagte sie und legte den Gang ein. »Und gute Nacht.«

»Nacht«, entgegnete Em mechanisch. Doch sie ging erst ins Haus, als die Rücklichter des Mercedes hinter der nächsten Ecke verschwunden waren.

# ZWEI

*Je älter man wird,
desto ähnlicher wird man sich selbst.*
Maurice Chevalier

I

Haus von Emilia Capelli, Berger Straße,
9.11 Uhr

»Morgen, Trudi!«, rief Em, als sie am nächsten Morgen frisch geduscht und obendrein in ihrem bequemen Lieblingspulli die Treppe herunterkam.

Ihre Nachbarin war gerade dabei, ihr Geschäft aufzuschließen, und wandte erfreut den Kopf. »Morgen, Em. Wie war euer Seminar?«

»Zum Kotzen.«

»Könntest du das näher erläutern?«

Em seufzte. »Ein paar belanglose Fakten, die weder neu noch interessant waren, gepaart mit der üblichen Selbstfindungsscheiße.«

Trudi Stein kannte ihre Nachbarin lange genug, um angesichts ihrer drastischen Ausdrucksweise nicht mehr zusammenzuzucken. »Klingt ja super.«

»Das kannst du laut sagen«, knurrte Em. Und das verdammte Seminar war erst der Anfang, ergänzte sie in Gedanken.

Nach all den Aufregungen hatte sie sich erwartet schwer getan, überhaupt einzuschlafen. Und als es ihr endlich gelungen war, hatte sie geträumt. Nicht vom See, erstaunlicherweise. Sondern von ihrer Mutter.

»Was, um Gottes willen, hattest du überhaupt dort verloren?«, war das Erste gewesen, was Giulia Capelli an jenem Spätsommertag zu ihr gesagt hatte. Als stellte die Tatsache, dass ihre Tochter über die Leiche eines ermordeten

Kindes gestolpert war, für sie so etwas wie eine persönliche Beleidigung dar. »Kann man dich nicht mal für fünf Minuten aus den Augen lassen?«

Em erinnerte sich vage daran, sich entschuldigt zu haben. Etwas, das ihr rückblickend völlig absurd vorkam. »Tut mir leid, Mama.«

»Ja, ja.« Und nach einer kurzen Pause ein – zumindest nach außen hin – völlig neutrales: »Andere Mädchen spielen Prinzessin und helfen ihrer Mutter im Haushalt.«

Em senkte den Blick und überlegte, was Mellies Mutter gesagt haben mochte, nachdem die Polizisten, die sie nach Hause gebracht hatten, wieder gegangen waren. Was sagte man in solchen Fällen? Wie ging man richtig um mit Dingen wie diesen? Gab es das überhaupt, einen »richtigen Umgang« mit einem Erlebnis, das so einschneidend, so gravierend war? Sie beobachtete ihren Fuß, der eine imaginäre Wellenlinie auf den sauberen Speckboden zeichnete. Sie hatte seit über einem Jahrzehnt nicht mehr an diesen Tag am See gedacht. Aber seit gestern Nachmittag dachte sie ununterbrochen daran. Und das alles nur wegen diesem verdammten Morton!

»Bist du sauer?« Trudis blaue Augen klebten an ihrem Gesicht wie ein Rudel hungriger Wespen an einem Puddingteilchen.

Em wusste, dass leugnen keinen Zweck hatte. Also nickte sie.

»Auf Zhou?«

»Zhou?« Sie blickte überrascht auf. »Wie kommst du denn darauf?«

Trudi lächelte. »Weil die Ärmste eigentlich fast immer diejenige ist, gegen die sich dein Unmut richtet, wenn er sonst kein Ventil findet.«

»Sie ist ganz und gar nicht arm, und ich bin in Eile«, gab Em halb empört, halb im Scherz zurück.

»Klar.«

»Wieso?«

»Na, du bist doch immer in Eile. Wirklich, meine Liebe, manchmal denke ich, du rennst vor irgendwas davon ...«

*Scheiße!*

»Blödsinn. Wovor sollte ich davonrennen?«

Doch Trudi war zu klug, darauf zu antworten.

»Ich renne nicht davon«, sagte Em endgültig. »Das war noch nie meine Art.«

»Schon gut, aber ...« Sie wies auf den Schokoriegel in Ems Hand. »Sag nur, das da soll dein Frühstück sein?«

»Was spricht gegen Schokolade?«

»Sie ist ungesund und hält nicht vor.«

»Sagt die Frau, die täglich mehrere Kilo davon verkauft.«

Trudi ignorierte die Bemerkung und griff wortlos in den Korb, den sie neben sich auf dem Speckboden des Treppenhauses abgestellt hatte.

»Was ist das?«, fragte Em, als ihre Nachbarin ihr gleich darauf eine rosafarbene Papiertüte hinhielt. Doch die Frage beantwortete sich eigentlich von selbst, wenn sie den herrlichen Duft bedachte, der ihr in die Nase stieg.

»Das sind Nougatcroissants von Julien.«

»Wer ist Julien?«

»Ein Elsässer, der wie der Teufel pokert, eine Bierflasche mit den Zähnen öffnen kann und nebenbei auch noch die besten Croissants der Stadt macht.« Trudis himmelblaue Augen blitzten vergnügt. »Ich habe mir sagen lassen, dass er früher in der Fremdenlegion gedient hat. Aber das kann natürlich genauso gut ins Reich der Legenden gehören.« Zwinkern. »Du weißt, die Kerle machen sich gern interessant.«

Em war nicht sicher, ob sie ernst meinte, was sie da sagte, oder ob Trudi sie gerade hochnahm. »Aha.«

»Ja, ja ...«

Em kniff die Augen zusammen. Sie kannte ihre Nachbarin lange genug, um zwischen den Zeilen zu lesen. Und wenn Trudi derart schelmisch dreinsah ... »Wie alt, sagtest du, ist dieser Julien?«

»Vierundachtzig.«

»Oh ... Aber, hey: Desto beeindruckender finde ich die Sache mit seinen Zähnen.«

Trudi grinste ebenfalls. »Ja, nicht wahr? Und seine Croissants sind wirklich klasse.«

»Dann habe *ich* jetzt also ein Frühstück und du gehst leer aus, oder wie darf ich das verstehen?«

Anstelle einer Antwort griff Trudi abermals in ihren Korb und hielt eine zweite Tüte hoch. Genauso rosa wie die erste. »Keine Sorge, Herzchen. Der gute Julien ist immer sehr großzügig.«

»Ist er schwul?«

»Keine Ahnung.«

Sie drehte ihre Tüte hin und her und suchte nach einer Adresse. »Aber er hat ein eigenes Geschäft?«

»Klar.«

»Wo?«

»Gleich neben Demirci.«

Demirci war der türkische Waschsalon um die Ecke.

»Da ist eine Bäckerei?« Em zog die Stirn kraus. Sie konnte mit Fug und Recht behaupten, dass sie sich auskannte in dieser Stadt. Aber Trudi schaffte es tatsächlich immer wieder, das noch zu toppen! »Ist mir noch nie aufgefallen«, räumte sie ein.

»Ich habe nicht gesagt, dass es eine *Bäckerei* ist ...«

»Was denn sonst?«, schnappte Em. »Verkauft dein ominöser Julien seine Croissants in einer Waffenhandlung?«

Trudi schenkte ihr ein verdächtig unschuldiges Lächeln. »Er ist wirklich kein gewöhnlicher Mann.«

Em sah auf die Uhr. »Tut mir leid«, sagte sie mit ehrlichem Bedauern, »aber ich muss jetzt los. Wir haben einen ziemlich komplexen Fall und keine Ahnung, welcher Spur wir zuerst folgen sollen.«

»Klar doch. Gib auf dich acht, Herzchen.«
»Mach ich doch immer«, rief Em.
»Und grüß Zhou von mir.«
»Wenn's sein muss ...«
»Em!«
»Schon gut. Und danke für das Frühstück!«


2


`SaniCon Medizintechnik GmbH, Büro Steven`
`Groß, 9.12 Uhr`

Am Präsidium las sie Zhou auf, und da sie erst um zehn in der Klinik sein mussten, beschlossen sie, auf dem Weg dorthin bei SaniCon vorbeizufahren, um sich noch einmal persönlich mit Steven Groß, Ramona Klatts einzigem Verwandten, zu unterhalten. Eine völlig verheult aussehende Sekretärin führte die beiden Kommissarinnen in ein hübsches, mit allerlei moderner Kunst dekoriertes Büro und servierte unaufgefordert Kaffee und Gebäck. Dann zog sie sich diskret in einen der anderen Räume zurück.

»Hatten Ihr Onkel und Ihre Tante Feinde?«, kam Zhou zur Sache, kaum dass sie auf den nackten Besucherstühlen Platz genommen hatten.

Steven Groß' auffallend helle blaue Augen blickten sie forschend an. »Nicht, dass ich wüsste. Wieso?«

Sie lächelte. »Nun ja, immerhin wurden sie ermordet.

Da finde ich die Frage, ehrlich gesagt, nicht allzu weit hergeholt.«

»Mein Onkel und meine Tante hatten keine Feinde«, wiederholte Groß lakonisch. »Da können Sie jeden fragen. Und vermutlich werden Sie in diesem Zusammenhang mehr als einmal zu hören bekommen, dass sie so was wie Heilige waren.« Er grinste. »Eine Einschätzung, die ich persönlich allerdings für übertrieben halte.«

Innerhalb von Sekundenbruchteilen schien Zhou ein paar Zentimeter größer zu werden. »Darf ich daraus schließen, dass Sie Ihren Onkel nicht mochten?«

»Nein, dürfen Sie nicht.« Sein Lächeln war durchaus nicht uncharmant. »Ich hatte nicht den geringsten Grund, etwas gegen ihn zu haben. Im Gegenteil: Ich hatte den beiden viel zu verdanken.«

Em blickte an ihm vorbei aus dem Fenster, wo man gegenüber einer von niedrigen Bäumen begrenzten Wiese inmitten des wabernden Morgendunstes den Main erahnen konnte. Die Firma SaniCon lag in Niederrad, an der Grenze zu Schwanheim. Das Areal war erstaunlich weitläufig und hatte trotz der unmittelbaren Nähe zu Autobahn und Bürostadt einen ländlichen, fast idyllischen Charakter. Ein Eindruck, zu dem auch die nahe Schrebergartenkolonie nicht unwesentlich beitrug. An ein langgestrecktes Gebäude aus dem Gründungsjahr 1911 schloss sich ein schmucklos-funktionaler Neubau an, in dem ein Großteil der rund sechzig Angestellten untergebracht war. Die Verwaltung hingegen befand sich nach wie vor im Altbau. Genau wie das Büro von Steven Groß, der – wie Decker herausgefunden hatte – erst vor ein paar Jahren in die Firma seines Onkels eingetreten war. Zuvor hatte er sich offenbar wenig erfolgreich als Schauspieler versucht, und Em war gespannt, ob und wann Zhou auf diesen Umstand zu sprechen kommen würde.

Augenblicklich war ihre Partnerin allerdings noch bei der Frage nach möglichen Feinden der beiden Ermordeten: »Aber Ihr Onkel war doch ein erfolgreicher Geschäftsmann, oder nicht?«

»Und?«

»Nun, im Geschäftsleben kommt es immer wieder mal vor, dass man jemandem auf die Füße tritt. Das lässt sich kaum vermeiden.«

Groß legte die Fingerspitzen gegeneinander. »Möglich«, räumte er ein. »Aber mein Onkel war noch ein Vertreter der sogenannten alten Schule. Sie wissen schon: hart, aber fair und diese Dinge.«

Obwohl die Bemerkung als Kompliment durchging, klang sie aus Steven Groß' Mund wie eine Beleidigung. Ja, dachte Em, er hätte genauso gut sagen können: Sie wissen schon: Hart, aber fair *und diese ganze Scheiße ...*

Zhou schien ähnlich zu empfinden und musterte Ramona Klatts Neffen mit unverhohlenem Misstrauen. Er trug ein graues Jackett zu dunkelblauen Markenjeans, und falls er um seine ermordeten Angehörigen trauerte, trug er es zumindest nicht nach außen. »Sie selbst haben andere Geschäftspraktiken?«

Er grinste. »Ich befinde mich noch in der Lernphase.«

»Seit wann arbeiten Sie hier?«

»Vier Jahre im Herbst.«

»Und vorher?«

»Hab ich was anderes gemacht.«

Zhou sah in ihre Notizen. Die Geste war reine Show, und Em überlegte, warum ihre Partnerin es offensichtlich für nötig hielt, ihr Gegenüber hinzuhalten. »Sie haben eine Weile als Schauspieler gearbeitet?«

Groß nickte. »Bedauerlicherweise war ich damit nicht allzu erfolgreich«, bekannte er freimütig. »Ich hatte ein paar kleinere Engagements an verschiedenen Off-Theatern und hier und da mal einen Job beim Synchron. Aber der Erfolg in diesem Business hängt nun mal von vielen verschiedenen Faktoren ab.«

»Zum Beispiel Talent«, stichelte Em. Von Decker wusste sie, dass Peter Klatts Neffe durch die Aufnahmeprüfungen mehrerer staatlichen Schulen gerasselt war und seine Ausbildung schließlich an einer privaten Schauspielakademie absolviert hatte. Ein Werdegang, der nicht gerade die besten Voraussetzungen für eine erfolgreiche Karriere schuf.

Erstaunlicherweise wirkte Groß nicht im Geringsten beleidigt. »Ja«, entgegnete er mit einem unbekümmerten Lächeln. »Zum Beispiel Talent.«

»Was sonst noch?«

»Meiner Erfahrung nach hauptsächlich Glück.«

»Das Sie nicht hatten«, ergänzte Em.

»Richtig. Das ich nicht hatte.« Er lehnte sich zurück. »Irgendwann fand ich, es sei an der Zeit, dass ich etwas anderes versuche.«

»Und da fiel Ihnen die Firma Ihres Onkels ein?«

»Nein.« Plötzlich mischte sich doch so etwas wie eine bittere Note in sein Jungenlächeln. »Meiner Tante fiel die Firma meines Onkels ein.«

Zhou sah ihn an. »Mich wundert, dass Sie einem Bürojob bei SaniCon überhaupt etwas abgewinnen konnten.«

»Die Alternative wäre gewesen, ein Leben lang in drittklassigen Apartments zu hausen und Abend für Abend den Buckligen im Tanz der Vampire zu geben.« Er zuckte die Achseln. »Da fand ich es, ehrlich gesagt, erstrebenswerter, im eigenen Audi zur Arbeit zu fahren und im Sommer ein paar Wochen nach Ibiza zu fliegen.«

»Hat sich Ihr Onkel über Ihre Entscheidung gefreut?«

»Er traute ihr nicht.«

Kann ich verstehen, dachte Em. Laut sagte sie: »Aber Sie konnten ihn vom Gegenteil überzeugen?«

Zu ihrer Überraschung dachte er lange nach, bevor er antwortete. »Ich bin nicht sicher«, erklärte er schließlich. »Ich musste mir meine Sporen verdienen. Was das betraf, gab es bei meinem Onkel überhaupt kein Vertun. Andererseits wurde ich auch nicht allzu sehr unter Druck gesetzt, wenn Sie verstehen, was ich meine.«

Em schüttelte den Kopf. »Nicht ganz.«

»Sagen wir mal so«, er nippte an seinem Kaffee. »Mein Onkel gab mir frühzeitig zu verstehen, dass er mich jederzeit ausbezahlen würde, falls ich der Arbeit im Unternehmen doch nichts abgewinnen könnte.«

Em überlegte, ob er das ironisch meinte, doch seine Miene war todernst.

Andererseits war er Schauspieler ...

»Und warum haben Sie von diesem Angebot keinen Gebrauch gemacht?«, erkundigte sich Zhou interessiert. »Es wäre doch viel praktischer gewesen, das Geld zu nehmen, statt sich Tag für Tag mit Dingen zu beschäftigen, die Sie nur äußerst bedingt interessieren.«

»Klar wäre es das.« Sein Bürostuhl gab ein schmatzendes Geräusch von sich, als er sich entspannt, beinahe vergnügt zurücklehnte. »Bloß war das unter den gegebenen Umständen leider keine Alternative.«

»Wieso?«

»SaniCon ist ein renommiertes Unternehmen, und die Qualität unserer Produkte ist selbst im internationalen Vergleich unbestritten«, entgegnete er. »Aber der Wert unserer Aktien bewegt sich im Vergleich zu anderen Unternehmen in einem eher überschaubaren Bereich.«

Em beugte sich vor. »Das heißt im Klartext, dass Sie für Ihre zwanzig Prozent nicht genug bekommen hätten, um ...?« Sie unterbrach sich und schaute ihn herausfordernd an. »Um was?«

»Es hätte jedenfalls nicht gereicht, um bis ans Ende meiner Tage versorgt zu sein«, ergänzte er ohne Zögern. »Und da ich aus Erfahrung weiß, wie schwierig es sich gestalten kann, einen auch nur halbwegs lukrativen Job zu finden ...«

»... entschieden Sie sich für den Spatz in der Hand.«

»Genau.«

»Ehrliche Worte.«

Er lachte. »Wundert Sie das?«

Doch Em antwortete mit einer Gegenfrage: »Wusste Ihr Onkel, dass Sie das alles so pragmatisch sehen?«

»Er verfügte über gute Instinkte und jede Menge Erfahrung und war entsprechend schwer zu täuschen. Aber ich hatte Glück: Er mochte Pragmatiker.« Er schwieg einen Moment, bevor er hinzufügte: »Zumindest waren sie ihm weitaus lieber als Drückeberger und Phantasten.«

*Phantasten ...*

Em fixierte einen Punkt zwischen seinen Augen und überlegte, ob die Sache mit der Schauspielerei wohl in diesen Bereich gehörte. »Hatten Ihr Onkel und Ihre Tante Verbindungen nach Asien?«

Die Frage überraschte Groß, und automatisch suchte sein Blick Zhous Gesicht. Als er sich der Unachtsamkeit bewusst wurde, wandte er ärgerlich den Kopf ab. »Asien ist seit Jahren einer unserer wichtigsten Absatzmärkte«, erklärte er, ohne konkret auf die Frage einzugehen. »Die Wachstumsraten im Gesundheitsbereich liegen dort noch immer bei zwanzig Prozent und mehr.« Und wieder so ein seltsam unbeteiligtes Achselzucken. »Das sind Zahlen, von denen wir hier in Europa nur träumen können.«

Die Worte klangen wie auswendig gelernt. Außerdem wurde Em das Gefühl nicht los, dass er auswich.

»Und was ist mit Beteiligungen?«, fragte Zhou neben ihr.

Er sah hoch. »Sie meinen an diesem Unternehmen?«
Sie nickte.
»Selbstverständlich gab und gibt es auch Investoren aus dem asiatischen Raum.«
»In welcher Größenordnung?«
»Ich bitte Sie ...«
Doch Zhou ließ den halbherzigen Protest einfach an sich abtropfen.

Groß gab ein resigniertes Stöhnen von sich. »Mein Onkel und meine Tante hielten neunundvierzig Prozent der Aktien. Mir selbst gehören weitere zwanzig, der Rest wird frei gehandelt.«

»Das ist keine Antwort auf meine Frage«, entgegnete Zhou trocken.

Er bedachte sie mit einem kühlen Blick. »Ich kann meine Sekretärin bitten, Ihnen die konkreten Zahlen zur Verfügung zu stellen.«

»Bitte tun Sie das.«

Em betrachtete Groß' Profil und überlegte, ob Peter und Ramona Klatt wohl ein Testament gemacht hatten. Und wer von ihrem Tod profitierte. »Und wie sieht es mit persönlichen Kontakten aus?«, fragte sie. »Gab es die?«

»Was für Kontakte meinen Sie?«

»Hatten Sie oder Ihr Onkel persönliche Verbindungen zu Ihren asiatischen Geschäftspartnern?«

»Sporadisch.« Er fuhr sich mit der Hand über das Kinn. »Vor kurzem war mal eine Gruppe von chinesischen Ingenieuren hier. Mein Onkel hat sie durchs Haus geführt und anschließend mit ihnen zu Mittag gegessen. Aber ich verstehe wirklich nicht ganz, was das ...«

»Routinefragen«, fiel Em ihm ins Wort. Doch das kaufte er ihr nicht ab. »Bitte erzählen Sie uns noch einmal ganz kurz, wann Sie Ihren Onkel und Ihre Tante zuletzt gesehen haben«, bat sie, um ihn erst noch einmal in Sicherheit zu wiegen, bevor sie mit ihrer letzten, wichtigsten Frage herausrückte.

»Meine Tante vor ein paar Tagen«, entgegnete Groß. »Meinen Onkel gestern Mittag. Er kam zu mir ins Büro und hat mir eine Liste mit Aufgaben überreicht, die ich während seiner Abwesenheit erledigen sollte.«

»War das typisch für ihn?«

Sein Lachen klang unecht und irgendwie hohl. »Mein Onkel hatte gern alles unter Kontrolle.«

»Also ja?«

Groß hielt das offenbar für Wortklauberei und verdrehte die Augen. »Ja.«

»Ist Ihnen sonst irgendetwas an ihm aufgefallen?«

»Das hat Ihr Kollege mich auch schon gefragt.«

»Und?«

»Er schien mir ein wenig angespannt zu sein. Aber das war er in letzter Zeit öfter.«

Em tauschte einen Blick mit ihrer Partnerin. »Warum hatten Ihr Onkel und Ihre Tante eigentlich keine Kinder?«

Er hatte mit allem Möglichen gerechnet, aber nicht damit. Seine Überraschung war im wahrsten Sinne des Wortes mit Händen zu greifen. »Kinder?«

»Wollten sie keine oder konnten sie keine bekommen?«, wurde Zhou deutlicher.

»Darüber habe ich mir ehrlich gesagt nie Gedanken gemacht«, räumte er ein. »Und es ... Es war auch nie Thema oder so.«

Die Antwort wirkte echt, aber was hieß das schon? Em beugte sich vor. »Waren Ihr Onkel und Ihre Tante denn grundsätzlich kinderlieb?«

»Keine Ahnung.«

»Warum nicht?«, fragte Zhou. »Immerhin haben Sie die beiden doch selbst aus der Kinderperspektive gekannt, oder etwa nicht?«

»Wir hatten nicht viel Kontakt, damals. Meine Mutter starb, als ich zehn war. Und mein Vater stand von vornherein nicht allzu gut im Kurs, wenn Sie verstehen, was ich meine.« Allmählich fand er zu seiner charmanten Lockerheit zurück. »Er hat meine Mutter nicht gerade mit Samthandschuhen angefasst, und meine Tante hielt sich zurück, bis er ebenfalls tot war.«

»Aber danach kümmerte sie sich um Sie?«

»Sie war keine Glucke, aber ich konnte mit allem zu ihr kommen.« Aus seiner Stimme sprach zum ersten Mal echte Wärme. »Außerdem hat sie mir die Freiheit gelassen, die Ausbildung zu machen, die ich machen wollte. Das wusste ich immer zu schätzen.«

»Tut mir leid, dass ich Sie das fragen muss«, sagte Em, »aber wer beerbt eigentlich Ihren Onkel und Ihre Tante?«

Zu ihrer Überraschung begann er zu lachen. »Ehrlich? Ich habe nicht den geringsten Schimmer. Gut möglich, dass ich der Glückliche bin. Aber gesagt ist das nicht. Mein Onkel und meine Tante sind schon immer für Überraschungen gut gewesen.«

Genau das, dachte Em, habe ich befürchtet ...


3


```
SaniCon Medizintechnik GmbH, Empfang,
9.46 Uhr
```

»Kinder?« Aus dem Munde von Ines Stiebel klang das harmlose kleine Wort wie eine Riesenschweinerei.

»Ja«, nickte Zhou. »Genau.«

»Nein, also ... Das ...« Peter Klatts Sekretärin war offen-

bar davon ausgegangen, dass sie die beiden Kommissarinnen lediglich zum Ausgang begleiten sollte. Entsprechend überrumpelt war sie von Zhous Überraschungsangriff.
»Davon war nie die Rede.«

*Davon* ...

Zhou musterte Ines Stiebels bereits leicht abgenutzte Gel-Fingernägel und überlegte, wie die Wohnung aussehen mochte, in der sie lebte. Die Sekretärin war eine kleine, untersetzte Frau in formal korrekten, aber dennoch äußerst bequem anmutenden Klamotten, in deren weichem Gesicht alles irgendwie ineinanderzufließen schien.
»Hatten Sie denn das Gefühl, dass einer der beiden unter ihrer Kinderlosigkeit gelitten hat?«

Die Miene ihres Gegenübers nahm einen angestrengten Ausdruck an. »Nein. Ich ... Ich meine, ich bin immer davon ausgegangen, dass sie ganz bewusst ... Also, dass es da keine medizinischen Gründe gab oder so.« Sie hielt inne und wandte sich dann hilfesuchend Capelli zu. Offenbar wusste sie mit einer schlitzäugigen Kriminalbeamtin nicht wirklich etwas anzufangen.

Zhou blickte auf ihre Fußspitzen hinunter. Sie kannte derlei Reaktionen zu gut, um noch unter ihnen zu leiden. Trotzdem versetzte es ihr immer wieder einen Stich, wenn sie feststellte, dass man mit ihr anders umging als mit Menschen nicht-asiatischer Herkunft. Genau genommen hatte sie die Wahl zwischen zwei Extremen: Entweder ihr Gegenüber reagierte mit totaler Verschlossenheit. Oder aber man nahm sie schlicht und ergreifend nicht ernst. Beides keine akzeptablen Alternativen, wie Zhou fand.

»Sie sind also aufgrund ihres Verhaltens davon ausgegangen, dass die Klatts keine Kinder wollten?«, fasste Capelli unterdessen noch einmal zusammen.

»Ja, richtig ...«

»Und nie hat einer von beiden eine entsprechende Bemerkung gemacht?« Capellis Lächeln hätte eine Eisenbahnschiene um den Finger gewickelt.

Wenn *ich* diese Frau auf eine solche Weise anlächeln würde, dachte Zhou, würde sie annehmen, dass ich mich über sie lustig mache.

»Was für eine Bemerkung?«

»Ach, das Übliche, Sie wissen schon: Dass dieser oder jener ihrer Bekannten sich wirklich glücklich schätzen könne, dass er einen Sohn oder eine Tochter hat.«

»Nein, nie.« Die Sekretärin schüttelte den Kopf. »Herr und Frau Klatt waren ... Sie waren beide sehr kluge Menschen, müssen Sie wissen«, setzte sie nach einem kurzen Moment des Nachdenkens hinzu. »Sie machten sich keine Illusionen. Und ich glaube auch nicht, dass sie irgendetwas idealisierten, bloß weil es mit Familie oder mit Kindern zu tun hatte.«

Gutes Stichwort, dachte Zhou. »Und wie war das Verhältnis zu ihrem Neffen?«

»Gut.«

*Na, toll!* »Könnten Sie das eventuell etwas näher erläutern?«

»Nun, sie ... Sie hatten keinen Streit oder so.«

Zhou zog die Brauen hoch. Keinen Streit zu haben, war ihrer Meinung nach der kleinste gemeinsame Nenner, den man auf zwischenmenschlicher Ebene haben konnte.

Die Sekretärin schien ihre Gedanken zu erraten. »Das Verhältnis war sehr herzlich«, sagte sie kühl. »Natürlich erst recht, seit Herr Groß ebenfalls hier im Unternehmen tätig war.«

*Das kannst du deiner Großmutter erzählen!*

Ines Stiebel kann Steven Groß nicht ausstehen, notierte Zhou in Gedanken. Das hatte sie bereits gemerkt, als die Sekretärin ihm vorhin Kaffee serviert hatte. Doch noch war sie nicht sicher, worauf sich Ines Stiebels Aversion gründete. Von Decker wusste sie, dass sie bereits seit über zwanzig Jahren Peter Klatts Sekretärin war. Dass sie in dieser Zeit praktisch nie auch nur einen einzigen Tag krankgefeiert hatte, obwohl sie zwei Söhne alleine großzog. Ihr Blick suchte wieder die verwaschenen Züge ihres Gegenübers. Vielleicht war Ines Stiebel einfach nur misstrauisch gegen einen Mann, der in seinem Traumberuf gescheitert war und sich daraufhin ins gemachte Nest setzte. Vielleicht aber auch nicht ...

»Was hielt Herr Klatt eigentlich von der Schauspielerei seines Neffen?«, fragte Capelli in diesem Augenblick folgerichtig.

»Oh, es war absolut okay für ihn, dass Herr Groß damals nicht in die Firma eintreten wollte«, beeilte sich Ines Stiebel klarzustellen.

»Und die Tatsache, dass er sich später umentschieden hat?«

Ihre Augen blitzten. »Ehrlich gesagt glaube ich, dass Herr Klatt von Anfang an damit gerechnet hatte.«

»Und die Zusammenarbeit verlief reibungslos?«

»Ja, absolut.« Ines Stiebel knetete ihre Finger, als wären sie steif gefroren. »Natürlich bestand der Chef darauf, dass Herr Groß jede Abteilung durchlief und all das. Aber er ist dann schnell aufgestiegen.«

Der schauspielende Steven hat sich also hochdienen müssen, konstatierte Zhou.

»Und heute?« Capelli schien angesichts der fortschreitenden Uhrzeit immer nervöser zu werden. »Welche Position bekleidet Herr Groß aktuell?«

»Er leitet das Online-Marketing und ist stellvertretender Geschäftsführer.«

Zhou sah hoch. »Mit Prokura, nehme ich an?«

Ines Stiebel bedachte sie mit einem reichlich unfreundlichen Blick. »Nein«, antwortete sie. Und nach kurzem

Zögern fügte sie hinzu: »Das war auch gar nicht notwendig, denn Herr Klatt war ja immer da.«

Außer, wenn er zum Beispiel in Mailand war, dachte Zhou. Doch sie sprach ihren Gedanken nicht aus.

»Das wäre dann für den Moment alles«, sagte Capelli, indem sie zum wiederholten Mal auf die Uhr sah. »Ich weiß nicht, ob Herr Groß das schon mit Ihnen besprochen hat, aber wir brauchen so schnell wie möglich eine Liste der Gesellschafter von SaniCon sowie die aktuellen Geschäftsberichte.«

»Ich weiß nicht, ob ich ...«

»Dürfen Sie«, fiel Capelli ihr ins Wort. »Falls noch irgendwelche Fragen auftauchen, melden wir uns.«

Dann marschierte sie schnurstracks auf den Ausgang zu.

*Na, das war wieder mal typisch! Einfach über den Kopf der anderen hinweg entscheiden, ohne sich auch nur im Mindesten darum zu scheren, was ihre Mitmenschen dachten oder vorhatten ...*

Aber so läuft das nicht mehr, dachte Zhou und rührte sich keinen Millimeter von der Stelle.

An der Tür schien Capelli dann endlich aufzufallen, dass irgendetwas fehlte. Irritiert drehte sie sich um: »Mai?«

»Ja?«

»Wollten Sie noch etwas?«

Zhou schenkte ihr ein zuckersüßes Lächeln. »Ja, ich hätte noch eine Frage an Frau Stiebel, wenn Sie gestatten.«

Sie hatte den vagen Eindruck, als zöge Capelli den Kopf ein. Aber das konnte auch Einbildung sein. »Bitte«, rief sie mit einer seltsam fahrigen Handbewegung. »Tun Sie sich keinen Zwang an.«

*Na, also! Geht doch!*

Zhou blickte Peter Klatts Sekretärin fest in die Augen. »Sie möchten doch sicher auch, dass der Mörder Ihres

Chefs gefunden wird, oder etwa nicht?« Sie sprach bewusst provozierend, und sie erreichte das gewünschte Ergebnis: eine Mischung aus Empörung und Zustimmung, die Ines Stiebel zumindest vorübergehend aus ihrer reservierten Zurückhaltung lockte.

»Natürlich«, antwortete sie spitz.

»Dann müssen Sie jetzt unbedingt ehrlich antworten ...« Zhou sah, dass die Frau zu einer Entgegnung ansetzte, doch ein Blick von ihr genügte, um Ines Stiebel zum Schweigen zu bringen. »War die Ehe Ihres Chefs glücklich?«

»Oh ja, absolut.« Spontan und überzeugt. Ganz, wie sie erwartet hatte. »Die beiden waren wie Pech und Schwefel.«

»Und es gab auch nie ...« Sie zögerte. »Außereheliche Beziehungen?«

Ines Stiebel schaute sie an, als habe sie gerade die Mona Lisa mit einer Flasche Sprühfarbe traktiert. »Nein.«

»Sicher nicht?«

»Dafür lege ich meine Hand ins Feuer. Und ich kannte die beiden seit zwanzig Jahren.«

Zhou begegnete Formulierungen wie dieser normalerweise mit Vorsicht, doch in Ines Stiebels Fall war sie sich absolut sicher, dass die Frau voll und ganz glaubte, was sie sagte. »Und wenn Herr Klatt bereits vor Ihrer Zeit ein Kind mit einer anderen Frau gehabt hätte?«, entschied sie sich, eine weitere Möglichkeit abzuklopfen. »Ein Kind, das inzwischen selbst eine zehnjährige Tochter haben könnte?«

»Herr und Frau Klatt hatten letztes Jahr Smaragdhochzeit.«

»Helfen Sie mir. Das sind ...?«

»Vierzig Jahre.«

Zhou nickte. Peter Klatt war zum Zeitpunkt seines Todes dreiundsechzig Jahre alt gewesen. Folglich war er entweder sehr jung Vater geworden, oder er hatte seine Frau doch irgendwann betrogen. Die Alternative war, dass es tatsächlich überhaupt kein Kind gab. Kein illegitimes, kein leibliches und auch kein adoptiertes. Aber warum haben die Klatts das Mädchen aus dem Hotel dann als ihre Enkeltochter vorgestellt?, überlegte Zhou. Weil sie ihre Anwesenheit erklären mussten? Weil sie das Kind in Wirklichkeit entführt hatten? Sie biss sich auf die Lippen. Decker hatte bereits in der Nacht die finanzielle Situation der ermordeten Eheleute unter die Lupe genommen. Es gab keine auffälligen Kontenbewegungen: Keine regelmäßigen Zahlungen, die man vielleicht als Alimente hätte deuten können. Keine größeren Summen, die eingegangen oder ausbezahlt worden waren. Alles wirkte völlig normal und unauffällig, genau wie die Klatts selbst … Ein Ehepaar, wie es im Buche stand. Skandalfrei und makellos, mit dem winzigen Schönheitsfehler, dass beide mit einer Kugel im Schädel in der Pathologie lagen …

An der Tür platzte Capelli vor Ungeduld. »Was ist denn jetzt?«, rief sie. »Wir müssen wirklich los …«

»Ja doch«, rief Zhou. »Ich komme schon.«

4

Uniklinik Frankfurt, Zimmer 6323, 10.01 Uhr

Wann immer sie das Gelände des Universitätsklinikums betrat, fühlte sich Em total erschlagen. Auf dem rund 430 000 Quadratmeter großen Gelände am südlichen Mainufer verteilten sich Fachkliniken und wissenschaftliche Forschungsinstitute für alles und jedes: Psychologie.

Onkologie. Geburtshilfe. Radiologie. Kinder- und Jugendmedizin und, und, und. Doch obwohl in den letzten Jahren viel gebaut und modernisiert worden war, vermittelte das Areal – zumindest Ems Empfinden nach – bis heute den Eindruck der vielbeschworenen »Krankenhausfabrik«.

Noch immer hatte sich der dichte Morgennebel nicht gelichtet.

Irgendwo da oben muss Sonne sein, dachte Em mit Blick in den tiefhängenden Himmel. Ein Gedanke, der ihr angesichts ihrer momentanen Seelenlage vollkommen absurd vorkam.

Das Mädchen war im Zentralbau, einem trost- und seelenlosen Kasten aus den Siebzigern, untergebracht und saß auf der Bettkante, als Zhou und sie ins Zimmer traten.

Der diensthabende Arzt hatte ihnen die Ergebnisse der Untersuchung vorgelegt und mehrfach betont, dass es keinerlei Hinweise auf Gewalt oder Missbrauch gebe. Etwas, das Em zwar erwartet hatte, das sie jedoch beim derzeitigen Stand der Ermittlungen nicht viel weiterbrachte.

»Guten Morgen«, sagte sie, indem sie sich einen der Stühle heranzog, die für Besucher bereitstanden.

Das Mädchen sah hoch. Sein Teint war frisch und es wirkte erstaunlich ausgeschlafen angesichts der kurzen Nacht, die es gehabt hatte. Ems Augen suchten das Formular, das der Arzt ihnen mitgegeben hatte. Dort stand im Kästchen für ALTER: 10–12 Jahre. Und dahinter in Klammern: ggf. CT/Orthopantomogramm zur Abklärung empfohlen.

KÖRPERLICHE ENTWICKLUNG: normal
ERNÄHRUNGSZUSTAND: gut
AUFFÄLLIGKEITEN: keine

Unter BEMERKUNGEN hatte die Ärztin, die die Untersuchung vorgenommen hatte, handschriftlich notiert: *Die Patientin zeigt keine Anzeichen von Scheu oder*

*Misstrauen.* Etwas, das Em angesichts des wachen Blickes, der ihr unter den schön geschwungenen Brauen entgegenstrahlte, sofort unterschrieben hätte.

»Wir sind uns ja gestern schon kurz begegnet«, begann sie so beiläufig wie möglich, »und jetzt haben wir noch ein paar Fragen an dich.«

Keine Reaktion.

»Verrätst du mir deinen Namen?«

Schweigen.

»Schade. Ich finde es nämlich schöner, wenn man denjenigen, mit dem man spricht, auch irgendwie anreden kann.«

Noch immer zeigte die Kleine keine Regung.

*Sehen Sie?* Zhou hatte die Arme vor der Brust verschränkt und wirkte weit angespannter als gewöhnlich. *Ich habe Ihnen doch gesagt, dass sie nicht antwortet ...*

*Geben Sie uns ein bisschen Zeit, okay?*, bat Em stumm.

Zhou nickte, und Em bemerkte, wie das Mädchen auf dem Bett kurz zu ihr hinübersah.

Sie ist aufmerksam, notierte sie in Gedanken. Und der größte Fehler, den wir machen können, ist, sie zu unterschätzen ...

Um den Hals trug die Kleine eine Art Amulett, ein Goldkettchen mit einem Anhänger aus Jade. Die Kollegen hatten das Schmuckstück ordnungsgemäß fotografiert, jedoch noch nicht näher untersucht. Vermutlich waren sie nicht sicher gewesen, ob sie zu einem solchen Schritt autorisiert waren. *Anhänger Jade ohne Gravur*, war im Protokoll vermerkt. *An Panzerkette, 750er Gold ohne Stempel, Herkunft unbekannt.* Der Anhänger war filigran und bogenförmig mit einem blütenähnlichen Muster.

Würde Jade nicht eigentlich für China sprechen?, überlegte Em, doch sie war nicht sicher. Sie riss ihre Aufmerksamkeit von dem Anhänger los und sah sich noch einmal gründlich in dem Krankenzimmer um. Der Raum war recht groß und hatte drei Türen. Eine ging auf den Flur hinaus, die zweite führte ins Bad. Die dritte Tür verband den Raum mit dem Nebenzimmer, das gegenwärtig leer stand, wie die Kollegen vorab sichergestellt hatten. Sie nutzten den Raum für Telefonate, von denen das Personal nichts mitbekommen sollte. Auf dem Nachtschrank stand ein graues Telefon. Eines dieser typischen Krankenhausgeräte. Doch es war nicht eingestöpselt und obendrein noch immer steril in durchsichtiges Plastik verpackt. Ein Handy hatten die Kollegen bei den Sachen des Mädchens nicht gefunden. Also hatte sie seit gestern Nacht keine Möglichkeit, Kontakt aufzunehmen, schloss Em. Zu wem auch immer ...

Ihr Blick streifte die Kanne neben dem Telefon. Davor stand eine benutzte Tasse mit Resten von Tee. Allem Anschein nach Kamille.

»Sie hat gut gefrühstückt«, hatte die Stationsschwester voller Stolz berichtet. »Zwei Brötchen mit Butter und Marmelade. Und sogar ein Ei.«

Warum haben wir nicht daran gedacht, dass sie vielleicht von sich aus Kontakt zu irgendwem aufnimmt?, schalt Em sich im Stillen. Warum haben wir ihr keine Möglichkeit gegeben, jemanden anzurufen? Vielleicht hätte sie es getan, wenn sie sich unbeobachtet gefühlt hätte ...

»Keine Vorkommnisse«, hatten die wachhabenden Beamten vor der Tür berichtet.

»Das heißt, niemand hat den Versuch gemacht, an sie heranzukommen?«

»Nein. Nichts.«

»Und sie hat auch nicht versucht, das Zimmer zu verlassen?«

»I wo!«, hatten die Kollegen abgewinkt. »Sie hat sich die ganze Nacht nicht gemuckst.«

Em sah wieder das Mädchen auf dem Bett an. Warum wurde sie nicht vermisst? Was hatte sie in der Suite der Eheleute Klatt zu suchen gehabt? Und wozu, verdammt noch mal, hatten die Klatts überhaupt ein Hotelzimmer gebraucht?

»Ihre Kollegen haben sich auch die Kleidung des Mädchens angesehen«, hörte sie wieder die Stimme des Arztes. »Hochwertige Sachen und tadellos in Ordnung. Esprit-Jeans, Wolfskin-Jacke, Sweatshirt – alles mit deutschen Etiketten. Und Schuhe von Geox.«

Em runzelte die Stirn.

Ein asiatisches Mädchen, das nicht sprach ...

Markenbekleidung ...

Deutsche Etiketten ...

Kein Zweifel, dachte sie. Irgendwer kümmert sich um sie. Aber warum fragt sie nicht nach dieser Person? Sie griff in ihre Jackentasche und nahm ein Foto heraus. »Ich möchte dir ein Bild zeigen. Einverstanden?«

Die Augen des Mädchens richteten sich auf die Fotografie, die das Ehepaar Klatt bei der letztjährigen Weihnachtsfeier ihrer Firma zeigte. Darüber hinaus zeigte es keinerlei Reaktion. Weder Erkennen noch Schmerz noch Angst.

»Das sind Herr und Frau Klatt«, erklärte Em ungeachtet der Erfolglosigkeit ihrer Bemühungen. »Wir wissen, dass du gestern Nachmittag gemeinsam mit ihnen ins Hotel Rothschild gekommen bist. Und wir wissen auch, dass du mit ihnen im selben Zimmer warst.«

Die Augen des Mädchens waren wie zwei Seen. Tief und unergründlich.

»Erzählst du mir, woher du sie kennst?«

Nichts.

»Bist du den beiden oder zumindest einem von ihnen vielleicht schon vorher mal begegnet? Vor gestern Nachmittag, meine ich?«

Das Kind schwieg noch immer. Und doch hatte Em den unbestimmten Eindruck, als ob in den Tiefen ihrer Augen etwas vor sich ging. Etwas, das ihr das unbequeme Gefühl gab, einer Prüfung unterzogen zu werden.

»Waren diese Leute nett zu dir?«

Schweigen.

Em dachte an die Tüte von Toys"R"Us, die Ramona Klatt beim Einchecken dabeigehabt hatte und die seither verschollen war. »Haben Sie mit dir gespielt?«

Nichts.

»Hattest du sie gern?«

*Vergessen Sie's*, las sie in Zhous Blick. *Es hat keinen Zweck...*

Doch noch war sie nicht bereit, aufzugeben. »Wie du ja weißt, sind Herr und Frau Klatt inzwischen tot«, entschied sie sich, die Gangart zu verschärfen. »Jemand ist in dieses Zimmer gekommen und hat sie erschossen.«

Die Kleine gab sich nicht die Blöße, den Blick abzuwenden, doch zum ersten Mal im Verlauf des Gespräches glaubte Em so etwas wie eine Reaktion in ihrem Gesicht auszumachen, eine Veränderung in ihrer Mimik. Als würde es die Kleine zunehmend Mühe kosten, die Fassade völliger Ungerührtheit aufrechtzuerhalten.

*Wir müssen lernen bewusst wahrzunehmen, welche Spuren echte Emotionen im Gesicht unseres Gegenübers hinterlassen*, flüsterte ein imaginärer Gert Morton in ihrem Kopf.

»Ich heiße übrigens Emilia«, sagte sie, indem sie dem Mädchen fröhlich die Hand entgegenstreckte. »Allerdings mag ich den Namen nicht besonders.«

»Warum eigentlich nicht?«, fragte Zhou hinter ihr.

Die Frage erwischte Em kalt. »Na ja, das ...«, stotterte sie. »Ich glaube, das ist, weil mir als Kind mal jemand erzählt hat, dass sich der Name Emilia von dem lateinischen

Wort *aemulus* ableitet. Das bedeutet so viel wie Nacheiferer, und das fand ich ehrlich gesagt nicht so toll.« Sie zuckte die Achseln. »Ich wollte niemandem nacheifern. Ich wollte lieber etwas Eigenes sein.«

»Mir haben Sie damals gesagt, Emilia bedeute die Ehrgeizige«, protestierte Zhou, halb im Scherz, halb ernst.

Em zog verwundert die Stirn kraus. Dass sie das noch wusste! »Na ja, schon«, räumte sie beinahe widerwillig ein. »Das auch.«

»Was heißt auch?«

Sie drehte sich um. »Man geht nicht immer gleich mit allem hausieren, was man weiß, okay? Zumindest ich nicht.«

»Ach was, da wäre ich ja nie draufgekommen.«

*Guck an, wir machen heute in Ironie!*

Mit einem breiten Grinsen wandte Em sich wieder dem Mädchen zu. »Was auch immer meine Kollegin an der Bedeutung meines Namens zu beanstanden hat, mir hat er jedenfalls nicht zugesagt«, erklärte sie. »Und deshalb nennen mich die meisten Leute, mit denen ich zu tun habe, ganz einfach Em.«

Schweigen.

»Oh, ich weiß, vielen ist das zu hart oder zu maskulin. Aber mir gefällt Klarheit.« Sie seufzte. »Schnörkel und Chichi sind nicht mein Ding. ... Deins?«

Das Mädchen blickte auf ihre noch immer ausgestreckte Hand hinunter, machte jedoch keine Anstalten, sie zu ergreifen.

Em überlegte, ob der Grund dafür in ihrer Erziehung liegen mochte – immerhin war es in Asien durchaus nicht üblich, sich per Handschlag zu begrüßen – oder ob es eine Form der Verweigerung darstellte. Seltsamerweise schien das Kind noch immer nicht im Geringsten verunsichert. Etwas, das Em angesichts ihres Alters und ihrer Situation mehr als bemerkenswert fand.

»Na schön«, sagte sie und ließ die Hand sinken. »Aber irgendwie muss ich dich anreden, alles andere wäre grob unhöflich.«

Stille.

»Gut, dann nenne ich dich ab sofort Helen.«

Neben ihr weiteten sich Zhous Kohlenaugen. *Helen?*

»Das ist eine Figur aus einem Film«, erklärte Em, ohne zu wissen, ob sie noch immer mit dem Mädchen oder doch eher mit ihrer Partnerin sprach. Obwohl beide Asiatinnen waren, sahen sie einander erstaunlich wenig ähnlich. Etwas, das sie noch vor einem halben Jahr kaum wahrgenommen hätte. »Einer meiner absoluten Lieblingsfilme, nebenbei bemerkt. Er heißt *Licht im Dunkel* und handelt von einem Mädchen, das von Geburt an taub und blind ist. Aber die Eltern der Kleinen wollen sich nicht so einfach damit abfinden, dass sie sich nicht mitteilen kann. Also engagieren sie eine Lehrerin für ihre Tochter. Und diese Lehrerin denkt sich eine Methode aus, wie Helen trotz ihrer Behinderung lesen und schreiben lernt, und am Ende wird sie eine wahnsinnig berühmte Schriftstellerin.« Sie unterbrach sich. War das ein Lächeln, was sie da sah?

Auch Zhou schien zu bemerken, dass sich etwas verändert hatte. Em spürte, wie sie die Luft anhielt.

Im selben Moment klopfte es an der Tür.

»Was ist?«, fluchte Em. Sie hatte sie beinahe gehabt!

»Capelli?« Der schwarz gekleidete Beamte in der Tür verzog keine Miene. »Kommen Sie bitte mal.«

»Ich bin beschäftigt.«

»Es ist wichtig.«

Sie seufzte und stand auf. »Ich bin gleich zurück«, sagte sie und berührte das Mädchen sacht an der Schulter, weil sie wissen wollte, wie die Kleine darauf reagieren würde. Doch das Mädchen nahm die Grenzverletzung erstaunlich gelassen hin. Es zuckte nicht einmal zusammen.

*Die Patientin zeigt keine Anzeichen von Scheu oder Misstrauen ...*

Em gab Zhou zu verstehen, dass sie nicht weitermachen solle, bis sie zurück war, und trat auf den Gang hinaus.

5

Uniklinik Frankfurt, Flur, 10.36 Uhr

»Was gibt's denn?«

Der Beamte, der sie gerufen hatte, hielt sein Smartphone hoch. »Sie ist identifiziert.«

»Was?«

»Das Mädchen«, wiederholte der Mann. »Ihr Onkel hat sich gemeldet. Er ist schon auf dem Weg hierher.«

»Langsam!« Em hatte erhebliche Mühe, die unerwartete Wendung zu verdauen. »Was soll das heißen, sie haben sich gemeldet? Wieso das denn auf einmal?«

Anstelle einer Antwort hielt der Angesprochene ihr ein Smartphone ans Ohr.

»Emilia?«

*Makarov!*

»Ja?«

»Hat man Sie schon informiert?«

»Ich schätze, man hat es gerade versucht«, antwortete Em mit einer gehörigen Portion Selbstironie. »Allerdings habe ich bislang noch nicht wirklich verstanden, worum es eigentlich geht.«

»Da sind Sie nicht die Einzige«, schnappte ihr Vorgesetzter. Offenbar war er von den Entwicklungen ebenso überrannt worden wir sie selbst. »Alles, was ich weiß, ist, dass das Mädchen identifiziert wurde. Ihr Name ist Kaylin.«

Kaylin? Em lächelte. Damit war Helen ja wohl vom Tisch ...

»Sie ist zehn Jahre alt und wurde laut Aussage ihres Onkels gestern Nachmittag aus der Praxis ihres Kinderarztes entführt.«

»Entführt? Von wem?«

»Angeblich von den Klatts.« Allmählich kam Makarov richtig in Fahrt. »Offenbar hat Peter Klatt den Onkel des Mädchens erpresst.«

»Erpresst?« Em schüttelte ungläubig den Kopf. »Womit und wieso denn?«

»Soweit wir wissen, ging es um Firmenanteile, die Sun Chang, der Onkel, im Auftrag von Investoren aus seiner Heimat erworben hat.«

Also waren wir mit den Gesellschaftern durchaus auf der richtigen Spur, resümierte Em, als Zhous Kopf unter dem Türrahmen auftauchte. Em bedeutete ihr, näher zu treten. »Und Klatt wollte die Anteile wieder zurück?«

»Angeblich ja.« Makarov war grundsätzlich sehr vorsichtig.

»Befürchtete er so was wie eine feindliche Übernahme?« Sie verstand praktisch nichts von diesen Dingen.

»Das wohl weniger«, antwortete ihr Boss. »Allerdings gibt es in der Medizintechnik – ähnlich wie bei den Zulieferern in der Automobilindustrie – wohl neuerdings die Tendenz, sich über den Kauf gewisser Aktienkontingente Zugang zu betriebsinternem Wissen zu verschaffen und selbiges dann gezielt in die Länder der Auftraggeber zu exportieren.«

»Also reden wir über Ideenklau.«

Makarov räusperte sich. »Das ist zumindest die Version, die Herr Chang den Kollegen von der Vermisstenabteilung aufgetischt hat. Angeblich wollte Klatt die betreffenden Aktienpakete zurückkaufen. Aber die neuen Besitzer waren an einer Wiederveräußerung nicht interessiert.«

»Und da hat er mal eben Changs Nichte entführt?«

»Angeblich ja.«

»Und die Eltern der Kleinen?«, fragte Em, während sie sich nach dem Wachmann umsah, der sie gerufen hatte.

»Es gibt keine Eltern.« Makarov schnaufte. »Die Kleine ist Vollwaise. Ihre Tante hat sie nach Deutschland geholt, nachdem ihre Eltern bei einem Flugzeugabsturz in China ums Leben gekommen waren.«

Em senkte den Blick. *Augen, die schon viel gesehen hatten ...*

Neben ihr gestikulierte Zhou mit fragendem Blick in Richtung der geschlossenen Zimmertür.

»Haben wir irgendwelche Beweise für diese Entführungsgeschichte?«, wandte Em sich wieder an ihren Vorgesetzten.

»Tatsache ist, dass Klatt unter falschem Namen ein Auto und ein Hotelzimmer gemietet hat«, gab dieser sachlich zurück. »Und es gibt offenbar eine Augenzeugin, die Ramona Klatt gestern Nachmittag in der Praxis von Kaylins Kinderarzt gesehen haben will.«

»Eine Augenzeugin?«

»Ja, eine der Sprechstundenhilfen.«

»Warum war die Kleine eigentlich beim Arzt?«, fragte Em mit echtem Interesse. »Ist sie krank?«

»Sie leidet anscheinend an irgendwelchen Allergien und bekommt regelmäßig Spritzen zur Desensibilisierung.« Sie hörte, wie ihr Vorgesetzter mit Papieren raschelte. »Eine Nanny begleitet sie einmal in der Woche zum Arzt. Immer am selben Tag zur selben Uhrzeit.«

»Eine Nanny?« Em horchte auf. »Also ist dieser Chang wohlhabend?«

»Keine Ahnung. Vermutlich.«

»Wissen Sie, was er beruflich macht?«

»Er besitzt Beteiligungen am PCD und zwei weiteren Clubs in Hanau und Mainz. Darüber hinaus vermittelt er offenbar Geschäfte aller Art, nach eigenen Angaben allerdings nur aus Gefälligkeit.«

Em tauschte einen Blick mit ihrer Partnerin. Das Pussycat Doll, kurz: PCD, gehörte zu den angesagtesten Clubs in Frankfurt. Banker und ausländische Geschäftsleute verkehrten dort ebenso wie Nachwuchs-Models, Jungunternehmer und andere Glücksjäger, die bei Drinks und niveauvollem Table-Dance Entspannung und Kontakt zu Gleichgesinnten suchten.

»Angenommen, Ramona Klatt hätte die Kleine tatsächlich entführt«, kam Em wieder auf das eigentliche Thema zurück. »Wieso hat sie sich dann nicht gewehrt oder nach ihrer Nanny gerufen?«

»Tja, das ist einer der vielen Punkte, die uns Rätsel aufgeben«, knurrte Makarov. »Leider bleibt uns im Moment nichts anderes übrig, als Sun Changs Version zu glauben.«

»Wieso?«, widersprach Em. »Solange das Mädchen nicht spricht, wissen wir doch nicht einmal, ob es tatsächlich …«

»Laut Auskunft ihres Onkels versteht Kaylin kein Wort Deutsch«, fiel ihr Vorgesetzter ihr unwirsch ins Wort. »Sie wurde bislang ausschließlich zu Hause unterrichtet. Von Privatlehrern.«

Em verzog das Gesicht. »Aber wenn sie hier lebt, sollte sie doch wohl zur Schule gehen, oder nicht?«

»Das ist Sache ihrer Erziehungsberechtigten.«

»Aber …«

»Rein formal gesehen ist das Mädchen Staatsbürgerin der Volksrepublik China und hält sich lediglich vorübergehend in unserem Land auf«, unterbrach Makarov sie abermals und deutlich schärfer als zuvor. »Und solange ihr in diesem unserem Land nichts zustößt, sind wir für sie nicht zuständig.«

»Na, das wollen wir erst mal sehen!«, fauchte Em, nachdem sie das Gespräch beendet und dem Beamten das Smartphone zurückgegeben hatte.

»Was haben Sie vor?«, fragte Zhou.

»Nun, zuallererst werde ich mir diesen Onkel vorknöpfen.«

»Ich schätze, damit können Sie gleich anfangen«, rief der Kollege in Schwarz und zeigte den Gang hinunter, wo sich die Türen des Aufzugs geöffnet hatten. Ein elegant gekleideter Asiate trat auf den Gang, blickte sich um und kam dann mit langen, entschiedenen Schritten auf Em und Zhou zu.

Em wollte ihm entgegengehen, doch Zhou bekam ihre Partnerin am Ärmel zu fassen. »Ich habe es gestern Abend gleich mehrfach auf Mandarin versucht«, flüsterte sie. »Und auf Kantonesisch, auch wenn ich da – das muss ich zugeben – selbst nicht allzu bewandert bin.«

Em verzog das Gesicht.

»Wenn die Kleine tatsächlich Chinesin ist«, Zhous dunkle Augen bohrten sich in ihre, »warum hat sie mir dann nicht geantwortet?«

## 6

Uniklinik Frankfurt, Flur, 10.44 Uhr

»Meine Nichte. Ist sie da drin?« Sein Deutsch war nahezu akzentfrei, auch wenn es den leicht holprigen Rhythmus asiatischer Muttersprachler aufwies. »Ich möchte zu ihr.«

Em stellte sich ihm in den Weg. »Und Sie sind?«

Seine Züge wurden steinern. »Chang Sun«, antwortete er. »Ich habe gedacht, man hätte Sie informiert.«

»Oh ja, das hat man«, entgegnete Em fröhlich. »Aber Sie werden verstehen, dass wir uns zuerst ein wenig mit Ihnen unterhalten möchten. Wie Sie sich denken können, haben wir ein paar Fragen an Sie.«

Changs Augen streiften das Gesicht ihrer Partnerin, und Em glaubte, Verblüffung darin zu lesen. Offenbar hatte der Mann nicht damit gerechnet, vor dem Krankenzimmer seiner Nichte auf eine asiatische Kriminalbeamtin zu treffen.

Zhou erwiderte seinen Blick unverwandt, bis er wieder wegsah.

»Zuerst will ich Kaylin sehen. Sie versteht kein Deutsch und hat Angst.«

»Ich glaube, Sie verkennen da eine Kleinigkeit.« Em blickte ihm direkt in die Augen. »Laut Ihren eigenen Angaben wurde Ihre Nichte Opfer einer Entführung. Außerdem ist sie die einzige Zeugin in einem Mordfall.« Ihre Freundlichkeiten perlten an ihm ab wie Wasser an einem frisch polierten Sportwagen. »Das sind schon zwei gute Gründe, warum Sie verpflichtet sind, uns Rede und Antwort zu stehen.«

Sun Chang drehte sich um, und erst jetzt registrierte Em, dass er nicht allein gekommen war. In einiger Entfernung stand eine Frau, der äußeren Erscheinung nach ebenfalls Chinesin. Sie trug ein elegantes schwarzes Businesskostüm und darüber ein dunkles Cape, wahrscheinlich aus Kaschmir. Doch trotz ihrer Eleganz wirkte sie von ihrer ganzen Körperhaltung her weitaus zurückhaltender als Sun Chang, fast eingeschüchtert. Chang sagte etwas auf Chinesisch, und die Frau nickte. Dann zog sie ein Smartphone aus der Tasche und wandte sich ab.

»Was hat er gesagt?«, fragte Em, ohne Chang aus den Augen zu lassen.

»Ruf Merlot an«, antwortete Zhou. »Er soll sofort herkommen.«

Chang warf ihr einen giftigen Blick zu. »Paul Merlot ist unser Anwalt.«

»Was Sie nicht sagen.« Em blickte an ihm vorbei, den Flur hinunter, wo sich ein paar Krankenschwestern herumdrückten und neugierig herübersahen. »Gibt es hier irgendwo eine Möglichkeit, sich ungestört zu unterhalten?«, wandte sie sich wieder an die beiden Wachen vor der Tür.

»Die Teeküche«, entgegnete der ältere der beiden und wies auf eine Tür in Ems Rücken.

Em nickte. »Wenn ich dann also bitten dürfte?«

Sun Chang stand wie ein Fels vor ihr. Er war recht groß für einen Asiaten, sicher weit über eins achtzig. »Ich habe ein Recht darauf, meine Nichte zu sehen.«

»Natürlich haben Sie das«, pflichtete Em ihm bei. »Ich bringe Sie zu ihr, nachdem wir uns unterhalten haben.«

»Nein.« Seine Stimme war noch immer auffallend leise, aber es lag nun eine klare Bedrohung darin. »Jetzt.«

»Vertrauen Sie mir«, Em ließ sich nicht beirren: Sie würde ihm schon zeigen, wer hier die Ansagen machte! »Ihre Nichte ist bestens versorgt.«

Chang sah aus, als überlege er ernsthaft, sie einfach zur Seite zu schieben. Doch die Frau in seinem Rücken, die ihr Gespräch offenbar beendet hatte, machte einen Schritt auf ihn zu, und er besann sich anders. »Gut«, sagte er. »Bis unser Anwalt hier ist.«

»Unser Gespräch dauert genau so lange, wie ich es für nötig halte«, stellte Em klar. »Und um erst gar keine falschen Vorstellungen aufkommen zu lassen: Ich *bitte* Sie nicht um eine Unterredung.«

Er verstand genau und schenkte ihr ein ironisches Lächeln. »Wie Sie meinen.«

»Fein, dass wir das klären konnten.«

Chang sah an ihr vorbei.

Die Frau im Cape hatte bereits wieder ihr Smartphone am Ohr.

»Ihre Assistentin?«, fragte Em, weil sie wissen wollte, wie er auf die Provokation reagieren würde.

Doch Sun Chang lächelte nur. »Wu Yuen, meine Frau.«

»Freut mich.« Em nickte der Angesprochenen zu, doch die telefonierte schon wieder. »Ihr Anwalt kann sich selbstverständlich zu uns gesellen, wenn er nichts Besseres zu tun hat«, wandte sie sich wieder an Chang.

Doch auch dieses Mal ließ der Chinese sich nicht provozieren. »Verlieren wir keine Zeit«, entgegnete er ruhig, aber bestimmt. »Meine Nichte soll nicht eine Sekunde länger warten als nötig.«

»Natürlich nicht.« Em machte Zhou ein Zeichen. »Gehen Sie einfach mit meiner Kollegin. Ich bin sofort bei Ihnen.«

# 7

Uniklinik Frankfurt, Teeküche, 10.50 Uhr

*Na, super!*

Zhou gab sich alle Mühe, sich ihr innerliches Kopfschütteln nicht anmerken zu lassen. Was in drei Teufels Namen hatte ihre Kollegin vor? Warum verschwand sie, kaum dass sie Chang dort hatte, wo sie ihn haben wollte?

»Bitte, nehmen Sie Platz.«

Sun Chang sah sich um und nahm dann widerstrebend auf der reichlich durchgesessenen Couch in der Ecke Platz.

»Ihre Frau kommt nicht mit uns?«

»Sie zieht es vor, auf dem Gang zu warten.«

Zhou nickte. *Klar. Immerhin geht es nur um ihre entführte Nichte ...*

»Bitte erzählen Sie mir noch einmal genau, wie es zu der Entführung gekommen ist«, bat sie, wobei sie sich alle Mühe gab, den feinen hessischen Einschlag auszugraben, den sie sich während ihrer Gymnasialzeit angeeignet hatte.

»Das habe ich bereits getan«, entgegnete Chang mit feindseliger Miene.

»Dann tun Sie es bitte noch einmal.«

Er stöhnte. »Kaylin war beim Arzt. Sie bekommt jede Woche eine Spritze. Gegen ihren Heuschnupfen. Frau Klatt wusste das. Sie muss gewartet haben, bis Kaylin aus dem Behandlungszimmer kam, und nahm sie mit.«

»Ihre Nichte hat sich aber nicht dagegen gewehrt, soweit wir wissen«, merkte Zhou betont skeptisch an.

»Sie ist ein gut erzogenes Mädchen.«

»Das glaube ich Ihnen. Aber gut erzogen heißt ja nicht zwangsläufig, dass man einfach so mit fremden Leuten mitgeht, oder?«

»Ich weiß nicht, was diese ...«, seine Mundwinkel zuckten, »... diese Person getan hat, um sie einzuschüchtern.«

Was immer die Klatts ihr erzählt haben mögen, eingeschüchtert wirkt sie ganz und gar nicht, widersprach Zhou ihm in Gedanken, indem sie sich Kaylins wachen Blick ins Gedächtnis rief. Weder auf den Überwachungsbändern noch jetzt. »Na schön«, sagte sie. »Halten wir fest, dass Frau Klatt Ihre Nichte ohne größeres Aufsehen mitnahm.«

Ihre Ausdrucksweise passte ihm nicht. Das konnte sie deutlich sehen. Aber er hielt sich zurück.

»Und dann?«

»Was meinen Sie?«

»Wann und auf welche Weise haben Sie von der Entführung erfahren?«

»Herr Klatt rief mich an.«

»Auf dem Handy oder über das Festnetz?«

»Handy.«

Sie lächelte. »Haben Sie den Anruf gespeichert?«

»Er hatte seine Nummer unterdrückt.«

»Trotzdem müsste der Anruf in Ihrer Anruferliste vermerkt sein.« Zhou sah ihn an. »Sofern Sie diese nicht in der Zwischenzeit gelöscht haben«, setzte sie mit unverhohlenem Sarkasmus hinzu.

»Nein. Das habe ich nicht.« Im schummrigen Halbdunkel der Teeküche wirkten seine Gesichtszüge wie in Stein gemeißelt, und sie überlegte ernsthaft, warum sie darauf verzichtet hatte, Licht zu machen. Weil dieser Fall, weil Sun Chang sie verunsicherte? Weil sie sich selbst eine Rückzugsmöglichkeit offenlassen wollte? Oder hatte sie sich schlicht und einfach so über Capelli geärgert, dass sie nicht daran gedacht hatte, für eine gute Beleuchtung zu sorgen?

Sie sah wieder Chang an. »Dürften wir Sie in diesem Fall bitten, uns die entsprechenden Daten zu überlassen?«

Seine Augen wanderten an ihr vorbei zur Tür. Es war eine flüchtige, unbewusste Regung, doch sie bestätigte, was Zhou insgeheim bereits vermutet hatte: Dass er keineswegs so sicher war, wie er wirken wollte. Dass er jemanden brauchte, der ihm sagte, was zu tun war. Einen Anwalt, zum Beispiel. Oder seine Frau …

Chang schien zu merken, dass er sich verraten hatte. Und er reagierte schnell: »Ich bin nicht allzu vertraut mit den Gesetzen Ihres Landes«, erklärte er. »Deshalb besprechen Sie dergleichen am besten mit unserem Anwalt.«

*Mit den Gesetzen* Ihres *Landes* ...

Die Formulierung brachte Zhou gehörig ins Stolpern. Seit sie in Frankfurt wohnte – und das waren jetzt immerhin zweiundzwanzig Jahre –, erlebte sie Tag für Tag, dass die Menschen sie anders behandelten als andere. Oh, sie waren nicht unfreundlich zu ihr, das konnte sie beim besten Willen nicht behaupten. Aber sie hielten es für nötig, ihr ständig irgendetwas zu erklären. Als ob sie bestimmte Dinge schon allein aufgrund ihres Aussehens einfach nicht wissen könnte. *Acht Frankfurter Würstchen? Aber gerne. Das ist reines Schweinefleisch, wissen Sie. Also kein Rind. Und Sie dürfen sie nur erhitzen, nicht kochen. Nehmen Sie Senf oder Meerrettich dazu, dann schmecken sie köstlich.* Zhou schüttelte kaum merklich den Kopf. Mit der Zeit hatte sie sich an die vielen kleinen Dinge gewöhnt, die ihr klarmachten, dass man sie in dieser Stadt als Fremde empfand. Aber sie wäre niemals auf die Idee gekommen, dass sie auf einen Chinesen ebenso fremdartig wirken könnte wie auf ihre deutschen Landsleute.

»Woher hatte Herr Klatt Ihre Handynummer?«, wandte sie sich eilig wieder ihrem Zeugen zu, bevor Chang ihre Gedanken las.

»Wir hatten vor einiger Zeit miteinander zu tun.«

»Geschäftlich?«

»Ja, geschäftlich.«

»Sie haben SaniCon-Aktien erworben, nicht wahr?«

»Nicht ich persönlich«, korrigierte Chang mit einem Anflug von Langeweile. »Ich habe lediglich ein paar Freunden in China den Dienst erwiesen, als Ansprechpartner vor Ort zu fungieren.«

»Über welche Größenordnung von Aktienpaketen reden wir hier?«

»Einunddreißig Prozent alles in allem.«

Die Bereitwilligkeit, mit der er antwortete, erstaunte

Zhou. »Und Herr Klatt wollte diese Anteile zurückkaufen?«

»Offenbar.«

»Warum?«

»Darüber habe ich mir nicht erlaubt, ein Urteil zu bilden.«

»Aber die Sache muss ihm doch sehr wichtig gewesen sein«, widersprach sie. »Sonst hätte er es wohl kaum für nötig gehalten, dafür eine Straftat zu begehen.«

Chang hob abwehrend die Hände. »Die Transaktionen, über die wir hier sprechen, liegen mehr als ein Jahr zurück. Ich gestehe, dass ich nicht einmal mehr an Herrn Klatt und seine Firma gedacht habe. Und deshalb kann ich Ihnen auch rein gar nichts über seine Motive sagen.«

Zhou registrierte die Arroganz, die aus seinen Worten sprach. Aber da war auch noch etwas anderes, das sie nicht näher benennen konnte. »Machen Sie so etwas öfter?«

»Was?«

»Im Auftrag von Freunden«, sie betonte das Wort bewusst zweideutig, »Aktien deutscher Unternehmen aufzukaufen.«

»Selten.« Er lehnte sich zurück und strich mit großer Sorgfalt die Bügelfalte seiner Anzughose glatt. Dem Schnitt nach tippte Zhou auf Armani. »Das Ganze war, wie gesagt, lediglich eine unbedeutende kleine Gefälligkeit.«

»Nun«, konnte sie sich nicht enthalten zu bemerken, »wie Sie sehen, gerät man durch derlei unbedeutende Gefälligkeiten leicht in überaus unangenehme Situationen.«

In seinen Augen blitzte etwas wie Spott auf. »Ja, nicht wahr? Das Leben ist eine spannende Angelegenheit.«

»Ja«, sagte Zhou. »So kann man das ausdrücken.«

# 8

Uniklinik Frankfurt, Zimmer 6323,
10.53 Uhr

»Kaylin?«

Das Mädchen konnte nicht umhin, leicht zusammenzuzucken, als Em es so unerwartet beim Namen rief.

»So heißt du doch, nicht wahr?«

Der Bruchteil einer Sekunde und schon hatte sie sich wieder im Griff. Trotzdem glaubte Em, eine gesteigerte Wachsamkeit in den blauschwarzen Augen zu erkennen. Als hätte sie die bloße Nennung ihres Namens irgendwie alarmiert.

»Kaylin also«, wiederholte sie genüsslich. »Das ist ein schöner Name.«

Schweigen.

»Obwohl ich Helen ehrlich gesagt auch ganz schön fand.« Sie hatte keine Ahnung, ob die Kleine auch nur ein einziges Wort verstand. Aber sie durfte nichts unversucht lassen. »Der Name passt zu dir.«

Das Mädchen auf dem Bett verzog keine Miene.

An der Wand in ihrem Rücken tickte eine Uhr, und Em fragte sich, warum ihr das erst jetzt auffiel. »Ich wollte dir nur sagen, dass dein Onkel und deine Tante jetzt da sind«, sagte sie, gespannt, ob und wie die Kleine auf diese Eröffnung reagieren würde. »Wir stellen ihnen nur noch ein paar Fragen, dann darfst du mit ihnen nach Hause.«

*Eigentlich müsste sie sich jetzt freuen, oder?*

Sie runzelte die Stirn, als sie den Vibrationsalarm ihres Handys an ihrem Körper spürte. Blind tastete sie nach dem Gerät und drückte den Anruf weg. »Aber bevor du nach Hause gehst, wollte ich dir noch etwas sagen …«

Das Mädchen sah sie an. In ihrem Blick lag eine eigenartige Mischung aus Aufmerksamkeit und Erstarrung.

»Ich wollte dir sagen, dass ...« Sie zog sich einen Stuhl heran. »Falls es da irgendwas gibt, über das du mit mir sprechen möchtest ...«

*Sie versteht kein Deutsch und hat Angst.*

»Ganz egal, was es ist, es würde garantiert unter uns bleiben ...«

Bildete sie sich das ein, oder biss sich die Kleine tatsächlich auf die Lippen?

»Bitte.« Em sah auf ihre Armbanduhr. Viel Zeit blieb nicht mehr, so viel stand fest. »Kannst du mir irgendetwas über den Mann erzählen, der hinter dir her war? Hast du ihn vielleicht sogar gekannt?«

Schweigen.

»Hast du sein Gesicht gesehen?«

Vermutlich, gab sie sich selbst zur Antwort. Immerhin war die Kleine gleich zweimal vor ihm getürmt. Und diese Augen mit dem eigenartigen blauen Glanz sahen verdammt viel. Da war sie ganz sicher.

»Ich brauche Informationen«, flehte sie. »Irgendetwas, das mir helfen könnte, diesen Mann zu finden.«

Nichts.

»Eine Narbe vielleicht. Oder wenigstens seine Augenfarbe ...«

Doch das Mädchen, das Kaylin hieß, antwortete nicht.

Em dachte an Wu Yuen und ihr Handy. An die Zeit, die seit ihrem Geplänkel auf dem Gang verstrichen war. »Bitte, Kaylin«, versuchte sie es ein allerletztes Mal. »Wenn du mir irgendwas zu sagen hast, dann sag es jetzt, okay?«

In ihrem Rücken ging die Tür auf.

Em sprang hoch, weil sie einen Moment lang tatsächlich fürchtete, dass Wu Yuen oder ihr Anwalt es wagte, einfach hereinzuspazieren. Doch es war nur einer der Wachleute.

»Ihr Boss ist am Telefon.«

»Ich rufe zurück.«

»Er sagt, es sei dringend und Sie würden nicht an Ihr Handy gehen.«

»Herrgott!«, fuhr sie auf. »Das hat verdammt noch mal seine Gründe.«

Der Beamte hob entschuldigend die Hände. »Ich bin nur der Bote, okay?«

»Sicher.« Sie atmete tief durch. »Geben Sie her.«

Während sie langsam zur Tür ging, spürte sie den Blick des Kindes in ihrem Rücken. Als würde sich etwas direkt zwischen ihre Schulterblätter brennen.

»Ja?«

»Wir haben ein Problem«, kam Makarov umgehend auf den Punkt.

*Eins ist gut!*

Sie trat auf den Gang hinaus und sah sich erfolglos nach Changs Frau um. »Was für ein Problem?«

»Hören Sie mir jetzt genau zu«, sagte ihr Vorgesetzter anstelle einer Antwort, und seine Stimme klang irgendwie gepresst. »Sie stellen diesem Chang alle im Zusammenhang mit dem vorliegenden Fall notwendigen Routinefragen. Und anschließend lassen Sie ihn ohne viel Federlesens gehen, haben wir uns verstanden?«

Em traute ihren Ohren nicht. »Ich soll …«

»Ihn gehen lassen, jawohl«, unterbrach Makarov. »Sein Anwalt wird ohnehin jede Sekunde eintrudeln und Ihnen mit Jugendschutzvorschriften und Ausländergesetzen und Was-weiß-ich-noch-allem kommen.« Sein Stöhnen klang entnervt. Offenbar steckte weit mehr dahinter, als auf den ersten Blick zu erkennen war. »Gehen Sie darauf ein. Versichern Sie ihm, dass Sie sich an die in solchen Fällen üblichen Dienstwege halten und die entsprechenden Anträge stellen werden. Und dann ziehen Sie sich zurück.«

»Aber wieso?«, protestierte Em. »Dieser ganze Fall ist von vorn bis hinten ...«

»Die Anweisung kommt von ganz oben«, fiel ihr Boss ihr abermals in die Rede, und dieses Mal war sein Ton unmissverständlich. »Und Sie werden ihr ohne Wenn und Aber Folge leisten. Oder ich ...«

»Aber diese ganze Sache stinkt zum Himmel«, rief Em. »Ich weiß noch nicht, wie oder warum. Aber irgendwas ist da faul.«

»Mag sein«, räumte Makarov ein. »Aber das ist einzig und allein Sache des BKA.«

»BKA?« Em riss die Augen auf. Daher wehte also der Wind! Sie starrte auf den blank geputzten Boden hinunter, während in ihrem Kopf ein Gedanke den nächsten jagte. Wurde Makarov tatsächlich unter Druck gesetzt? Seine Laune sprach dafür. Aber weswegen? Hatte denn nicht jedermann in dieser Stadt ein Interesse daran, dass so schnell wie möglich Licht in diese merkwürdige Sache gebracht wurde?

Sie spitzte die Ohren, als hinter ihr auf dem Gang plötzlich Stimmen laut wurden. Em drehte sich um und sah Wu Yuen in Begleitung eines kleinen, erstaunlich feisten Mannes auf sich zukommen.

»Emilia?«

»Ja?«

»Sind Sie noch dran?«

»Ja, ich ... Ich glaube, Changs Anwalt ist gerade angekommen.«

Ihr Vorgesetzter ließ ein unwilliges Knurren hören. »Okay. Dann tun Sie jetzt, was ich Ihnen gesagt habe.« Seine Stimme wurde hart. »Und Em ...«

»Ja?«

»Das hier ist eine dienstliche Anweisung. Haben wir uns verstanden?«

*Als ob ich irgendein dummes Schulmädchen wäre!*
»Natürlich«, entgegnete sie mit unverhohlenem Sarkasmus. »Ganz wie Sie wünschen.«
Makarov schnappte wütend nach Luft. »Ich kenne diesen Ton ...«
*Ja, ja ...*
»Verdammt noch mal, Emilia, sagen Sie mir irgendwas, das mich beruhigt!«
Seltsamerweise musste sie ausgerechnet jetzt wieder an Kaylin denken. An diese seltsamen, schwarzblauen Augen, tief und geheimnisvoll wie zwei Seen. Vielleicht, durchfuhr es sie, ist Schweigen in gewissen Fällen gar keine so schlechte Idee ...
»Emilia, ich warne Sie!«
*Sorry!*
Sie drückte auf die Taste mit dem roten Hörer. Dann trat sie Wu Yuen und ihrem Begleiter entgegen.

## 9

Uniklinik Frankfurt, Teeküche, 10.55 Uhr

Zhou blickte auf den Reisepass in ihrer Hand. Er trug das Siegel der Volksrepublik China. Lian Kaylin. Geboren am 17.04.2004 in Shanghai. Lian bedeutete übersetzt die Lotusblume. Mit Kaylin hingegen konnte sie zunächst einmal nichts anfangen. Aber das hieß nichts. Ihre Jahre in Hongkong lagen lange zurück. Und selbst mit ihren Eltern sprach sie eigentlich fast immer Deutsch. Hin und wieder auch Englisch. Wie es sich gerade ergab. Außerdem wurden auch in Asien namenstechnisch immer mehr

Mischformen gebildet. Westliche Namensteile wurden mit traditionellen kombiniert. Neue Varianten entstanden. Da war es unmöglich, auf Anhieb zu sagen, was in diesem speziellen Fall zum Tragen kam.

*Als Kind hat mir mal jemand erzählt, dass sich der Name Emilia von dem lateinischen Wort* aemulus *ableitet,* flüsterte Capelli hinter ihrer Stirn. *Das bedeutet so viel wie der Nacheiferer ...*

»Und Ihre Nichte ist hier seit ...?« Zhou blätterte nach einem Visum.

»Sommer 2012.«

»Sind da ihre Eltern ums Leben gekommen?«

»Nein. Das war lange vorher. Aber wir sind viel gereist. Kaylin hat eine Weile bei ihren Großeltern gelebt.«

»Warum geht sie nicht zur Schule, wenn sie nun schon seit fast zwei Jahren hier ist?«

Sun Chang zuckte die Achseln. »Sie hat sich mit der Eingewöhnung schwergetan. Sie vermisst ihre Heimat.«

»Ist das nicht ein Grund mehr, dafür zu sorgen, dass sie Kontakte aufbaut in dem Land, in dem sie lebt?«, konterte Zhou.

»Wir haben nicht vor, noch lange hierzubleiben. Und auch ein junger Baum lässt sich nicht beliebig oft verpflanzen, Frau Zhou.«

»Sie selbst leben aber nun schon ...« Sie überprüfte die Infos auf ihrem Tablet. »Schon beinahe zehn Jahre in Deutschland, oder?«

»Höchste Zeit, etwas Neues zu beginnen«, entgegnete er lapidar.

Zhou wollte eben antworten, als die Tür aufflog und ein Mann ins Zimmer trat. Er war klein, korpulent und trug einen reichlich zerknitterten Anzug mit Seidenkrawatte, die trotz ihrer offenkundigen Qualität irgendwie schlampig wirkte.

»Paul Merlot«, stellte er sich vor, wobei er offenbar bewusst darauf verzichtete, Zhou die Hand zu reichen. Trotzdem hatte sie nicht das Gefühl, dass er überrascht war, einer Asiatin gegenüberzustehen. Wahrscheinlich hatte Sun Changs Frau ihm bereits ausführlich Bericht erstattet. »Ich bin Herrn Changs Anwalt.«

»Freut mich.«

*Lügnerin*, las sie in den trüben braunen Augen hinter der Brille. Laut sagte er: »Es hat mich ebenfalls sehr gefreut, aber mein Mandant und ich müssen uns jetzt leider verabschieden. Der Stress und die Sorge um das Kind, Sie verstehen ...«

»Oh nein«, gab Zhou zurück. »Das verstehe ich ganz und gar nicht. Und zu Ihrer Information: Das Gespräch mit dem Zeugen ist noch nicht beendet.«

»Doch«, entgegnete der Anwalt mit einem Lächeln, das seine Augen nicht erreichte. »Glauben Sie mir, das ist es.«

»Sie haben keinen Grund ...«, setzte Zhou aufs Neue an, doch Capelli, die Merlot gefolgt war, gab ihr mit einer knappen Geste zu verstehen, dass sie keinen weiteren Widerstand leisten solle.

Merlot bemerkte Zhous verdutzten Blick und grinste. »Wie ich sehe, hat Ihre Partnerin die Sachlage bereits erfasst«, stellte er zufrieden fest.

Zhou kam sich vor wie früher in der Schule, wenn die anderen Mädchen sie wieder einmal hatten auflaufen lassen: beschämt, alleingelassen und bloßgestellt bis auf die Knochen.

»Sie haben ja die Personalien meines Mandanten«, setzte der Anwalt frech noch einen obendrauf. »Falls Sie weitere Fragen haben, reichen Sie diese schriftlich in meiner Kanzlei ein. Wir werden selbstverständlich alles in unserer Macht stehende tun, um zur Aufklärung dieser unseligen Vorkommnisse ...«

»Ein Doppelmord«, korrigierte Zhou in diesem überaus beherrschten, unterkühlten Ton, den sie immer anwandte, wenn sie zutiefst verunsichert war.

»Ja, höchst bedauerlich.« Merlots Hand wedelte durch die abgestandene Heizungsluft, als gelte es, ein paar lästige Fliegen zu verscheuchen. »Allerdings kann mein Mandant Ihnen dazu leider rein gar nichts sagen. Er und seine Frau wurden lediglich Opfer einer abscheulichen Erpressung, und wir möchten den deutschen Behörden an dieser Stelle ausdrücklich für ihre gute Arbeit danken, die dazu geführt hat, dass Lian Kaylin so schnell und vor allem unversehrt nach Hause zurückkehren kann.«

»Aber der angebliche Erpresser Ihres Mandanten ist tot«, wiederholte Zhou. Und in Gedanken setzte sie voller Ironie dazu: *Er besaß die Dreistigkeit, sich eine Kugel in den Kopf schießen zu lassen, stellen Sie sich das vor...*

»Dazu kann Ihnen mein Mandant bedauerlicherweise keinerlei sachdienliche Hinweise geben.«

»Woher wollen Sie das wissen?«

»Herr Chang hat mich bereits gestern Abend über alles informiert.«

Ja, dachte Zhou, und die Erde ist eine Scheibe...

»Ach übrigens«, Merlots Schweinsäuglein wanderten durch den Raum. »Sie haben doch gewiss daran gedacht, meinem Mandanten für diese Befragung einen Dolmetscher zur Verfügung zu stellen, oder?«

Hinter ihm schnappte Capelli hörbar nach Luft.

»Einen Dolmetscher?« Zhou hätte am liebsten laut losgelacht. Doch sie ließ sich nichts anmerken. »Darf ich fragen, wozu?«

Anstelle einer Antwort hob der Anwalt nur vielsagend die Brauen.

»Ihr Mandant beherrscht unsere Sprache offenkundig

gut genug, um in diesem Land Verträge zu schließen und Nachtclubs zu führen ...«

»Vom führen kann nicht die Rede sein«, fiel Merlot ihr ins Wort. »Herr Chang besitzt lediglich ein paar Beteiligungen.«

»Ja, na klar«, versetzte Zhou, indem sie seinen Tonfall imitierte. »Und er leistet auch lediglich hin und wieder ein paar kleine Freundschaftsdienste für seine chinesischen Landsleute.«

Merlot schenkte ihr ein beinahe mitleidiges Lächeln. »Wie Sie eben sehr richtig bemerkt haben, Frau Zhou, ist mein Mandant kein Bürger dieses Landes und somit ohne konkreten Anlass nicht ...«

»Ohne konkreten Anlass?« Allmählich platzte ihr wirklich der Kragen! Sie sah zu Capelli hinüber, doch die übte sich in ungewohnter Zurückhaltung. »Sie wollen mir nicht im Ernst erzählen, dass zwei Leichen für Sie kein Anlass sind.«

»Ich bitte Sie«, entgegnete der Anwalt ruhig. »Das hatten wir doch bereits. Aber da Sie Schwierigkeiten zu haben scheinen, meiner Argumentation zu folgen, kann ich es gern noch einmal wiederholen: Peter Klatt hat die Nichte meines Mandanten entführt, um meinen Mandanten dazu zu bringen, den Rückkauf gewisser Firmenanteile abzuwickeln, die befreundete Landsleute vor einiger Zeit erworben haben. Um das Leben des Mädchens nicht unnötig zu gefährden, hat sich mein Mandant entschlossen, Herrn Klatts Anweisungen Folge zu leisten.« Er schnappte nach Luft. »Eine dieser Anweisungen lautete, heute früh um neun Uhr bei einem bestimmten Notar vorstellig zu werden, um eine Unterschrift unter den für den Rückkauf notwendigen Vorvertrag zu leisten. Aber als Herr Klatt zu diesem Termin nicht erschien und sich auch nicht wieder gemeldet hat, entschloss sich mein Mandant, die Behörden zu informieren. Der Rest ist Ihnen bekannt.« Seine Wurstfinger strichen an den Rändern seiner Krawatte entlang. »Und fürs Protokoll: Auch wenn mein Mandant unsere Sprache bis zu einem gewissen Grad beherrschen mag, ist nicht gesagt, dass er jede strafrechtlich oder juristisch relevante Feinheit zu verstehen imstande ist.«

»Er hätte mich nur zu bitten brauchen«, konterte Zhou. »Dann hätte ich ihn genauso gut auf Mandarin befragen können.«

»Apropos …« Merlots Finger hielten abrupt inne. »Sind diese Ihre Sprachkenntnisse auch in den Unterredungen mit der Nichte meines Mandanten zum Tragen gekommen?«

Er droht mir, dachte Zhou fassungslos. Er versucht allen Ernstes, mich einzuschüchtern!

»Ja«, antwortete in diesem Augenblick Capelli für sie. Und allmählich hatte sie ernsthaft das Gefühl, im falschen Film zu sein. »Selbstverständlich sind sie das.«

Merlot ließ die Krawatte los und sah Capelli an. »Es ist Ihnen aber bekannt, dass minderjährige Zeugen nicht ohne die Zustimmung ihrer Erziehungsberechtigten …«

»Wer redet von Zeugen?«, fiel Zhou ihm ins Wort. »Die Nichte Ihres Mandanten war für uns eine nicht als vermisst gemeldete, nicht näher identifizierbare Unbekannte.«

»Und warum haben Sie Kaylin nicht gefragt, wie sie heißt?«, rief Chang, eine Zwischenfrage, die ihm einen vernichtenden Blick seines Anwalts eintrug.

»Oh, glauben Sie mir, das haben wir«, entgegnete Capelli und ihre Stimme triefte nur so vor Sarkasmus.

Merlots Schweinsäuglein fixierten ihren Blick. »Und?«

Na, jetzt bin ich aber gespannt, dachte Zhou, die keinen Schimmer hatte, worauf ihre Partnerin hinauswollte.

»Leider hat sie nicht geantwortet.«

»Auch nicht, als Sie sie auf Chinesisch angesprochen haben?«, fragte Chang mit tiefer Skepsis im Blick.

»Nein, auch da nicht.«

»Soll das heißen, dass sie überhaupt nicht mit Ihnen gesprochen hat?«, hakte Merlot noch einmal nach.

Capelli nickte. »Kein einziges Wort.«

Zhou beobachtete Changs Reaktion auf diese Eröffnung genau. War das Erleichterung, was sie da sah?

»Meine Nichte ist sehr zurückhaltend«, bemerkte Wu Yuen in ihrem Rücken.

Zurückhaltend, dachte Zhou, eingeschüchtert ... Was denn noch alles? Habt ihr euch eure Nichte überhaupt mal richtig angesehen? Oder ist das hier pure Taktik?

»Sie müssen sich klarmachen, in welcher Lage sich dieses arme Kind befunden hat«, sagte Merlot. »Die Kleine wird unvermittelt aus ihrer gewohnten Umgebung gerissen. Sie hat Angst. Sie versteht unsere Sprache nicht.« Seine fetten Arme ruderten triumphierend durch die stickige Krankenhausluft. »Kein Wunder, dass sie sich zurückzieht.«

»Ich will zu ihr«, sagte Chang.

»Sicher.« Merlot nickte seinem Auftraggeber eifrig zu. »Ich hätte da nur noch eine letzte Frage an Frau Zhou, wenn Sie gestatten.«

*Verdammt!*

»Ja?«

Die Schweinsäuglein richteten sich auf sie, und plötzlich war da nichts Schlampig-Weiches mehr. Nur noch blanke Gefährlichkeit. »Haben Sie Ihre Unterredung mit meinem Mandanten aufgezeichnet?«

*Nein, habe ich nicht.*

Neben ihr schüttelte Chang bereits energisch den Kopf, als wollte er sagen: *Für wie blöd halten Sie mich?*

Doch sein Anwalt ließ den versteckten Tadel an sich

abtropfen, ohne Zhou aus den Augen zu lassen. »Haben Sie?«

»Nein.«

»Warum nicht?«

Sie schluckte. Ihr war völlig bewusst, worauf das hier hinauslief. Aber es fiel ihr an diesem Morgen ungewohnt schwer, mitzuspielen. Auch wenn es vielleicht das Klügste war, gute Miene zum bösen Spiel zu machen.

Als sie nicht sofort reagierte, machte Merlot einen Schritt auf sie zu. »Warum haben Sie es unterlassen, das Gespräch mit meinem Mandanten aufzuzeichnen, Frau Zhou?«

»Weil es nicht notwendig war«, entgegnete sie. »Herr Chang und ich haben uns lediglich unterhalten.«

Er verzog keine Miene. »Dann ist es ja gut.«

Chang wandte den Kopf. »Dann kann ich jetzt endlich zu meiner Nichte?«

»Natürlich«, antwortete Zhou. »Folgen Sie mir.«

10

Uniklinik Frankfurt, Zimmer 6323, 11.01 Uhr

*Was zum Teufel soll das?*, blitzten Zhous Kohleaugen, als sie die Tür zu Kaylins Zimmer erreichten. *Wie können Sie es wagen, mir derart in den Rücken zu fallen?*

Doch Em bedeutete ihr, sich einen Moment zu gedulden. Für Vorwürfe blieb noch genug Zeit. Zuerst wollte sie sehen, wie Kaylin auf die Familienzusammenführung reagierte. Ob sie sich freute. Ob sie Angst zeigte. Oder sonst irgendeine Regung.

Merlots Aftershave stieg ihr in die Nase, als sich der Anwalt unmittelbar hinter Sun Chang und Wu Yuen ins Zimmer quetschte. Doch zu ihrer aller Überraschung war das Bett leer.

»Wo ist sie?«, fragte Wu Yuen, und Em war überrascht zu hören, dass sie eine sehr markante Stimme hatte. Tief und ruhig, wie flüssiges Kupfer.

Chang drehte sich zu ihr um, sagte jedoch nichts.

»Vielleicht musste sie aufs Klo«, schlug Em vor.

Er schlängelte sich an ihr vorbei, klopfte an die geschlossene Badezimmertür und rief etwas auf Chinesisch. Als er keine Antwort erhielt, drückte er die Klinke herunter.

Das Bad war leer.

Zhou und Em tauschten einen Blick.

»Was soll das?«, fragte Merlot. Und er klang längst nicht mehr so ruhig und abgebrüht wie zuvor.

»Vielleicht ist sie bei einer Untersuchung«, schlug Chang hoffnungsvoll vor.

*Das hätten uns die Kollegen gesagt*, hielt Em ihr im Stillen entgegen.

Merlots Gedanken schienen in die gleiche Richtung zu gehen. Er watschelte zur Tür und wandte sich an den älteren der beiden Wachposten. »Wo ist das Mädchen?«

»Wieso?« Em konnte zusehen, wie das Gesicht des Mannes an Farbe verlor. »Ist sie denn nicht da drin?«

»Nein«, schnappte Merlot. »Ist sie nicht.«

Sie ist schon einmal getürmt, durchfuhr es Em. Es ist ihr auch gelungen, aus der Suite im Plaza zu entkommen.

Automatisch sah sie zum Fenster. Doch im Gegensatz zu dem Hotel bot der Zentralbau der Uniklinik keine Möglichkeit, über die Fassade zu entkommen. Glattes Einheitsgrau und Fenster an Fenster. Em runzelte die Stirn. Dann blieb eigentlich nur noch die Tür zum Nebenraum …

»Hat jemand während der letzten zehn Minuten diesen Raum betreten oder verlassen?« Merlot war noch immer mit den Kollegen im Flur zugange.

»Nein«, hörte Em den jüngeren sagen. »Ganz sicher nicht.«

Sie konnte ihn nicht sehen, aber vermutlich hielt er Changs Anwalt gerade die Liste unter die Nase, in der weisungsgemäß jede Aktion eingetragen wurde. Wer wann kam, wie lange er blieb, wann er wieder ging …

Chang stand wie angewurzelt neben der noch immer offenen Badezimmertür und verfolgte die Plänkelei.

Em ließ ihn nicht aus den Augen, während sie sich langsam, Schritt für Schritt, in Richtung Nebenraum bewegte.

Doch Zhou war nicht so leicht zu täuschen. Als hätte sie einen eingebauten Radar für die Aktionen ihrer Partnerin, wandte sie unauffällig, aber mit höchster Wachsamkeit in den Augen den Kopf. *Was haben Sie vor?*

Em erwiderte ihren Blick. *Vielleicht versteckt sie sich. Vielleicht hat sie Angst.*

Sie nickte. *Durchaus möglich …*

Dann wanderten ihre Augen zu Changs Frau hinüber und blieben warnend an deren Rücken kleben.

Zhou leckte sich flüchtig über die Lippen, eine Geste, die Em noch nie an ihr beobachtet hatte. Dann machte sie einen Schritt in Changs Richtung, so dass sie seiner Frau die Sicht auf die Tür in ihrem Rücken versperrte, und sagte irgendetwas auf Chinesisch.

Chang antwortete, ohne sich umzudrehen.

Em bekam den Türgriff zu fassen, doch im selben Moment machte Changs Frau einen Schritt zur Seite. »Was ist da?«, fragte sie. Anders als ihr Mann sprach sie in gebrochenem Deutsch.

»Der Aufenthaltsraum für die Wachleute«, antwortete Em.

»Vielleicht Kaylin ist dort.«

»Das will meine Kollegin gerade überprüfen«, antwortete Zhou, bevor Em reagieren konnte. »Bleiben Sie zurück.«

Wu Yuen ignorierte sie und schickte sich an, die Tür zu öffnen, doch Em war schneller.

In dem Zimmer brannte kein Licht, und das trübe Nebelgrau vor dem Fenster machte die Sache nicht besser. Trotzdem sah Em auf den ersten Blick, dass der Raum leer war. Er war deutlich kleiner als das Zimmer, in dem Kaylin untergebracht gewesen war. Auf dem einzigen Tisch lagen Jacken und zwei Rucksäcke. Die Betten waren bezogen, aber unbenutzt und zum Schutz vor Keimen mit Plastikfolie überzogen.

»Ist sie da drin?«

Aus den Augenwinkeln sah Em, wie Zhou sich Wu Yuen in den Weg stellte. »Bleiben Sie zurück.«

»Aber ...«

»Zurück«, wiederholte Zhou mit unmissverständlicher Endgültigkeit. Dann folgte sie ihrer Partnerin in den Raum, warf einen Blick ins Badezimmer und schüttelte den Kopf.

Mit drei Schritten war Em an der Tür zum Gang. *Sehen Sie das?*

Zhou nickte. Die Tür war nur angelehnt ...

*Sie kann noch nicht lange weg sein!* Em stieß die Tür auf und sah links von sich den Rücken des älteren Wachmanns im Gang. Der andere stand mit einem Bein in Kaylins Zimmer und sprach noch immer mit Merlot. Ems Blicke flogen den Flur hinunter. Die Krankenschwestern von vorhin hatten sich schon vor geraumer Zeit verzogen. Klar, schließlich hatten sie einen Job zu erledigen. Aus einer der Zimmertüren trat ein älterer Herr auf den Gang. Er führte einen Infusionsständer mit sich und kam langsam und mühevoll auf sie zu. Ein Stück weiter hinten ging eine junge Frau mit Gehgestell auf und ab.

»Wo ist meine Nichte?«, rief in diesem Augenblick Chang, der Em entdeckt hatte.

Doch sie kümmerte sich nicht weiter um ihn. Sie rannte einfach los. Kaylin muss gewartet haben, bis wir im Nebenzimmer waren, hämmerte es in ihrem Kopf. Und dann ist sie im Rücken der Wachen aus der Tür geschlüpft ...

Aber die Kleine war erst zehn Jahre alt.

Ein Kind.

Die Alternative war, dass ein anderer Kaylins Zimmer unbemerkt betreten und das Mädchen mitgenommen hatte. Der Mann aus dem Plaza vielleicht. Der Schütze ...

Em verdrängte den Gedanken und stürzte auf die Frau mit dem Gehgestell zu. »Haben Sie zufällig ein kleines Mädchen gesehen?«, rief sie. »Ungefähr so groß. Asiatin.«

»Sie meinen gerade eben?«

»Ja.«

»Ich weiß nicht.« Die Angesprochene verlagerte ihr Gewicht. Offenbar war sie frisch operiert und noch nicht wieder daran gewöhnt, lange zu stehen. »Da war tatsächlich ein Kind. Aber ob das ein Mädchen gewesen ist ...«

»War sie allein?«, unterbrach Em sie.

»Ja.«

*Gott sei Dank!*

»Wo ist sie hin?«

»Da lang!« Die Frau zeigte auf die geschlossenen Lifttüren, während von irgendwoher Essensgeruch an ihre Nasen wehte. Irgendetwas Undefinierbares. Die typische Krankenhauskost.

»Haben Sie gesehen, dass sie den Aufzug genommen hat?«

Kopfschütteln. »Tut mir leid.«

*Sie könnte überall sein ...*
»Wie lange ist das her?«
»Drei, vier Minuten vielleicht.«
Em nickte. »Informieren Sie die Pforte«, rief sie den beiden Kollegen zu, die mit langen Schritten den Flur entlang gestürmt kamen. »Und besorgen Sie Verstärkung. Wir müssen das ganze Gebäude durchkämmen, bis in den letzten Winkel.«

11

```
Polizeipräsidium Frankfurt, Büro Makarov,
13.37 Uhr
```

»Wie, in drei Teufels Namen, konnte das passieren?« Makarov wuchtete seine Massen vom Stuhl hoch und funkelte seine beiden Beamtinnen wütend an. Früher war er athletisch gewesen, aber er hatte seine körperliche Fitness schon vor Jahren der Bequemlichkeit des Innendienstes geopfert. Sein Temperament hingegen war leider so feurig und unberechenbar wie eh und je. »Sie waren zu zweit. Plus zwei Kollegen vor der Tür. Das macht schon vier erstklassig ausgebildete Beamte, die sich von einem zehnjährigen Kind vorführen lassen.«

»Wir konnten nicht damit rechnen, dass das Mädchen türmt«, verteidigte sich Capelli. »Nicht zu diesem Zeitpunkt.«

»Schließlich hatte sie vorher auch keinen Versuch gemacht ...«, ergänzte Zhou – doch Makarov schien finster entschlossen, sie gar nicht erst zu Wort kommen zu lassen.

»Was vorher war, interessiert mich nicht«, fauchte er.

»Fakt ist, dass Sie beide in dieser Sache, verzeihen Sie den Ausdruck, verdammt beschissen dastehen.«

Capelli senkte trotzig den Kopf, doch Zhou war gerade in der richtigen Stimmung für Auseinandersetzungen. »Bei allem Respekt, aber …«

»Ja?« Sein Blick hätte sie problemlos an die gegenüberliegende Wand nageln können.

Sie merkte, wie ihr Puls zu rasen begann. Doch jetzt gab es kein Zurück. »Es war nicht Teil unserer Aufgabe, auf das Mädchen aufzupassen. Nicht gestern Abend. Und auch nicht heute Vormittag.«

»Oh ja, richtig«, schnappte Makarov. »Immerhin hatten Sie ja genug damit zu tun, sämtliche Regeln zu verletzen, die bei der Befragung von ausländischen Zeugen …«

»Ha!«, machte Capelli, und nach dem Auftritt in der Klinik war Zhou ehrlich überrascht, dass sie ihr beisprang. »Das ist doch wohl nicht Ihr Ernst!«

»Es ist Paul Merlots Ernst, fürchte ich.«

»In diesem Fall«, entgegnete Capelli würdevoll, »werden wir Herrn Merlot eben eines Besseren belehren müssen.«

Makarov sah sie an. »Nein.« Von einer Sekunde auf die andere war er wieder vollkommen ruhig geworden. »Werden Sie nicht.«

»Wieso nicht?«

»Weil Sie beide raus sind aus der Nummer.«

Capelli sah kurz zu Zhou hinüber, als müsse sie sich vergewissern, dass sie recht verstanden hatte. »Was meinen Sie mit raus?«

»Damit meine ich, dass Lian Kaylin und ihre Familie ab sofort nicht mehr in Ihren Zuständigkeitsbereich fallen.«

»Soll das ein Scherz sein?«

Seine Antwort bestand in einer Gegenfrage: »Schauen Sie mich an, Capelli: Sehe ich aus, als würde ich scherzen?«

Zu ihrem eigenen Missfallen konnte sie nicht umhin, die Frage zu verneinen.

»Und jetzt ...«

Zhou trat einen Schritt vor. Etwas, das Makarov offenkundig irritierte, denn er hielt mitten im Satz inne. »Warum?«, fragte sie.

Seine vollen Lippen wölbten sich, so dass er fast wie ein beleidigter kleiner Junge aussah. »Warum was?«

»Warum legen Sie uns solche Steine in den Weg?«

Capelli schnappte hörbar nach Luft. Doch Makarov nahm die Formulierung offenbar nicht krumm. Seine Augen glitten forschend über Zhous Gesicht, als wollte er sich ein Bild vom Grad ihrer Entschlossenheit machen.

Als er zu einem Ergebnis gekommen war, sagte er: »Schließen Sie die Tür.«

Capelli folgte seiner Aufforderung und nahm dann erwartungsvoll auf dem Stuhl neben Zhou Platz.

»Darf ich Sie fragen, welchen Eindruck Sie von Herrn Chang gewonnen haben?«

»Dass er ein Arschloch ist«, entgegnete Capelli unverblümt. »Und weiter?«

Tief in Makarovs Augen blitzte ein Lächeln auf. »Wie ich Ihnen bereits sagte, bekam ich heute früh einen Anruf aus dem BKA«, erklärte er. »Genauer gesagt von der SO.«

Zhou horchte auf. Das war die Abteilung für Schwere und Organisierte Kriminalität. Also ging es offenbar tatsächlich um mehr als ein privates Verbrechen ...

Als sie sich der Formulierung bewusst wurde, die sie gewählt hatte, musste sie über sich selbst lachen.

*Ein privates Verbrechen ...*

Neben ihr schien auch Capelli zu dämmern, dass ihnen neues Ungemach drohte. »Von der SO? Na, so was! Und was wollten die Jungs? Mal bei uns reinschnuppern, um zu sehen, wie ihr Job in richtig geht?«

Seltsamerweise schien ihre flapsige Art Makarovs Wut ein wenig zu dämpfen. »Sie wissen doch, wie schwer sich die Kollegen vom BKA immer tun, mit uns gemeinem Fußvolk so was wie Klartext zu reden«, antwortete er. Und Zhou hatte beinahe das Gefühl, dass er am liebsten hinzugesetzt hätte: ganz im Gegensatz zu Ihnen …

»Ja, die sind ein bisschen wortkarg.«

»Ich erspare Ihnen die Details«, fuhr er fort, »aber der Tenor des Gespräches war, dass wir ihnen tunlichst nicht in die Quere zu kommen haben.«

Zhou richtete sich auf. »In die Quere wobei?«

»Oh, das habe ich Rainer Cordts auch gefragt«, bekannte Makarov grimmig. »Und nachdem ich ihm klarmachen konnte, dass wir uns hier trotz unserer beschränkten Kompetenzen nicht wie die Pennäler mit Halbwahrheiten abspeisen lassen, war er immerhin bereit, mir zu verraten, dass seine Abteilung seit geraumer Zeit im Umfeld von Herrn Chang und seinen Geschäftspartnern tätig ist.«

»Tätig?« Capelli beugte sich vor. »In welcher Weise?«

»Offenbar ist es den Kollegen nach langer Vorbereitung gelungen, eine V-Person im Umfeld des Pussycat Doll und seiner Betreiber zu etablieren.«

»Und dabei geht's um … was?«

»Waffenhandel. Geldwäsche. Drogen.« Er zuckte die Achseln. »Jedenfalls ist das BKA in großer Sorge, dass unsere Sache und die damit verbundene Unruhe in den einschlägigen Kreisen die Aktion gefährden könnte.«

»Unsere Sache, wie Sie es ausdrücken, ist ein Doppelmord«, ging Capelli augenblicklich wieder an die Decke.

»… der mit Herrn Chang nur insoweit zu tun hat, als er und seine Familie zufällig Opfer eines der Opfer wurden«, gab Makarov zurück. »Oder haben Sie Beweise, die etwas anderes besagen?«

»Wie denn?«, maulte Capelli. »Man pfeift uns doch zurück, bevor der Spaß richtig angefangen hat.«

Makarov bedachte sie mit einem langen prüfenden Blick. »Bedenken Sie, dass wir es hier mit zwei verschiedenen Paar Schuhen zu tun haben.«

»So?« Sie warf den Kopf zurück. »Na, da bin ich aber gespannt ...«

»Mir schmeckt das Ganze ebenso wenig wie Ihnen. Aber Fakt ist, dass wir, respektive diese Abteilung, lediglich für den Mord an Peter Klatt und seiner Frau zuständig sind. Der Vermisstenfall Lian Kaylin hingegen ...«

Capelli sprang auf. »Das war von Anfang an ein Mordmotiv und kein Vermisstenfall.«

»Können Sie das beweisen?«, fragte er noch einmal.

»Nein, verdammt. Kann ich nicht.«

»Genau.« Er unterbrach sich und setzte dann dezidiert neu an: »Der Vermisstenfall Lian Kaylin wird ab sofort von den Kollegen der zuständigen Abteilung weiterbearbeitet.«

»Aber das Mädchen ist ohne Zweifel eine wichtige Zeugin für uns«, widersprach Zhou, während sie sich zum wiederholten Mal an diesem Vormittag fragte, was einen Mann wie Sun Chang dazu bewogen haben mochte, sich mit ein paar unbedeutenden Aktienpaketen abzugeben. Freundschaftsdienste hin oder her. »Und deshalb müssen wir uns auch an der Suche nach ihr ...«

»Sie hatten Ihre Chance«, fiel Makarov ihr ins Wort. »Und eine zweite werden Sie nicht kriegen. Denn selbst wenn das Mädchen schnell gefunden werden sollte, hat der Kollege Merlot bereits ein Attest des zuständigen Arztes in der Tasche, das besagt, dass die Kleine durch die Wucht der Ereignisse tief traumatisiert und ihr folglich eine Befragung durch die deutschen Behörden zum gegenwärtigen Zeitpunkt nicht zuzumuten ist. Und wenn Sie dann noch ein bisschen mehr Druck machen, sitzt das Kind morgen früh in einer Maschine nach Shanghai oder Peking oder Gott weiß wohin, und Sie beide können sich Ihren Mordfall und Ihre Zeugin und den ganzen verdammten Rest in den Allerwertesten stecken. So sieht's aus, meine Damen.«

Zhou hob die Brauen. Solche Töne war sie von ihrem Vorgesetzten bislang nicht gewöhnt, und sie spürte, wie die Emotionen auch in ihr langsam, aber sicher hochkochten. »Was hat denn die Auswertung der Spuren in der Suite ergeben?«, versuchte sie es noch einmal sachlich.

»Nichts«, schnappte Makarov. »Ihr Schütze war, wie Sie bereits vermutet haben, offenbar ein Profi.«

»Und die Kameras?«

»Keine Ahnung.« Er stieß sich vom Schreibtisch ab und rollte auf seinem Bürostuhl ein Stück zurück, als wollte er sich auch räumlich von seinen Beamtinnen distanzieren. »Dazu habe ich bislang noch keine Ergebnisse vorliegen.«

*Na, klasse!*

Zhou sah zu Capelli hinüber, deren Wangen ungewohnt blass waren. Doch auch sie hatte offenbar keine Idee, wie sich die Sache noch zu ihren Gunsten drehen ließ. Zumindest im Augenblick nicht …

»Das wäre zunächst alles«, knurrte Makarov, und es war genau das, wonach es klang: Ein Rausschmiss.

Capelli erhob sich provokant langsam von ihrem Stuhl. »Und wie sollen wir den Mord an den Klatts aufklären, wenn wir keine Möglichkeit haben, die entsprechenden Zeugen zu befragen?«, unternahm sie einen letzten, verzweifelt anmutenden Versuch, als sie bereits an der Tür war.

»Das dürfen Sie mich nicht fragen.«

Zhou überlegte, was er damit meinte.

»Aber wir …«, setzte ihre Partnerin an, doch dann verstummte auch sie.

Makarovs Augen krallten sich in ihre Gesichter. »Stellen Sie Anträge. Suchen Sie Hintertüren. Denken Sie sich verdammt nochmal irgendwas aus.«


12


```
Polizeipräsidium Frankfurt, Büro Em und
Zhou, 14.09 Uhr
```

»Na, toll!« Em kickte einen herumliegenden Kaffeebecher in die Ecke und ließ sich auf den Stuhl vor ihrem Schreibtisch fallen. »Das macht doch wirklich Lust auf mehr.«

Decker lugte hinter seinem Bildschirm hervor. »Ärger?«

Ems Antwort bestand aus einem knappen »jap«. Dann fragte sie: »Was Neues aus der Klinik?«

»Sie suchen noch.«

»Super.«

»Aber ich hab was anderes für euch.«

»Nämlich?«

Er breitete vielsagend die Arme aus. »Kommt her und seht selbst.«

Em winkte Zhou heran, und gemeinsam traten sie hinter den Kollegen an dessen Rechner.

»Das sind die Überwachungsbänder aus dem Hotel«, erklärte Decker, während seine Finger über die Tasten flogen. »Die Kollegen von der Kriminaltechnik haben alle relevanten Stellen ausgewertet, aber wie Ihr bereits vermutet habt, war der Typ viel zu schlau, um uns sein Gesicht zu zeigen. Das Ergebnis ist mehr als mau und definitiv zu schlecht für ein Phantombild. Allerdings…«

»Allerdings was?«, drängte Em.

»Bei der unerwarteten Begegnung mit euch hat er in puncto Vorsicht ein bisschen nachgelassen.«

Klar, dachte Em, immerhin musste er auf uns schießen ... »Heißt das, wir haben ihn drauf?«, fragte sie hoffnungsfroh.

»Nicht ganz ... aber Teile von ihm.«

Sie lachte. »Welche Teile?«

Decker klickte sich in Windeseile durch neue Fenster. »Die Kollegen konnten folgende Sequenz isolieren und vergrößern ...«

Gebannt starrte Em auf den Monitor. Das Erste, was sie sah, war ein Standbild von sich selbst vor dem Lift. Hinter ihr Zhou, die Waffe im Anschlag. Ein paar Meter vor ihnen, auf dem Boden, lag Kaylin. Und am linken Bildrand ... Ihr stockte der Atem. Im linken Bildrand war deutlich die Mündung einer Waffe erkennbar. Und auch die Hand, die diese Waffe hielt.

»Er ist Linkshänder«, konstatierte sie verblüfft.

»War mir gar nicht aufgefallen«, räumte Zhou ein.

»Wirklich nicht?«, zog Em sie auf. »Wie konnte Ihnen das entgehen?«

»Keine Ahnung. War wohl der Stress.«

Decker, der an derart flapsige Töne zwischen seinen Kolleginnen nicht gewöhnt war, hob grinsend den Blick. »Wollt ihr euch anzicken, oder können wir weitermachen?«

»Mach weiter«, lachte Em.

»Okay. Also, der Typ ist nicht nur Linkshänder, sondern er hat auch ... Wartet kurz ...« Er tippte einen neuen Befehl, und das Bild schmolz auf das Handgelenk des Schützen zusammen.

Zhou beugte sich interessiert vor. »Was ist das da, unter seiner Uhr? Ein Tattoo?«

»Bingo.« Decker drückte auf Eingabe, und der Ausschnitt verengte sich auf ein winziges Raster auf Höhe der schlichten Herrenarmbanduhr, wo – halb verdeckt von einem massiven Gliederarmband – eine Tätowierung sichtbar wurde. Die Unterkante einer Raute oder eines Dreiecks.

»Geht das nicht schärfer?«, beschwerte sich Em.

»Leider nicht.« Er hob bedauernd die Achseln. »Was du siehst, ist das Maximum, was sie aus der Sequenz rausholen konnten.«

Sie nickte und konzentrierte sich auf das grobkörnige Bild. »Was ist das für ein Ornament, da unten in der Spitze?«

»Sieht aus wie eine Blütenranke«, konstatierte Zhou.

»Dieser Kerl sah aber nicht nach Blüten aus«, entgegnete Em trocken.

»Es könnte natürlich auch ein stilisiertes S sein.«

»Das schon eher.« Sie kniff die Augen zusammen. »Habt ihr es schon durch die Datenbanken gejagt?«, wandte sie sich wieder an Decker.

»Klar«, nickte dieser. »Aber mit einem so schlecht beleuchteten Teilstück war da leider nichts zu holen.«

»Und die Chance, dass irgendein Zeuge zufällig mehr gesehen hat, ist auch nicht gerade groß«, analysierte Zhou, »da sich das Tattoo an der Unterseite des Handgelenks befindet und er diese massive Uhr trägt …«

»Er wird wissen, warum«, sagte Decker.

Em lehnte sich gegen die Schreibtischkante. »Hilft uns das Modell irgendwie weiter?«

»Die Kollegen sind dran. Aber wir sollen uns keine allzu großen Hoffnungen machen.«

Sie machte eine wegwerfende Handbewegung. »Auf die Idee käme ich gar nicht.«

Aus einer anderen Ecke des Raumes meldete sich in diesem Augenblick Carsten Pell zu Wort: »Em!«

»Was?«

»Telefon für dich!«

»Ich bin nicht da.«

»Doch bist du«, gab er vielsagend zurück. »Es ist die Klinik.«

»Die Klinik?« Em sprang wie von der Tarantel gestochen auf und rannte um Deckers Schreibtisch herum. »Na los, stell durch!«

»Dachte ich mir«, lachte Pell und legte den Anruf auf sie um.

Das Gespräch dauerte nicht einmal eine Minute. Dann riss Em ihre Jacke vom Stuhl.

Zhou fasste nach ihrem Arm. »Haben sie das Mädchen gefunden?«

Sie schüttelte den Kopf. »Das Mädchen nicht. Aber etwas anderes.«

## 13

Uniklinik Frankfurt, Zimmer 6323, 14.59 Uhr

»Verdammt noch mal, die Kleine ist nicht blöd!« Em drehte das Beweistütchen mit dem Kettchen gedankenverloren zwischen ihren Fingern.

Eine Krankenschwester hatte das Amulett unter dem Telefon gefunden. Zusammen mit einem Stück Pappe, das Kaylin offenbar aus einer leeren Tablettenschachtel gerissen hatte. Auf die Rückseite war mit Kugelschreiber eine kleine Zeichnung gekritzelt. Ein Dreieck umschloss ein Quadrat, um dessen Außenkante sich eine große Schlange wand. Von ihrer Schwanzspitze lief ein Pfeil aus der Zeichnung hinaus, hin zu einem chinesischen Schriftzeichen am Rand des Pappstücks. In das Quadrat hatte Kaylin etwas gezeichnet, das auf den ersten Blick wie eine stilisierte Zimmerpflanze aussah. Sie hat mich genau beobachtet, dachte Em mit einer Mischung aus Hochachtung vor der Zehnjährigen und Ärger über ihre eigene Gutgläubigkeit. Sie hat die Blickrichtung meiner Augen studiert. Sie hat bemerkt, wie ich das Telefon angesehen habe. Und sie hat jede einzelne meiner Fragen genau verstanden ...

»Was bedeutet das?«, wandte sie sich an Zhou, die sich noch mit der Krankenschwester unterhielt, die die Sachen gefunden hatte.

»Was?«

»Dieses Ding hier. Sieht aus wie Chinesisch.« Sie hielt ihrer Partnerin die Pappzeichnung unter die Nase.

»Stimmt«, nickte Zhou. »Das ist Mandarin. Genauer gesagt das Zeichen für *lóng*.«

Em sah hoch. »Verzeihen Sie, aber mein Schulchinesisch ist 'ne Weile her«, erklärte sie todernst. »*Lóng* hieß noch mal was?«

Zhou lachte. »Lóng heißt Drache.«

»Nur Drache?«

»Erst mal ja.«

»Was heißt erst mal?« Em fuhr sich ungeduldig durch die Haare. »Ich dachte, bei euch bedeutet jede Silbe immer gleich einen ganzen Roman.« Sie blickte auf die Pappe in ihrer Hand hinunter. »Also lóng, schön und gut. Aber lóng was? Lóng gut, lóng böse, lóng dick, dünn oder glücklich?«

»Lóng neutral«, antwortete Zhou, die offenbar bemüht war, keine allzu großen Hoffnungen zu wecken. »Solange wir keinen Kontext haben, ist alles andere reine Spekulation.«

»Super«, stöhnte Em. »Ein zehnjähriges Mädchen türmt

vor dem eigenen Onkel und hinterlässt uns ein Amulett und eine kryptische Zeichnung, an deren Rand es uns darauf hinweist, dass es sich um einen Drachen handelt. Sehe ich das richtig?«

»Ja«, nickte Zhou. »So würde ich das auch deuten.«

»Also haben wir so was wie einen Drachen in einem Dreieck, dessen Schwanzspitze, isoliert betrachtet, wie eine stilisierte Blütenranke aussieht ...«

»Und rein zufällig sind wir vor nicht einmal einer Stunde über eine Tätowierung gestolpert, die fast genauso aussieht«, schloss Zhou.

»Folglich wollte Kaylin uns hiermit«, Em wedelte mit dem Zettel durch die Luft, »einen Hinweis auf den Mann geben, der sie verfolgt hat.«

»Gut möglich. Aber ...«

»Aber was?«

»Überlegen Sie mal!« Zhous Blick wurde eindringlich. »Falls diese Zeichnung tatsächlich das Tattoo unseres unbekannten Schützen abbildet, dann muss Kaylin diese Tätowierung irgendwann mal in voller Größe gesehen haben.«

»Scheiße«, entfuhr es Em. »Sie haben recht!«

»Und da ich nicht glaube, dass der Mann seine Armbanduhr zum Töten auszieht ...« Sie ließ den Satz offen und sah Em an.

»... müssen wir davon ausgehen, dass Kaylin ihn bereits kannte, bevor er in die Suite der Klatts kam«, vollendete diese.

»Genau das.«

Em klatschte in die Hände. »Wenn mich nicht alles täuscht, sind damit der gute Herr Chang und seine Frau wieder im Rennen.«

»Theoretisch ja – aber Sie haben doch gehört, was Makarov gesagt hat«, wandte Zhou mit sorgenvoller Miene ein.

»Und?«, versetzte Em trotzig. »Irgendwo da draußen irrt eine Zehnjährige herum, die mutterseelenallein ist in einer Stadt, in der sie sich nicht auskennt. Denken Sie im Ernst, dass ich da die Hände in den Schoß lege, nur weil sich irgendein chinesischer Großkotz ansonsten vielleicht angepinkelt fühlt?«

Zhou schüttelte den Kopf. »Ich weiß nicht, ob wir dem Mädchen einen Gefallen tun, wenn wir ...«

»Aber ich«, unterbrach Em. »Leiten Sie das hier an Decker und Pell weiter, die sollen so schnell wie möglich herausfinden, was es ist. Und dann entscheiden Sie, ob Sie sich an die Vorschriften halten oder mit mir zu Chang fahren.« Sie drückte ihrer Partnerin den Beutel mit dem Amulett und Kaylins Zeichnung in die Hand und ging an ihr vorbei, ohne sie eines weiteren Blickes zu würdigen. »Ich warte unten beim Auto.«

14

Frankfurt, Baseler Straße, 15.22 Uhr

Als Kaylin ihr Versteck verlässt, sind einige Stunden vergangen.

*Geduld*, sagt Thien, *ist eine Waffe, die dich selbst mit weit überlegenen Gegnern fertigwerden lässt. Vorausgesetzt, du nutzt die Zeit in der Deckung, um Informationen zu sammeln.*

Und das hat sie getan. Es hat sie viel Überwindung gekostet, nicht einfach davonzulaufen. Aber sie hat der Versuchung widerstanden. Polizisten sind gekommen. Menschen ein und aus gegangen. Autos dicht an ihr vorbeigerauscht. Lieferwagen. Taxen. Vielleicht hatten in einer davon Wu und Chang gesessen. Vielleicht auch nicht.

Irgendwann beschließt sie, dass es Zeit ist. Und geht los.

Die Luft ist schwer von Nebel und Abgasen, und viele Autos fahren mit Licht.

Sie überquert die Friedensbrücke und hält sich parallel zur Baseler Straße, wobei sie penibel darauf achtet, im Schatten der Häuser zu bleiben, damit man sie von einem vorbeifahrenden Auto aus nicht so leicht sehen kann. Trotzdem bereitet ihr der dichte Verkehr Unbehagen. Wann immer die Schlange der Fahrzeuge ins Stocken gerät, beschleunigt sich ihr Herzschlag. Sie hält den Blick starr geradeaus gerichtet. Doch in ihren Augenwinkeln blitzen die Frontscheinwerfer auf. Gelb und grell wie die Augen eines riesigen Drachen, der langsam neben ihr hergleitet.

In China heißt es, dass die Drachen das Wetter beherrschen. Im Winter leben sie im Wasser, in Seen oder Flüssen, um sich im Frühjahr in den Himmel zu erheben. Fliegen sie zu hoch, fällt nicht genügend Wasser zur Erde und es kommt zu einer Dürre. Steigen sie nicht weit genug hinauf, drohen Dauerregen und Überschwemmungen.

Sie zieht die Schultern noch höher und lugt am Rand ihrer Kapuze vorbei.

*Du darfst nicht an den Drachen denken. Nicht hier und nicht jetzt.*

Angst, hat Thien sie gelehrt, ist ein schlechter Ratgeber. Und Kaylin ist entschlossen, der Angst in sich nicht länger Raum zu geben. Im Gegenteil: Zum ersten Mal, seit Wu sie in dieses Land gebracht hat, sieht sie etwas wie einen Ausweg. Die Möglichkeit, sich einen eigenen Weg zu suchen. Frei zu sein ...

*Fokussiere deine Aufmerksamkeit auf das, was vor dir liegt.*

*Dein Ziel.*
*Den Weg, den du gehen musst ...*
Ihre Finger krallen sich in die Innentasche ihrer Jacke. Augenblicklich ist ihr Weg asphaltiert und deutlich zu breit für ihren Geschmack. Die weit zurückgesetzten Gebäude vermitteln ein Gefühl von Schutzlosigkeit. Und sie wundert sich einmal mehr, wie wenige Menschen sich in diesem Land zu Fuß fortbewegen.

Zu Hause in Tibet erledigen die Menschen fast alles zu Fuß. Die endlosen Pisten aus Stein und Geröll, die weiten Hochebenen und schneebedeckten Pässe lassen nur wenig Alternativen zu. Zumindest, wenn man so arm ist wie die Menschen, bei denen sie die ersten Jahre ihres Lebens verbracht hat. Trotzdem kommen ihr diese Menschen rückblickend viel glücklicher vor als alle, denen sie später begegnet ist. Ganz gleich wo. Und manchmal kann sie noch heute ihre Gesichter sehen: freundliche, dunkle Gesichter mit wissenden Augen und wachem Verstand. Die Erinnerung malt ein Lächeln auf Kaylins Lippen. Es sind die Gesichter von Menschen, die trotz vieler Wirrnisse im Einklang sind mit sich selbst und den Naturgewalten, die ihr Leben bestimmen. Die sich leise und leichtfüßig bewegen, weil das viele Gehen ihre Füße geschmeidig und ihre Köpfe frei gemacht hat. Nicht umsonst heißt es, dass die Kora, die rituelle Umrundung des Mount Kailash, das Karma eines ganzen Lebens bereinige.

Doch Tibet ist weit und die Sache mit der Fortbewegung schon in Chengbao ganz anders gewesen, jener Schule, in die man sie aus der Geborgenheit ihrer Heimat heraus verschleppt hatte. Sie nimmt die Hand aus der Tasche und schiebt eine verirrte Haarsträhne unter ihre Kapuze zurück. Zwar sind sie auch dort viel gelaufen. Aber anders. Sie sind nicht gegangen, sondern gerannt, weite Strecken, in einer Luft, die so ganz anders war als das flüssige

Silber der tibetischen Hochebenen. Schwerer und irgendwie überladen. Fast so wie hier, auch wenn der Geruch ein gänzlich anderer gewesen ist.

Sie sieht sich um.

Ihr Instinkt verrät ihr, dass sie sich in der Nähe des Hotels befindet, in das sie das nette Ehepaar gebracht hatte. War das wirklich erst gestern?

Zeit, denkt sie, ist etwas Eigenartiges. Und obwohl Thien ihr beigebracht hat, dass jede Stunde aus sechzig exakt gleich langen Minuten und jede Minute aus sechzig genau gleichen Sekunden besteht, hat sie doch immer das Gefühl, dass die Länge variiert. Dass Zeit etwas Anpassungsfähiges ist. Etwas Persönliches.

Automatisch muss sie wieder an die Frau denken, die sie befragt hat. Die Polizistin mit dem gelben Schal. In China ist Gelb die Farbe des Kaisers, weshalb es dem einfachen Volk früher untersagt war, gelbe Kleidung zu tragen. Doch davon hätte sich die Polizistin mit dem gelben Schal vermutlich schon vor tausend Jahren nicht beeindrucken lassen! Kaylin verbirgt ihr Lachen in den Tiefen ihres Blicks. Die Polizistin mit dem gelben Schal ist eine von denen, die klare Ziele vor Augen haben und sich diesen Zielen mit Haut und Haaren unterordnen. Ja, denkt Kaylin, diese Frau wäre eher bereit, einen hohen Preis zu bezahlen, als auch nur einen Millimeter von ihrem Weg abzuweichen.

Sie bleibt vor einer Bäckerei stehen und späht durch die Scheibe.

Hinter einer sauberen Verkaufstheke steht eine Frau mit einer Haube aus Papier auf dem Kopf. Sie unterhält sich mit einer Kundin, von der Kaylin nur einen Mantel sieht. Ansonsten ist der Laden leer.

Sie zögert.

Sie weiß, dass sie nicht umhinkommt, jemanden nach dem Weg zu fragen, auch wenn sie die Adresse bereits vor langer Zeit auswendig gelernt hat – wie alles, was wirklich von Bedeutung ist. Die Gedanken sind der einzig sichere Ort auf der Welt. Aber was nützen ihr ein Straßenname und eine Zahl, wenn sie keine Ahnung hat, wo sie suchen soll?

Sie seufzt und denkt wieder an die Polizistin mit dem gelben Schal. Die hat immerfort auf die Uhr gesehen, verstohlen zwar, aber doch regelmäßig. Kaylin weiß, dass ihre Zeit abläuft. Das Fenster, durch das sie vielleicht entkommen kann, wird mit jeder Sekunde, die verstreicht, enger. Aber ...

Sieht diese Frau dort hinter der Theke wirklich so aus, als könne man ihr vertrauen?

Kann man überhaupt irgendwem vertrauen?

*Folge deinen Instinkten*, hat ihre Großmutter ihr zugeflüstert, als die Männer kamen, um sie mitzunehmen. *Ganz egal, was kommt, tue das, was dein Herz dir sagt ...*

Aber was sagt ihr Herz?

Sie beißt sich von innen auf die Wange, bis es wehtut. Wohin führt diese Straße? Welche der zahllosen Seitenstraßen soll sie nehmen? Wohin sich wenden in dieser fremden Stadt, die so unermesslich laut und riesig ist?

»Möchtest du hier rein?«, reißt eine Frauenstimme sie aus ihren Gedanken.

Kaylin sieht sie an. Die Kundin ist viel älter, als sie geschätzt hätte. Und eigentlich sieht sie sehr nett aus, mit ihren grünen Augen und dem unverkennbaren Humor im Blick.

»He, Kleine, alles klar?«

Kaylin nickt, ohne nachzudenken.

*Kontrolliere deine Bewegungen*, mahnt ein imaginärer Thien. *Lass nicht zu, dass deine Gesten dich verraten. Oder der Ausdruck deiner Augen. Sei achtsam. Sei auf der Hut!*

»Dann ist ja gut.« Die alte Dame steht noch immer in

der geöffneten Tür und bedeutet ihr mit einer freundlichen Geste, dass sie ruhig eintreten kann.

Kaylin riecht frisches Brot, Kuchen und Kaffee. Doch ihre Augen verweilen noch immer bei der Frau in der Tür. »Moselstraße«, flüstert sie, und ihre eigene Stimme kommt ihr völlig fremd vor.

»Die Moselstraße?« Die Fältchen um den Mund der Frau glätten sich, als sie Kaylin anlächelt. »Ja, das ist gar nicht weit von hier. Du musst auf dieser Straße hier weitergehen, bis du zum Bahnhof kommst, und von da aus ist es dann rechts und anschließend wieder links. Das heißt … Es kommt natürlich darauf an, welche Hausnummer du suchst.«

*Nicht antworten!*

Zum Glück wartet die Dame gar nicht erst auf Antwort, sondern bekennt von sich aus: »Aber da weiß ich leider nicht Bescheid, was da links und was rechts liegt.« Dann hält sie abrupt, beinahe erschrocken inne und scheint zu überlegen, ob sie nicht vielleicht zu schnell gesprochen hat.

Immerhin ist ihre Gesprächspartnerin Asiatin …

»Danke«, sagt Kaylin, bevor die Frau etwas fragen kann. »Das finde ich schon.«

Dann macht sie auf dem Absatz kehrt und rennt davon, so schnell sie kann. Aber sie spürt die Blicke der Frau in ihrem Rücken wie Berührungen. Sie folgen ihr, den breiten Bürgersteig entlang. Doch Kaylin hat Glück: Eine Gruppe junger Leute kommt ihr entgegen. Studenten vielleicht. Sie scherzen und registrieren nur am Rande das kleine, dunkel gekleidete Mädchen, das in ihre Mitte taucht wie ein Schatten. Es scheint kein Gesicht zu haben, keinen Körper und keine Aura. Nicht einmal einen Geruch.

Ein junger Mann dreht sich um. »War das ein Kind, grad?«

Seine Begleiterin sieht ihn an. »Wo?«

»Die Kleine da hinten ...« Sein ausgestreckter Arm weist ins Leere.

»Also, ich seh nix.«

Er schüttelt den Kopf. »Komisch.«

Jemand anderes lacht. »Komm schon!«

Im Weitergehen dreht sich der junge Student noch zwei Mal um. Doch alles, was er sieht, ist ein breiter Bordstein und ein Kiosk, an dessen Verkaufsfenster ein Mann steht und gierig einen Kurzen in Empfang nimmt.

Den dritten an diesem noch so jungen Tag.

# DREI

*Lerne die Regeln, damit du weißt,
wie man sie bricht.*
Tendzin Gyatsho, der XIV.
Dalai Lama

I

Villa von Sun Chang, 15.25 Uhr

»Schicke Hütte«, konstatierte Capelli, als sie vor der Villa standen, die Sun Chang und seine Frau seit etwas mehr als vier Jahren bewohnten. Allerdings war das Schmuckstück lediglich gemietet. Teilmöbliert, wie Pell ihnen auf dem Weg hierher über Funk mitgeteilt hatte. Laufzeit des Mietverhältnisses: unbefristet.

Zhou blickte die lange, gewundene Auffahrt hinauf, als die Gegensprechanlage am Haupttor knackte.

»Ja?«

»Kriminalpolizei«, antwortete Capelli. »Wir möchten zu Herrn Chang.«

»Herr Chang nicht zu Hause«, knarrte eine – zumindest was das Geschlecht anging – völlig undefinierbare Stimme mit starkem asiatischen Akzent.

»Und seine Frau?«

»Nein. Nicht. Tut mir leid.«

»Können wir vielleicht trotzdem kurz hereinkommen?«

»Ich nicht ...« Die Stimme brach ab, und die beiden Ermittlerinnen konnten fast körperlich spüren, wie die Gedanken der oder des Angestellten hin und her flatterten, auf der Suche nach einem Ausweg aus dem Dilemma. »Niemand da.«

»Das ist nicht schlimm«, fuhr Capelli fort, unverdrossen wie ein Bluthund, der eine Fährte in der Nase hat und sich durch nichts und niemanden mehr davon abbringen lässt. »Wir können uns unterdessen schon mal Kaylins Zimmer ansehen. Vielleicht finden wir dort einen Hinweis, wo sie hin sein könnte.«

Diese Frau macht einfach weiter, dachte Zhou mit einer Mischung aus Anerkennung und Befremden. Immer mit dem Kopf durch die Wand. Absolut unbeirrbar.

»Hallo?« Capelli trat noch näher an die Sprechanlage. »Haben Sie mich verstanden?«

»Warten bitte«, antwortete die Stimme. Dann knackte es, und die Verbindung war unterbrochen.

Capelli winkte fröhlich in die Überwachungskamera über ihren Köpfen und trat dann neben ihre Kollegin an das Tor. Es hatte schon vor einer ganzen Weile aufgehört zu regnen, und doch war die Welt noch immer in tristes Einheitsgrau gehüllt.

Die Büsche, die die Auffahrt säumten, waren penibel gepflegt und entsprachen in ihrer Form der Eleganz des Hauses, von dem man – zumindest von dieser Position aus – jedoch nur einen Teil sehen konnte. Doch das genügte, um zu wissen, dass Geld hier kein Problem darstellte.

Zhous Augen wanderten die alte, unüberwindlich hohe Mauer entlang, die das Grundstück befriedete. Alles bestens in Schuss und sicherheitstechnisch auf dem neuesten Stand. Genau wie das schmiedeeiserne Gitter, das ihnen den Zugang zu Kaylins Zuhause verwehrte.

*Wir haben nicht vor, noch lange hierzubleiben*, flüsterte Sun Chang hinter ihrer Stirn. *Und auch ein junger Baum lässt sich nicht beliebig oft verpflanzen …*

»Ihr Vater wohnt doch bestimmt auch in so was, hm?«, riss Capellis Stimme sie aus ihren Gedanken.

»Nicht, wenn er es sich aussuchen kann.« Sie schwieg einen Moment, bevor sie zögernd hinzusetzte: »Mein Vater ist der Ansicht, dass es ein Frevel sei, zweieinhalbtausend Euro pro Monat für einen Schlafplatz auszugeben, wenn es sich für zweihundert genauso bequem liegen lässt.«

»Aber die Villa Ihrer Eltern ist ...«

»Die wird von der Bank gestellt.«

Capelli warf ihr einen ungläubigen Seitenblick zu. »Nobel.«

»Hm.«

»Besitzt Ihre Familie eigentlich viele ... ähm ... Kontakte?«

»Was meinen Sie?« Natürlich verstand Zhou ganz genau, worauf sie hinauswollte. Doch nach den Sticheleien in der Klinik beschloss sie, ihre Partnerin ein wenig zappeln zu lassen. »Was für Kontakte?«

Sie verdrehte die Augen. »Na, zu Landsleuten.«

»Nein.«

»Sie sind ziemlich gesprächig heute.«

*Musst* du *gerade sagen ...*

»Mein Vater ist nicht gerade ein geselliger Mensch. Privat, meine ich.«

Zu ihrer Überraschung fing Capelli auf einmal an zu lachen. »Scheint in der Familie zu liegen, was?«

Zhou biss sich auf die Lippen. »Ich kann mich ja mal umhören«, entgegnete sie hastig.

»Umhören?« Ihre Partnerin wandte den Kopf. »Wo denn?«

Doch Zhou blieb eine Antwort auf die unbequeme Frage erspart, denn in diesem Moment meldete sich die Stimme aus der Gegensprechanlage zurück.

»Horen Sie?«, zischte es.

Unwillkürlich musste Zhou an Lord Voldemort denken.

»Ja?«

»Herr Chang nicht zu Hause. Wann Sie Fragen haben, wenden Sie sich an Herr Merlot. Das ist ...«

»Herr Changs Anwalt«, unterbrach Capelli. »Ja, ich weiß.«

»Danke sehr«, sagte die Stimme mit unüberhörbarer Endgültigkeit, und dieses Mal war Zhou sicher, dass es eine Frau war, die sprach. »Auf Wiedersehen.«

Doch der Bluthund an ihrer Seite war entschlossen, sich nicht so einfach abspeisen zu lassen. »An Herrn Merlot wenden wir uns, gleich nachdem wir uns Kaylins Zimmer angesehen haben. Es dauert nicht lange, versprochen.«

Ratlosigkeit. Dann: »Ich nicht sicher, ob …«

»Oh Mann, läuft das bei euch immer so zäh?«, flüsterte Capelli, während sie ein Schriftstück aus der Handtasche nestelte und demonstrativ vor die Linse der Kamera hielt. Laut sagte sie: »Reicht Ihnen das?«

Das Rauschen der Gegensprechanlage schien anzuschwellen. Stress und Spannung brachten die Luft förmlich zum Knistern. »Was ist das?«

»Unsere Eintrittskarte«, antwortete Capelli auf ihre unnachahmlich trockene Art. »Aber wenn Sie ein Problem mit den Befugnissen deutscher Behörden haben, können Sie sich vorab auch gern noch einmal bei unserer Dienststelle über unsere Kompetenzen …«

Anstelle einer Antwort verstummte das Knistern. Dafür summte ein Türöffner.

Ach du Scheiße, dachte Zhou, als das Tor bereitwillig zur Seite glitt und ihnen den Weg auf das Grundstück freimachte. Wenn das mal keinen Ärger gibt …

»Habe ich irgendwas verpasst?«, raunte sie, während sie neben Capelli die breite Einfahrt hinaufging. Immerhin beschritt ihre Partnerin ja auch ganz gerne mal eigene Wege.

»Verpasst? Nein. Wieso?«

»Was war das für ein Formular, das Sie der Frau gezeigt haben?«

»Das hier?« Sie hob das Schriftstück und wedelte damit übermütig durch die feuchte Frühlingsluft.

»Ja, genau. Was ist das?«
»Eine Kopie von Kaylins Untersuchungsbericht.«
»Na, super ...«
»Wieso?« Sie grinste. »Hab ich jemals was anderes behauptet?«

Doch dieses Mal sparte sich Zhou ihre Antwort ganz bewusst. Capelli machte sowieso, was sie wollte. Und allmählich hatte sie wirklich die Nase voll davon, am Ende immer als Idiot dazustehen.

Schweigend gingen sie Seite an Seite auf die imposante Villa zu.


2


Villa von Sun Chang, 15.36 Uhr

*Heiliger Bimbam!*
Das war kein Eingangsbereich, das war eine Bahnhofshalle! Em blickte sich kopfschüttelnd um. Sie hatte das merkwürdige Gefühl, mitten in eine US-amerikanischen Familiensaga um Öl und Wahlkampfmillionen geraten zu sein. Fehlt nur, dass JR um die Ecke geritten kommt, dachte sie.

Von einem marmornen Entree aus führte eine breite Steintreppe hinauf auf die Galerie. Dort zweigten verschiedene Türen ab. Die kleine, etwa fünfzigjährige Frau, die sie hereingelassen hatte, ging voran. Sie war sehr zierlich und bewegte sich seltsam geduckt – als ob sie alle anderen vergessen lassen wollte, dass es sie überhaupt gab. Em musterte ihren knochigen, unsportlich wirkenden Rücken. Die Frau trug flache Sportschuhe zu einem schlichten schwarzen Wollkleid und hatte die langen Haare zu einem einfachen Knoten zusammengenommen. Bei Zhous Anblick hatte sie sichtlich gestutzt. Vielleicht, weil ihr klar geworden war, dass sie sich von jetzt an nicht mehr so einfach mit Verständigungsproblemen würde aus der Affäre ziehen können.

»Arbeiten Sie schon lange für Herrn Chang?«, fragte Em beiläufig.

Die Frau drehte den Kopf. »Nicht lange.«

»Wie lange genau?«

»Fumfsehn Monate?« Es klang wie eine Frage. Aber vielleicht war sie auch nur unsicher, ob sie das richtige Wort gewählt hatte. Sie beschleunigte ihre Schritte und öffnete dann die zweite Tür auf der linken Seite. »Hier Zimmer von Linlin.«

*Linlin?*

Em runzelte die Stirn.

»Ein chinesisches Diminutivaffix«, erklärte Zhou.

»Ein was?«

»Eine Verkleinerungsform.«

»Was Sie für schmutzige Wörter kennen!«

Sie hatte den Eindruck, dass Zhou errötete. Aber das konnte auch am Licht liegen. »Kaylin lebt ebenfalls noch nicht allzu lange in Deutschland, wie wir gehört haben«, wandte sie sich wieder an die Angestellte, während ihre Blicke das große, alles in allem eher mädchenhaft eingerichtete Zimmer scannten.

Die Frau, die sie hergebracht hatte, drehte sich hilfesuchend zu Zhou um.

Dieser wiederholte Ems Frage auf Chinesisch, und die Angestellte antwortete in knappen Worten, die weit abgehackter klangen als die ihrer Partnerin.

»Und?«

»Sie sagt, dass Kaylin seit zwei oder drei Jahren hier

lebt. Aber so genau weiß sie es nicht, weil das Mädchen vor ihrer Zeit kam.«

Eigenartige Formulierung, dachte Em. »Und vorher?«

Ihre Partnerin übersetzte auch diese Frage.

Die tiefliegenden, ängstlich blickenden Augen der Frau richteten sich auf den hellgelben Teppichboden, in dem sie vermutlich am liebsten versunken wäre. »Nicht weiß.«

»Aber Kaylin hat auch noch Familie in China, nicht wahr?«

Dieses Mal wartete die Angestellte nicht auf Zhous Übersetzung, sondern hob einfach die Achseln. »Nicht weiß. Nur arbeiten.«

Em trat an das Bett, ein Mädchentraum in Weiß mit rosa Himmel und passender Tagesdecke, die so gar nicht zu den wachen Augen aus der Klinik passen wollte. »Stimmt es, dass Kaylin ausschließlich hier zu Hause unterrichtet wird?«

Verständnisloses Kopfschütteln.

Zhou übersetzte.

Dann ein vergleichsweise entschiedenes Nicken. »Ja. Stimmt. Hier.«

»Von wem?«

»Von einem Privatlehrer«, erklärte Zhou, nachdem sie sich die Antwort der Frau aufmerksam angehört hatte. »Sein Name ist Hu Jinping.«

»Hat sie seine Adresse?«

Wieder schüttelte die Angestellte schon den Kopf, bevor Zhou auch nur den Mund aufgemacht hatte.

Ob sie langsam Vertrauen fasste oder schlicht und einfach ihre Reaktionen nicht gut genug kontrollierte, konnte Em nicht sagen.

Sie fühlte die Blicke der beiden anderen in ihrem Rücken, als sie an den zierlichen Schreibtisch trat und nacheinander alle vier Schubladen aufzog. Doch in den Fächern befand sich nichts, was auf den ersten Blick interessant schien. Ein paar Filzstifte. Papier. Klebstoff und Schere. Dazu eine Reihe von Schulbüchern in chinesischer Schrift. Em wandte sich ab. Aus irgendeinem Grund, den sie nicht näher benennen konnte, machte dieser Raum auf sie den Eindruck eines Museums. Oder besser noch: einer Kulisse.

»Fragen Sie sie nach diesen Arztbesuchen«, forderte sie Zhou auf, während sie flüchtig einen abgegriffenen Atlas durchblätterte.

Während ihre Kollegin übersetzte, wandte sie sich dem Kleiderschrank zu. Auch dort herrschte eine für ein zehnjähriges Kind bemerkenswerte Ordnung. T-Shirts und Pullover waren ordentlich gestapelt und längst nicht so mädchenhaft, wie der Rest des Raumes vermuten ließ. Em fand eine ganze Reihe von Wolfskin-Teilen, funktional und robust. Dazu Jeans, Schlafanzüge in Dunkelblau und Grün sowie einen Wintermantel mit weiß-grauem Fellkragen, der Kaylin ganz bestimmt ausgezeichnet stand.

»Sie sagt, dass Kaylin jede Woche eine Spritze bekommen hat«, erklärte Zhou in ihrem Rücken.

*Das deckt sich mit Changs Aussagen ...*

»Und diese Nanny?«

»Da gibt es offenbar zwei.«

»Von mir aus. Und welche davon hatte gestern Dienst?«

Ein neuerliches chinesisches Geplänkel. Zugleich wurden draußen vor der Tür plötzlich Schritte laut. Nur Sekunden später stürmte Paul Merlot ins Zimmer. »Das glaube ich einfach nicht!«, rief er. »Darf ich fragen, was Sie hier tun?«

»So schnell sieht man sich wieder, was?«

Sein Gesicht war krebsrot vor Wut, aber er wahrte die Form. »Was wollen Sie?«

»Wir sehen uns Kaylins Zimmer an.«

»Das ist Sache Ihrer Kollegen.«

»Nicht nur«, widersprach Em. »Immerhin ist Kaylin nicht nur ein ...«, sie betonte das Wort ganz bewusst provokant, »Vermisstenfall, sondern auch Zeugin eines Doppelmordes, den ich bearbeite.« Sie hatte das vage Gefühl, als ob die Angestellte angesichts dieser Worte die Luft anhielt. Aber das konnte auch täuschen.

»Dann darf ich Sie zum nunmehr zweiten Mal an diesem Morgen davon in Kenntnis setzen, dass Lian Kaylin keine Staatsbürgerin dieses Landes ist«, raunzte Merlot, der allmählich die Geduld verlor. »Ebenso wenig wie ihr Onkel.«

»Na und?«

»Es gibt eine ganze Reihe von Gesetzen und Vorschriften, die das Prozedere in Fällen wie diesem regeln. Und im Hinblick auf Ihre noch so junge, vielversprechende Karriere würde ich Ihnen dringend empfehlen, sich diese Gesetze noch einmal ganz genau anzusehen, Signora.«

»Wollen Sie mir drohen?«

»Ich an Ihrer Stelle würde es als kollegialen Rat auffassen. Und jetzt verlassen Sie dieses Haus.« Sein feister Körper bebte, als er einen Schritt auf sie zu machte. »Auf der Stelle.«

Ems Augen streiften die Angestellte, der die Angst vor den Konsequenzen ihres Handelns buchstäblich ins Gesicht geschrieben stand. Und zum ersten Mal kam ihr der Gedanke, dass sie die Frau durch ihre Frechheit ernsthaft in Gefahr gebracht haben könnte. »Sagen Sie ihr, dass sie nichts zu befürchten hat«, flüsterte sie ihrer Partnerin zu, während sie langsam zur Tür gingen.

Zhou tat, wie ihr geheißen.

»Keine Fragen!« Die beiden Worte knallten durch die abgestandene Raumluft wie ein Peitschenhieb. »Oder Sie haben ein Disziplinarverfahren am Hals, ehe Sie Luft holen können, das verspreche ich Ihnen.«

»Ich habe mich nur verabschiedet«, entgegnete Zhou mit undurchdringlicher Miene.

»Wie höflich von Ihnen.«

Sie sah ihn an. »Meine Eltern haben bei meiner Erziehung von Anfang an großen Wert auf gute Manieren gelegt.«

»Na, dann passen Sie mal auf, dass Sie nichts verlernen.« Merlot zog spöttisch die Mundwinkel nach unten. »Bei einer Partnerin wie der Ihren gerät man nämlich schnell unter einen ungünstigen Einfluss.«

»Keine Sorge«, versetzte Zhou. »Ich weiß ungünstigen Einflüssen zu widerstehen. Ganz gleich, von welcher Seite sie ausgehen.«

Der Anwalt lächelte säuerlich. »Guten Heimweg, die Damen.«

»Danke.« Em schielte an ihm vorbei zu der Angestellten, die noch immer nicht geantwortet hatte, ihren unrühmlichen Abgang jedoch aufmerksam verfolgte. Als Zhou und sie an ihr vorbeigingen, wandte sie demonstrativ den Blick ab und flüsterte etwas, das in Ems sensiblen Ohren beinahe wie eine Verwünschung klang.

»Was hat sie gesagt?«, fragte sie, als sie wenig später wieder an der Straße standen und das eiserne Tor hinter ihnen ins Schloss gefallen war. »Dass sie mir die grüne Krätze an den Hals wünscht?«

»Nein.«

»Sondern?«

Zhous Brauen verschmolzen zu einer schmalen Linie. »Wörtlich sagte sie: Fragen Sie Thien. Den alten Meister.«

# 3

Frankfurt, Moselstraße, 15.47 Uhr

Die beiden leicht bekleideten Bulgarinnen, die auf schwindelerregend hohen Absätzen aus dem Hotel Crown gestelzt kommen, sind so in ihr Gespräch vertieft, dass sie keine Notiz von der dunkel gekleideten Gestalt nehmen, die ein paar Meter entfernt zwischen zwei parkenden Autos steht.

Sie gehen einfach weiter.

Kaylin hört das Klappern ihrer High Heels im Rücken, doch sie dreht sich nicht um. Sie hat die beiden bereits abgehakt, lange bevor sie aus der Wärme des Hotels auf die Straße getreten sind. Sie sind so weit von ihr entfernt, haben so wenig mit ihr zu tun, dass sie sich genauso gut auf einem anderen Planeten befinden könnten.

Trotzdem vermeidet sie bewusst, den Frauen ihr Gesicht zu zeigen.

*Sicher ist sicher ...*

Erst als der Hall ihrer Schritte verklungen ist, wagt sie, sich anzusehen, woran sie wirklich interessiert ist: den vor ihr liegenden Straßenabschnitt.

Es muss das Haus da hinten sein! Das graue mit dem Imbiss im Erdgeschoss!

Zur Sicherheit zählt sie ein weiteres Mal die Nummern ab. Die ungeraden befinden sich rechts. Von hier aus betrachtet ... Stimmt! Das mit dem Döner-Laden ist das Richtige! Sie runzelt die Stirn.

Aber Thien hat niemals einen Imbiss erwähnt ...

Und er hat auch nie nach türkischem Essen gerochen, wenn er zu ihr kam ...

Ist das von Bedeutung?

Sie sieht sich um. Die Gegend ist alles in allem eher schmuddelig. Zwar gibt es ein paar schmucke alte Fassaden, Relikte aus einer längst verblichenen Vergangenheit, aber die gehen zwischen billigen Sexshops, Stundenhotels, Wechselstuben und Pfandhäusern unter. Hier und da gestattet eine Toreinfahrt Einblick in ein Geflecht finsterer Hinterhöfe. Es riecht nach Gewürzen und Leder, Massageöl und abgestumpfter Gleichgültigkeit. Doch die kommt Kaylin durchaus nicht ungelegen. Je weniger man von ihr Notiz nimmt, desto geringer ist die Gefahr.

Eigentlich ...

Trotzdem bereitet das Risiko ihr Kopfzerbrechen. Vielleicht bringt sie Thien durch ihren Besuch in eine äußerst unangenehme, wenn nicht gar gefährliche Lage. Ganz abgesehen davon, dass sie nicht weiß, ob er überhaupt noch hier lebt. Von sich selbst hat er nie viel gesprochen. Sie weiß nur, dass er einen Bruder in Südchina hat, der Fischer ist. Und dass er diesem Bruder Geld schickt. Damit seine Neffen und Nichten versorgt sind. Einmal hat Thien ihr auch ein Foto gezeigt: ein schlanker, feingliedriger Mann vor einem Boot, die Beine bis zu den Kniekehlen im Wasser, mit einem strahlenden Lächeln auf den Lippen.

»Vier Kinder«, hat Thien ihr damals erklärt, als sei das irgendwie auch sein Verdienst. »Zwei Jungen und zwei Mädchen.«

Kaylin blinzelt in die Neonreklame über der Imbisstür. Sie hatten keine Gelegenheit, einander Lebewohl zu sagen, Thien und sie. Eines schönen Tages hatte man ihr einfach mitgeteilt, dass sie ab sofort von einem anderen Lehrer unterrichtet werde. Einem Herrn Hu.

»Aber warum kommt Thien nicht mehr?«, hatte sie gefragt.

Und Wu hatte geantwortet: »Er hat keine Zeit für dich.«

Eine glatte Lüge. Ganz klar.

Aber sie hatten beide immer gewusst, dass dieser Tag kommen würde. Sie hatten es nie offen ausgesprochen, aber immer, wenn Thien sich nach dem Unterricht von ihr verabschiedet hatte, war es gewesen, als würden sie einander vielleicht nie wiedersehen. Und wenn er am nächsten Tag wieder erschienen war, hatte sie sich bei aller Freude immer auch ein wenig gewundert. Immerhin hatte Thien Dinge getan, die … Sie hält erschrocken inne, als ihr bewusst wird, dass er auch tot sein könnte. Genauso tot wie der Mann und die Frau aus dem Hotel. Und das vielleicht seit langem.

Chang und Wu sind nicht dumm.

Vielleicht haben sie etwas geahnt. Vielleicht haben sie etwas unternommen. Vielleicht ist Thien deshalb nicht wiedergekommen.

Der Gedanke legt sich um ihre Kehle wie eine Hand aus Eis.

*Du kennst sie.*
*Du weißt, wozu sie fähig sind.*
*Denk an das Mädchen aus der Wand.*

Nein! Sie öffnet die Augen. Thien lebt. Er wohnt hier. Und ich werde mit ihm sprechen. Ich werde ihn fragen, was ich tun soll. Vielleicht weiß er Rat. Er weiß so viel.

Sie atmet tief durch und fokussiert ihre Aufmerksamkeit auf das Haus mit dem Imbiss im Erdgeschoss. Sie wird warten, bis es dämmrig ist. Erst dann wird sie sich der Einfahrt neben dem Imbiss nähern und einen Blick auf die Klingelschilder werfen.

Erst dann …

# 4

Polizeipräsidium Frankfurt, Raum 0304a,
16.06 Uhr

»Ihr habt Besuch«, empfing sie Walter Schmäh, ein Kollege aus Deckers Team, als sie wieder im Präsidium ankamen.

»Besuch?« Em zog misstrauisch die Stirn kraus.

»Tut mir leid«, sagte Schmäh, anscheinend ohne Zusammenhang. »Ich habe sie in die Vier gesetzt.«

Ein Raum, in dem sie normalerweise Vernehmungen durchführten und der sich aufgrund einer verspiegelten Wand auch für Gegenüberstellungen eignete, bei denen der Zeuge von den Verdächtigen nicht gesehen werden sollte …

»Danke«, sagte Em und trat auf den Gang hinaus.

»Was soll denn das jetzt schon wieder?«, murmelte Zhou, mehr zu sich selbst als an ihre Partnerin gewandt.

»Keine Ahnung, aber das lässt sich herausfinden.« Sie eilte mit langen Schritten den Flur hinunter und stieß die Tür zu Raum 0304a auf. Intern wurde das stickige kleine Zimmer, das Unmengen modernster Technik barg, nur »Alice im Wunderland« genannt. Der Raum hinter den Spiegeln. »Sehen wir uns mal an, wer uns da die Ehre erweist!«

An dem Tisch in der Mitte des angrenzenden Zimmers saßen zwei Männer. Einer trug einen eleganten dunklen Anzug. Der andere Jeans und Sakko.

»BKA«, konstatierte Em nach kurzem Taxieren. »Hundert Pro.«

»Haben wir das etwa schon Merlot zu verdanken?«

»Möglich.«

»Wie auch immer, es steckt offenbar tatsächlich weit mehr hinter dem Fall, als es auf den ersten Blick den Anschein hat«, schloss Zhou mit einem Anflug von Unbehagen. »Ich meine, wenn sich jetzt schon das BKA persönlich herbemüht ...«

Im selben Moment wandte der Anzugträger den Kopf und blickte ihr durch die Scheibe hindurch direkt in die Augen.

Automatisch machte Zhou einen Schritt rückwärts.

Em lachte. »Er kann Sie nicht sehen.«

Sie holte tief Luft. »Ich weiß.«

»Dann ist es ja gut. Kommen Sie. Ich kann's kaum erwarten, zu erfahren, was diese Cowboys in die Niederungen unserer Abteilung treibt.«

Als sie die Tür zu Nummer vier aufstieß, klappte der Mann im Sakko gerade sein Handy zu.

Sein Kollege starrte ihnen aus harten hellblauen Augen entgegen. »Capelli«, stellte er fest, als würden sie einander bereits geraume Zeit kennen.

»Und mit wem haben wir die Ehre?«

Sein Blick ruhte mit kühler Souveränität auf ihrem Gesicht, während er sprach, und vermittelte ihr das unangenehme Gefühl, als könnte sie sich von jetzt an nicht den geringsten Fehler leisten. »Marc Ensslin, BKA. Mein Kollege Steve Jakobs.«

»Mai Zhou, meine Partnerin.«

»Ich weiß.«

Seine Zähne waren frisch gebleacht. Trotzdem war er alles in allem eher hässlich. Ganz im Gegensatz zu seinem sakkotragenden Kollegen, der ein gutes Stück jünger zu sein schien und problemlos als Model für *GQ* oder *Men's Health* durchgegangen wäre.

»Freut mich, Sie einmal persönlich kennenzulernen, Frau Zhou«, sagte Ensslin, indem er ihr mit einer knappen Geste die Hand entgegenstreckte. »Ich habe schon das eine oder andere von Ihnen gehört.«

Obwohl die Bemerkung zweifellos ein Kompliment sein sollte, ließ Zhou seine Hand einfach in der Luft hängen. Etwas, das sie in Ems Achtung ein gutes Stück steigen ließ. »Das lässt sich wohl nicht ändern.«

Sein Lächeln erstarb. »Haben Sie sich in der Zwischenzeit ein wenig eingelebt?«

Was sollte denn dieser Mist? Em verzog misstrauisch das Gesicht. Wozu diese Plänkeleien?

»Ja, vielen Dank«, antwortete Zhou unterdessen. »Ich fühle mich sehr wohl.«

»Schön für Sie.«

»Können wir irgendwie behilflich sein?«, fragte Em, die allmählich genug hatte.

Er lachte. »Ich hatte gehofft, dass Sie das vorschlagen.«

»Also ja?«

»Ja, durchaus.«

»Fein. Und wie?« Obwohl er eigentlich gar nichts tat, brachte dieser Typ sämtliche Alarmglöckchen in ihr zum Schrillen. »Sollen wir Sie ein wenig herumführen? Wir haben in den letzten Monaten ein paar interessante neue Geräte bekommen, mit denen ich Sie vertraut machen könnte.«

Sein Blick wurde noch eine Nuance abweisender. Falls das überhaupt möglich war. »Ihr Humor ist ebenso legendär wie die Qualifikation Ihrer Partnerin, Signora Capelli.«

*Arschloch!*

Lass dich bloß nicht provozieren, dachte Em. Das ist alles, was er erreichen will. »Nun, Humor brauchen wir hier wirklich«, antwortete sie, vielleicht einen Hauch zu aufgeräumt. »Vor allem, wenn mal wieder von irgendwoher die Kavallerie angeritten kommt, um uns zu erklären, wie wir unseren Job zu machen haben.«

»Aber, aber ...« Er kam um den Tisch herum und lehnte den Hintern gegen die Kante. Eine wohldosierte Beschneidung ihres persönlichen Freiraums. »Ich kann Ihnen versichern, dass hier niemand vorhat, irgendwem irgendwas zu erklären.«

»Nicht?«

»Nein. Es geht lediglich um Informationen.«

»Welcher Art?«

Ensslin drehte sich zu seinem Begleiter um. »Seien Sie doch so gut und setzen Sie die Kolleginnen ins Bild, ja?«

Der Mann, den Ensslin als Steve Jakobs vorgestellt hatte, erhob sich, und Em überlegte, warum das BKA es überhaupt für nötig befand, dass sie dieses Gespräch führten. Immerhin hatten sie Makarov bereits gehörig unter Druck gesetzt. Wozu noch mehr Duftmarken setzen?

»Wie Sie vermutlich wissen, gibt es in dieser Stadt in jüngster Zeit verstärkt Probleme mit illegalen Waffen«, begann Jakobs in gelangweiltem Ton.

»Die hatten wir doch schon immer, wenn ich mich nicht irre«, wandte Em ein.

»Nicht mit dieser Art von Waffen.«

»Worüber reden wir denn?«

»Präzisionswaffen. Scharfschützengewehre.« Der smarte Beamte hob die Achseln. »Erst vor kurzem konnten die Kollegen vom Zoll zwei Kisten M24- und M40-Gewehre sicherstellen.«

Wow, dachte Em, die haben eine Reichweite von 1000 Metern und mehr ...

»Allerdings ist das nur die Spitze des Eisbergs.« Er tauschte einen Blick mit Ensslin. »Die Waffen kommen – getarnt als Veranstaltungstechnik oder Partyequipment – hier an und werden dann über Mittelsmänner in alle Herren Länder weiterverschickt. Und ich brauche Ihnen kaum zu erklären, was derartige Waffen in Afghanistan oder in den Händen gewisser Extremisten anzurichten imstande sind.«

Beim Stichwort »Afghanistan« musste Em automatisch an ihren Bruder Alessandro denken, der seit Jahren einen ruhigen, gut bezahlten Beamtenjob beim Bundesamt für Wehrtechnik und Beschaffung innehatte, seiner Mutter jedoch erfolgreich vermittelte, er könne jederzeit in einem Zinksarg liegend aus einer Bundeswehrmaschine getragen werden. Laut sagte sie: »Und was hat das alles mit uns zu tun?«

»Das ist genau der Punkt!« Ensslin schnellte aus seiner Deckung heraus wie eine Kobra.

Em lächelte. »Helfen Sie mir ...«

»Wir wissen aus zuverlässiger Quelle, dass einer der Drahtzieher dieser Transaktionen Verbindungen zu Tarek McMillan unterhält.«

»McMillan?« Zhou runzelte die Stirn. »Gehören dem nicht ...«

Ensslin nickte. »Sechzig Prozent am Pussycat Doll und überdies drei weitere Läden in der Stadt. Plus zwei gutgehende Fitnessstudios.«

»Das heißt, Sie sind an ihm dran«, schloss Em. Und in Gedanken setzte sie hinzu: Wo ist die arme Kleine da nur hineingeraten?

»An ihm und an seinen Geschäftspartnern«, nickte Jakobs.

»Also ist dieser Chang ebenfalls in die Sache verstrickt?«

Jakobs blickte zu Ensslin hinüber, als müsse er zuerst dessen ausdrückliche Genehmigung zum Weitersprechen einholen. »Sun Chang gehört zu McMillans Umfeld«, rettete er sich schließlich auf eine ausgesprochen vage Formulierung.

Em quittierte die inhaltslose Antwort mit einem spöttischen Lächeln. »Das tun viele. Seine Angestellten zum Beispiel. Oder seine zahlreichen Geliebten.«

Ensslin stieß sich vom Tisch ab. »Die Sache ist ganz einfach: Es ist uns vor einiger Zeit nach langem Vorlauf und in Zusammenarbeit mit dem Verfassungsschutz gelungen, einen V-Mann im Umfeld des Pussycat Doll zu etablieren. Dieser wird uns, wenn wir Glück haben«, er lachte freudlos, »über kurz oder lang an Tarek McMillan und seine Hintermänner heranführen. Allerdings ist es vor diesem Hintergrund natürlich nicht wünschenswert, dass irgendeine Form von Unruhe aufkommt, die ...«

»Augenblick!«, fiel Em ihm ins Wort. Makarov hatte annähernd das Gleiche gesagt, und mittlerweile kam sie sich vor wie in irgendeinem absurden Déjà-vu. »Nur, damit ich das richtig verstehe: Sie erwarten von uns, dass wir einen Doppelmord unter den Tisch fallen lassen und ein verschwundenes Kind abschreiben, damit Ihr sorgsam etablierter Informant keine kalten Füße bekommt?«

»Wir reden hier nicht von Panikattacken, sondern von Menschenleben«, korrigierte Ensslin sie kühl. »Die Leute, mit denen wir es zu tun haben, fackeln nicht lange.«

»Das habe ich gemerkt«, gab sie zurück.

Seine Fischaugen blieben an ihrer Hand hängen. »Sie meinen den Mann, der auf Sie geschossen hat?«

»Ja. Den auch.«

»Das war unserer Einschätzung nach ein bedauernswerter Zufall, der nichts mit ...«

»Ein Zufall?« Sie lachte lautlos. »Na, das wird ja immer besser!«

»Jetzt hören Sie mir mal gut zu.« Er tat nichts anderes als vorher, und doch fühlte sie sich augenblicklich bedroht. Und auch in Zhous Körper schienen sich sämtliche Muskeln anzuspannen. »Sie beide untersuchen den Mord an einem frustrierten Unternehmer, der mit allen zur Verfügung stehenden Mitteln versucht hat, sein sogenanntes Eigentum vor dem Zugriff fremder Investoren zu schützen. Sun Changs Nichte wurde in diese Sache nur aus einem einzigen Grund verstrickt: Weil ihr Onkel bei dem vorangegangenen Aktienkauf als Mediator fungierte. Bedauerlicherweise scheinen die Ereignisse der vergangenen Stunden das arme Kind derart verstört zu haben, dass es sinn- und planlos davonlief. Aber das wird sich schnell klären.«

»Woher wissen Sie das?«

»Oh, ich persönlich habe da vollstes Vertrauen in die Arbeit Ihrer Kollegen.«

*Rumms!*

»Ganz abgesehen davon, dass die Kleine sich vermutlich von selbst wieder zu Hause melden wird, wenn sie Hunger bekommt«, setzte Jakobs hinzu. »Das tun sie alle.«

Du musst es ja wissen, dachte Em.

»Sun Chang und seine Familie sind also raus aus der Nummer«, wiederholte Ensslin mit einem Blick aus Stahl. »Und wenn Ihre kleine Zeugin mit Ihnen reden wollte, dann hätte sie es längst getan.«

Em dachte an die merkwürdige Zeichnung, die Kaylin zusammen mit ihrem Amulett unter dem Telefon ihres Krankenzimmers hinterlassen hatte.

*Vielleicht hat sie das ja …*

»Gibt es da etwas, das ich wissen sollte?«, fragte Ensslin, der offensichtlich über ausgezeichnete Instinkte verfügte.

»Ich verstehe nicht, was Sie meinen.«

»Letzte Chance, Capelli«, gab er zurück, ohne auf ihre Bemerkung einzugehen. »Hat Lian Kaylin vielleicht doch mit Ihnen gesprochen?«

»Nein.«

»Sicher nicht?«

»Sicher nicht.« Sie straffte die Schultern. Und das konnte sie tatsächlich mit Fug und Recht behaupten! Trotzdem schielte sie unauffällig zu Zhou hinüber, deren Gesicht aus Holz zu bestehen schien.

Doch Ensslin wirkte noch immer nicht überzeugt. »Wir bleiben in Kontakt«, schloss er, und wieder klang es wie eine direkte Drohung. »Und einstweilen tun Sie Ihren Job. Und zwar nur Ihren Job.«

Sie strahlte ihn an, auch wenn ihr in Wahrheit zum Heulen war. »Stellen Sie sich vor, das machen wir hier immer so.«

»Gut. Bis zur endgültigen Klärung dieser Vorfälle erwarte ich Ihren Bericht alle vierundzwanzig Stunden.«

*Und die Erde ist eine Scheibe!*

»Selbstverständlich.«

Er verharrte mitten in einer Bewegung. Doch er schien nichts zu finden, wo sich noch ansetzen ließ. »Na schön«, knurrte er schließlich. »Dann bis bald.«

»Es ist ja wohl unnötig zu erwähnen, dass dieses Gespräch unter uns bleibt«, bemerkte Jakobs im Vorbeigehen, doch er klang dabei nicht halb so einschüchternd wie sein Boss.

Zhou blickte den beiden mit finsterer Miene nach. »*Qin wode pigu zhu tou*«, flüsterte sie, nachdem sich die Lifttüren hinter den Männern vom BKA geschlossen hatten.

»Klingt gut«, lachte Em.

»Ja, nicht wahr?«

»Lassen Sie mich raten: Sie haben ihm noch einen schönen Tag gewünscht und ein langes, gesundes Leben mit vielen schönen und gesunden Kindern und tollem Karma und all das.«

»So ähnlich«, antwortete Zhou.

Dann schlenderten sie schweigend den Flur hinunter.

Irgendwann hielt Em es nicht mehr aus. »Na schön«, stöhnte sie. »Klären Sie mich auf, oder ich platze.«

In Zhous Augen lag tiefe Zufriedenheit. »Wörtlich?«

»Ich bitte darum.«

»Ich sagte: Küss meinen Arsch, Schweinsgesicht.«

»Na, das spricht mir doch aus dem Herzen!«

»Dachte ich mir.«

Em grinste. »Hey, Sie könnten mir beibringen, auf Chinesisch zu schimpfen. Dann kann ich Dampf ablassen, ohne dass mich irgendwer versteht.«

»Vorsicht«, warnte Zhou. »Es sprechen mehr Leute Chinesisch, als man glaubt.«

Em verzog das Gesicht. »Küss meinen Arsch, Schweinsgesicht«, wiederholte sie dann genüsslich. »Damit würde ich klingen wie die fernöstliche Ausgabe von Bruce Willis, finden Sie nicht?«

»Okay«, sagte Zhou. »Wie wär's damit: *Cao ni zu zong shi ba dai.*«

»Und das heißt?«

»Das wollen Sie nicht wissen …«

Em bekam sie am Arm zu fassen. »Oh doch! Das will ich!«

Erstaunlicherweise schien Zhou die Plänkelei tatsächlich Spaß zu machen … »Na, gut«, antwortete sie bereitwillig. »Man könnte es am ehesten übersetzen mit: F*** achtzehn Generationen deiner Vorfahren.«

»Achtzehn?«, wiederholte Em ehrfürchtig.

»Jap.«

»Das ist ziemlich viel, oder?«

»Es ist auch ein recht martialischer Fluch.«

Sie kniff die Augen zusammen. »Erzählen Sie mir nicht, dass Sie so was von Ihren Eltern gelernt haben.«

Zhou grinste. »Mein Vater würde sich entleiben, wenn mir in seiner Gegenwart derart vulgäre Worte über die

Lippen kämen. Und das Mandarin meiner Mutter beschränkt sich auf die Themenbereiche Opern, Literatur und Wohltätigkeit.«

Em musterte verstohlen das Profil ihrer Partnerin. Bildete sie sich das ein, oder steckte tatsächlich eine Rebellin hinter diesen sanften Zügen? Eine Rebellin, die sich normalerweise ziemlich gut verbarg, zugegeben. Aber ... *Cao ni zu zong shi ba dai* warf definitiv ein neues Licht auf die wohlerzogene Zhou!

Selbige war neben dem Kaffeeautomaten stehen geblieben. »Cappuccino?«

»Ich glaube, zur Feier des Tages darf es ruhig mal dieser scheußlich schlammige Espresso sein, den Pell sich immer reinzieht.«

Sie nickte und warf eine Münze in den Schlitz neben dem Auswahlmenü. »Wie Sie wünschen.«

»Apropos«, grinste Em. »Da ist er.«

»Wer?«, fragte Carsten Pell, der just in diesem Augenblick mit einem Stapel Papierhandtücher aus der Herrentoilette trat. »Ich?«

»Ja, du.«

»Oh.« Er schien überrascht. »Wieso? Habt ihr mich gesucht?«

»Nicht direkt.«

Neben ihr prustete Zhou in ihren Cappuccino.

»Sondern?«

Em winkte lachend ab. »Vergiss es.«

## 5

```
Polizeipräsidium Frankfurt, Büro Em und
Zhou, 16.58 Uhr
```

»Aber ich habe da noch was für euch …«

»So?« Em balancierte ihren doppelten Espresso zu Pells wie immer tadellos aufgeräumtem Schreibtisch. Der junge Praktikant war ehrgeizig und – nach allem, was sie so hörte – unter den Besten seines Jahrgangs. Trotzdem machte er nicht viel Aufhebens von sich, sondern tat einfach, was man ihm auftrug. Etwas, das Em sehr zu schätzen wusste. »Was denn?«

»Merlot hat Changs Handydaten freigegeben.«

»Tatsächlich?«, rief Em ungläubig.

»Zumindest einen Teil davon«, nickte Pell. »Der Telefonanbieter hat mir bereits alles rübergeschickt, was den für uns interessanten Zeitraum betrifft.«

Em verzog das Gesicht, nachdem sie an ihrem Espresso genippt hatte. »Das wundert mich.«

»Ja, mich auch«, lachte Pell. »Noch dazu vor dem Hintergrund der Rückendeckung, die seinem Mandanten augenblicklich von allen Seiten zuteil wird.«

»Ich kann's nicht mehr hören.«

Er hob entschuldigend die Hände. »Dann beschränke ich mich mal auf die Fakten.«

»Bitte.«

»Also: Es gab zur fraglichen Zeit tatsächlich einen Anruf auf Changs Handy. Und zwar von einem anderen Mobiltelefon aus, bei dem die Rufnummer unterdrückt war.«

Zhou trat neben ihre Partnerin. »Genau wie Chang gesagt hat.«

»Allerdings konnten die Spezialisten von der Telefongesellschaft den Anrufer trotzdem identifizieren«, fuhr Pell fort. »Das Gespräch dauerte exakt vierundneunzig Sekunden und wurde von einem Prepaid-Handy aus geführt, das ein gewisser Anton Grabowski vor drei Tagen erworben hat.«

»Also zwei Tage vor der Entführung«, schloss Em.

»Grabowski«, wiederholte Zhou. »Das ist der Name, den Klatt auch bei der Mietwagenfirma und im Plaza verwandt hat.«

»Genau.«

Sie stellte ihren Kaffeebecher ab und lehnte sich gegen Deckers Schreibtisch. »Und wo ist das betreffende Handy augenblicklich?«

»Irgendwie habe ich kommen sehen, dass Sie das wissen wollen.« Er zwinkerte ihr zu. Dann öffnete er ein neues Fenster auf seinem Monitor. Eine Landkarte mit einer blinkenden roten Markierung. »Tata.«

»Ein Waldstück in der Nähe des Stadions«, konstatierte Em.

»Peter Klatt scheint sehr vorsichtig zu Werke gegangen zu sein«, pflichtete Pell ihr bei. »Nachdem er telefoniert hatte, schaltete er das Handy sofort aus und warf es weg. Und zwar genau hier, an diesem Waldweg.«

Zhou reckte den Hals. »Wozu? Damit man das Gerät nicht aufspüren kann?«

Er nickte. »Denke ich mal. Allerdings hat er Akku und SIM-Karte dringelassen.«

»Wie unvorsichtig von ihm.«

Em sah sie an. »Wieso? Das Ding hätte Chang maximal dorthin geführt, wo es uns jetzt hinführt.«

»Stimmt.«

Sie schloss die Augen. »Also, Ramona Klatt holt das Mädchen aus dieser Arztpraxis«, versuchte sie, den Hergang des Geschehens zu rekonstruieren. »Gemeinsam steigen sie in den gemieteten Wagen und fahren in den Wald. Von dort aus ruft Peter Klatt bei Chang an und erklärt ihm, was er tun muss, um seine Nichte gesund und munter wiederzusehen. Und dann wirft er das Handy weg und checkt zusammen mit seiner Frau und seiner angeblichen Enkelin im Plaza ein.«

»Bleibt die Frage, wie Chang ihn dort gefunden hat.« Zhous Finger kneteten den Plastikbecher in ihrer Hand. »Falls es Chang war, der ihn gefunden hat.«

»Wer sonst?«, gab Em zurück.

»Der Mann mit der Tätowierung am Handgelenk.«

»Wer außer Chang sollte einen Auftragskiller schicken?«

Zhou ließ die Frage unbeantwortet. Stattdessen sagte sie: »Wer auch immer den Auftrag zu Klatts Ermordung erteilt hat ... Woher wusste er oder sie, dass die drei im Plaza sind?«

»Durch Klatts eigenes Handy«, rief Em. »Das ließ sich genauso orten wie das Prepaid-Ding aus dem Wald. Und Chang wusste ja, mit wem er telefoniert hat. Vielleicht hatte er Klatts Handynummer noch aus der Zeit dieser Aktiengeschäfte. Zumindest hätte er sie problemlos in Erfahrung bringen können.«

»Und dann brauchte er eigentlich nur das zu tun, was auch wir gerade getan haben«, schloss Pell. »Sobald er die Position von Klatts Handy hatte, hatte er auch Klatt.«

»Wieso hat er nicht daran gedacht?«, murmelte Em.

»Wer? Klatt?«

Sie nickte. »Er scheint doch auch alles andere sehr umsichtig geplant zu haben.«

»Er war ein ganz normaler Geschäftsmann«, gab Zhou zu bedenken. »Entführung und Erpressung gehörten für ihn vermutlich nicht gerade zum Tagesgeschäft.«

Doch diese Erklärung reichte Em nicht. Frustriert schleuderte sie einen Kugelschreiber, den sie sich von einem der umliegenden Schreibtische gemopst hatte, von sich. »Dieser ganze verdammte Fall ist von vorne bis hinten ein Rätsel. Und die einzige Person, die vielleicht Licht ins Dunkel bringen könnte, ist wie vom Erdboden verschluckt.«

»Vielleicht hilft euch ja das hier weiter«, rief Decker, der in diesem Moment zur Tür hereinkam.

In seiner Hand entdeckte Em das Beweistütchen mit Kaylins Amulett, das Zhou ihm vor ein paar Stunden zur Überprüfung gegeben hatte.

»Ist das der Schmuck von der Kleinen?«, fragte Pell.

Sein Partner bejahte. »Und das ist eine ganz schön eigenartige Sache, sage ich euch.«

Em krallte die freie Hand in seinen Oberarm. »Lass hören!«

»Geduld.« Er ließ sich auf einen der Stühle fallen. »Also, das Amulett ist tatsächlich aus Jade und obendrein alt und wertvoll.«

Zhou nahm das Tütchen an sich und betrachtete noch einmal eingehend den bogenförmigen Anhänger. »Wie alt?«

»Unser Experte wollte sich da nicht festlegen, aber er sagt, dass der Anhänger wahrscheinlich aus der …« Er unterbrach sich und konsultierte den Zettel, auf dem er sich Notizen gemacht hatte. »… aus der Westlichen Zhou-Dynastie stammt.«

»Na, das hilft mir jetzt unheimlich weiter«, spottete Em.

»Das war irgendwann zwischen 1100 und 770 vor Christus.«

»Ach, du Schande. So alt?«

»Ungefähr, ja.«

»Wie kommt man denn an so was?«, fragte Pell stirnrunzelnd. »Ich meine, gehört ein Schmuckstück wie dieses nicht eher ins Museum oder so?«

Zhou lächelte ihm zu. »Nicht unbedingt«, antwortete sie. »Schmuck wie dieser wird von wohlhabenden Asiaten nicht selten als Statussymbol oder auch als besonderes Geschenk erworben. Oder aber er befindet sich schon lange im Besitz einer bestimmten Familie und wird von einer Generation an die nächste weitergegeben.«

»Also ist unsere liebe Kaylin irgendjemandem richtig was wert«, bemerkte Em, nicht ohne Sarkasmus.

Ihre Partnerin hob den Blick. »Viel interessanter finde ich die Tatsache, dass ihr selbst dieses Schmuckstück offenbar nicht so viel bedeutet.« Sie überlegte einen Moment. »Zumindest hängt sie nicht so sehr daran, dass sie es nicht über sich brächte, es im Krankenzimmer eines fremden Landes zurückzulassen.«

Sie hat recht, dachte Em. Aber was bedeutet das?

»Jade ist in China übrigens schon seit mehr als achttausend Jahren gebräuchlich«, referierte unterdessen Decker, der es trotz zahlloser Fehlversuche noch immer nicht aufgegeben hatte, Zhou zu beeindrucken. »Sie gilt als unzerstörbar, ist schwer zu bearbeiten und von jeher ein kostbares Handelsgut.«

»Und symbolisch?«, fragte Em.

»Gebräuchlich ist die Verwendung als Heilstein«, antwortete Decker. »Außerdem symbolisiert die grüne Farbe Glück und Lebenskraft.«

Em kniff die Augen zusammen und unterzog das Tütchen in Zhous Hand noch einmal einer gründlichen Musterung. »Ist das Ding denn grün?«

Decker hob die Achseln. »Zumindest ist es Jade«, antwortete er ausweichend. »Und die ist ja eigentlich …«

»Also, ich finde, es sieht eher grau aus«, unterbrach ihn Em ungeduldig.

Zhou hob das Tütchen ans Licht. »Sie haben recht. Ich sehe da auch nicht viel Grün.« Sie ließ den Beutel sinken. »Interessanterweise gilt es insbesondere in China ausdrücklich als Unglückszeichen, wenn sich Jade verfärbt oder wenn sie bricht.«

Decker blickte vorwurfsvoll auf seinen Spickzettel hinunter, der ihn über den Aspekt mit dem Unglück offenbar nicht ausreichend informiert hatte.

Em taxierte derweil die winzigen Ornamente, mit denen der Anhänger verziert war. »Konntest du herausfinden, was das für ein Muster ist?«

»Kein Muster …«

»Sondern?«

»Ein Drache.«

»Wie bitte?« Sie starrte ihn an.

Und auch Zhou machte ein Gesicht, als wollte er sie auf den Arm nehmen.

Decker blickte irritiert zwischen seinen beiden Kolleginnen hin und her. »Hab ich irgendwas Falsches gesagt?«

»Lóng neutral«, flüsterte Em.

»Hä?«

»Die Zeichnung, die Kaylin zusammen mit dem Amulett in diesem Krankenzimmer hinterlassen hat«, erbarmte sich Zhou. »Da war ein Schriftzeichen drauf, das ebenfalls Drache bedeutet.«

»Ach ja, die Zeichnung …« Er blickte wieder auf seinen Zettel hinunter. »Dazu habe ich hier auch noch was Interessantes: Dieses komische Dreieck, das unser Freund aus dem Hotel auf seinem Handgelenk hat …«

»Ja?«

»Das war aller Voraussicht nach …« Er trat an Pells Rechner und öffnete mit wenigen Klicks eine jpg-Datei aus dessen Postfach. »Das hier!«

Em blickte über seine Schulter auf den Bildschirm und sah eine Art Emblem. Ein silbernes Dreieck mit einem Quadrat darin, um das sich ganz unverkennbar ein Drache wand. In der Mitte prangte ein – zumindest auf den ersten Blick – nicht näher definierbares Symbol.

»Was ist das hier?«, fragte sie. »Sieht aus wie eine Zimmerpflanze.«

»Das weniger«, lachte Decker. »Vielmehr ist es eine siebenflammige Granate.«

»Ach, du Scheiße«, entfuhr es Zhou wenig damenhaft, und nicht nur Em war im Angesicht eines solchen Kraftausdrucks aus dem Mund ihrer Kollegin erschüttert.

»He, Em, kann es vielleicht sein, dass du einen ungünstigen Einfluss auf sie ausübst?«, stichelte Decker, ohne zu ahnen, wie nah er damit den Vorwürfen kam, die Paul Merlot erst vorhin, in Changs Haus, erhoben hatte.

»Sie ist alt genug, sich gegen Einflüsse jeglicher Art zu wehren«, entgegnete Em.

Zhou grinste. »Aber mal ernsthaft: Das da ist ein Abzeichen der französischen Fremdenlegion, stimmt's?«

»Oh, Mann«, beschwerte sich Decker. »Du machst mir meine ganze Pointe kaputt!«

»Quatsch nicht«, fuhr Em ihn an. »Erkläre dich.«

Er seufzte. »Ja, schon gut. Miss Allwissend hat recht. Was du hier siehst, ist das Abzeichen des Zweiten Fallschirmjägerregiments der Légion Étrangère, stationiert in Camp Raffali, Korsika.«

Sie beugte sich vor, um die Grafik auf dem Monitor noch besser erkennen zu können. »Also ist unser Killer ein Söldner?«

»Ist oder war.« Er stutzte. »Oder zumindest ein Sympathisant.«

»Die entlassen durchaus auch mal Leute unehrenhaft«, bemerkte Zhou.

Er nickte. »Ich habe unseren französischen Kollegen bereits eine entsprechende Anfrage geschickt. Aber die Antwort steht natürlich noch aus.«

Zhou warf einen Blick auf die Uhr. Draußen vor dem Fenster schien bereits die Dämmerung anzubrechen. »Gibt es hier in der Stadt nicht auch eine von diesen Kameradschaften?«, fragte sie.

Ihr Kollege bejahte. »Die *Amicale des Anciens de la Légion Étrangère* Frankfurt und Mainz, um genau zu sein.«

»Dann hör dich da mal ein bisschen um«, wies Em ihn an. »Vielleicht kann uns ja einer der Ehemaligen einen Hinweis auf unseren großen Unbekannten geben. Und zeig das hier«, sie deutete auf den Bildausschnitt auf dem Monitor, »auch mal im Plaza rum. Und in den Gaststätten und Laufhäusern, die in den angrenzenden Straßen liegen. Vielleicht ist unser Freund dort ja jemandem aufgefallen.«

6

Frankfurt, Moselstraße, 17.56 Uhr

Im Schatten eines vorbeiholpernden Lieferwagens schlüpft Kaylin in die Toreinfahrt neben dem Döner-Imbiss. Unter ihren Sohlen knirscht Sand. Oder irgendetwas anderes Feines.

Sie spannt die Muskeln an und macht sich leicht.

*Kein Geräusch darf dich verraten.*

*Kein Laut.*

In Chengbao hat sie Kung-Fu trainiert, viele Stunden jeden Tag.

Fliegen lernen, hatten sie einander zugeflüstert, morgens auf dem Weg zum Training. Fliegen lernen und frei sein. Frei vom Druck der Schule. Befreit von den Schikanen der Ausbilder und den Vorgaben der Partei. Von den Parolen, die sie brüllen mussten, wieder und wieder. Wie Marionetten.

*Du musst fliegen ...*

Sie hat Wu gefragt, ob sie wieder Kung-Fu-Unterricht haben dürfe. Doch Wu hat Nein gesagt.

*Natürlich hat sie Nein gesagt ...* Thien lächelte sein wissendes Lächeln. *Was glaubst du denn?*

Kaylin huscht an der ramponierten Haustür vorbei und taucht lautlos ins Dunkel neben den Mülltonnen, wo es durchdringend nach gammelnden Lebensmitteln und Urin riecht. Sie hat gute Augen. Ein flüchtiger Blick hat genügt, um festzustellen, dass auf keinem der Klingelschilder ein Thien Liming verzeichnet ist. Aber es gibt noch ein Hinterhaus, das man erst sehen kann, wenn man die Toreinfahrt passiert hat.

Vielleicht ja dort ...

Als vorn an der Straße eine Frau mit Kinderwagen vorbeigeht, duckt sie sich instinktiv noch tiefer in den Schatten hinter den Tonnen. Das Kleinkind gluckst zufrieden vor sich hin, und Kaylin hört sein Glück trotz des Ozeans an Geräuschen, der sie umgibt.

»Sogar wenn du schläfst«, hat Thien ihr einmal erklärt, »bleibt ein Teil von dir wach und filtert heraus, was wichtig ist. Wie ein Hund, der dich warnt, indem er bei Gefahr die Ohren aufstellt und das Fell sträubt, meldet dein Unterbewusstsein, wenn sich jemand deinem Schlafplatz nähert. Es belästigt dich nicht mit dem Lärm des landenden Flugzeugs, dessen Krach dich nichts angeht. Und es belästigt dich auch nicht mit dem Streit deiner Nachbarn. Aber es wird dich wecken, wenn dir Unheil droht. Vertrau auf diesen ureigenen Instinkt, der in uns allen angelegt ist.

Vertrau deiner inneren Stimme, und sie wird dich lehren, das Wichtige vom Unwichtigen zu unterscheiden.«

Kaylin schüttelt stumm den Kopf. So ganz scheint das nicht zu funktionieren. Zumindest nicht bei ihr. Sie hört das Glucksen des Kindes noch immer, obwohl die Mutter bereits um die nächste Ecke ist. Doch es ist nicht das Schleifen des Kinderwagens, das ihre Nackenhaare dazu bringt, sich aufzurichten. Es ist das Geräusch eines Motors. Ein wohlvertrauter Klang. Das ebenmäßige Surren eines perfekt eingestellten Getriebes ...

Sie hält die Luft an.

Der Fahrer, oder vielmehr: die Fahrerin, muss nicht lange suchen.

Sie weiß genau, wo er wohnt ...

*Natürlich*, flüstert Thien. *Was hast du denn gedacht?*

Zielstrebig gleitet der Porsche in eine Lücke am Straßenrand. Nur ein paar Schritte von der Toreinfahrt entfernt kommt der Motor zum Stillstand.

Ahnen sie wirklich, dass sie sich zu ihm flüchtet? Dass er ihr seine Adresse gegeben hat? Schon damals, ohne zu wissen, was einmal sein wird?

So viel Umsicht beeindruckt sie. So sehr, dass sie wertvolle Sekunden verliert. Als sie endlich wieder handeln kann, ist Wu bereits ausgestiegen.

Und anders als die Frau mit dem Kinderwagen macht sie dabei kein Geräusch.

Nur das satte Schmatzen der Autotür, das Kaylin so viele Male gehört hat, gibt einen Hinweis darauf, was nun bevorsteht.

Doch Wu scheint nicht allein zu sein ...

Kaylins Augen werden weit.

Er ist bei ihr.

*Chang!*

Sie hört seinen Schritt. Leder. Teuer.

Der Schlauch der Toreinfahrt ist eine Falle. Aber das versteht sie erst jetzt. Den Hinterhof hat sie noch nicht erkundet. Zur Flucht bleibt keine Zeit. Schon biegt Chang um die Ecke des Döner. Aber was ist das? Niemand bei ihm? Keine Wu?

*Tatsächlich!*
*Er ist allein!*

Kaylin presst sich auf den Boden und macht sich flach wie eine Flunder. Trotz ihrer Panik achtet sie darauf, dass ihre Bewegungsabläufe weich sind. Weich und fließend. Sie weiß, was nicht harmonisch ist, fällt auf. Und sie kann es sich nicht leisten aufzufallen. Sie muss unsichtbar werden. Das ist ihre einzige Chance, aus dieser Sackgasse herauszukommen. Aus dieser Falle.

Aber wo steckt Wu?

Wartet sie dort auf ihn, da vorn an der Straße? Will sie verhindern, dass einer von ihnen unbemerkt davonkommt? Thien oder sie? Oder ist sie gar nicht erst mitgekommen? Ist er allein, ohne sie? In ihrem Porsche, obwohl er selbst ein Auto hat, das er liebt?

Warum hört sie nichts außer Chang?

Sie schielt zwischen den Rädern ihrer Mülltonne hindurch und sieht die teuren Lederschuhe über den schmutzigen Hinterhof gehen. Sie weichen einer Pfütze aus und stoppen vor der Tür, die sie selbst bislang nur schemenhaft wahrgenommen hat. Die Tür des Hinterhauses.

Die Klingel hat kein Geräusch.

Chang wartet. Wenn er sich jetzt umdreht ...

Kaylins Rücken verschmilzt mit der Mauer, deren Kälte sie kaum mehr wahrnimmt. Theoretisch könnte sie jetzt aufstehen. Wegrennen, sobald Thien oder sonst jemand Chang die Tür geöffnet hat. Doch das Risiko ist ihr zu groß. Ganz abgesehen davon, dass sie wissen will, was hier passiert. Was sie vielleicht sogar zu verschulden hat.

Sie muss sehen, was mit Thien passiert ...

Im Gegensatz zu der geräuschlosen Klingel ist das Summen des Türöffners so laut, dass sie Mühe hat, nicht zusammenzuzucken. Zugleich scheinen sich auch alle anderen Geräusche zu verstärken. Geräusche, die ihr Unterbewusstsein bislang offenbar ausgeblendet hat.

Sie hört eine Frau schimpfen, rau und heiser. Das Klirren von Glas. Ein Schmatzen, als das Salatbesteck des Imbissbesitzers Weißkraut in einen neuen Döner schaufelt. Dazu Autos. Fahrradreifen. Das Quietschen einer Rücktrittbremse. Und sogar ein Flugzeug, das sie nichts angeht. Ihre Umwelt, die bis vor wenigen Sekunden vollkommen ruhig gewesen ist, schwillt an zu einer riesigen Klangkröte, in deren Windschatten sich jeder an sie heranpirschen könnte, ohne dass sie auch nur die geringste Chance hätte, ihn rechtzeitig zu bemerken ...

Ein ausgesprochen beklemmendes Gefühl.

Ihr Herz hämmert wild, während sich ihre Augen vorsichtig nach links tasten, zur Straße. Warum sind sie dieses Mal eigentlich persönlich gekommen? Warum schicken sie nicht den Drachen, so wie sonst?

Die bohrenden Fragen attackieren sie wie ein wütender Wespenschwarm, und am liebsten würde sie die Hände vors Gesicht nehmen und sich die Ohren zuhalten. Sie weiß, dass eine Katastrophe bevorsteht, wenn sie nichts unternimmt. Aber was? Was soll sie tun? Was kann sie tun?

*Es sind nur ein paar Meter bis zur Straße. Wenn du schnell bist ...*

*Vielleicht ist Wu wirklich nicht mitgekommen ...*

*Vielleicht hast du Glück ...*

»Sich auf etwas so Unberechenbares wie Glück zu verlassen, wäre töricht«, mahnt ein imaginärer Thien. »Besinne dich lieber auf deine Stärken.«

Was sind meine Stärken?, fragt sie stumm, während ihre

Gedanken wild hin und her springen. Doch plötzlich ist da eine Stimme. Sie manifestiert sich aus dem Klanggewirr, das sie umgibt. Und es dauert nur einen Sekundenbruchteil, bis sie weiß, was sie bedeutet: Chang kehrt zurück.

Sie hört seine Schritte.

Er spricht Chinesisch. Natürlich. Das tut er, wann immer er die Möglichkeit dazu hat. Es gefällt ihm, wenn man ihn nicht versteht.

Kaylin hört: »Wie gesagt, Sie melden sich sofort, wenn ...« Und gleich darauf ein: »Also dann.«

Doch die Antwort scheint auszubleiben. Thien schweigt.

Ihr Herz macht einen Satz. Und wenn Chang ihn ...

Nein!, ruft sie sich selbst zur Ordnung. Nicht einmal Chang würde mit einem Toten reden. Thien ist am Leben. Sie haben ihn nur nach mir gefragt. Sie haben eine Möglichkeit abgeklopft. Und sie waren verdammt dicht dran, alle Achtung!

Sie hält den Atem an, als die Lederschuhe direkt neben ihrer Tonne stoppen. Hat er sie gesehen? Gerochen? Hat sein Instinkt ihm verraten, dass sie hier ist?

Das würde sie wundern, aber man kann nie wissen.

*Bitte Kaylin*, flüstert die Polizistin mit dem gelben Schal in ihrem Kopf, *wenn du mir irgendwas zu sagen hast ...*

Sie verharrt reglos. Wie lange kann man eigentlich überleben, wenn man nicht atmet? Von Thien weiß sie, dass es eine Sportart gibt, die Apnoe-Tauchen heißt. Dabei bleiben Menschen minutenlang ohne Sauerstoff unter Wasser, zum Teil mehrere hundert Meter tief. Was sind da schon ein paar Augenblicke hinter einer Mülltonne?

Aber was, um Himmels willen, macht Chang da?

Warum geht er nicht weiter, jetzt, da er erreicht hat, was er erreichen wollte?

Im selben Moment hörte sie ein leises Schleifen.

Er öffnet den Deckel und wirft etwas hinein. Dann verschwindet er mit langen, zielstrebigen Schritten Richtung Straße.

7

Polizeipräsidium Frankfurt, Flur, 18.01 Uhr

»Du, sag mal ...« Em fingerte einen weiteren Espresso aus dem Kaffeeautomaten und lehnte sich dann betont lässig an die Wand.

»Was kann ich für dich tun?« Decker warf zwei Euro in den Münzschlitz und drückte auf den Button KAKAO. »Macht dein Auto Zicken und du suchst jemanden, der wirklich etwas von diesen Dingen versteht?«

»Träum weiter.«

»Warte ...« Er legte in gespielter Ernsthaftigkeit die Finger an die Schläfen. »Jetzt hab ich's: Du bist das Single-Dasein satt und möchtest wissen, ob sich in meinem übervollen Kalender noch ein Termin für dich finden lässt?«

Em sparte sich den Kommentar, den sie an dieser Stelle üblicherweise abgegeben hätte, denn ohne es zu ahnen, hatte Decker das Gespräch genau auf das Thema gelenkt, auf das sie hinauswollte. »Nicht direkt«, gab sie zu. »Aber es geht in die Richtung.«

Er hob misstrauisch den Kopf. »In welche Richtung?«

»Ich hätte da noch eine Frage wegen gestern ...«

»Gestern?«

»Das Seminar.«

»Oh.« Decker zog überrascht die Brauen hoch. »Okay. Und was ist damit?«

Sie stieß sich von der Wand ab und sah sich sorgfältig um, bevor sie antwortete. »Versprich mir, dass du ehrlich antwortest, ja?«, sagte sie mit gesenkter Stimme.

Das schien ihn nervös zu machen. »Scheiße, Em«, fuhr er auf. »Worauf läuft das hier hinaus?«

»Nichts Schlimmes«, beruhigte sie ihn. »Ich möchte nur was wissen, okay? Ist auch nicht weiter wichtig.«

»Wenn es nicht wichtig ist …«, setzte er an, doch sie unterbrach ihn gleich wieder.

»Komm schon, versprich's mir.«

Er stöhnte. »Okay.«

»Was okay?«

»Okay, ich werde ehrlich antworten«, wiederholte er brav. »Aber jetzt verrat mir endlich, worum es geht.«

Sie hatte keine Ahnung, wie sie beginnen sollte. Aber es gab auch kein Zurück mehr. Also entschied sie sich für kurz und schmerzlos: »Ich hab gestern zufällig mitbekommen, wie du Pell was von deiner Ex erzählt hast.«

Er verzog das Gesicht.

»Von Julia.«

»Ja?« Damit hatte er offenbar nicht gerechnet. »Und?«

Em sah ihm direkt in die Augen. »Hast du gelogen?«

»He, Moment, was soll das? Das ist doch lange vorbei«, schnappte er, und allein schon die Tatsache, dass ihn dieses Gespräch derart aufbrachte, nährte in ihr die Befürchtung, dass Zhou recht hatte. »Wieso stellst du mir so 'ne blöde Frage?«

»Kann sein, dass sie blöd ist«, beharrte sie. »Aber ich muss es wissen.«

»Wieso?«

»Ist doch egal.«

»Mir nicht.«

»Hey.« Sie machte einen Schritt auf ihn zu und legte ihm freundschaftlich die Hand auf die Schulter. »Ich verlange ja nicht, dass du mir irgendwelche intimen Details verrätst. Ich will einfach nur hören, ob diese Geschichte mit Julia der Wahrheit entsprochen hat oder nicht.«

»Warum sollte ich lügen?«, gab er zurück.

Keine Ahnung, dachte sie. Doch sie hütete sich, diesen Gedanken auszusprechen. »Sag einfach Ja oder Nein.«

»Ich denke nicht daran.« Er nahm seinen Kakao aus dem Getränkefach und nippte an dem Schaum, der sich auf der braunen Flüssigkeit gebildet hatte. »Zuerst will ich wissen, warum du so penetrant auf dieser Geschichte rumreitest.«

»Na, also penetrant ist ...«

»Quatsch nicht!« Seine Blicke spießten sie förmlich auf und sie hätte sich am liebsten selbst in den Hintern getreten, dass sie überhaupt damit angefangen hatte. »Warum ist dir das alles so verdammt wichtig?«

Sie seufzte. An dieser Stelle konnte sie vermutlich nur noch die Wahrheit retten. »Es geht um mein Bauchgefühl.«

»Um dein ... was?«

Sein freches Grinsen machte sie wütend. Doch leider war sie diejenige, die etwas wollte. Also schluckte sie ihren Ärger herunter und versuchte es noch einmal mit Diplomatie: »Ich hatte gestern den Eindruck, dass du damals wirklich gelitten hast«, erklärte sie. »Aber dann kam jemand anderes und behauptete, du hättest die Affäre mit dieser Julia bloß erfunden.«

»Und dieser Jemand war ...?«

Em schüttelte den Kopf. »Das tut nichts zur Sache«, versuchte sie, wenigstens einen Hauch von Würde zu wahren. Zum Teufel mit ihrer Neugier! »Es ist nur so, dass es mich verunsichert.«

»Was verunsichert dich?«

Sie holte tief Luft. »Das Gefühl, eventuell danebenzuliegen. Noch dazu bei jemandem, den ich so gut kenne.«

Er verstand und wurde schlagartig ernst. »Wir irren uns alle hin und wieder mal. Das ist menschlich.«

»Ist das eine Antwort?«, fragte sie.

»Dieser Jemand ist eine Person, auf deren Meinung du große Stücke hältst«, konstatierte er, ohne auf ihre Rückfrage einzugehen.

»Irrtum, mein Lieber«, beeilte sie sich klarzustellen. »Es ist nur jemand, den ich gerne widerlegt hätte.« Und wenn sie richtig Glück hatte, würde er vielleicht sogar annehmen, dass sie von Morton sprach ...

Leider erschien just in diesem Moment Carsten Pell auf der Bildfläche. »Ach, hier steckst du«, rief er Decker zu. »Ich hab dich schon gesucht.«

»Was gibt's denn?«

»Makarov will uns sehen.«

»Ich komme«, rief Decker und wedelte mit der Hand, als ob sein Partner ein lästiges Insekt wäre, das es zu verscheuchen galt.

Doch leider entschied sich Pell, auf ihn zu warten. Etwas, das unter Garantie gut gemeint war. Allerdings hätte Em ihn am liebsten erwürgt. »Bitte«, flehte sie, während sie gerade noch Deckers Arm zu fassen bekam. »Es ist wirklich wichtig für mich.«

Er zögerte, und plötzlich war da etwas in seinem Blick, das ihr augenblicklich das Gefühl gab, ihn seit Jahren sträflich unterschätzt zu haben. »Zhou hat recht«, sagte er mit einem undefinierbaren Unterton. »Es hat niemals eine Frau namens Julia in meinem Leben gegeben. Und auch keinen Grillplatz. Ich habe beides nur erfunden, um meine Ruhe zu haben.«

Sie starrte ihren Kollegen an. Doch von einer Sekunde auf die andere war er wieder Alex Decker, der unbeschwerte und stets etwas oberflächlich wirkende Playboy der Abteilung.

»Nimm's nicht so schwer«, sagte er. Dann ging er lächelnd davon.

8

Moselstraße, Wohnung von Thien Liming,
18.05 Uhr

Das Zeitfenster, das ihr bleibt, ist nicht groß. Das weiß sie. Und theoretisch kann es auch passieren, dass er sofort zum Telefon greift, wenn er sie zu Gesicht bekommt.

Chang hat da so seine Methoden ...

Andererseits ist Thien mutig. Weit mutiger als die meisten Menschen, die sie kennt. Und das heißt vermutlich, dass er sie zumindest anhören wird.

Wenn es doch nur eine andere Möglichkeit gäbe, denkt sie mit wachsender Verzweiflung. Wenn ich doch nur wüsste, wie ich mich retten kann, ohne jemand anderen in Gefahr zu bringen. Jemanden wie Thien.

Der Hof um sie herum ist sehr dunkel, manche Ecken sind nur noch zu erahnen. Sie geht langsam, einen Fuß vor den anderen, die Augen stur auf die beiden Fenster gerichtet, die zu seiner Wohnung gehören müssen. Hinter einem von ihnen brennt Licht. Kaylin sieht eine gläserne Vase mit einem Bambus darin. Und eine Gardine aus Muscheln. Das Perlmutt schimmert im warmen Licht des Raumes und beschwört ein leises Gefühl von Heimat in ihr herauf. Von Nachhausekommen. Von Ruhe.

*Es ist sein Haus. Sein Leben.*

*Er hat schon genug für dich getan. Genug riskiert. Genug gelitten.*

*Geh weg! Lass ihn! Rette ihn!*

Sie will eben kehrtmachen, als sein Gesicht hinter dem Bambus auftaucht. Wie ein Fisch, der langsam und majestätisch aus den Tiefen eines Sees zur Oberfläche heraufsteigt. Die Bewegung hat kein Geräusch. Und gerade deshalb ist sie umso eindrücklicher.

Automatisch weicht Kaylin einen Schritt zurück.

Doch seine Augen sind nicht zu täuschen. Thien hebt die Hand und bedeutet ihr mit einer knappen Geste, dass sie zu ihm heraufkommen soll. In seine Wohnung.

Ins Licht hinter den Muscheln ...

Kaylin zögert.

Ein letzter Blick über ihre Schulter. Zur unbeleuchteten Toreinfahrt. Ein düsterer Tunnel, an dessen anderem Ende die Straße ist. Schutzlosigkeit. Sie hat den Porsche fortfahren hören. Aber was heißt das schon?

*Unsere Ohren können uns täuschen.*
*Unsere Augen können uns täuschen.*
*Was immer du tust, folge allein deinem Herzen ...*

Sie zieht die Hände aus den Taschen und geht auf die verdreckte Haustür zu. Im Erdgeschoss scheint etwas wie ein Lager zu sein. Und es gibt auch nur ein Klingelschild. Der Türöffner summt. Dasselbe unnatürlich laute Summen wie zuvor bei Chang. Kaylin riecht Staub und alten Mörtel. Dazu stockige Feuchtigkeit. Und ganz entfernt auch Ingwer. Dann fällt eine Etage über ihr mit einem Mal ein Lichtschein auf die dunkle Treppe. Die alten Stufen knarzen unter ihrem Gewicht, obwohl sie alles tut, um leise zu sein. Doch die Bausubstanz ist marode. Und fast ist ihr, als könne sie den Staub des Verfalls rieseln hören, als sie vorsichtig Stufe um Stufe hinaufsteigt.

Als sie den Absatz erreicht, sieht sie, dass die Wohnungstür offen steht.

Doch Thien ist nirgendwo zu sehen.

Zögernd geht sie weiter. Sie vertraut Thien wie keinem zweiten, weil er sie gelehrt hat, wie man in diesem Land spricht. Weil er so viel weiß. Und weil er niemals einfach tut, was Chang und Wu von ihm verlangen.

Aber reicht das? Ist ein Gefühl, eine Empfindung genug, um das eigene Leben in die Hände eines anderen zu legen? Einfach so?

Ihre Finger tasten nach dem Saum ihres Unterhemdes. Nach dem Dzi. Doch nicht einmal der kann verhindern, dass ihr hier, in diesem düsteren Treppenhaus, zum ersten Mal, seit sie einander kennen, der Gedanke kommt, dass Thiens Fürsorge Grenzen haben könnte. Dass es Situationen geben könnte, in denen er sich selbst der Nächste ist. In denen er sie opfern würde, um sich selbst einen Vorteil zu verschaffen. Oder auch nur am Leben zu bleiben.

Und vielleicht ...

Sie schaudert.

Vielleicht telefoniert er bereits jetzt, in diesem Augenblick, mit Chang, um ihm zu verraten, wo er sie suchen muss ...

## 9

Polizeipräsidium Frankfurt, Büro Em und
Zhou, 18.09 Uhr

»Ich habe hier eine Hyun-Ok Pak in Bonames«, berichtete Zhou, die den Auftrag hatte, sich um die Adresse von Kaylins Nanny zu kümmern. Der Frau, die Changs Nichte am Tag zuvor zu ihrem Kinderarzt begleitet hatte.

»Ist sie das?«

»Gute Frage.« Merlot hatte ihnen nach wiederholten Bitten einen Namen gemailt, sich jedoch jegliche Hinweise auf den Wohnort der Frau gewissenhaft verkniffen. Seither ging er nicht an sein Handy. Vermutlich aus purer Schikane. »Leider ist Pak in Korea ein sehr verbreiteter Name.«

»In Korea?« Em ließ sich auf ihren Stuhl fallen. »Wieso in Korea?«

Zhou lachte. »Weil unsere Nanny keine Chinesin ist, sondern Koreanerin.«

»So, so.«

»Soll ich die Frau Pak, die ich gefunden habe, mal anrufen?«

»Nein«, entschied Em. »Wir fahren hin.«

»Auf gut Glück?«

»Warum nicht? Oder sitzen Sie gerne am Schreibtisch rum?«

Zhou hob abwehrend die Hände und folgte ihr in die Tiefgarage. »Ihren Wagen oder meinen?«

»Meinen.«

»Wie Sie wollen.«

Zeternd und fluchend kämpfte sich Em durch den zähen Feierabendverkehr nach Bonames, jenem eigentlich recht hübschen Stadtteil im Nordosten Frankfurts, der jedoch immer wieder Negativschlagzeilen machte. Hyun-Ok Paks Adresse lag nicht im schmucken Ortskern, sondern in einer der Hochhausburgen am Ben-Gurion-Ring, wo Drogen, Hartz IV und Perspektivlosigkeit zum Alltag gehörten und Schulabschlüsse oder die Aussicht auf einen gut bezahlten Job eher Luxuscharakter hatten.

Ein knochiger alter Mann hielt ihnen die Haustür auf, so dass sie problemlos bis zu Hyun-Ok Paks Wohnung gelangten. Die lag im achten Stock, am Ende eines grauen Flurs, in dem es nach alten Windeln, Tierkot und Fast Food stank.

Zhou drückte auf den klebrigen Klingelknopf, neben dem das Namensschild fast bis zur Unleserlichkeit verblasst war. Aber es lautete Pak, nicht Kim oder Moon oder Cho.

Der Klingelton hallte hinter dem dünnen Sperrholz wider. Kurz darauf näherten sich schlurfende Schritte.

»Ja?« Der Mann im Türrahmen war winzig, maximal eins fünfzig groß. In seinem dichten schwarzen Haar schimmerten erste graue Strähnen.

Zhou zeigte ihren Ausweis. »Wir möchten zu Frau Pak.«

Zu Ems Überraschung drehte sich der Mann einfach um und verschwand. Sekunden später erschien eine Frau, ebenfalls Asiatin. Sie war vermutlich Mitte bis Ende vierzig und ziemlich korpulent.

»Hyun-Ok Pak?«, fragte Zhou.

Die Frau nickte, und Em sah, dass sie Angst hatte. »Wer sind Sie?«

»Polizei.« Zhou hielt ihren Ausweis hoch. »Wir hätten da ein paar Fragen an Sie. Wegen der Vorfälle gestern Nachmittag.«

Erstaunt registrierte Em, dass ihre Partnerin nicht fragte, ob sie richtig waren. Aber wozu auch? Die Angst der Frau sprach für sich.

Hyun-Ok Pak blickte nervös über Ems Schulter und bedeutete den beiden Kommissarinnen dann mit hektischen Gesten, ihr in die Wohnung zu folgen. In einem düsteren Wohnzimmer lief der Fernseher. Irgendein Zeichentrickfilm. Hyun-Ok Pak griff nach der Fernbedienung und schaltete den Ton ab. Von dem Mann, der ihnen geöffnet hatte, war nichts zu sehen.

Zhou nahm auf einem abgewohnten, aber sauberen Sofa Platz. Von einem niedrigen Apothekerschrank lächelte ihnen eine blumengeschmückte Buddha-Figur entgegen. Die Heizung lief offenbar auf Hochtouren, und es roch nach Tee und Hühnersuppe. »Wie lange arbeiten Sie schon für Herrn Chang?«

»Sieben«, antwortete Hyun-Ok Pak, die sich ebenfalls gesetzt hatte.

Zhou verzog ungläubig das Gesicht. »Sie meinen sieben Jahre?«

Das Kopfschütteln der Frau hätte alles Mögliche bedeuten können. Hyun-Ok Pak trug einen dunklen Rock und dazu eine weiße Bluse, alles in allem sehr adrett und ordentlich. Und doch wirkte etwas an ihr kostümiert. Oder zumindest unecht.

Genau wie Kaylins Zimmer, dachte Em. Als ob das alles eine Riesenmaskerade wäre …

Hyun-Ok Paks Angst allerdings war echt. Daran bestand kein Zweifel.

»Vorher ich arbeiten in Club«, sagte sie so leise, dass man sie kaum verstehen konnte. Ihre Stimme klang heiser. »Vor Linlin kümmern, ich meine.«

Zhou nickte. »Und für Kaylin sorgen Sie jetzt wie lange?«

»Zwei.« Das Z bereitete ihr erhebliche Probleme. Trotzdem war Em sicher, dass sie ausgezeichnet Deutsch verstand. Genau wie die Angestellte, vorhin in Changs Haus.

*Fragen Sie Thien. Den alten Meister …*

»Zwei Jahre?«

Nicken.

Zhou zog ihr Smartphone heraus. »Kennen Sie diese Frau?«, fragte sie, während sie Hyun-Ok Pak ein Foto von Ramona Klatt unter die Nase hielt.

Die Koreanerin betrachtete die Aufnahme eine Weile schweigend. Dann schüttelte sie den Kopf.

»Sie haben sie nicht zufällig gestern Nachmittag gesehen? In dieser Praxis?«

In den unsteten Augen blitzte Verständnis auf. »Sie ist Frau, die hat …?«

»Kaylin entführt«, schloss Em. »Genau.«

Hyun-Ok Pak zuckte zusammen. »Ich nicht sehen. Ich warten.« Ihr Atem beschleunigte sich. »Kaylin nicht kommen. Ich gehen vorne und fragen Schwester. Aber Schwester sagen, Kaylin gehen mit Frau.«

Gute Überleitung, dachte Em. »Ist sie denn ein Kind, das grundsätzlich leicht Vertrauen fasst?«

Die Flackeraugen suchten Zhous Gesicht. »Vertr…?«

»Ist Kaylin ein ängstliches Kind?«, versuchte die es anders. »Oder vertrauensvoll? Tut sie sich leicht mit Fremden?«

Hyun-Ok Pak schüttelte den Kopf. »Sie nicht gehen mit Fremde.«

»Doch«, widersprach Em. »Gestern schon.«

Und wieder dieses Kopfschütteln. »Nicht wissen. Nicht sehen Kaylin gehen weg. Nicht sagen.«

Em beugte sich vor. »War Herr Chang sehr böse, als er hörte, dass Sie Kaylin verloren haben?«

Hyun-Ok Paks Miene verhärtete sich. »Er machen Sorgen. Später er sagen, ich gehen nach Hause.«

»Und wann haben Sie erfahren, dass Kaylin wieder da ist?«

»Heute Morgen. Wu Nüshi anrufen. Sagen, Linlin in Krankenhaus.«

Zhou schlug die Beine übereinander. »Aber Ihren Job als Nanny haben Sie noch, oder?«, fragte sie bewusst provokant.

Die Pupillen inmitten der schwarzen Augen wurden weit. Doch Hyun-Ok Pak nickte.

Irgendetwas macht ihr entsetzliche Angst, dachte Em mit einem Anflug von Mitleid. »Und hat man Ihnen auch gesagt, dass Kaylin inzwischen wieder verschwunden ist?«

Kopfschütteln. »Nicht verstehen.«

»Kaylin ist weg«, wiederholte sie. »Fortgelaufen.«

Zhou fixierte einen Punkt zwischen Hyun-Ok Paks Brauen. »Wussten Sie das?«

»Nein.«

Dieses Mal war Em sicher, dass die Frau log. Ihre Augen glitten zum Fenster. Hinter der leicht beschlagenen Scheibe klebte schon die abendliche Dunkelheit. Kaylin ist ganz allein dort draußen, dachte sie unbehaglich. Falls Chang sie nicht längst aufgespürt hat …

»Hat Kaylin vielleicht eine Freundin, mit der sie hin und wieder spielt?«, wandte sie sich wieder an die Koreanerin. »Irgendeinen Ort, wo sie hingehen könnte?«

Ihre Gesprächspartnerin schüttelte abermals den Kopf. Das Summen des heruntergedrehten Fernsehers war das einzige Geräusch in dem stickigen Zimmer.

»Keine Freundin?«

»Kaylin nicht spielen.«

»Sie meinen gar nicht?« Em verzog die Lippen. »Aber sie muss spielen. Sie ist ein Kind.«

Hyun-Ok Pak zuckte die Achseln. »Nicht verstehen.«

»Gibt es vielleicht irgendwelche Orte, zu denen Sie regelmäßig gegangen sind?«, erkundigte sich Zhou. »Ich meine, Kaylin und Sie werden ja wohl kaum immer zu Hause geblieben sein, oder?«

Doch, dachte Em, bevor die Koreanerin antworten konnte. Ich fürchte, genau das sind sie …

»Nur Arzt gehen.«

Zhou stemmte die Fäuste rechts und links von sich in das Sofa. »Und wie haben Sie mit ihr kommuniziert?«

Hyun-Ok Pak drehte den Kopf, und erst jetzt bemerkte Em, dass der Mann im Türrahmen stand. Seine tiefliegenden Augen brannten, und er sah wiederholt hinter sich, als erwarte er, dass jemand zur Tür hereinkam.

Zhou blickte zwischen ihm und Hyun-Ok Pak hin und her und sagte dann etwas auf Chinesisch, das für Ems ungeübte Ohren wie eine Frage klang. Sie beobachtete das Gesicht des Mannes, doch der zeigte keine Reaktion. Hyun-Ok Pak hingegen antwortete sofort. Etwas, das dem Mann im Türrahmen zutiefst zu missfallen schien.

*Was hat sie gesagt?*, erkundigte sie sich stumm.

Doch Zhou schüttelte nur sachte den Kopf.

Em seufzte. »Kennen Sie einen Hu Jinping?«, wandte sie sich wieder an Hyun-Ok Pak.

Die Koreanerin kniff fragend die Augen zusammen, und Zhou wiederholte den Namen, der aus ihrem Mund kaum wiederzuerkennen war.

Hyun-Ok Pak nickte und antwortete auf Chinesisch, während sich ihr Mann auf dem Absatz umdrehte und irgendwo im Dunkel der Wohnung verschwand.

Zhou hingegen schien auf einmal verärgert.

»Was ist?«, fragte Em.

Doch ihre Partnerin überging die Frage. Sie sagte wieder etwas auf Chinesisch.

Hyun-Ok Pak zögerte. Und Zhou legte nach. Sie saß jetzt ganz vorn auf der Sofakante wie ein sprungbereites Raubtier.

Em beobachtete fasziniert ihre Lippen, die eine Reihe unbegreiflich fremder Laute formten. Auch wenn sie kein Wort verstand, an einer Sache bestand nicht der geringste Zweifel: Ihre Partnerin war definitiv auf hundertachtzig.

Während Hyun-Ok Pak der Tirade lauschte, rutschte sie unbehaglich auf ihrem Sitz hin und her wie ein Kind, das dringend zur Toilette muss. Irgendwann hielt sie es nicht mehr aus und ließ sich zu einer spontanen Antwort hinreißen, die gemessen an dem, was sie bisher von sich gegeben hatte, erstaunlich lang ausfiel.

Zhou lächelte und entgegnete etwas, während das Misstrauen in Hyun-Ok Paks Blick allmählich wieder die Oberhand gewann. »Haben Sie vielen Dank«, fügte sie dann, nun wieder auf Deutsch, hinzu. »Das war auch schon alles.«

Irgendwas hat sie herausgefunden, schloss Em. Und jetzt will sie, dass wir so schnell wie möglich von hier verschwinden.

In der Tat schien es Zhou auf einmal furchtbar eilig zu haben. Sie stand auf, stopfte ihr Smartphone in die Tasche und ging ohne Zögern zur Tür. »Wir melden uns«, sagte sie noch.

Dann trat sie, ohne sich umzusehen, in den schmuddeligen Hausflur hinaus.

## 10

```
Moselstraße, Wohnung von Thien Liming,
19.11 Uhr
```

Kaylin schiebt ihre leere Suppenschale von sich und betrachtet Thien, der an der billigen Küchenzeile hantiert.

»Du musst etwas essen«, hat er gesagt, gleich nachdem sie durch seine Tür getreten ist. Und natürlich hat sie abgelehnt. Doch das hat er nicht gelten lassen. Er ahnt, dass es eine Weile her ist, seit sie etwas gegessen hat.

Heute früh ist das gewesen. Im Krankenhaus.

Das ist jetzt etwa zwölf Stunden her.

Nicht wirklich lang …

Früher in Chengbao haben sie oft sehr viel länger ohne Essen auskommen müssen. Wenn sie aufsässig gewesen sind, zum Beispiel. Oder zumindest das, was man dort als aufsässig bezeichnet hat. Dann mussten sie aufs Abendessen verzichten und stattdessen eine Extratrainingseinheit im Hof absolvieren. Oder einen Geländelauf. Oder beides. Unangenehm ist das gewesen, klar. Aber definitiv nicht wirklich schlimm. Ihr Körper ist von Natur aus zäh. Und die Zeit in Chengbao hat ihn zusätzlich gestärkt. Trotzdem hat sie augenblicklich Hunger verspürt, als sie Thiens Essen gerochen hat.

»Auf dieses Rezept hat schon meine Großmutter geschworen«, hat Thien erklärt, als er ihr eine Schale Suppe gereicht hat. Dazu Reis. Ein Essen, ebenso einfach wie gut. Und ganz anders als das, was Wu ihr vorsetzt.

Seit sie in diesem Land lebt, bekommt sie drei Mahlzeiten am Tag. Am Anfang hat zusätzlich auch immer noch ein Teller mit Süßigkeiten bereitgestanden. Doch das hat Wu mittlerweile aufgegeben. Dafür stellt sie Kaylin regelmäßig auf die Waage, und meistens ist sie unzufrieden mit dem, was sie sieht.

»Warum nimmst du nicht zu?«, fragt sie dann.

»Ich weiß es nicht.«

Das glaubt Wu ihr natürlich nicht. Und meistens beschließt sie dann, bei den Mahlzeiten anwesend zu sein und darauf zu achten, dass Kaylin nichts heimlich fortwirft. Das hält sie in aller Regel zwei, drei Wochen durch. Dann geht wieder alles seinen normalen Gang. Bis zum nächsten Wiegen ...

Kaylin lächelt.

Im selben Moment dreht sich Thien wieder zu ihr um. »Genug?«, fragte er.

Sie nickt. »Danke.«

»Das Rezept dieser Suppe ist sehr alt«, erklärt er. »Bei uns zu Hause nennen wir sie das flüssige Gold.«

»Ich weiß«, antwortet sie, um ihm zu zeigen, dass sie seine Erzählungen nicht vergessen hat. »Ochsenschwanz, viel Gemüse und sehr viel Ingwer, stimmt's?«

Seine Augen blitzen verschmitzt. »Unter anderem.«
Dann dreht er sich wieder weg.

Ob er Angst hat, kann sie nicht sagen. Nur, dass er sich anders verhält als damals, als er sie noch unterrichtet hat. Es sind nur Nuancen. Doch sie sind spürbar. Ihr Blick streift den Bilderrahmen auf dem Sideboard neben dem Sofa. Die Wohnung ist klein. Ein winziges Bad, das sie bereits benutzt hat. Eine Zwei-mal-zwei-Meter-Diele ohne Licht. Und dann noch ein weiteres Zimmer, von dem sie bislang allerdings nur eine geschlossene Tür gesehen hat. Thiens Schlafzimmer vermutlich. Gemessen an den sonstigen Proportionen dieser Wohnung wahrscheinlich kaum mehr als eine Kammer.

Ihre Augen bleiben an dem Gesicht auf dem Foto hängen. Es ist dieselbe Aufnahme, die er ihr einmal gezeigt hat. Thiens Bruder vor dem Fischerboot, das sein ganzer Stolz ist.

»Wie geht es deinem Bruder?«, fragt sie, während sich tief in ihrem Inneren wieder das schlechte Gewissen regt.

*Du hast kein Recht, ihn zu gefährden.*
*Ihn und seine Familie.*
*Du weißt, wozu sie fähig sind.*

Thien stellt eine verbeulte Teekanne und zwei Trinkschalen auf ein winziges Tablett und kommt langsam zum Tisch zurück. »Nian ist krank.«

Nian ist Thiens Schwägerin.

Kaylin sieht ihn an. »Das tut mir leid«, sagt sie aufrichtig. »Ist es schlimm?«

Er hebt seine knochigen Schultern. Seit sie einander zum letzten Mal gesehen haben, muss er noch dünner geworden sein. »Schwer zu sagen.«

»Aber sie ist beim Arzt gewesen?« Sie weiß, dass das dort, wo Thiens Familie lebt, längst keine Selbstverständlichkeit ist.

Doch er nickt. »Ja, ja.«

Sie nickt auch und sieht sich abermals um. Er verzichtet auf alles, um ihnen Geld schicken zu können, denkt sie. Aber kann das genug sein? Für den Arzt? Für die Kinder? Für den neuen Motor, den das Boot irgendwann brauchen wird?

Sie spürt seinen Blick auf ihrer Wange.

Chang ist reich, durchfährt es sie. Er kann problemlos Krankenhausrechnungen bezahlen. Operationen. Boote. Thien weiß das. Und er weiß auch, dass er gegenwärtig etwas in den Händen hält, das Chang haben will. Wer wollte es einem armen Mann wie ihm verdenken, wenn er zuallererst an seine Familie dächte? Weshalb sollte er sein Leben riskieren und das seiner Angehörigen, um ihr zu helfen, einem Mädchen, das er kaum kennt?

Die Beklemmung, die wie eine eisige Faust um ihr Innerstes liegt, seit sie dieses Haus betreten hat, wächst an, und sie hat Mühe, ihn nicht sehen zu lassen, wie sehr sie sich auf einmal vor ihm fürchtet. »Ich hoffe, dass Nian wieder ganz gesund wird«, sagt sie, froh, dass ihre Stimme ihr gehorcht.

Ein Hauch von Schmerz legt sich auf sein feines Gesicht. »Wir müssen uns unserem Schicksal fügen.«

Ja, denkt sie unbehaglich. Das müssen wir wohl. »Danke für das Essen.«

Er lächelt sie an.

»Aber jetzt will ich dich wirklich nicht länger aufhalten.« Sie rutscht von der Stuhlkante und steht auf. »Ich brauche nur noch die Adresse. Dann bist du mich wieder los.«

In seinen schwarzen Eulenaugen zeigt sich keine Regung, als er sagt: »Eile ist kein guter Ratgeber.«

»Ich weiß.«

Sein Blick zwingt sie auf den Stuhl zurück, ohne dass er ein Wort sagen muss. »Vor morgen früh ist niemand dort.«

»Ich weiß«, wiederholt sie mit klopfendem Herzen. Nur leider hat sie keine Wahl ...

»Du könntest hierbleiben.«

»Nein.« Sie versucht es so zu sagen, dass er ihre Zweifel nicht spürt. Dass er sich fügt. Dass er ihren Willen respektiert.

Doch er gibt sich noch nicht geschlagen. »Nur bis morgen früh.«

»Ich kann nicht.«

»Du willst nicht.«

Sie sieht ihm in die Augen, die noch immer vollkommen ausdruckslos scheinen. Die Aussicht auf einen Platz, an dem sie die Nacht verbringen kann, ist mehr als verlockend. Aber sie darf sich nicht einwickeln lassen. Dieses Haus ist nicht sicher. Immerhin war Chang bereits hier. Sie wissen, dass dieser Ort eine Möglichkeit ist, denkt Kaylin, während das alte Unbehagen unvermittelt wieder von ihr Besitz ergreift. Vielleicht die einzige, die mir jetzt noch zur Verfügung steht ...

»Ich brauche die Adresse«, wiederholt sie fest.

Thien mustert sie eine Weile schweigend. Dann dreht er sich um. »Warte hier«, sagt er. »Ich bin gleich wieder da.«


11


Frankfurt-Bonames, Ben-Gurion-Ring,
19.18 Uhr

»Kann ich jetzt bitte endlich erfahren, was sie Ihnen gesagt hat?«

Der wütende Klang von Zhous Absätzen wurde von

den nackten Treppenhauswänden zurückgeworfen. »Gott, was bin ich nur für ein Idiot!«

»Ich weiß«, neckte Em, die ausnahmsweise Mühe hatte, mit ihrer Partnerin Schritt zu halten. »Aber mich würde trotzdem brennend interessieren, was Hyun-Ok Pak Ihnen erzählt hat, dass wir hier wie von der Tarantel gestochen aus dem Haus flüchten und …«

»Mein Vater predigt mir schon seit Jahren, dass man seine Wurzeln nicht aus den Augen verlieren darf«, fiel Zhou ihr ins Wort, während sie die Haustür aufstieß und weiterstürmte, Richtung Auto. »Und wissen Sie was?«

»Nein.«

»Hin und wieder sollte ich auf ihn hören!«

»Was heißt das jetzt schon wieder?«

»Das heißt, dass ich viel zu wenig Chinesisch spreche.«

»Okay. Schade. Und weiter?«

Zhou blieb stehen und drehte sich zu ihr um. »Diese Frau in Changs Villa …«

»Ja?«

»Ich habe mich bemüht, wörtlich zu übersetzen, was sie gesagt hat. Nur habe ich dabei leider übersehen, dass viele Worte mehr als nur eine Bedeutung haben.«

Em verstand sofort. »Nämlich?«

»Die Frau hat nicht gesagt: Fragen Sie Thien, den alten Meister. Sondern: Fragen Sie Thien, den alten Lehrer.«

»Aha.« Em strubbelte sich einhändig durch die Haare. »Schön. Nur … Verstehen Sie mich bitte nicht falsch, aber ich sehe da keinen sooo großen Unterschied.«

»Doch«, widersprach Zhou. »Wenn man den Kontext bedenkt, schon.« Sie ließ sich auf den Beifahrersitz fallen und zog ihr Smartphone hervor. »Wir hatten nach Hu Jinping gefragt, erinnern Sie sich? Kaylins Privatlehrer.«

»Ja. Und?«

»Darauf hat sie sich bezogen. Sie hat unseren Fragen

entnommen, dass wir eine Person suchen, an die Kaylin sich in ihrer Not gewendet haben könnte. Und sie gab uns den Tipp, es nicht bei ihrem aktuellen Lehrer, sondern lieber bei dessen Vorgänger zu versuchen.«

»Sie haben recht!«, entfuhr es Em. »Als sie die Bemerkung machte, ist Chang noch gar nicht im Zimmer gewesen. Also konnte sie vergleichsweise frei sprechen.« Sie dachte nach. »Die einzige Person, die mit uns im Raum war, ist Merlot. Und dessen Chinesisch ist bestimmt noch beschissener als meins.«

Zhou sparte sich jeden Kommentar, aber sie lächelte. »Fahren Sie los, ich kümmere mich um die Adresse.«

Aus den Augenwinkeln sah Em, wie sie im Kontakt-Menü ihres Smartphones eine Nummer auswählte. Gleich darauf meldete sich Decker. »Alex? ... Hi. ... Wir brauchen ganz dringend eine Adresse, aber wir haben leider nur einen Vornamen, Thien.« Ihre Miene verriet Anspannung. »Ja, ich weiß, dass das weniger als nichts ist. Aber das ist leider nicht zu ändern.« Sie schielte zu Em und schaltete auf Lautsprecher. »Unseren Informationen nach handelt es sich um einen erwachsenen Mann. Vermutlich nicht mehr jung.«

»Was heißt das?«

Sie seufzte. »Unsere Zeugin schätzt ihn auf Ende fünfzig bis Anfang sechzig.«

Sieh mal an, dachte Em grimmig. Unsere Zeugin ...

»Und sonst?«

»Er muss schon mindestens zweieinhalb Jahre in Frankfurt oder Umgebung leben.« Und in Ems Richtung setzte sie hinzu: »Hyun-Ok Pak sagt, dass er Kaylin unterrichtet hat, seit sie hier lebt.«

»Und sagt sie auch, warum er in Ungnade gefallen ist?«

Sie schüttelte den Kopf. »Leider nein. Nur, dass er vor einigen Monaten durch Hu Jinping ersetzt wurde.«

»Aber der Gesuchte ist chinesischer Staatsbürger?«, knarrte Deckers Stimme aus dem Lautsprecher.

»Das ist nicht gesagt, wenn auch wahrscheinlich«, gab Zhou zurück. »Der Name Thien ist leider nicht exklusiv chinesisch. Denk nur an Angelina Jolies vietnamesischen Sohn. Der heißt auch Thien mit zweitem Vornamen.«

Angelina Jolies Sohn? Em verzog die Lippen. Sie hatte nicht erwartet, dass sich eine Frau wie Zhou für Klatsch interessierte. Oder gehörten die Pitts und ihr Privatleben mittlerweile zur Allgemeinbildung?

»Ich sehe, was ich tun kann«, sagte Decker und unterbrach die Verbindung.

Ems Blick streifte eine Gruppe Jugendlicher, die sich auf einer Mauer am Straßenrand niedergelassen hatten und Bier und Wodka tranken. »Wir verlieren viel zu viel Zeit.«

Zhou biss sich auf die Lippen. »Ich weiß.«

»Wenn es stimmt, was Hyun-Ok Pak sagt, dann hat Kaylin Changs Villa praktisch nie verlassen. Wie soll sie sich zurechtfinden in einer Stadt wie dieser?«

»Theoretisch ist es möglich, dass sie längst wieder zu Hause ist …«

»Ich glaube kaum, dass Merlot es wagen würde, uns diese Information vorzuenthalten«, widersprach Em.

»Wieso nicht?«, gab Zhou zurück. »Vielleicht wäre es für seinen Mandanten weitaus gefährlicher, uns von Kaylins Rückkehr in Kenntnis zu setzen, als Ärger mit den Behörden in Kauf zu nehmen.«

»Was weiß dieses Kind?«, murmelte Em vor sich hin. »Warum ist alle Welt daran interessiert, dass es unter Verschluss gehalten wird?«

Zhou zuckte die Achseln. »Keine Ahnung. Aber irgendetwas steckt offenbar dahinter. Etwas, das wichtig ist.«

Ja, dachte Em, genauso sehe ich das auch. Und weil das so ist, schwebt Kaylin in höchster Gefahr.

## 12

Moselstraße, Wohnung von Thien Liming,
19.22 Uhr

Kaylin beobachtet die Muscheln, die sachte hin und her schwingen. Wie von Geisterhand bewegt. Hinter dem gekippten Fenster klebt abendliche Dunkelheit. Aber es ist spürbar milder geworden.

Bald ist endlich Frühling, denkt sie. Nicht mehr lange, und das Licht kehrt zurück. Das Licht und die Wärme.

Sie lauscht nach Thien, der in dem anderen Zimmer werkelt. Noch immer ist sie nicht sicher, ob sie das Richtige tut. Ob es nicht doch besser wäre, sein Angebot anzunehmen.

Nicht, dass sie Angst hat.

Aber es wird noch immer sehr kalt in den Nächten. Das weiß sie, weil sie oft nachts am offenen Fenster sitzt und in die Sterne schaut. Außerdem ist es schon bei Tag so gut wie unmöglich, sich in einer Stadt wie dieser zurechtzufinden.

Sie denkt an die Frauen, die sie gesehen hat. Die beiden Prostituierten aus dem Hotel. Sie weiß, was sie tun. Sie weiß überhaupt sehr viel. Und das meiste von dem, was sie über diese Stadt und ihre Bewohner weiß, hat sie von Thien gelernt. Eigentlich müsste ich ihm vertrauen, denkt sie.

Doch da ist auch noch sein Bruder.

Und seine kranke Schwägerin ...

Die Muscheln vor dem Fenster pendeln ruhig und gleichmäßig, und auf einmal verspürt sie eine bleierne Müdigkeit. Sie hat nicht viel geschlafen, letzte Nacht. Obwohl das Krankenhausbett eigentlich sehr bequem war. Aber sie hat nicht gewagt, sich zu entspannen. Die nette Frau unter der blauen Decke hatte auch geschlafen. Und dann war der Drache gekommen und hatte sie getötet.

Er ist irgendwo dort draußen, denkt sie.

Chang ruft ihn, wenn er ihn braucht.

Die übrige Zeit ist er unsichtbar.

Wo er wohnt, weiß sie nicht. Genauso wenig wie seinen Namen. Zweimal ist sie ihm begegnet, bevor er in das Zimmer des netten Ehepaars gekommen ist. Beide Male in der Villa. Sie hat nie mit ihm gesprochen und er nicht mit ihr. Und doch kommt es ihr vor, als würde sie ihn schon lange kennen.

Ein alter Traum, der plötzlich zum Leben erwacht ist.

Ein alter Alptraum.

Sie stutzt, als ihr auffällt, dass die Muscheln zu schwingen aufgehört haben. Obwohl das Fenster noch immer gekippt ist, hängen sie vollkommen unbewegt. In der spiegelnden Scheibe dahinter sieht sie die Küchenschränke. Wirr und verzerrt. Das Glas mit dem Lotus. Die Wand. Kein Laut dringt an ihr Ohr. Die Luft ist von einem Augenblick auf den anderen dick wie Watte.

Sie weiß genau, was das bedeutet.

Den meisten Menschen geht ein Geräusch voraus. Einigen wenigen hingegen ein Vakuum. Als würde die Tarnung dieser Menschen sämtliche Energie aus ihrer unmittelbaren Umgebung aufsaugen.

Kaylin fühlt, wie sich die feinen Härchen in ihrem Nacken sträuben. Sie weiß ganz genau, wer da kommt.

*Deine Augen können dich täuschen.*

*Deine Ohren können dich täuschen.*

Aber die Muscheln … Die Muscheln lügen nicht!

Langsam, wie in Zeitlupe, dreht sie sich um.

In der Tür steht Thien. Sein Gesicht ist leichenblass. Er hält ein Smartphone in der Hand. Und in der anderen einen Zettel.

Einen winzigen Augenblick lang denkt sie tatsächlich, dass er sie verraten und Chang gerufen hat.

Er bemerkt ihren Blick, und sie erkennt ihren Irrtum.

Für mehr ist keine Zeit.

Mit einem leisen Nicken bedeutet er ihr aufzustehen. Sie fühlt den Zettel in ihrer Hand, als er sie flüchtig an sich drückt. Dann zieht er sie in die Diele.

Es ist stockfinster. Die alten Dielen knarren.

Kaylin kann kaum etwas erkennen, aber sie spürt Thiens warme Hand zwischen ihren Schulterblättern.

Er öffnet die Tür zum Bad und schiebt sie hinein. Dann drückt er ihr eine Tasche in die Hand, von der sie nicht sagen kann, wo er sie so schnell herhat. Wann er sie gepackt haben soll, ist ihr ein Rätsel. Aber er war schon immer umsichtig. Vorausschauend. Ein Mann, der alle Möglichkeiten auf der Rechnung hat.

Seine Augen leuchten sie durch die stickige Dunkelheit hindurch an wie glühende Kohlen. *Das Fenster!*

Sie nickt, obwohl sie nicht sicher ist, dass er es sehen kann. Unsere Augen können uns täuschen ...

Und jetzt knarrt endlich auch die Treppe. Minimal nur. Aber sie wissen beide, was das heißt.

*Geh!*

Sie zögert.

Doch die Kraft seines Blickes ringt ihren Widerstand nieder. *Sofort!*

Das nächste, was sie wahrnimmt, ist die Tür, die sich hinter ihm schließt, und ein milder Westwind, in dem ein erster Hauch des nahenden Frühlings schwebt ...

## 13

Frankfurt, Addickesallee, 19.31 Uhr

Der Anruf kam, als das Präsidium bereits in Sichtweite war.

»Ich habe hier jemanden, der vielleicht als ehemaliger Hauslehrer infrage käme«, meldete Decker, kaum dass Zhou den Anruf entgegengenommen hatte. »Ein gewisser Thien Liming oder Liming Thien.« Seine Unsicherheit war selbst auf diese Entfernung zu spüren.

Zhou lächelte. Aber sie sprang ihm nicht bei.

»Er arbeitet als Übersetzer für verschiedene Firmen und hat einen Lehrauftrag am Institut für Translations-, Sprach- und Kulturwissenschaft der Mainzer Uni. Wohnt allerdings in Frankfurt.«

»Wo?«, fragte Em aufgeregt.

»In der Moselstraße.« Er nannte die genaue Adresse. »Nach meinen Informationen lebt er seit sieben Jahren in Deutschland. Vorher war er fünfeinhalb Jahre in der Schweiz.«

»Nichts wie hin«, entschied Em und bog in eine Seitenstraße ein, um zu wenden.

»Es gibt keine Garantie dafür, dass er euer Mann ist«, warnte Decker.

»Schon klar«, beruhigte sie ihn. »Aber einen Versuch ist es allemal wert.«

»Tut mir leid, dich ausgerechnet jetzt damit belästigen zu müssen, aber Makarov will euch sprechen.« Sein Seufzen ließ keinen Zweifel daran, dass die Sache dringend war. »Er hat in der letzten halben Stunde schon mehrfach nach euch gefragt.«

Em machte eine wegwerfende Handbewegung.

»Hast du gehört?«

Sie grinste. »Ja.«

»Und?«

»Zuerst checken wir diesen Thien Dingenskirchen«, entschied sie. »Den Anschiss können wir uns auch später abholen.«

»Warum habe ich mir gedacht, dass du so was sagen würdest?«

»Wenn Makarov dich fragt, sag ihm einfach, dass du uns nicht erreicht hast.«

Decker lachte. »Das wird er mir nicht glauben.«

»Wieso nicht?«, blaffte Em. »Du bist doch ein so versierter Lügner. Also denk dir gefälligst was aus!«

Neben ihr zog Zhou die Brauen hoch, doch Em hütete sich, ihr von dem Gespräch auf dem Flur zu erzählen. Schlimm genug, dass ihre Partnerin in Bezug auf Julia recht behalten hatte. Da musste sie ihr nicht auch noch unter die Nase reiben, dass sie so tief gesunken war, Decker davon zu erzählen. »Hast du sonst noch irgendetwas über diesen Thien?«

Er gab einen unbestimmten Laut von sich. »Wie gesagt übersetzt er hin und wieder für verschiedene kleinere und mittelständische Unternehmen.«

»Auch für die Klatts?«, fragte Zhou.

»Ich habe in Klatts Bankunterlagen zumindest keine entsprechende Transaktion gefunden.«

»Thien Liming ist Freiberufler«, gab Em zu bedenken. »Vielleicht gibt er nicht alle seine Einkünfte beim Finanzamt an.«

»Möglich«, räumte Decker ein. »Er hat übrigens noch Familie in China, der er regelmäßig Geld schickt.«

»Das würde auch erklären, warum er in so einer Gegend wohnt«, nickte Zhou, als ihre Partnerin in die Taunusstraße einbog.

»Du meinst, er spart das Geld an anderer Stelle ein?«, fragte Decker.

Sie zuckte die Achseln. »Das machen viele so.«

»Lebt er allein?«, fragte Em.

»Laut meinen Unterlagen ja.«

Sie nickte und sah sich nach einer Parklücke um. Die Hausnummer, die sie suchten, war noch ein Stück entfernt, aber sie wollte kein Aufsehen. Schon gar nicht, wo sie nicht einmal sicher sein konnten, dass es sich um den richtigen Mann handelte.

Wenn Kaylin hier ist oder herkommt, muss sie auf der Hut sein, dachte Em unbehaglich. Bei Tag mochte nicht viel passieren. Aber nach Einbruch der Dunkelheit, wenn das Nachtleben erwachte …

Sie schob den Gedanken beiseite und quetschte sich in die winzige Lücke zwischen einem Lieferwagen mit verspiegelten Scheiben und einem altersschwachen Honda.

Zhou warf ihr einen anerkennenden Blick zu und stieg aus. »Da hinten«, sagte sie. »Das Haus mit den Klinkern.«

Em ging voran. Sie fanden schnell heraus, dass die Wohnung, die sie suchten, im Hinterhaus lag. Ein schäbiges kleines Gebäude, dessen Erdgeschossfenster mit Brettern vernagelt waren. In der ersten Etage jedoch brannte Licht. Eines der beiden Fenster stand auf Kipp. Offenbar war Thien Liming zu Hause.

Zhou war ihrem Blick gefolgt. »Klingeln wir?«

Em nickte. Auf dem Schild neben der Tür stand kein Name. Aber es gab nur diese eine Klingel. Also klingelte sie.

Während sie warteten, fiel ihr auf, dass die alte Haustür noch eine Klinke hatte, und nur mit Mühe widerstand sie der Versuchung auszuprobieren, ob sie sich öffnen ließ.

»Da tut sich nichts«, konstatierte Zhou, die einen Schritt zurückgetreten war und wieder hinauf zu den Fenstern blickte.

»Vielleicht ist er essen gegangen«, schlug Em vor, während sie ein weiteres Mal auf die Klingel drückte. »Im Vorderhaus ist ein Dönerladen.«

»Zwei junge Araber und eine Frau mittleren Alters«, widersprach Zhou und stellte damit einmal mehr ihre außergewöhnliche Beobachtungsgabe unter Beweis.

»Vielleicht hört er schlecht«, gab Em mit einem Anflug von Ärger zurück. »Oder er hat einfach keinen Bock auf Besuch.«

»Hoffentlich …«

»Sie denken, ihm könnte etwas passiert sein?«

Anstelle einer Antwort hob Zhou hilflos die Schultern. Ihre Kohleaugen klebten noch immer an der schmutzigen Fassade, als könnte sie diese mit ihren Blicken durchdringen, wenn sie sich nur genug konzentrierte.

Aber sie hat recht, dachte Em. Ich habe auch ein mieses Gefühl … »Wir sollten besser nachsehen«, sagte sie und legte eine Hand auf die Klinke.

Zhou riss den Blick von Thien Limings hell erleuchteten Fenstern los. »Das dürfen wir nicht einfach so.«

Em verdrehte die Augen. »Sagt wer?«

»Sagt die Vorschrift.«

»Zum Teufel mit der verdammten Vorschrift.«

»Ja, einverstanden«, entgegnete Zhou. »Nur tun wir uns keinen Gefallen, wenn irgendein Anwalt später alles für ungültig erklärt, nur weil wir …«

»Warten Sie!«, unterbrach Em. »Haben Sie das gehört?«

»Was?«

»Also, wenn Sie mich fragen, hat da eindeutig jemand um Hilfe gerufen.«

Zhou zog die Stirn kraus. »Ich habe …«

»Doch«, fiel Em ihr ein zweites Mal ins Wort. »Haben Sie.« Sie neigte den Kopf und wies auf die Rückfront des Vorderhauses. Die wenigen Fenster, die auf den Hof hinausgingen, waren dunkel. Die meisten von ihnen hatten überdies Milchglasscheiben.

Keine Fenster, keine Beobachter.

Keine Beobachter, keine Zeugen ...

»Jaaaaa«, nickte Zhou, die verstand, worauf sie hinauswollte. »Jetzt, wo Sie das sagen, höre ich es laut und deutlich.«

Em grinste. »Na, dann los!«

Sie drückte auf die Klinke und erschrak, als sich die Haustür mühelos ins Innere des Gebäudes öffnete.

*Würde man in einer Gegend wie dieser die Tür auflassen?*, las sie in den Augen ihrer Partnerin.

Sie schüttelte den Kopf. *Kaum ...*

Zhou hatte bereits eine Hand am Waffenholster.

Em tat es ihr gleich. Dann trat sie in den düsteren Hausflur.

Der gesamte Treppenaufgang war finster wie eine Gruft. Und leider roch er auch so. Em fröstelte. Die schmale Treppe war aus Holz und knarrte unter ihrem Gewicht, als sie die erste Stufe in Angriff nahm. Sie drehte sich um und gab Zhou zu verstehen, dass sie sich hinter ihr halten sollte. Dann ging sie weiter. Nach und nach mischten sich neue Gerüche in die dumpfe Treppenhausluft. Gewürze. Gekochtes Gemüse. Ruß. Durchaus möglich, dass dieses Haus noch eine Ofenheizung besaß. Allerdings schien die Treppe regelmäßig geputzt zu werden. Die Stufen waren ausgetreten, aber sauber.

Nach zweimal zwölf Stufen standen sie vor Thien Limings Wohnungstür. Die Treppe führte noch weiter hinauf, doch über ihnen war alles dunkel und still.

Trotzdem hatte Em für einen flüchtigen Moment das Gefühl, dort eine Bewegung wahrzunehmen. Ein Huschen, kaum mehr als ein Wimpernschlag.

*Was ist?*, fragte Zhou stumm.

Ems Kinn wies nach oben. *Haben Sie das gesehen?*
*Was meinen Sie?*
Also nicht ...
Vermutlich der Stress, dachte Em und konzentrierte ihre Aufmerksamkeit wieder auf die Wohnungstür vor sich. Eine letzte kurze Verständigung. Dann klopfte sie laut und vernehmlich gegen das Holz. »Thien Liming? Sind Sie da?«
Keine Antwort.
»Hallo! ... Irgendwer zu Hause?«
Ihre Stimme verfing sich zwischen den niedrigen Decken. Und wieder hatte Em das bange Gefühl, als stünde da jemand auf dem Absatz über ihnen. Nicht, dass sie etwas hörte. Aber da war irgendeine Art von Präsenz. Etwas, das sie nicht deuten oder gar fassen konnte, das aber trotzdem da war.
*Eine Präsenz!*
Du klingst wie Luke Skywalker, schalt sie sich, während ihre Augen den Lauf ihrer Waffe suchten. Niemand könnte sich auf diesen Dielen bewegen, ohne ein Geräusch zu machen. Nicht einmal eine Ratte ...
Seltsamerweise wandte in diesem Augenblick auch Zhou den Kopf.
Em sah die Irritation in ihren Augen wie ein Signal in der Dunkelheit. Und eine Frage. *Ist da was?*
Sie schüttelte den Kopf. *Ich denke nein.*
*Sicher?*
Nein, dachte Em. Sicher bin ich mir nicht ...
Die Wohnungstür hatte einen Drehknauf. Durch den Glaseinsatz fiel ein fernes Licht, vermutlich aus einem der angrenzenden Räume. Der Flur selbst war dunkel.
»Herr Liming? ... Polizei!« Ihre Finger schlossen sich um den kühlen Knauf. »Bitte öffnen Sie, wir hätten Sie gern kurz gesprochen.«

*Keine Chance*, las sie in den Augen ihrer Partnerin.

Em nickte. Dann eben anders ... »Nicht erschrecken«, rief sie völlig blödsinnig. »Wir kommen jetzt rein.«

Sie drehte den Knauf um, und die Tür sprang auf.

Im selben Augenblick roch sie das Blut. Ein dumpfer metallischer Geruch, der drohend in der schmalen Diele hing, allem Anschein nach frisch.

»Scheiße!«, fluchte Em und kniete sich neben die zierliche Gestalt, die mit dem Gesicht nach unten in der Tür zur Toilette lag. Zugleich blitzten die alten Bilder wieder auf. Der schlaffe Rücken. Die trübe, rostrote Wolke, die unter dem schwerelosen Körper hervorquillt. Rot wie Mellies Haar ...

*Reiß dich zusammen!*

Ihre zitternden Finger suchten die Halsarterie. »Er lebt«, konstatierte sie. »Aber der Puls ist sehr schwach.«

»Wir brauchen einen Krankenwagen«, schrie Zhou in ihr Smartphone. »Sofort.«

Em bekam die Reaktion der Kollegen nicht mit. Zu sehr war sie mit dem beschäftigt, was sie irgendwann gelernt und abgespeichert hatte und was jetzt ganz von allein in ihr Bewusstsein zurückkehrte. Ein beruhigender Automatismus. Behutsam drehte sie Thien Liming auf den Rücken. Seine Augen waren geschlossen, das Gesicht wirkte ruhig und befremdlich entspannt. Fast so, als ob der Mann lediglich schliefe. Doch dann bemerkte sie die feine rote Linie auf seinem Hemd.

Die Knöpfe sprangen in alle Richtungen weg, als sie den Stoff auseinanderriss. Und tatsächlich: Unterhalb des linken Rippenbogens war eine Wunde. Sie war schmal, kaum mehr als zweieinhalb, drei Zentimeter breit. Aber tief.

»Sieht nach einem Dolch oder Stilett aus«, flüsterte Zhou hinter ihr.

Automatisch musste Em an Sissi von Österreich denken. Die echte, nicht die aus dem Film. Sie war bei einem Attentat in Genf ums Leben gekommen, nachdem ihr ein italienischer Anarchist während eines Spaziergangs eine präparierte Feile ins Herz gestochen hatte. Die Wunde war so klein gewesen, dass man sie zunächst nicht weiter ernst genommen hatte. Doch nur wenige Stunden später war die Kaiserin ihren schweren Verletzungen erlegen. Im Hotel Beau-Rivage, wo neunundachtzig Jahre später in einer Badewanne auch die Leiche Uwe Barschels gefunden wurde …

»Em!«, riss Zhous entsetzter Aufschrei sie aus ihren Gedanken.

»Was?«

»Sehen Sie sich seine Finger an!«

Ems Augen wanderten von der Brust des Chinesen zu dessen Armen und weiter abwärts, zu den Händen. »Oh, mein Gott!«

»Ja«, flüsterte Zhou atemlos. »Irgendwer hat Thien Liming gefoltert. Und wer immer das war: Er beherrscht ein paar sehr unschöne Techniken.«


## 14


Polizeipräsidium Frankfurt, Büro Makarov, 20.35 Uhr

»Lassen Sie mich das zur Sicherheit noch einmal zusammenfassen.« Makarovs Gesicht war weiß vor Wut. »Sie ermitteln im Fall eines Doppelmordes, aber anstelle eines Motivs oder wenigstens eines Verdächtigen bescheren Sie mir ein verschwundenes Kind, einen halb toten Chinesen, einen wutschnaubenden Anwalt und eine Horde aufgebrachter BKA-Leute, die damit drohen, mir die Innenrevision, den Polizeipräsidenten, den Bürgermeister und Was-weiß-ich-wen-sonst-noch-alles auf den Hals zu hetzen, falls ich Sie nicht umgehend bändige. Und das Einzige, was Sie dazu zu sagen haben, ist, dass Sie irgendwie so ein komisches Gefühl hatten?«

»Ich bin ...«, setzte Em an, doch ihr Boss unterbrach sie gleich wieder.

»Ich will nichts hören. Haben Sie den Bericht für Ensslin fertig?«

»Nein, ich ...«

»Wieso nicht?«

»Weil der Bericht an Ensslin erst morgen Mittag fällig ist und ich ...«

»Heute Abend, Capelli!« Sein Zeigefinger hieb auf die Tischplatte ein, dass man fürchten musste, er würde jeden Augenblick durch das Holz stoßen. »Und es ist mir scheißegal, ob Sie Feierabend haben oder müde sind oder eigentlich viel lieber ins Kino wollten. Sie gehen hier erst raus, wenn der Bericht geschrieben und verschickt ist. Und zwar an Ensslin *und* an mich. Haben wir uns verstanden?«

»Aber Thien Liming ...«

Sein Zeigefinger schnellte vor wie der Kopf einer Schlange. »Können Sie Thien Liming in irgendeinen Zusammenhang mit dem Doppelmord im Plaza bringen?«

»Nein, aber ...«

»Können Sie beweisen, dass er Kaylins Lehrer war oder zu ihr Kontakt hatte?«

»Bislang nicht. Aber ...«

»Haben Sie irgendeinen Hinweis darauf, dass das Mädchen in Thien Limings Wohnung war?«

»Ja.«

»Welchen?«

Em tauschte einen Blick mit ihrer Partnerin. »In der Spüle stand benutztes Geschirr von zwei Personen.«

Makarov lachte höhnisch auf. »Dann hatte Herr Liming eben Gäste. Oder er spült nur, wenn es sich mengenmäßig auch lohnt.« Er angelte sich einen Stift aus dem Köcher auf seinem Schreibtisch und setzte einen wütenden Haken unter irgendein Dokument. »Das machen viele Leute so. Ich zum Beispiel.«

Em versuchte vergeblich, sich ihren Boss mit aufgekrempelten Ärmeln in einer Küche vorzustellen. »Aber der Überfall ist doch ein klarer Hinweis darauf, dass ...«

»Der Einbruch mit Körperverletzung«, korrigierte Makarov umgehend. »Und als solcher fällt er nicht in unsere Zuständigkeit.«

Em sprang von ihrem Stuhl auf. »Machen Sie Witze?«

Der Blick, den er ihr zuwarf, war absolut vernichtend. »Glauben Sie mir, Capelli, *ich* bin nicht derjenige, der hier Witze reißt. Aber da Sie anscheinend so drauf stehen: Ich hätte da auch noch einen guten.« Seine Augen wieselten zwischen ihr und Zhou hin und her. »Und der geht so: Zwei junge Beamtinnen der Abteilung für Kapitaldelikte wollen einen alten Bekannten besuchen, der als Übersetzer arbeitet.«

Em hob protestierend die Hand. »Moment! Wir haben einen eindeutigen Hinweis bekommen, dass Herr Liming ...«

»Ja«, fauchte Makarov. »Nur leider wird Ihre Zeugin, nach allem, was Sie mir erzählt haben, vermutlich nicht bereit sein, ihren sogenannten Hinweis in Gegenwart des Staatsanwalts zu wiederholen, oder sehe ich das falsch?«

»Nein«, räumte Em ein. »Vermutlich nicht.«

»Na also.«

»Wir müssen vorsichtig sein, wie wir in diesem Fall mit

Zeugen wie ...«, startete sie einen neuen Versuch, doch ihr Boss stürzte sich auf ihre Worte wie eine ausgehungerte Hyäne auf einen Kadaver.

»Sehr richtig, Capelli! Sie beide müssen verdammt vorsichtig sein!«

»Ich meinte ...«

»Nein, ernsthaft: Das mit der Vorsicht war der erste vernünftige Satz, den Sie heute Abend von sich gegeben haben.«

»Aber ...«

Er funkelte sie an. »Mein Witz ist noch nicht zu Ende.«

Em stöhnte und wandte den Blick ab.

»Besagte Nachwuchsermittlerinnen besuchen also einen befreundeten Übersetzer. Aber als sie vor dessen Haustür ankommen, hören sie plötzlich jemanden um Hilfe rufen.« Makarovs wulstige Lippen verzogen sich zu einem sarkastischen Lächeln. »Nur leider sagt der Arzt, dass Thien Liming bei dem vorliegenden Verletzungsbild überhaupt nicht in der Lage war, um Hilfe zu rufen. Und leider wohnt außer ihm auch sonst niemand in dem besagten Hinterhaus, der hätte um Hilfe schreien können.« Seine Augen fixierten sie. »Also, wenn das nicht komisch ist, dann weiß ich's auch nicht!«

»Hilferufe hin oder her, wir haben recht daran getan, nach Herrn Liming zu sehen«, versuchte sich ausnahmsweise Zhou an einem Einwand. »Immerhin befand er sich zum Zeitpunkt unseres Eintreffens in akuter Lebensgefahr und ...«

»Kommen Sie mir nicht so!«, herrschte Makarov sie an. »Sie beide haben Mist gebaut. Und ich rate Ihnen dringend, in sich zu gehen. Vielleicht kommt Ihnen ja doch noch eine Idee, wie Sie sich aus dieser Nummer einigermaßen glaubhaft wieder herauswinden können.« Seine Miene ließ keinen Zweifel daran, dass sie diesbezüglich nur ein Wunder retten konnte, und jenseits ihrer Wut begann es Em langsam, aber sicher zu dämmern, dass sie in ernstzunehmenden Schwierigkeiten steckten.

»Sobald Thien Liming aufwacht, wird sich alles zu unseren Gunsten klären«, versuchte sie, sich an einer unbestreitbaren Tatsache aufzurichten.

»Sie haben doch gehört, was die Ärzte sagen.« In Makarovs Wieselaugen lag ein Ausdruck, der ihr zu denken gab. Und für einen Moment schien er nicht einmal mehr wütend. Nur besorgt. »Dass Herr Liming in den nächsten Tagen zu Bewusstsein kommt, ist höchst unwahrscheinlich – wenn er überhaupt so lange am Leben bleibt.«

Em presste frustriert die Lippen aufeinander. Diese Einschätzung entsprach leider der Wahrheit, wie sie wusste. Und auch in Zhous Kohleaugen gewann die Resignation allmählich die Oberhand.

Makarov sah es und stemmte entschlossen die Fäuste in seine nicht vorhandene Taille. »Hören Sie auf, Ihre Karrieren zu gefährden, alle beide.« Sein Blick blieb an Em hängen, und mit einem Mal war er ganz ruhig. »Und jetzt suchen Sie sich ein schönes, ruhiges Plätzchen und stimmen sich mit Ihrer Partnerin ab. Und ich rate Ihnen: Stimmen Sie sich genau ab. Wer wann was wo gesehen oder gehört hat. Oder von mir aus auch nicht gehört hat. Wer sich an was erinnert. Und nachdem Sie das geklärt haben, setzen Sie sich an Ihren Schreibtisch und tippen den verdammten Bericht.«

Em hob den Zeigefinger wie in der Schule. Die Wut und Enttäuschung der letzten Stunden machten sie zunehmend wagemutig. Etwas, mit dem sie sich erfahrungsgemäß keinen großen Gefallen tat. Aber sie wusste auch nicht, wie sie das ändern sollte. »Ich hätte da einen Gegenvorschlag.«

Makarov kniff argwöhnisch die Augen zusammen. »Was für einen Gegenvorschlag?«

»Wie wär's, wenn ich einfach den Bericht des BKA abwarte, mir durchlese, was ich gesehen und gehört habe, und mich dann erinnere?«

Ihr Vorgesetzter verzog keine Miene. »Sie verkennen da ein paar Dinge ganz grundlegend, Capelli.« Der Klang seiner Stimme hätte mühelos Glas zerschnitten. »Aber anscheinend hat es im Augenblick auch wenig Zweck, sich mit Ihnen darüber auseinanderzusetzen. Also verschwinden Sie jetzt an Ihren Schreibtisch und fangen Sie an zu tippen. Und Sie ...« Er wandte sich an Zhou. »Sie machen Schluss für heute.«

»Aber wir sollten doch ...«

»Vergessen Sie's, okay? Fahren Sie heim und nehmen Sie ein Bad. Oder tun Sie von mir aus, was Sie wollen. Aber machen Sie sich auf der Stelle unsichtbar.«

Zhou sah erst ihn an. Dann Em. *Ist das sein Ernst?*

*Tun Sie's lieber*, gab Em stumm zurück.

Zu mehr war keine Zeit, denn Makarov hatte zu seiner alten Rage zurückgefunden. »Es genügt vollauf, wenn einer von Ihnen beiden hier ist und diesen himmelschreienden Unsinn zu Protokoll gibt, falls es dem BKA einfallen sollte, uns noch heute Abend mit einem Besuch zu beehren. Und bevor Ihr Bericht über diesen grandiosen Einsatz nicht bis ins letzte Komma ausformuliert, wasserdicht und abgeschickt ist, will ich Sie beide nicht mehr zusammen sehen. Weder hier noch woanders, ist das klar?«

Em nickte.

Zhou tat gar nichts.

Unter den gegebenen Umständen war das allerdings mehr als genug, um Makarovs Argwohn zu erregen. »Kommen Sie bloß nicht auf dumme Gedanken«, schnappte er. »Die Böcke, die Sie in diesem Fall bereits geschossen haben, reichen wahrhaftig für die nächsten zehn Jahre. Und ganz ehrlich«, seine Augen spießten sie förmlich auf. »Sie sind wirklich die Letzte, von der ich so etwas erwartet hätte.«

Zhou erwiderte seinen Blick mit erstaunlicher Gelassenheit. »Was genau?«

»Sie wissen, was ich meine.« Er rang wütend nach Luft. »Ich habe Ihre Versetzung in diese Abteilung nicht ohne Grund befürwortet, obwohl es durchaus Bewerber gab, die über weitaus mehr …« Als ihm klar wurde, dass er drauf und dran war, richtig viel Porzellan zu zerschlagen, geriet er spürbar ins Schleudern. »… die über weit mehr Erfahrung verfügen«, rettete er sich schließlich auf eine mehr oder weniger unverfängliche Formulierung, doch Em konnte sehen, dass Zhou ihm die nicht abnahm.

Sie stand ganz still, wie eine Salzsäule, und strahlte eine ungeheure Stärke aus.

»Herrgott noch mal, ich habe wirklich und wahrhaftig gedacht, dass Sie das Zeug hätten, sich gegen Ihre Partnerin zu behaupten«, setzte Makarov gleich noch eins obendrauf. »Und dass mit Ihnen ein Hauch von Vernunft in dieses … dieses sizilianische Chaos käme. Aber leider hat …«

Aus den Augenwinkeln sah Em, wie ihre Partnerin einen Schritt auf ihn zutrat. Wie schon bei der vorausgegangenen Besprechung waren es nur wenige Zentimeter, doch die genügten, um Makarov zum Schweigen zu bringen. »Was ist?«, blaffte er, unwillig wie immer, wenn er sich in die Ecke gedrängt fühlte.

»Ich bin durchaus in der Lage, mich zu behaupten.« Ihr Ton war noch immer vollkommen ruhig. »Und Thien Liming zu retten, war meiner Ansicht nach das Vernünftigste, was wir in dieser Situation tun konnten. Das ist alles, was ich dazu zu sagen habe.« Sie wandte sich ab und ging zur Tür. Dort drehte sie sich noch einmal um. »Tut mir leid, dass ich Sie enttäuscht habe«, sagte sie.

Im nächsten Moment fiel die Tür hinter ihr ins Schloss.

# VIER

*Was du dir wünschst,
kannst du nur in deinen Träumen sehen.*
Xin Chenxi, Schülerin der Tagou-Schule,
in dem Film »Drachenmädchen«

# I

Franziskanergymnasium Kreuzberg, Frühling 1998

»Em?«

»Ja?«

»Gib mir deine Lampe.« Sie spricht ganz ruhig, und doch ist es sofort wieder da, dieses Gefühl, das ihr inzwischen so vertraut ist wie ein alter Pulli. Eine merkwürdige Mischung aus Mitleid und Anspannung, einer Ahnung von Bedrohung.

»Wozu? Wo ist deine?«

»Ich habe keine gemacht.«

Sie hatten vier Wochen Zeit für diese Arbeit. Thema: Deute einen Alltagsgegenstand zum Designobjekt um.

Em kann Kunst nicht besonders leiden. Aber sie hat Mathe ein bisschen arg schleifen lassen, und jetzt muss sie zusehen, dass sie einen Ausgleich schafft. Und Bildende Kunst ist ein Fach, in dem man punkten kann, wenn man sich ein bisschen Mühe gibt.

»Sie ist toll …« Mellies Finger streichen über das sauber verlötete Drahtgeflecht im Inneren der ausrangierten Wäschetrommel. Ein kleines Meisterstück, weit besser als alles, was Em bislang im Kunstunterricht zustande gebracht hat.

»Danke.«

Die Finger schließen sich fester um den Fuß, aus dem das Kabel heraushängt. Ihre Hände sind übersät mit kleinen Wunden, verschorft, wieder aufgerissen, erneut verheilt.

Kein Zweifel: Mellie hat Probleme. Und das lässt sie ihre Umwelt auch wissen. »Glaubst du, das wird eine Eins?«

»Ich hoffe es.« Ems Lachen klingt hohl. Der Flur stinkt nach Linoleum und Schweiß. »Ich kann eine brauchen.«

»Ich auch.«

Das stimmt. Sie hat viel gefehlt im letzten Jahr. Noch häufiger als in den drei Jahren davor. Neue Probleme. Eine neue Therapie. Angeblich sogar ein Suizidversuch. Das Verständnis der Schulleitung ist lange am Ende. Genau wie die Nerven ihrer Eltern.

»Warum fragst du die Götze nicht, ob du eine Woche mehr bekommst?«

Das kalte Neonlicht liegt wie Frost auf dem Gesicht des Mädchens. Doch ihre Haare sind so rot wie eh und je. »Sie kann mich nicht leiden.«

»Quatsch.«

Das hält sie offenbar nicht einer Antwort wert. Ihre Hände sind noch immer um den Fuß der Lampe geschlossen. So fest, wie Em ihr Handgelenk umklammert hat, damals am See. Wenn Mellies Ärmel hochrutscht, kann man noch immer die roten Stellen sehen. Vier Jahre danach. Als wollte selbst noch ihre Haut sagen: Es ist nicht vorbei.

»Wenn du willst, frage ich sie für dich.«

»Nicht nötig.« Sie steht ganz still, doch tief in ihren Augen geschieht etwas. Genau wie damals auf dem Schulhof. Bei ihrem Wiedersehen unter den Kastanien.

Etwas, das ungut ist. Doch die Erfahrung hat Em gelehrt, dass sie nicht ändern kann, was mit Mellie passiert. Vier endlos lange Jahre hat sie die Spielchen, die ihr aufgezwungen wurden, mitgespielt. Sie hat sich wegsperren lassen in den Kerker ihres schlechten Gewissens. Sie hat gelogen, getäuscht, Hausaufgaben geteilt, Verabredungen abgesagt und Strafen eingesteckt für Dinge, die sie niemals getan hat. Sie hat das Unverständnis ihrer Lehrer mit derselben stumpfen Ergebenheit in Kauf genommen wie die Sanktionen ihrer Eltern. Aber diese Lampe ... Sie nimmt die Schultern zurück und hebt den Kopf. Diese Lampe gehört ihr ganz allein!

Mellie spürt ihre Entschlossenheit und lässt den Fuß los. So plötzlich, dass Em Mühe hat, nicht auf dem Hintern zu landen. »Ich dachte, du wärst meine Freundin ...«

»Das bin ich.«

Doch Mellie hat sich bereits umgedreht.

Em sieht ihr nach, wie sie langsam und müde den langen Flur entlanggeht und schließlich in der Toilette am Ende des Ganges verschwindet.

Wenige Minuten später bleibt Mellies Platz neben der Heizung leer. Ein Umstand, der in Em leises Unbehagen wachruft. Ein diffuses Gefühl von Bedrohung.

Ihre Lampe erntet viel Lob, doch im selben Moment, in dem sie weit in der Ferne das nahende Martinshorn hört, weiß sie, dass sie sich über die verdiente Eins nicht mehr wird freuen können ...

2

Polizeipräsidium Frankfurt, Büro Capelli, 21.07 Uhr

Ems Augen klebten an der Schreibtischlampe, die ihre Kollegen ihr zum fünfundzwanzigsten Geburtstag geschenkt hatten. Sie war im Stil der typischen Art-déco-Bankerlampen gestaltet, mit Messingfuß, stoffumketteltem Stromkabel und grünem, schwenkbarem Schirm. Ein gut gemeintes und obendrein durchaus kostspieliges Präsent, das ihrer Vorliebe für alte Filme und Nostalgie Rechnung trug. Und doch begegnete sie der Lampe, seit sie da war, mit einer gewissen Zurückhaltung und Skepsis.

Seltsam, dachte sie, während sie den Blick widerwillig wieder auf das Dokument richtete, das vor ihr auf dem Bildschirm flimmerte. Es gibt Dinge, die verfolgen dich ein Leben lang. Ob du willst oder nicht. Lampen. Seen. Brombeeren. Sie seufzte. Noch immer genügte der bloße Geruch der dunkellila Früchte, und sie musste sich übergeben. Wann es angefangen hatte, konnte sie nicht sagen. Aber es war definitiv etwas, das sie nicht unter Kontrolle hatte. Genauso wenig wie das Schicksal jenes Mädchens, das sich nach einem einzigen Ausflug mit ihr einfach nicht mehr in den Griff bekam.

Mellie ...

Allein der Name bereitete ihr ein dumpfes Unbehagen, weil er für alles stand, was sie ratlos machte. Ratlos gegenüber der Verantwortung, die sie angeblich trug. Aber auch gegenüber ihren eigenen Reaktionen. Wieso war sie überhaupt in der Lage, mit einem so grausigen Erlebnis ohne fremde Hilfe zurechtzukommen? War sie so abgestumpft und gefühllos, dass sie das einfach so wegsteckte? Und warum träumte sie seither von Mellie und nicht von dem misshandelten Jungen?

Bei ihrem Sprung aus dem Toilettenfenster hatte sie sich schwere Trümmerbrüche in beiden Beinen zugezogen. Noch vom Krankenhaus aus hatten ihre Eltern ihre Einweisung initiiert. Stationäre Psychotherapie. Zwei ganze Jahre lang. Irgendwann hatte Mellie dann wieder auf dem Schulhof gestanden. Seltsam gealtert, die Arme vernarbt, wie ein böser Geist, den man einfach nicht loswird.

Doch dieses Mal war der Spuk nur von kurzer Dauer gewesen. Wenig später hatte die rothaarige Mellie ihre schulische Laufbahn und die damit verbundenen Versuche, in ein geregeltes Leben zurückzukehren, endgültig ad acta gelegt. Drogen, Entzug, die falschen Freunde und ein ungewolltes Kind – aus der Distanz hatte Em ihr Schicksal in den nächsten Jahren weiterverfolgt. Ein paarmal waren sie einander noch über den Weg gelaufen, zuletzt vor etwas mehr als zwei Jahren, als Mellie Ems Hilfe in einer Strafsache ersucht hatte. Em hatte sich die Akte angesehen und herausgefunden, dass ihre alte Klassenkameradin in diesem Fall tatsächlich nur am Rande beteiligt gewesen war. Also hatte sie sich eingemischt, Mellie war mit einem blauen Auge davongekommen, und Em hatte ihr zum Abschied eine Karte mit den Kontaktdaten von Sebastian Koss in die Hand gedrückt.

Der Polizeipsychologe war einer der wenigen auf diesem Gebiet, denen sie vertraute. Nicht zuletzt, weil er ihrer Meinung nach weder abgehoben war noch übertriebenes Verständnis an den Tag legte. Er gehörte nicht zu den Leuten, die jedes Fehlverhalten und jede Aggression mit einer posttraumatischen Belastungsstörung oder dergleichen erklärten und den Betroffenen damit jegliche Eigenverantwortung für ihr Handeln absprachen.

»Vielleicht redest du einfach mal mit ihm«, hatte sie vorgeschlagen. »Er ist wirklich gut und kann dir bestimmt raten.«

Mellie hatte die Karte in die Tasche ihres verdreckten Parkas geschoben und war gegangen. Ohne Gruß. Und ohne ein einziges Wort.

»Um jemandem helfen zu können, muss dieser Jemand die Hilfe auch annehmen wollen«, hatte Koss ihr erklärt, als Em ihn ein paar Wochen später auf die Sache angesprochen hatte.

»Oh, aber sie will ja Hilfe«, hatte sie widersprochen. »Seit wir zehn sind, erwartet sie von mir, dass ich ihr helfe.«

»Nein«, hatte Koss sie sanft, aber eindringlich korrigiert. »Ihre Freundin erwartet keine Hilfe, sondern sie erwartet, dass Sie für ihr verkorkstes Leben geradestehen. Das ist ein entscheidender Unterschied.«

Ems Finger wischten ziellos über den Schreibtisch. Oh ja, dachte sie, das ist es in der Tat. Die Frage ist nur: Warum hilft mir diese Erkenntnis nicht weiter? Warum, zur Hölle, kann ich noch immer keinen Junkie und kein Brombeertörtchen sehen, ohne automatisch ein schlechtes Gewissen zu haben? Das Gefühl, schuld zu sein ...

Sie seufzte und wandte sich wieder dem Formular zu, das sie ausfüllen sollte. Dem Einbruch mit Körperverletzung, wie Makarov es nannte. Doch daran glaubte sie keine Sekunde. Nein, dachte sie, das war kein Einbruch. Das war ein Überfall. Sie machte die Augen zu und stellte sich die kleine, aber gemütliche Wohnung des schwerverletzten Hochschullehrers vor. Zhou und sie waren sehr vorsichtig gewesen, um ein möglichst unversehrtes Spurenbild zu hinterlassen. Dennoch hatte das Wenige, was sie gesehen hatten, genügt, um in ihrem Kopf ein klares Bild des Ablaufs zu zeichnen: Kaylin hatte ihren alten Lehrer aufgesucht. Sie hatte den düsteren Hinterhof durchquert und war die dumpfe alte Treppe hinaufgestiegen. Ob Thien Liming gezögert hatte, seinen ehemaligen Schützling einzulassen? War er verwundert gewesen, sie so unerwartet wiederzusehen? Oder hatte Kaylin bereits zuvor Kontakt zu ihm aufgenommen und ihr Kommen angekündigt? Hatte Thien Liming sie vielleicht gar zu sich bestellt? Em sah die kleine Küche mit der abgewetzten Arbeitsplatte vor sich. Vermutlich hatten sie erst einmal eine Weile geredet und Kaylin hatte zu essen bekommen. Suppe allem Anschein nach. Suppe und Reis. Doch dann war plötzlich eine weitere Person auf der Bildfläche erschienen. Vielleicht hatte dieser Jemand geklingelt. Aber vielleicht war er – genau wie Zhou und sie – auch einfach durch die geöffnete Haustür gekommen. Allerdings schienen Kaylin und Thien die drohende Gefahr bemerkt zu haben, und Kaylin war durch das Fenster des Badezimmers geflüchtet. Em öffnete die Augen und sah wieder die Lampe an. Sie hatten sich die Gegebenheiten sehr genau angesehen. Die Fensteröffnung war eindeutig zu schmal für einen Erwachsenen, selbst wenn er so schmächtig war wie Zhou oder Thien Liming. Deshalb hatte der Killer Kaylin auch nicht so ohne weiteres folgen können. Und aus der Not heraus hatte er das Nächstbeste getan: Er hatte versucht, den schmächtigen Universitätsdozenten zum Reden zu bringen.

»Die Frage ist nur«, murmelte Em, ohne einen Blick vom Fuß der Lampe zu lassen, »ob es ihm gelungen ist ...«

Aber halt! Sie fuhr sich unwillig durch die Haare. Die Sache mit der Folter machte eigentlich nur Sinn, wenn Thien gewusst hatte, wohin Kaylin gehen wollte. Und woher hätte er das wissen sollen? Immerhin gingen sie davon aus, dass Kaylin und er durch das Erscheinen des Killers überrascht worden waren. Oder lagen sie falsch? Ihre Finger bearbeiteten konzentriert einen Haftzettel, auf dem sie sich vor Urzeiten irgendeine Telefonnummer notiert hatte. Kannte Kaylin den Mann, der sie verfolgte, gut genug, um zu wissen, dass sie einen Plan B brauchen würde? Hatten Thien und sie vielleicht gar nicht so ruhig beieinandergesessen, wie das benutzte Geschirr in der Spüle vermuten ließ? War Kaylin am Ende nur in die Moselstraße gekommen, um etwas abzuholen? Geld zum Beispiel? Oder eine Adresse?

Em lehnte sich zurück.

»Sie beide haben nicht den geringsten Beweis dafür, dass das Mädchen überhaupt dort gewesen ist«, hörte sie im Geiste bereits Makarovs durchaus berechtigten Einwand. »Ein offenes Fenster und benutztes Geschirr sind ja wohl kaum genug ...«

Stimmt, dachte Em und griff zum Telefon. »Haben Sie das sichergestellte Geschirr aus dem Einbruch in der Moselstraße schon da?«, fragte sie, nachdem sich die diensthabende Kollegin der erkennungsdienstlichen Abteilung gemeldet hatte.

»So schnell geht das nicht«, erklärte die Frau.

»Ich weiß«, sagte Em, während ihr Gedächtnis vergeblich nach einem Gesicht zu der Stimme am Telefon suchte. »Aber es wäre super, wenn Sie das als Erstes erledigen könnten.«

»Was?«

»Wir brauchen Genmaterial der Personen, die dieses Geschirr beziehungsweise das Besteck benutzt haben.« Sie hielt inne und lauerte auf ein zustimmendes Wort. Als klar war, dass sie vergeblich wartete, beschloss sie, den Druck zu erhöhen. »Die Sache hat absolute Priorität.«

*Was hier Priorität hat und was nicht, entscheide immer noch ich*, las sie aus dem Schweigen, das von einer Sekunde auf die andere wie ein Bleigewicht auf der Verbindung lag. Doch so einfach ließ sie sich nicht abspeisen! »Wir müssen wissen, ob das Mädchen tatsächlich dort war«, rückte sie kurzerhand das nächste Puzzleteilchen heraus. Und sie hatte Erfolg: Die Kollegin von der Kriminaltechnik wurde offenbar neugierig.

»Was für ein Mädchen?«

»Eine zehnjährige Chinesin, die Opfer einer Kindesentführung wurde und seither vermisst wird.« Em atmete tief durch, um sich für die nächste Kompetenzüberschreitung zu wappnen. Wenn sie so weitermachte, konnte sie sich vermutlich schon sehr bald einen neuen Job suchen! »Wir haben Grund zu der Annahme, dass das Mädchen auch Augenzeugin dieses Doppelmordes an dem Unternehmerehepaar im Plaza wurde.«

Überraschtes Schweigen. Dann die argwöhnische Rückfrage: »Von welcher Abteilung, sagten Sie, sind Sie noch mal?«

Em zerknüllte den Zettel, den sie noch immer in der Hand hielt, und beförderte ihn mit einem gezielten Wurf in den Papierkorb. »Von der, die für diesen Fall zuständig ist«, gab sie selbstbewusst zurück. »Mein Name ist Capelli.« Sie nannte ihre Dienstnummer und ihre E-Mail-Adresse. »Geben Sie mir Bescheid, sobald Sie das Material ausgewertet haben. Ganz egal, wann das ist.«

## 3

Punch and Dragon Kampfsportclub, 21.08 Uhr

Das Punch and Dragon galt als Geheimtipp unter den Frankfurter Kampfsportschulen. Die unscheinbare Backsteinfassade der ehemaligen Lagerhalle lag halb versteckt hinter einem Schuh-Outlet, und kaum jemand hätte beim Anblick der staubigen Fenster und graffitiverschmierten Wände vermutet, dass hinter diesen Mauern einige der besten Athleten der Stadt trainierten.

Zhou parkte direkt vor der Laderampe, deren hinterer Teil buchstäblich in Trümmern lag, und nahm ihre Handtasche vom Beifahrersitz. Sie war noch immer aufgewühlt von dem Gespräch mit Makarov. Aber sie war auch entschlossen. Entschlossen, sich nicht so einfach aufs Abstellgleis schieben zu lassen.

*Fahren Sie heim und nehmen Sie ein Bad...*

Nun, nach Baden stand ihr definitiv nicht der Sinn! Und in seiner Freizeit konnte ja wohl jeder tun und lassen, was er wollte.

Als sie zielstrebig auf den erleuchteten Eingang zusteuerte, kam ihr eine alte Redensart in den Sinn: Ist der Ruf erst ruiniert, lebt sich's völlig ungeniert.

Sie lächelte und war kaum durch die Tür, als sie auch schon von Kemal Bicer, ihrem langjährigen Sparringspartner, begrüßt wurde, der im vorderen Teil der Halle das Training eines jungen Latino überwachte. »Hey, Ballerina! Alles klar?«

So nannte er sie immer, und sie ließ ihn gewähren, weil sie insgeheim wusste, dass er ihr und ihrer sportlichen Leistung tiefen Respekt entgegenbrachte. »Alles bestens«, rief sie zurück. »Und bei dir?«

Anstelle einer Antwort hielt er seinen rechten Arm hoch, und erst jetzt fiel ihr auf, dass das Handgelenk bandagiert war.

»Wie hast du das denn angestellt?«

»Trainingsunfall.«

Sie zog die Stirn kraus. Immerhin war der kurdische Ex-Profiboxer dafür bekannt, dass er praktisch nie etwas abbekam. Und wenn es doch mal jemandem gelang, einen Treffer zu landen, wurde er nie ernsthaft verletzt. »Das kannst du deiner Großmutter erzählen.«

»Meine Großmutter ist tot.«

»Von mir aus auch einem von diesen aggressiven Weibern, die seit neuestem hier rumlungern und von sich behaupten, sie würden trainieren.«

Er grinste. »Redest du etwa von unserer bezaubernden Jacqueline und ihrer Freundin Michelle?«

»Wie auch immer sie heißen ...«

Sein Grinsen wurde noch breiter. »Ich weiß gar nicht, was du hast. Die sind total nett.«

»Klar. Solange man ihnen nicht aus Versehen an ihre Gel-Fingernägel kommt.«

»Sprichst du aus Erfahrung?«

»Nein, bislang sind sie klug genug gewesen, einen Bogen um mich zu machen.« Sie zwinkerte ihm zu. »Also was ist jetzt mit deiner Hand?«

»Ich hab einen Moment nicht aufgepasst.«

»Ha, ha.«

»Ehrlich.«

Er wollte nicht darüber sprechen? Okay. »Allerdings komme ich jetzt schon langsam ins Grübeln.«

»Wieso?«

Aha, neugierig war er also doch! »Ich weiß nicht, was los ist, aber meine Partnerin hat gerade eine ganz ähnliche Verletzung.«

»Ist das die, die du nicht leiden kannst?«

»Es ist die, deren Arbeit ich sehr schätze.«

»Puuhhh.«

»Wie auch immer«, winkte sie ab. »Ich bin sowieso nicht zum Training hier.«

In seinem Blick lag Erstaunen. »Sondern?«

»Ich möchte zu Liu Yun.«

Damit war seine Verblüffung perfekt. Zwar wusste er, dass der Besitzer des Clubs Zhou seit längerem beobachtete und sie in der Vergangenheit auch hin und wieder in den Genuss einer Trainingseinheit bei der »grauen Eminenz« der Frankfurter Kampfsportszene gekommen war. Doch wann immer sich Liu Yun herabließ, jemanden zu treffen, ging die Initiative dazu von ihm aus. Dass jemand daherkam und nach einer Audienz fragte, war mehr als ungewöhnlich.

»Es geht nicht ums Training«, wiederholte Zhou, die seine Irritation bemerkte. »Ich möchte ihn nur kurz sprechen.«

Kemal musterte sie eine Weile schweigend. »Ich habe keinen Schimmer, ob er da ist«, sagte er dann mit Blick auf die breite Stahltreppe, die an der Seite der Trainingshalle hinauf in den ersten Stock führte. »Aber ich kann's mal versuchen.«

»Nicht nötig«, sagte eine Stimme rechts von ihnen.

Zhou drehte sich um. »Guten Abend.«

»Hallo.« Auf Liu Yuns Allerweltsgesicht erschien ein Lächeln. Freundlich und distanziert zugleich. Gerüchte besagten, dass er eine Zeit lang Ausbilder beim britischen Geheimdienst gewesen war. Und noch so einiges mehr. Doch von den zahllosen Legenden abgesehen, die sich um den unscheinbaren Mann im grauen Anzug rankten, wusste man fast nichts über Liu Yun. Aller Wahrscheinlichkeit nach war er Chinese, und sein Alter bewegte sich vermutlich irgendwo jenseits der sechzig. Doch das war auch schon alles.

Zhou hatte immer gefunden, dass er wie eine farblose Ausgabe des Dalai Lama aussah. Dieselbe Alterslosigkeit. Dieselbe Ruhe.

»Du hast abgenommen«, konstatierte er.

Sie trug keine Trainingskleidung und obendrein eine weite Jacke, doch sie zweifelte keine Sekunde daran, dass er das trotzdem einschätzen konnte. Also sagte sie: »Stimmt. Aber nicht viel.«

»Stress?«

»Viel zu tun, ja.« Ihn anzulügen war zwecklos. So viel immerhin hatte sie in den letzten Jahren herausgefunden.

Er nickte nur. »Gehen wir.«

Kemal hob anerkennend die Brauen, als sein Boss sich auf dem Absatz umdrehte. Audienz gewährt ... »Viel Spaß«, rief er Zhou nach.

Sie hob die Hand zum stummen Gruß und folgte dem Inhaber des Punch and Dragon in einen Raum neben der Herrenumkleide, in dem sich eine Art primitives Büro befand. Schreibtisch. Computer. Aktenschrank. Dazu ein großes Aquarium mit Seewasserfischen.

Liu Yun schloss die Tür hinter sich und nahm wie selbstverständlich auf einem der beiden Besucherstühle vor dem Schreibtisch Platz. Wem das Büro tatsächlich gehörte, konnte Zhou nicht sagen. Sie wusste nur, dass sich Liu Yun selbst fast ausschließlich in den Räumen im ersten Stock aufhielt. Dort, wo die Stahltreppe endete.

»Nun?« Sein Blick war aufmerksam und durchaus nicht unfreundlich. »Was führt dich zu mir?«

»Es geht um einen Fall, den wir gerade bearbeiten«, kam sie ohne Umschweife zur Sache, um gar nicht erst den Eindruck zu erwecken, dass sie seine Zeit verschwendete. In knappen Worten schilderte sie ihm die Ereignisse der vergangenen Tage, den Überfall auf Thien Liming und Kaylins neuerliche Flucht, wobei sie es bewusst vermied, ihre internen Querelen und die Intervention des BKA zu erwähnen. »Wir müssen das Mädchen unbedingt so schnell wie möglich finden«, schloss sie. »Sonst kommt sie uns unter die Räder. Sie hat keine Erfahrung. Und eine Stadt wie diese ist kein Ort, an dem eine Zehnjährige ohne fremde Hilfe überleben kann.«

Liu Yun musterte sie schweigend. Die Freundlichkeit, mit der er sie empfangen hatte, lag noch immer auf seinen Zügen wie eine feine Lackschicht. Doch was darunter war, hätte Zhou beim besten Willen nicht sagen können. Automatisch musste sie an das Seminar denken, das sie nicht zu Ende gebracht hatten. An Deckers Lügen. Und Capellis Totalverweigerung.

*Ich sage meistens, was ich denke.*

*Und daraus folgt, dass ich meistens meine, was ich sage ...*

»Ich habe davon gehört«, riss die ruhige Stimme ihres Gegenübers sie unvermittelt ins Hier und Jetzt zurück.

»Tatsächlich?«

Seine Hand machte eine wegwerfende Geste. »Gerüchte.«

»Wir greifen nach jedem Strohhalm.«

Doch Liu Yun ging auf ihre unausgesprochene Bitte nicht ein. Stattdessen fragte er: »Was genau erhoffst du dir von mir?«

»Ich weiß es nicht«, antwortete Zhou. »Wir haben nicht die geringste Ahnung, wo wir suchen sollen. Und so wie die Dinge liegen, haben wir auch keine Chance, jemanden zu fragen, der es wissen könnte.«

Die schmale Falte zwischen seinen Brauen vertiefte sich.

»Wir wissen praktisch nichts über das Mädchen«, erklärte sie mit einem resignierten Schulterzucken, »und leider kommen unsere Ermittlungen auch noch den Kollegen einer anderen Abteilung in die Quere, so dass wir nur sehr wenig Spielraum haben.«

Seine Miene wurde noch eine Spur ernster. »Wird Thien Liming überwacht?«

Sie nickte. »Rund um die Uhr.«

Er sagte nicht: »Gut.« Aber sie glaubte zu sehen, was er dachte.

»Selbst wenn er sich erholt«, beeilte sie sich klarzustellen, »wird er nicht schnell genug vernehmungsfähig sein, um Kaylin zu helfen. Beziehungsweise uns.«

»Richtig.«

Sie überlegte kurz. Dann hielt sie ihm ihr Smartphone hin. Eine Aufnahme von Thien Limings zerstörten Händen. »Kennst du jemanden in dieser Stadt, der sich solcher Methoden bedient?«

Die schwarzen Augen zeigten keine Regung. Aber er sah genau hin. Sehr genau. »Menschen sind zu vielem fähig«, entgegnete er schließlich ausweichend. »Und leider ist dergleichen nicht so selten, wie man gemeinhin annehmen würde.«

»Aber derjenige, der das getan hat, verfügt über eine spezielle Ausbildung, oder?«

»Es sind gewisse anatomische und methodische Kenntnisse vonnöten«, räumte er nach kurzem Zögern ein.

»Kenntnisse, die einem nicht unbedingt im Rahmen einer normalen militärischen oder polizeilichen Ausbildung vermittelt werden.« Zhou ließ den Satz bewusst wie eine Frage klingen.

Doch Liu Yuns Reaktion beschränkte sich auf ein vielsagendes Lächeln, das ebenso gut Zustimmung wie Zweifel bedeuten konnte.

Zhou seufzte. Zum Teufel mit der asiatischen Indirektheit! »Wo könnte man dergleichen lernen?«, versuchte sie es noch einmal konkreter.

»Bei den Geheimdiensten. Im Untergrund. In einschlägigen Ausbildungscamps.« Sein Blick bohrte sich in ihre Augen. »Gegebenenfalls auch im Hinterzimmer eines unscheinbaren Kampfsportclubs.«

Zhou zweifelte keine Sekunde daran, dass er meinte, was er da sagte. Zugleich wurde ihr in diesem Moment zum ersten Mal so richtig bewusst, dass sie grundsätzlich immer Deutsch sprachen, Liu Yun und sie. Selbst in den Unterweisungen, die ihr zuteilgeworden waren, war kein einziges chinesisches Wort gefallen. »Gehören derartige Praktiken auch zu den Gepflogenheiten der Fremdenlegion?«, warf sie ihm sehr bewusst den nächsten Brocken hin.

Wenn er überrascht war, ließ er sich zumindest nichts anmerken. »Nicht unbedingt.«

»Aber ein schwarzes Schaf unter den ...«, sie zögerte, »unter den Veteranen könnte mit derlei Techniken vertraut sein?«

Liu Yun antwortete mit einer Gegenfrage: »Wie oft käme ein Söldner in die Verlegenheit, sich solcher Techniken bedienen zu müssen?«

Stimmt, dachte Zhou. Einen Krieg zu führen, selbst wenn es sich dabei um Partisanenkämpfe handelte, war etwas grundlegend anderes als die Informationsbeschaffung durch Folter. Sie starrte auf den gepflegten Laminatboden hinunter, auf dem sich im Licht der Neonröhren feine Schlieren von Putzmitteln abzeichneten, und völlig irrational musste sie auf einmal daran denken, dass ihre Mutter immer behauptete, richtig sauber werde es nur mit reinem, klarem Wasser. Vielleicht ist unser Schütze gar kein Söldner, zwang sie sich, ihre Gedanken wieder auf die wichtigen Dinge zu richten. Vielleicht ist er ein Spion. Zugleich fiel ihr etwas ein, was Ensslin gesagt hatte: Es ist uns vor einiger Zeit nach langem Vorlauf und in Zusammenarbeit mit dem Verfassungsschutz gelungen, einen V-Mann im Umfeld des Pussycat Doll zu etablieren …

Liu Yun, der sie noch immer ansah, bedachte sie mit einem wohlwollenden Lächeln. »Bei allem, was man zu analysieren trachtet«, bemerkte er wie beiläufig, »sollte man zuallererst den Kontext bedenken.«

*Lóng neutral*, flüsterte Capelli in ihrem Kopf, und Zhou hätte am liebsten laut losgelacht vor Ratlosigkeit und Verzweiflung. Was immer Liu Yun ihr sagen wollte, sie wusste einfach nichts mit seinen Worten anzufangen. Zumindest im Augenblick noch nicht.

Um ihre Unsicherheit zu überspielen, rief sie das Foto auf, das sie am ersten Abend von Kaylin gemacht hatte. Im Plaza. »Das ist das Kind, um das es geht.«

Er warf einen kurzen Blick darauf. Dann sah er wieder weg. Trotzdem war Zhou sicher, dass er sich jedes Detail gemerkt hatte. »Das Leben, Zhou Nusheng«, sagte er im selben ruhigen Tonfall wie zuvor, »ist ein Ozean an Möglichkeiten. Aber wenn man lange genug die Strömung studiert, erkennt man, welche Kräfte und Gegebenheiten den Fluss des Wassers lenken.«

»Leider habe ich keine Zeit für Studien«, gab sie zurück, und sie sah sein Schmunzeln über ihre Ungeduld. »Weißt du zufällig einen Ort, an dem das Mädchen untergekommen sein könnte?«

»In solchen Dingen kennst du dich weit besser aus als ich ...«

»Ich meine keine soziale Einrichtung oder so was.« Sie hielt einen Augenblick inne, um sich ihre nächsten Worte zurechtzulegen. »Ich dachte eher an etwas spezifisch Chinesisches. An etwas, von dem das Mädchen gehört haben könnte. Von einer Hausangestellten zum Beispiel. Oder von ihrem Lehrer.«

Liu Yun lächelte sie an. »Nun, ein weiser Lehrer wird seinem Schüler stets den Rat geben, sich auf seine Wurzeln zu besinnen.«

»Aber ich weiß nichts«, protestierte Zhou. »Ich habe schon hin und her überlegt. Aber ich kenne wirklich nichts, was infrage käme. Allerdings pflege ich auch nicht viele Kontakte, wie du weißt.« Und in Gedanken setzte sie hinzu: Was meine Wurzeln betrifft, bin ich ein einsamer Wolf. Jemand, der sich irgendwo im Nirwana bewegt auf dem schmalen Grad zwischen Identität und Erbe.

»Ich kann mich ja mal ein wenig umhören.«

Sie nickte dankbar. »Bitte tu das.«

»Und du?«

»Was meinst du?«

»Was wirst *du* als Nächstes tun?«

»Das ist ja mein Problem«, fuhr sie auf. »Dass ich eben nicht weiß, was ich als Nächstes tun soll.« Sie unterbrach sich, irritiert von dem Ausmaß ihrer Ratlosigkeit und der Heftigkeit ihrer Reaktion. Vermutlich machte sie auf Liu Yun einen ähnlich ungeduldigen und chaotischen Eindruck wie Capelli. Eine Vorstellung, die schon fast zum Lachen war!

»Wie geht es übrigens deiner Partnerin?«, fragte er in diesem Augenblick, und Zhou zweifelte nicht eine Sekunde daran, dass ihr Gesichtsausdruck ihm verraten hatte, woran sie dachte. »Gut.«

»Das heißt, ihr habt euch zusammengerauft?«

»Sicher. Warum auch nicht?«

Um seine Lippen spielte ein Lächeln. »Das Geheimnis jeder guten Partnerschaft ist die Balance, vergiss das nicht ...«

Hieß im Klartext, dass sie gefälligst aufhören sollte, sich vor Ungeduld fast in Stücke zu reißen. »»Keine Sorge, unsere Partnerschaft funktioniert prima so, wie sie ist«, versetzte sie ein wenig zu schnippisch.

Liu Yun blickte an ihr vorbei zu dem Aquarium neben der Tür. In seinen Augen lag eine große, fast amüsierte Nachsicht. »Das Leben einer jeden Spezies unterliegt bestimmten Gesetzmäßigkeiten, Mai«, sagte er nach einem Moment des Nachdenkens. »Das gilt für Menschen genauso wie für Lachse.«

Lachse? Zhou warf ihm einen spöttischen Blick zu. Na, toll! Der gute Liu Yun war ja direkt in Bestform heute Abend!

Seine Augen kehrten zu ihren zurück. »Diese Gesetzmäßigkeiten sind es, denen wir Rechnung tragen müssen. Dem, was die Natur einer jeden Spezies vorgibt. Alles andere wäre eine unnötige Verschwendung von Zeit und Kraft.«

War das eine Warnung? Oder einfach nur leeres Gerede? Zhou biss sich auf die Lippen. Sie war definitiv zu entnervt für diese Spielchen! »Ich muss los«, sagte sie und stand auf. »Vielen Dank für die Zeit, die du dir genommen hast.«

Er machte eine wegwerfende Handbewegung. »Grüß deinen Vater von mir, wenn du ihn besuchst.«

»Mach ich«, entgegnete sie mechanisch. Dann öffnete sie die Tür.

Augenblicklich hüllte der Lärmpegel der Trainingshalle sie wieder ein. Zhou roch Schweiß. Deo. Leder. Sie winkte einem blonden Jungen von vielleicht achtzehn Jahren zu, den sie flüchtig kannte, und drehte sich um, um die Tür hinter sich zu schließen.

Liu Yun saß noch immer auf seinem Platz.

»Also dann«, rief sie ihm zu.

»Bis bald.«

Sie nickte.

»Und Zhou …«

»Ja?«

»Sieh dich vor!«


## 4

**Polizeipräsidium Frankfurt, Büro Capelli, 21.32 Uhr**

»Und tschüss«, flüsterte Em und klickte auf SENDEN, auch wenn sie wusste, dass ihr der knappe Zwölfzeiler, den sie soeben an Ensslin und Makarov verschickt hatte, neuen Ärger einbringen würde.

Aber wenn das BKA Fragen hatte, sollte es ruhig kommen. Sie hatte sich in persönlichen Gesprächen schon immer weitaus wohler gefühlt, als wenn sie etwas schriftlich ausformulieren sollte. Und falls Makarov meckerte, würde sie ihn auf ihre üblichen Berichte verweisen, die in aller Regel auch nicht viel länger ausfielen. Etwas, das ihn bislang noch nicht nennenswert gestört hatte.

Als sie eine vertraute Stimme hinter sich hörte, drehte sie sich um.

»Pizzaservice.« Alex Decker trug eine Plastiktüte mit Essen vor sich her wie einen kostbaren Schatz. Die Reihen der Kollegen hatten sich feierabendbedingt schon deutlich gelichtet, die meisten Schreibtische des Großraumbüros waren leer.

»Was ist das?«, fragte Em, als ihr das verlockende Aroma von Frittierfett und Geschmacksverstärkern in die Nase stieg.

»Rahmschnitzel mit Pommes, Frühlingsrollen, Döner und Tapas mit Dip.«

»In wie vielen Geschäften warst du?«

»In einem. Wieso?«

Sie lachte. »Da sage noch mal einer, Männer hätten kein Händchen für Zusammenstellungen.«

»Es kommt alles in denselben Magen, oder?«, gab er zurück.

»Das hat meine Oma auch immer gesagt.«

»Kluge Frau.« Er riss Kartons und Schälchen auf und verteilte Plastikbesteck auf dem Beistelltisch, auf den sie üblicherweise ihre Akten legte. »Aber ernsthaft: Du musst was essen.«

Sie verdrehte die Augen. »Jetzt klingst du wie meine Mutter.«

»Ist das gut?«

Em machte eine vage Handbewegung und kostete dann eilig eine Mini-Frühlingsrolle. »He, die ist lecker!«

»Bei Nikos schmeckt alles«, erklärte er und biss zufrieden in seinen Döner. Dann wurde er schlagartig ernst. »Ich hab gehört, ihr steckt in Schwierigkeiten?«

Ihre Augen wanderten zu Makarovs ausnahmsweise geschlossener Bürotür hinüber. Der Leiter der Abteilung für Kapitalverbrechen war vor einer Viertelstunde gegangen.

Grußlos und mit finsterer Miene, wie Em aus den Augenwinkeln beobachtet hatte. »Er wird sich schon wieder einkriegen.«

»Ehrlich gesagt macht der Alte mir da weit weniger Sorgen als die Jungs vom BKA.«

»Ach, die ...« Em schüttelte abfällig den Kopf. »Viel Lärm und nichts dahinter.«

»Das würde ich so nicht sagen.« Decker legte seinen Döner zur Seite und blickte sie eindringlich an. »Ich habe mich mal ein bisschen umgehört ...«

»Und?«

»Du solltest das nicht unterschätzen«, sagte er anstelle einer Antwort. »Die Szene ist anscheinend ziemlich in Aufruhr wegen dieser Waffenschieber-Geschichten.«

Em streckte gelangweilt die Beine von sich. »Die sind doch so alt wie die Menschheit.«

»Nicht in diesem Fall.« Er machte ein bedeutungsvolles Gesicht. »Nach allem, was ich gehört habe, geht es dabei nicht nur um riesige Summen, sondern auch um Beteiligte mit eindeutig politischen Zielen.«

Sie starrte ihn an. »Reden wir hier gerade von Terrorismus?«

Decker hob abwehrend die Hände. »Es sind nur Gerüchte. Aber wenn auch nur ein Bruchteil von dem, was man so hört, wahr ist, kann es verdammt eng werden für euch. Zumal Marc Ensslin offenbar eine große Karriere anstrebt.«

»Oh, die gönne ich ihm!«, rief Em. »Er kann Karriere machen, wo und so viel er will. Aber es muss doch wohl erlaubt sein, nach einem verschwundenen Kind zu fragen, oder?«

»Schon, aber ...«

»Nichts aber!«, fuhr Em auf. »Ich lasse mir nicht den Mund verbieten. Nicht von einem hergelaufenen Karrieristen. Und auch nicht von dem da ...« Ihr Kinn wies auf Makarovs Bürotür.

»Er meint es doch nur gut, Em ...«

Sie nahm eine von den Plastikgabeln und spießte ein paar Pommes auf. »Ich weiß ja.«

Decker seufzte. »Mal was anderes«, sagte er. »Glaubst du, dass dieser Thien von demselben Kerl überfallen wurde wie die Klatts?«

»Davon gehe ich aus. Er scheint so was wie Changs Mann fürs Grobe zu sein.«

»Das kannst du nicht beweisen«, widersprach Decker.

Em überging den Einwand. »Habt ihr eigentlich noch irgendetwas über dieses Tattoo herausfinden können?«

»Ich habe mich bei den Veteranen umgehört, aber da scheint den Mann keiner zu kennen«, antwortete ihr Kollege. »Allerdings kann es auch sehr gut sein, dass man ihn nicht kennen *will*«, fügte er einschränkend hinzu. »Nach allem, was ich zwischen den Zeilen herausgelesen habe, ist die Toleranz gegenüber Gewalttätern in den eigenen Reihen vergleichsweise gering. Trotzdem ist und bleibt das leider ein verdammt verschwiegener Haufen, und ich glaube nicht, dass sie jemanden ans Messer liefern würden.«

»Genau das habe ich befürchtet«, stöhnte Em.

»Möglich wäre natürlich auch, dass diese Tätowierung von vornherein nur ein Ablenkungsmanöver war.«

Sie schüttelte den Kopf. »Glaube ich nicht, dazu war sie viel zu unauffällig.« So unauffällig, dass wir sie ohne die Überwachungsvideos vermutlich nie entdeckt hätten, setzte sie in Gedanken hinzu. Und vermutlich erging es den meisten Menschen, die dem Mann im täglichen Leben begegneten, nicht viel anders. Einzig Kaylin war die Tätowierung aufgefallen. Weil sie genauer hinschaute als andere. Weil sie besonders war. So besonders, dass Em noch immer nicht wusste, was sie wirklich von ihr halten sollte ...

»Ich habe übrigens auch mit Peter Klatts Anwalt telefoniert«, berichtete Decker, der inzwischen bei den Tapas war. »Und anschließend gleich noch mit dem Notar, der sein Testament verwaltet.«

Diesen Doppelmord haben wir tatsächlich völlig aus den Augen verloren, dachte Em mit einem Anflug von Schuldbewusstsein. In eurer Wahrnehmung sind die Klatts längst zur Nebensache geworden. Zur Randnotiz. »Und was hast du rausgekriegt?«

»Tja, das ist interessant«, entgegnete Decker, indem er sich wenig vornehm die Finger ableckte. »Bis vor ein paar Wochen gab es ein Testament, nach dessen Wortlaut Steven Groß im Falle des gleichzeitigen Ablebens seines Onkels und seiner Tante deren Firmenanteile von neunundvierzig Prozent geerbt hätte. Und zwar allein.«

»Aber das wurde geändert?«

»Ja, Anfang Februar. Da tauchten die Klatts plötzlich bei ihrem Notar auf und erklärten, dass sie ihre Firmenanteile im Falle ihres Ablebens lieber im Rahmen einer Stiftung verwaltet sehen möchten.«

Em hätte sich beinahe an ihren Fritten verschluckt. »Sie haben Steven Groß enterbt?«

»Das nicht gerade«, wiegelte Decker ab. »Das Privathaus und ihre Ersparnisse sind ihm nach wie vor zugedacht. Darüber hinaus hat Peter Klatt verfügt, dass Groß der Posten des Stiftungsratsvorsitzenden zufällt, falls er das möchte …«

»Das ist aber seltsam«, murmelte Em.

»Wieso?«

»Das Ganze klingt irgendwie inkonsequent, oder?« Sie riss ein Tütchen mit Ketchup auf. »Ich meine, wenn jemand in Ungnade fällt, dann in der Regel auch richtig, oder?«

»Stimmt.«

Em lehnte sich zurück und dachte an ihre Cousine Lidia, die sich dem pseudoloyalen Irrsinn ihrer Familie bereits vor Jahren entzogen hatte. Seither wurde über die Fotografin innerhalb der Familie kaum mehr ein Wort verloren. Etwas, das Em sehr bedauerte, denn die wilde, unbändige Lidia war von jeher so was wie ihr Vorbild gewesen. Soweit sie wusste, lebte sie in einem kleinen Fischerdorf an der sizilianischen Südküste, wo sie ohne Sattel am Strand entlanggaloppierte und mittlerweile auch als Bildhauerin erfolgreich war.

Em gegenüber zerknüllte Decker hingebungsvoll eine Aluverpackung. »Also muss es einen konkreten Grund gegeben haben, dass die Klatts ihre Firmenanteile auf einmal in eine Stiftung packen wollten«, spekulierte er.

Sie dachte einen Moment nach. »Was gewinnt man denn eigentlich mit einer solchen Regelung?«

Ihr Kollege nahm einen Schluck von seiner Cola. »Zunächst einmal stellt man in gewisser Weise sicher, dass das Unternehmen nicht zerschlagen, verkauft oder aufgelöst wird und dass die Erben einer gewissen Kontrolle unterliegen.«

Das Summen von Ems Smartphone unterbrach seine Ausführungen. NEUE NACHRICHT, vermeldete ihr Postfach. Als sie das Kürzel der erkennungsdienstlichen Abteilung in der Adresse des Absenders sah, schöpfte sie leise Hoffnung.

»Alles klar?«, fragte Decker, während sie bereits las.

Em nickte. »Die Kollegen haben in Thien Limings Wohnung ein Smartphone gefunden«, berichtete sie, nachdem sie den Inhalt der Mail überflogen hatte. »Es steckte in einem Schirmständer neben der Tür.«

»Vielleicht hat er es hineingeworfen, als er überfallen wurde«, schlug Decker vor.

»Ja, möglich.« Ihre Augen klebten an der letzten Zeile der Nachricht: UNTERSUCHUNG DES SICHERGESTELLTEN GERÄTS ERGAB: KEINE ANRUFE IM FRAGLICHEN ZEITRAUM. WEDER AUSGEHEND NOCH EMPFANGEN. KEINE NACHRICHTEN. WEDER SMS NOCH EMAILS. KEINE POSTS. »Wenn Thien Liming nicht telefoniert hat und auch nicht angerufen wurde«, resümierte Em, während sie Decker die Nachricht unter die Nase hielt, »warum war es ihm dann so wichtig, das Smartphone vor seinem Angreifer zu verstecken?«

»Vielleicht befinden sich auf dem Ding irgendwelche Informationen, die dem anderen nicht in die Hände fallen sollten«, schlug Decker vor. »Adressen, Kontakte oder irgendetwas anderes in dieser Richtung.«

Em tippte eine Nummer in ihr Display und wartete darauf, dass die Verbindung sich aufbaute. Nur Sekunden später meldete sich der Spurentechniker, der ihr gemailt hatte. »Bitte durchsuchen Sie das sichergestellte Gerät nach allem, was auch nur entfernt von Bedeutung sein könnte«, wies sie ihn an. »Welche Nummern Thien Liming wählt. Wie oft und wann er das tut. Welche Daten sich sonst noch auf dem Smartphone befinden und so weiter.« Sie holte tief Luft. »Die Sache hat absolute Priorität.«

»Geht klar«, antwortete der Mann, dessen Name Em nichts sagte. »Sortierung nach Aktualität?«

Em ließ ihren Blick gedankenverloren über die leeren Fast-Food-Verpackungen auf dem Beistelltisch wandern. Thien Liming hatte vor dem Überfall nachweislich nicht telefoniert und auch keine Nachrichten empfangen. Und er war zu Hause gewesen, in seinen eigenen vier Wänden. Trotzdem hatte er offenbar ein Smartphone in der Hand gehalten, als der Unbekannte über ihn hergefallen war. Aber was machte man mit einem Smartphone, wenn man nicht telefonierte, mailte oder Kurznachrichten schrieb?

Sie hob den Kopf. »Haben Sie in der Wohnung auch einen PC gefunden?« Eigentlich zu erwarten bei einem Mann, der an der Uni lehrte.

»Ja, einen Laptop.«

»War der an?«

»Nein und auch nicht auf Standby. Er war komplett heruntergefahren.«

»Aber Thien Liming kann auch über sein Smartphone ins Internet, oder?«

Der Mann am anderen Ende der Leitung lachte. »Ja klar. Wofür sollen die Dinger sonst gut sein?«

Em ignorierte den Heiterkeitsausbruch. »Können Sie den Browserverlauf der letzten Stunden rekonstruieren? Welche Websites Thien Liming in der letzten halben Stunde vor dem Überfall besucht hat, zum Beispiel?«

»Natürlich«, versetzte der Mann. »Augenblick mal kurz ...«

Em hörte ein entferntes Geräusch, das nach einer Tastatur klang, und Deckers genüssliches Kauen. Ansonsten war es totenstill.

Nach einer Zeit, die ihr wie eine kleine Ewigkeit vorkam, meldete sich der Spurentechniker zurück. »Hören Sie?«

»Ja?«

»Die letzte Internet-Aktivität des sichergestellten Geräts war heute Abend um neunzehn Uhr achtzehn.«

Das muss unmittelbar vor dem Überfall gewesen sein, dachte Em mit wachsender Ungeduld. »Und können Sie mir auch sagen, was Herr Liming bei dieser Gelegenheit angeklickt hat?«

»Auf jeden Fall war er bei Google.« Der junge Mann klang hochkonzentriert. »Und danach ... Moment ... Ja, hier ist es: Universität Frankfurt. Institut für Sinologie.«

»Aber Thien Liming lehrt in Mainz«, flüsterte Decker, der notgedrungen Teile des Gesprächs mitbekam.

Em nickte. *Ich weiß ...*

»Warten Sie«, murmelte der Techniker. »Von dieser Seite ausgehend, hat der Benutzer einen Link angeklickt. Und ... Ja, genau.«

»Was denn?«, drängte Em, die es vor Spannung kaum mehr auf dem Stuhl hielt.

»Ich habe hier die Seite, die Ihr Opfer zuletzt besucht hat.« Der Mann ließ sich nicht aus der Ruhe bringen. »Es handelt sich um die Seite einer der Lehrenden. Sind Sie gerade in Reichweite eines Computers?«

Em bejahte. »Ich sitze an meinem Schreibtisch im Präsidium.«

»Okay, warten Sie, dann schicke ich Ihnen den Link einfach mal rüber ...«

»Nur zu!« Em bewegte ihre Maus, und der Bildschirmschoner wich ihrer Startseite.

»Angekommen?«, fragte ihr Gesprächspartner im selben Moment, in dem ihr Postfach eine neue Nachricht vermeldete.

»Sieht so aus«, sagte sie und klickte neugierig auf den Button ANHANG ÖFFNEN.

Und tatsächlich, innerhalb von Millisekunden hatten Decker und sie vor Augen, was Thien Liming bei seinem letzten Ausflug ins Internet gesehen hatte: Unter der blaugrauen Maske des Instituts lächelte ihnen das Foto einer etwa fünfzigjährigen Asiatin entgegen. Dr. Dawa Djungne, wie die Bildunterschrift verriet. In einem hellgrauen Kasten waren zudem ihre Institutsanschrift sowie Faxnummer und E-Mail-Adresse vermerkt. FORSCHUNGSSCHWERPUNKT: TIBETISCHE GESELLSCHAFT UND KULTUR, TIBETISCHE HEILKUNDE UND PHILOSOPHIE, las Em.

»Und?«, fragte der Techniker. »Können Sie damit was anfangen?«

»Das weiß ich noch nicht«, antwortete sie vorsichtig, als ihre Augen unvermittelt an der Zeile für die Sprechzeiten hängenblieben.

»Was ist?«, fragte Decker, dem die Aufregung seiner Kollegin nicht verborgen blieb.

»Sieh dir den Wochentag an«, sagte Em anstelle einer Antwort.

»Ja und?«

»Wer immer Frau Dr. Djungne sprechen will, hätte morgen früh um zehn die Gelegenheit dazu.«

5

```
Frankfurt-Westend, Villa von Zhou Ya Dao,
21.38 Uhr
```

Wann immer Zhou ihre Eltern besuchte, ohne ihr Kommen im Vorfeld anzukündigen, plagte sie bereits auf dem Weg zur Haustür das schlechte Gewissen. Und an diesem Abend kam sie tatsächlich denkbar ungelegen: Ihre Mutter saß mit drei von Kopf bis Fuß durchgestylten Weibern im Wohnzimmer der prachtvollen Westend-Villa, um bei Prosecco und Häppchen irgendein künftiges Charity-Event zu besprechen. Und ihr Vater hockte in seinem Büro, das Handy am Ohr und den Blick stur auf seinen Bildschirm gerichtet, wo irgendwelche Börsendaten in kryptischen Kurven vor sich hin flimmerten.

»Mai«, brummte er, nachdem er sein Gespräch mit einem knappen »Yes, of course. Thank you« beendet hatte.

»Hallo, Vater.«

»Deine Mutter hat mir gar nicht erzählt, dass du kommst.«

Sie lächelte. »Das könnte daran liegen, dass sie nichts davon wusste.«

»Oh.«

»Ich habe auch gar nicht viel Zeit«, beeilte sie sich klarzustellen, damit er nicht schon von vornherein entnervt war. »Ich wollte dich nur etwas fragen.«

Das schien ihn zu überraschen. Es geschah nicht oft, dass seine Tochter mit einem Anliegen zu ihm kam. Genau genommen war es bislang erst zweimal vorgekommen. Beim ersten Mal hatte Zhou ihn darum gebeten, die Anmeldung für ihre Ballettausbildung an der John-Cranko-Schule zurückzuziehen. Beim zweiten Mal war es um ihre Zulassung zum Polizeidienst gegangen.

»Darf ich mich setzen?«, fragte sie, als er von sich aus keinerlei Anstalten machte, ihr einen Platz anzubieten.

»Sicher.« Seine Hand deutete auf den Stuhl vor dem Schreibtisch. »Bitte.«

Wie bei einem Geschäftstermin, dachte Zhou. Tatsächlich schienen die Zeiten, in denen sie bei ihrem Vater auf den Knien gesessen und seinen Geschichten gelauscht hatte, Lichtjahre her zu sein. Wenn sie ehrlich war, wusste sie kaum noch, wie sich das angefühlt hatte. Und sie bezweifelte stark, dass ihr Vater sich daran erinnerte. Sonst würde er sich kaum so verhalten, wie er es tut, dachte sie bitter.

»Also«, sagte er. »Was kann ich für dich tun?«

»Wir haben einen aktuellen Fall, an dem offenbar auch Landsleute beteiligt sind«, begann sie so vorsichtig wie möglich, doch schon diese harmlose Eröffnung genügte, um eine tiefe Falte zwischen Ya Daos ausdrucksstarke Brauen zu graben.

»Landsleute?«

»Chinesen.«

*In diesem Fall wundert es mich, dass du von Landsleuten sprichst*, sagte sein Blick. Doch noch hielt er sich zurück. »Und?«

Zhou merkte, wie sie rot anlief. »Ein Kind ist fortgelaufen«, erklärte sie so emotionslos wie nur irgend möglich. »Ein chinesisches Kind, das sich nicht auskennt in dieser Stadt. Und jetzt sind wir auf der Suche nach einem Ort, an den es sich geflüchtet haben könnte.«

Ihr Vater blickte noch immer streng, aber tief in seinen Augen sah Zhou Interesse aufglimmen. »Wie alt ist dieses Kind?«

»Sie wird elf, dieses Frühjahr.«

»Ein Mädchen also.«

»Ja, ein Mädchen.«

Er nickte. »Worum geht es dabei?«, fragte er. »Menschenhandel?«

Sie schüttelte den Kopf. »Das ist eher unwahrscheinlich«, sagte sie, während sie sich im Stillen darüber wunderte, dass ihr Vater augenblicklich dieselbe Assoziation hatte wie Makarov. Dabei waren sich die beiden so unähnlich, wie man sich nur sein konnte: Während es Zhou Ya Dao durch ein schieres Unmaß an Fleiß und Disziplin aus einer armseligen Holzbaracke in Shek Kip Mei bis in die Vorstandsetage einer Hongkonger Großbank geschafft hatte, war Makarov nach allem, was man so hörte, zu Beginn seiner Karriere eher gebremst als gefördert worden. Sein Vater hatte sich bereits wenige Monate nach seiner Geburt wieder in seine Heimat Yekatarinburg abgesetzt, und die alleinerziehende Mutter hatte alles getan, um den Ehrgeiz ihres Sohnes in solide, bodenständige Bahnen zu lenken. Die Folge war, dass Makarov sein durchaus vielversprechendes fußballerisches Talent einer Ausbildung zum Polizeivollzugsbeamten geopfert hatte, um sich nach einigen Jahren auf der Straße schließlich doch noch für den gehobenen Kriminaldienst des Bundes zu qualifizieren. Ein Mann der kleinen Schritte, ein kluger, unermüdlicher Arbeiter, den man nach wie vor eher mit Beharrlichkeit als mit großen Ideen zu überzeugen vermochte.

*Ich habe Ihre Versetzung in diese Abteilung nicht ohne Grund befürwortet, obwohl es durchaus Bewerber gegeben hat, die über weitaus mehr Erfahrung verfügen …*

Zhou schluckte, als die Wut über die harschen Worte ihres Vorgesetzten unvermittelt wieder in ihr hochkochte. Natürlich wusste sie, dass Makarov im Affekt gesprochen hatte. Dass er in großer Sorge gewesen war. Hilflos und wütend. Aber sie wusste auch, dass in seinen Worten ein bitteres Körnchen Wahrheit steckte. Dass sie bei aller Anerkennung, die ihr von Seiten ihrer Vorgesetzten zuteilwurde, nicht zu hundert Prozent dem entsprach, was Makarov sich von ihrer Einstellung erhofft hatte …

»Mai?«, riss die Stimme ihres Vaters sie unsanft ins Hier und Jetzt zurück.

»Entschuldige«, entgegnete sie hastig. »Ich war in Gedanken.«

*Ja, offensichtlich …* In seinen Augen lag ein unverhohlener Tadel: Ihr Besuch war nicht angekündigt. Er hatte zu tun. Sie verschwendete seine Zeit. »Was ist nun mit diesem Mädchen?«

»Sie ist entführt worden und …«

»Entführt?«, fiel er ihr sofort wieder ins Wort. »Ich denke, sie ist fortgelaufen …«

»Danach«, stellte Zhou klar. »Zuerst wurde sie entführt.«

»Von wem?«

Von einem ermordeten Ehepaar, gab sie ihm in Gedanken zur Antwort. Doch wenn sie das sagte, würde Ya Dao vermutlich endgültig zu der Überzeugung gelangen, dass sie den Verstand verloren hatte. Also sagte sie: »Das ist noch nicht erwiesen. Vermutlich von einem Geschäftspartner ihres Vaters.«

Das Stirnrunzeln auf der anderen Seite des teuren Ebenholz-Schreibtischs vertiefte sich. »Mafia?«

»Nein. Eher nicht.«

»Was heißt eher?«

»Wir stehen noch ganz am Anfang unserer Ermittlungen«, gab Zhou zurück und sie hatte das unangenehme Gefühl, mit dem Rücken zur Wand zu stehen. Was für eine bescheuerte Idee, ihm damit zu kommen! Genauso dämlich wie ihr Einfall, Liu Yun um Hilfe zu bitten ... Ach, ja. Apropos! »Ich soll dich übrigens ganz herzlich von Liu Yun grüßen.«

Ihr Vater hob den Kopf. »Von wem?«

»Yong Liu Yun«, wiederholte sie. »Vom Punch and Dragon.«

Seine Miene spiegelte blankes Unverständnis. »Was ist das?«

»Mein Kampfsportclub.«

»Oh.« Er sprach es nicht aus, aber es war offensichtlich, dass er nicht die geringste Ahnung hatte, wovon sie redete.

*Pflegt Ihr Vater eigentlich viele Kontakte?*, hörte sie Capelli sticheln.

Oh ja, dachte Zhou mit einem ironischen Lächeln. Er ist 'ne echte Stimmungskanone. Genau wie ich. Doch dann fiel es ihr plötzlich wie Schuppen von den Augen. Am liebsten hätte sie sich eine schallende Ohrfeige für ihre Blindheit verpasst: Liu Yun hatte gar keine Grüße an ihren Vater bestellt. Er hatte ihr einen Hinweis gegeben!

*Grüß deinen Vater von mir, wenn du ihn besuchst ...*

Das hieß nicht: Grüß ihn. Sondern: Besuch ihn! Besuch ihn und stell ihm dieselbe Frage, die du mir gestellt hast.

Gegenüber war Ya Dao schon wieder mit einem Auge bei den Börsenkursen.

»Sag mal«, begann sie, bevor sie seine Aufmerksamkeit endgültig verlor. »Kennst du zufällig einen Geschäftsmann namens Sun Chang?«

Ihr Vater starrte auf seinen Monitor, während er überlegte. Doch er schien zu keinem brauchbaren Ergebnis zu kommen.

Zhou beobachtete sein Mienenspiel mit wachsender Mutlosigkeit. Irrte sie sich? Irrte Liu Yun? »Chang ist Mitinhaber des Pussycat Doll und vermittelt Unternehmensbeteiligungen an Landsleute«, versuchte sie, ihrem Vater auf die Sprünge zu helfen. »Zum Beispiel im Bereich der Medizintechnik.«

In Ya Daos ebenmäßige Züge schlich sich ein Hauch Verstehen. »Möglich«, murmelte er, während er etwas in einem Block notierte, der vor ihm auf dem Schreibtisch lag. »Wir haben viele Kunden.«

»Herr Chang hat im Auftrag chinesischer Investoren Anteile einer Firma namens SaniCon erworben«, fuhr Zhou hoffnungsvoll fort. »Das Unternehmen hat seinen Stammsitz drüben in Niederrad und ist ein wichtiger Zulieferer für die Hersteller von Geräten zur bildgebenden Diagnostik.«

»Unser Land vergreist«, stellte ihr Vater sachlich fest. »Schon jetzt haben wir zweihundert Millionen Menschen, die älter als sechzig Jahre sind. Da ist die Medizintechnik sicher nicht die schlechteste Branche, wenn man sich hohe Renditen erhofft.«

Fast genau dasselbe hat Steven Groß auch gesagt, dachte Zhou. Allerdings hat er auch behauptet, dass er für seine zwanzig Prozent an SaniCon nicht genug bekommen würde, um lebenslang versorgt zu sein. Wie passte das zusammen? »Das Problem ist, dass unser Fall mit den Ermittlungen einer anderen Abteilung kollidiert, so dass wir lange Dienstwege gehen müssen, um an Informationen zu kommen. Aber diese Zeit haben wir nicht ...« Sie ließ den Satz offen, weil sie hoffte, dass ihr Vater ihr von sich aus beispringen würde.

Doch Ya Dao dachte gar nicht daran, seiner Tochter unter die Arme zu greifen. Seine Miene war so fern, als befände er sich auf einem anderen Planeten.

Zhou seufzte. »Könntest du dich in Bezug auf Sun Chang vielleicht mal ...« Sie zögerte das Wort »umhören« zu benutzen, weil es schon aus Liu Yuns Mund geradezu deprimierend planlos geklungen hatte. Doch ihr fiel auch nichts Besseres ein. »Könntest du mal nachsehen, ob er zufällig auch mit der EPI Geschäfte gemacht hat oder macht?«, rettete sie sich schließlich auf eine noch vagere Formulierung.

Die Eastern Primetop Investment, kurz EPI, war das Hongkonger Bankhaus, in dessen Vorstand ihr Vater seit nunmehr zwei Jahrzehnten tätig war.

Ya Daos Blick gefror zu Eis, kaum dass die Frage heraus war. »Meine Tochter bittet mich, ihr Informationen über einen unserer Kunden zu geben? Einfach so?«

»Nicht einfach so, sondern um das Wohl eines Kindes willen«, gab Zhou zurück, bemüht, ihn ihre Erschütterung über seine harsche Reaktion nicht sehen zu lassen. »Und ganz ehrlich? Du solltest mich gut genug kennen, um zu wissen, dass ich dich niemals fragen würde, wenn es nicht wirklich wichtig wäre.«

Ihr Vater verzog keine Miene. »Selbst wenn Herr Chang zu unseren Kunden gehörte, kann ich das, was du da von mir verlangst, nicht tun, und das weißt du.«

Sie sah ihn an. »Kannst du mir nicht ein einziges Mal vertrauen, Vater?«

Er antwortete nicht. Aber er sah auch nicht weg. Im Gegenteil, die Empörung und die Wut in ihrem Blick schienen ihn vollkommen kaltzulassen. Klar, dachte Zhou, er verhandelt Tag für Tag über Millionensummen. Entscheidet über Wohl und Weh unzähliger Menschen. Über Gnadenfristen. Chancen und Nicht-Chancen. Existenzen. Wenn einer wie er nicht standhalten kann ... Wer dann?

»Ich verstehe«, sagte sie, und der Impuls, zu weinen, färbte ihre Stimme eine Nuance heller, als ihr lieb war. »Tut mir leid, dass ich dich damit belästigt habe.«

Ihr Vater machte nicht den geringsten Versuch, sie aufzuhalten. Doch sie glaubte, seinen Blick in ihrem Rücken zu spüren. Auch dann noch, als sie schon längst wieder im Auto saß.


6


Universität Frankfurt, Campus Bockenheim, 22.01 Uhr

Das Institut für Sinologie lag im Juridicum, einem Ende der Sechzigerjahre bezogenen Funktionsbau, dessen Hauptverdienst es war, das Unigelände gegen den Verkehrslärm der Senckenberg-Anlage abzuschirmen.

Em parkte direkt vor dem Eingang. Sie hatte mit dem Mann vom Sicherheitsdienst telefoniert und ihr Kommen angekündigt, ohne sich näher über die Gründe auszulassen.

»Soll ich Ihnen aufschließen?«, hatte er sich erboten.

Doch sie hatte abgelehnt. Sie wollte die gleichen Bedingungen, die Kaylin vorgefunden hatte, falls sie tatsächlich hier war. Doch das bezweifelte Em mittlerweile stark.

Klar, die U-Bahn hielt praktisch vor der Tür. Aber Kaylin war erst zehn. Und vermutlich hatte sie noch nie im Leben ein öffentliches Verkehrsmittel benutzt. Andererseits hat sie sehr wohl ganz allein zu Thiens Wohnung gefunden, widersprach Em sich selbst. Oder doch nicht ganz allein? Hatte sie jemanden gefragt? Oder Helfer gehabt? Sie schlug die Autotür zu. Gab es weitere Verbündete?

*Sie können ja nicht mal beweisen, dass Thien Kaylins Lehrer war*, echauffierte sich Makarov in ihrem Kopf. *Wie können Sie da behaupten, er wäre ein Verbündeter?*

»Stimmt«, flüsterte sie wütend vor sich hin. »Beweisen kann ich gar nichts.«

Und trotzdem stehe ich schon wieder vor einem Gebäude, das mich nichts angeht, setzte sie in Gedanken hinzu. Auf die vage Möglichkeit hin, dass ein Mädchen, das ich kaum kenne und das um diese Uhrzeit längst im Bett liegen sollte, hierherkommt, um jemanden zu treffen, von dem ich noch weniger weiß. Ich bin wirklich ein Idiot! Sie blieb stehen und sah sich um. Das weitläufige Gelände wirkte verlassen. Es gab ein paar Sitzgelegenheiten im Freien, doch die wurden um diese Uhrzeit – wenn überhaupt – vermutlich nur im Sommer frequentiert. Wenn der Springbrunnen lief und man im Licht der untergehenden Sonne noch lange lesen konnte.

Gut möglich, dass Kaylin erst morgen früh hier auftaucht, dachte sie. Allerdings braucht sie einen Platz für die Nacht. Ihre Augen kehrten zu dem Gebäude zurück, vor dessen Eingang sie stand. Auf den Fluren brannte eine Art Notlicht. Doch die Räume hinter den düsteren Scheiben machten nicht den Eindruck, als sei dort noch jemand anzutreffen. Kurz nach zehn Uhr abends war definitiv keine Zeit, zu der man sich in der Uni aufhielt, Lerneifer und Prüfungsstress hin oder her.

Em überlegte einen Augenblick. Dann zückte sie ihr Smartphone und wählte zum zweiten Mal die Nummer des Sicherheitsdienstes. »Capelli noch mal«, sagte sie, nachdem der Mann sich gemeldet hatte. »Ich hab da noch eine kurze Frage.«

»Hm?«

»Ist es normal, dass die Gebäude um diese Uhrzeit noch geöffnet sind?«

»Wieso?«

Sie sparte sich eine Antwort und sah stattdessen noch einmal auf die Uhr. »Wie lange haben die Studierenden denn üblicherweise Zugang zu den Räumen des Instituts? Zum Beispiel zur Bibliothek?«

»Die Städelbibliothek schließt um acht und die UB um halb zehn«, antwortete der Mann gleichgültig. »Aber das ist ein anderes Gebäude.«

»Ich weiß. Und was ist mit dem Juridicum?«

»Das müsste zu sein.«

Tja, müsste … Sie bedachte die Tür mit einem sarkastischen Lächeln. »Wer kontrolliert denn das?«

»Ich.« Er fühlte sich offenbar angegriffen, denn sein Ton hatte sich von jetzt auf gleich deutlich abgekühlt. »Is was nicht in Ordnung?«

»Doch, doch«, beeilte sich Em, ihn zu beschwichtigen. »Alles bestens. Darf ich fragen, wann Ihr Dienst beginnt?«

»Um neun. Mit der Übergabe.« Er schmatzte. Vielleicht störte sie ihn beim Abendessen. Vielleicht war ihm auch nur sein Kaugummi im Weg. »Meine erste Runde mach ich gegen zehn. Und was bis dahin noch nicht abgeschlossen ist, mach ich dicht. Aber ich kann nicht überall sein.«

»Natürlich nicht.« Ems Blicke tasteten sich an der tristen Fassade empor. Auf den dunklen Scheiben lag ein Abglanz der Großstadtlichter. Seit Jahren schieden sich die Geister an den architektonischen Gegebenheiten des Campus Bockenheim. Unpraktisch, hässlich und zergliedert – so die einen. Ein Teil Frankfurter Stadtgeschichte, argumentierten die anderen. Erst vor wenigen Wochen hatten sie nicht weit von hier den 116 Meter hohen AfE-Turm gesprengt. 950 Kilogramm Sprengstoff in 1400 Bohrlöchern waren vonnöten gewesen, um dem ehemaligen Sitz der Abteilung für Erziehungswissenschaften den Garaus zu machen. An dessen Stelle sollte nun ein Kulturcampus geschaffen werden, hieß es. Was immer das sein soll, dachte Em.

»Soll ich rüberkommen?«, erbot sich unterdessen ihr Gesprächspartner, dem das Schweigen offenbar zu lange dauerte.

»Nicht nötig«, sagte sie schnell. »Ich sehe mich erst mal um.«

»Worum geht's denn eigentlich?«

Das wüsste ich auch gern, dachte Em. »Ist nicht wichtig. Ich muss nur was überprüfen.«

In der Stille, die dieser wenig befriedigenden Erklärung folgte, schwang ein unüberhörbarer Vorwurf. Und sie hielt es auch durchaus für möglich, dass der Mann doch noch auftauchte. Immerhin war das hier sein Revier. Ein Gelände, für das er sich verantwortlich fühlte.

*Aber ich kann nicht überall sein ...*

Zum Glück, dachte Em und stieß die Tür auf.

Verbrauchte Luft empfing sie wie die Umarmung einer höchst unangenehmen Verwandten. Sie rief den Raumplan auf, den Decker ihr aufs Smartphone geschickt hatte, und versuchte sich zu orientieren.

»Dr. Djungne ist auch nicht direkt im Institut für Sinologie beschäftigt, sondern sie arbeitet im Auftrag eines unabhängigen Forschungsinstituts«, hatte der Kollege ihr am Telefon erklärt, als sie bereits auf dem Herweg gewesen war. »Das wird zu gleichen Teilen von der Sinologie und dem Institut für Orientalische und Ostasiatische Philologie getragen.«

»Aber sie ist Chinesin?«

»Tibeterin. Sie stammt aus Lhasa.«

»Hast du auch eine Privatadresse von ihr?«

»Nein, sie steht nicht im Telefonbuch.«

»Dann versuch es anders.«

»Okay. Ich melde mich.«

Em stieg die Treppe hinauf und rief sich das Foto ins Gedächtnis, das sie auf der Institutsseite von Dawa Djungne gesehen hatte. Wer war diese Frau? Eine Freundin? Jemand, dem Thien Liming vertraute? Vermutlich, dachte sie, sonst würde er Kaylin wohl kaum zu ihr geschickt haben. Aber hatte er das tatsächlich? Oder hatte er Dr. Djungnes Website doch nur zufällig in dem Moment aufgerufen, als der Unbekannte über ihn herfiel? Jagte sie einem Phantom nach? Einer fixen Idee?

»Ich weiß gar nichts«, fluchte Em leise vor sich hin. »Und weil ich nichts weiß, fällt mir nichts Besseres ein, als nach jedem gottverdammten Strohhalm zu greifen.«

Sie wandte sich nach links und überprüfte die Raumnummern. Der Flur war lang und gähnend leer. Automatisch musste Em an die Szene im Plaza denken. An den Killer, dessen Tattoo Kaylin von irgendwoher zu kennen schien. So gut, dass sie es zeichnen konnte, obwohl es sich an einer wenig exponierten Stelle befand. Wer war er? Und vor allem: Wer hatte ihn beauftragt? Chang? Das lag nahe, falls Kaylin den Mann tatsächlich kannte. Doch trotz umfassender Recherche hatten sie noch immer nicht das Geringste über ihn herausgefunden. Decker und Pell hatten sein Foto herumgezeigt – ohne Ergebnis. Die Befragung der Veteranen hatte genauso wenig gebracht. Obwohl man den Mann auf der grobkörnigen Überwachungsaufnahme – gepaart mit der Information, dass er etwa fünfzig Jahre alt und Linkshänder war – durchaus erkennen konnte, wenn man ihm schon einmal begegnet war ...

Em verlangsamte ihren Schritt. Der Raum, den sie suchte, war der vorletzte auf der rechten Seite. Gegenüber befanden sich ein Technikraum und eine Toilette. Für Herren, wie das Schild neben der Tür verriet. Neben Dr. Djungnes Büro stand ein Ständer mit Flyern. Informationsbroschüren über Tibet. Über den Dalai Lama. Über buddhistische Klöster und die Kulturveranstaltungen der nächsten Monate. Ems Augen streiften einen Prospekt für Studienreisen, den das Bild eines mächtigen Gebirgszugs zierte. DISCOVER TIBETS TRADITIONAL TREASURES!, forderte die rot-gelbe Überschrift den interessierten Betrachter auf.

Doch das nahm Em allenfalls am Rande wahr. Die Stille des Gebäudes hämmerte in ihren Ohren, als sie vorsichtig die Klinke der Bürotür hinunterdrückte. Doch dieses Mal gab die Tür nicht nach. Em ging in die Knie und besah sich das Schloss, eine gewohnheitsmäßige, aber in diesem Zusammenhang völlig idiotische Reaktion. Immerhin wäre ein zehnjähriges Kind kaum in der Lage, eine Tür aufzubrechen – wenn man einmal davon ausging, dass es ihm gelungen war, widerrechtlich in ein Gebäude einzudringen, das seit über einer Stunde geschlossen war! Em ließ die Klinke los und fuhr erschrocken zusammen, als in diesem Augenblick ihr Handy losging. »Was ist?«, fragte sie atemlos, nachdem sie Deckers Nummer auf dem Display identifiziert hatte.

»Hey ...« In seiner Stimme schwang Sorge. »Alles in Ordnung bei dir?«

»Jaja. Ich habe mich nur erschreckt.«

»Vor mir?«

»Tja, ich schätze, das sollte dir zu denken geben, mein

Lieber.« Sie lachte ein wenig gezwungen. »Und? Hast du was Neues für mich?«

»Wie kommst du darauf?«, scherzte er. »Ich rufe dich doch immer um diese Zeit an, um dir zu sagen, wie sehr ich mich nach dir verzehre.«

Em verdrehte die Augen. »Komm zur Sache, okay?«

»Wir haben Dr. Djungnes Adresse rausgekriegt.« Er räusperte sich. »Für den Normalbürger wäre das allerdings nicht so einfach.«

»Wieso?«

»Sie hat eine Auskunftssperre.«

»Oh.« Em nahm das Handy in die andere Hand und lehnte den Rücken gegen die kühle Mauer. »Weiß man warum?«

»Aus den Unterlagen, die mir vorliegen, ist das leider nicht ersichtlich«, antwortete Decker bedauernd.

»Vielleicht wurde sie gestalkt«, schlug Em vor.

»Ich würde eher annehmen, dass diese Auskunftssperre mit ihrem politischen Engagement zusammenhängt«, erwiderte ihr Kollege. »Sie hat eine ganz Reihe von Petitionen unterschrieben, die bei gewissen Leuten ganz sicher nicht sonderlich gut angekommen sind.«

»Petitionen?« Ems Blick streifte die Broschüren. »Zur Tibetfrage?«

Decker bejahte. »Nach meinen Informationen setzt sich Dr. Djungne schon seit den späten Siebzigern massiv für die Glaubens- und Religionsfreiheit in ihrer Heimat ein«, erklärte er. »Sie prangert die Haftbedingungen politischer Gefangener an, macht sich gegen die Überwachung buddhistischer Klöster durch die chinesischen Behörden stark und sie setzt sich nachdrücklich für die Freilassung des 11. Penchen Lama ein. Selbiger wurde vom amtierenden Dalai Lama …« Er stutzte. »Sagt man das so?«

»Was?«

»Amtierend ...«

»Keine Ahnung.«

»Wie auch immer«, fuhr er fort. »Jedenfalls wurde der damals sechsjährige Gedhun Choekyi Nyima«, der Name bereitete ihm erwartungsgemäß große Probleme, doch er war offenbar finster entschlossen, sich das nicht zu ersparen, »1995 als Wiedergeburt des 10. Penchen Lamas erkannt und drei Tage später von der chinesischen Regierung an einen unbekannten Ort entführt.«

»Mit anderen Worten, Frau Dr. Djungne scheut sich nicht, heiße Eisen anzupacken«, schloss Em trocken.

»So könnte man das ausdrücken«, stimmte Decker ihr zu. »Die chinesische Regierung behauptet bis heute, den damals sechsjährigen Jungen lediglich in Schutzhaft genommen zu haben. Um ihn auf Bitten seiner Familie vor einer Instrumentalisierung durch tibetische Separatisten zu bewahren. Aber zum Glück gibt es Menschen wie Dr. Djungne, die nicht müde werden, nach seinem Verbleib zu fragen.«

Unwillkürlich musste Em an eine Bemerkung von Hyun-Ok Pak denken. Jener Frau, die vor zwei Jahren ihren Thekendienst im Pussycat Doll quittiert hatte, um als eine von zwei Nannys die Nichte ihres Bosses zu beaufsichtigen. *Kaylin nicht spielen. Nur Arzt gehen.* Und vor wem hat man dich beschützt, Kaylin?, fragte Em stumm. Weshalb halten dein Onkel und deine Tante es für nötig, dich von allem abzuschirmen?

Ihr Blick blieb an dem Schild neben Dawa Djungnes Büro hängen. »Aber du weißt, wo sie wohnt?«

»Ja.« Er nannte ihr eine Anschrift, die ihr zunächst nichts sagte. »Und jetzt?«, fragte er dann.

Sie stieß sich von der Mauer ab und ging langsam im Flur auf und ab, während sie nachdachte. Aus nachvollziehbaren Gründen hatte sie das Bedürfnis, alle Menschen, an die Kaylin sich wenden könnte, unverzüglich unter Schutz zu stellen. Doch dazu fehlten ihr schlicht und ergreifend die Mittel. Makarov hatte schon dem Personenschutz für Thien Liming nur deshalb zugestimmt, weil ihm unter den gegebenen Umständen keine andere Wahl blieb. Doch mit dem Druck des BKA im Nacken würde er auf gar keinen Fall weiteres Personal zur Verfügung stellen.

»Falls du gerade überlegst, ob du jetzt zu ihr fährst«, legte Decker geradezu hellsichtig den Finger in die Wunde, »kannst du dir die Mühe sparen.«

Em horchte auf. »Wieso?«

»Weil ich hier eine Buchung für einen Flug nach London vorliegen habe«, erklärte ihr Kollege. »Dort findet in diesen Tagen ein Kongress statt, bei dem Dr. Djungne als Gastrednerin auftritt. Sie ist vorgestern geflogen und kommt erst morgen Abend zurück.«

Das bedeutet, dass sie morgen früh keine Sprechstunde hat, resümierte Em mit einem Anflug von Unbehagen. Falls Kaylin also tatsächlich herkommt, wird sie wieder enttäuscht. Der Gedanke bohrte sich wie eine Speerspitze in ihren Magen. Wie viel hielt man aus mit zehn Jahren? Wie viel konnte ein Kind in diesem Alter verkraften? Noch dazu eins, das lieber in die Ungewissheit einer unbekannten Metropole flüchtete, als bei seinem Onkel zu bleiben. Bei seiner Familie. Und … Em stutzte, als ihr Blick auf die gegenüberliegende Wand fiel. Die Tür zur Herrentoilette. Sie konnte nicht sagen, warum, und doch hatte sie von einem Moment auf den anderen das Gefühl, sie würde beobachtet.

Die Luft um sie herum begann zu knistern, als sie langsam auf die Tür zuging.

»Em?«, fragte Decker, weil sie so lange nichts mehr gesagt hatte.

»Ja, ich bin noch da«, antwortete sie, deutlich leiser als zuvor. »Aber ich muss jetzt Schluss machen.«

»Was ist da los, bei dir?«
»Nichts.«
Sein Schweigen verriet, dass er ihr kein Wort glaubte.
»Keine Sorge«, sagte sie hastig. »Ich melde mich.« Bevor er noch etwas sagen konnte, drückte sie auf die Taste mit dem roten Hörer.

Dann blickte sie den langen Flur hinunter. Die meisten Räume auf dieser Etage waren Büros. Und vermutlich wurden diese Büros abends abgeschlossen. Nein, bestimmt sogar. Folglich blieben nur wenige Verstecke übrig, die man wählen konnte, falls man Schritte hörte.

Schritte wie ihre, zum Beispiel …

Sie schaltete das Handy aus, damit es nicht im falschen Augenblick klingeln konnte, und steckte es ein. Dann ging sie beherzt auf die Toilettentür zu und legte die Hand auf die Klinke.

7

Frankfurt, Eschersheimer Landstraße,
22.20 Uhr

Zhou öffnete die Wagentür und warf ihre beiden Einkaufstüten auf den Beifahrersitz. Joghurt, Obst, Käse und eine Dreierpackung Tiefkühlpizza. Dazu Kaffee, Nutella und ein gut gemeintes Vollkornbrot, das vermutlich doch nur verschimmeln würde. Genau wie seine Vorgänger. Zhou schenkte den Tüten ein ironisches Lächeln und knallte die Tür zu. Wenigstens gab es in dieser Stadt genügend Supermärkte, in denen man zu später Stunde einkaufen konnte!

*Du hast abgenommen*, stichelte Liu Yun in ihrem Kopf.

»Und wenn schon«, murmelte Zhou und ließ sich auf den Fahrersitz fallen. »Ich bin kein Kleinkind mehr. Und auch wenn ich euch permanent enttäusche, kann ich doch schon auf mich selbst aufpassen, stellt euch vor!«

Sie rammte den Autoschlüssel ins Zündschloss, konnte sich jedoch noch nicht dazu durchringen, nach Hause zu fahren. Stattdessen öffnete sie das Fenster, schaltete das Radio ein und suchte nach einem Programm, das zu ihrer Stimmung passte. Doch sie wurde nicht fündig. Zu heiter. Zu gefühlig. Zu weichgespült. Zu düster. Zu trocken. Entnervt gab sie auf. Tatsächlich wäre sie am liebsten zurück ins Punch and Dragon gefahren, um ihre Wut an einem der Sandsäcke auszulassen. Doch sie wollte Liu Yun auf keinen Fall noch einmal unter die Augen treten. Nicht, bis sie diesen elenden Fall gelöst hatten ...

»Oder zumindest zu den Akten gelegt«, korrigierte sie sich halblaut, weil das nach Lage der Dinge vermutlich die realistischere Variante war.

Sie lehnte sich in die weichen Polster zurück und dachte an ihre Wohnung am Westhafen, die Monat für Monat einen nicht unbeträchtlichen Teil ihres Gehalts fraß, ohne dass sie überhaupt dazu kam, ihre Annehmlichkeiten zu genießen. Weder die luxuriöse Terrasse mit Blick auf die Mole noch die raffinierten Extras der im Mietpreis enthaltenen Designerküche hatte sie bislang nennenswert genutzt. Genauso wenig wie die geräumige Sauna samt Whirlpool im Untergeschoss des Apartmenthauses, die den Mietern rein theoretisch vierundzwanzig Stunden am Tag zur Verfügung stand.

*Fahren Sie heim und nehmen Sie ein Bad ...*

Sie atmete tief durch und beobachtete ein Pärchen, das in diesem Augenblick aus dem hell erleuchteten Eingang des Supermarktes trat. Der Form und dem Gewicht ihrer Einkaufstüten nach zu urteilen, hatten die beiden hauptsächlich Flaschen gekauft. Alkohol vermutlich. Zhous Blicke scannten den Rücken des Mannes, der stur geradeaus ging, ohne sich um seine Partnerin zu kümmern. Die Sehnen in seinem Nacken waren bis zum Zerreißen gespannt, die Muskulatur gut entwickelt. Jemand, der durchaus fit sein könnte, wenn er seinem Körper nur ein wenig mehr Respekt entgegenbrächte.

Die Frau hingegen war deutlich übergewichtig und hatte alle Mühe, mit ihrem Begleiter Schritt zu halten. Unter ihrem T-Shirt zeichneten sich die Umrisse eines monströsen BHs ab, der ihr tief in die fleischige Haut schnitt.

Zhou blickte ihr nach, bis sie um die Ecke verschwunden war. Dann entschloss sie sich, ihre E-Mails zu checken.

Die leichte Brise, die durch das geöffnete Fenster zu ihr hereinwehte, duftete trotz des allgegenwärtigen Verkehrsmiefs nach Blüten und Gras. Nach dem Regen der vergangenen Tage schien es nun binnen weniger Stunden Frühling geworden zu sein. Nicht einmal das hat Zeit, dachte Zhou. Dann öffnete sie einen Anhang, der Deckers Kürzel trug. Es handelte sich um erste Ermittlungsergebnisse zu den Vermögensverhältnissen der Klatts und deren gesellschaftlichem und nachbarschaftlichem Umfeld. Er hat unsere Arbeit gemacht, dachte Zhou, als sie die Zusammenfassung ihres Kollegen überflog. Während wir einem Phantom hinterhergehetzt sind, hat Decker die Laufarbeit erledigt, die unser Job gewesen wäre. Sie schüttelte unwillig den Kopf. Dann vertiefte sie sich wieder in den Bericht ihres Kollegen. Was er herausgefunden hatte, deckte sich im Großen und Ganzen mit dem Bild, das Capelli und sie sich bereits im Plaza von dem Unternehmerpaar gemacht hatten. Nette, unauffällige Leute. Skandalfreie Ehepartner. Verantwortungsbewusste Vorgesetzte. Ruhig. Geduldig. Erfahren. Sozial. Peter Klatt hatte ein Auge zugedrückt, wenn einer seiner Angestellten wegen eines Krankheits-

falls in der Familie ein paar Tage frei brauchte. Er hatte seiner Buchhalterin erlaubt, ihren Hund mit zur Arbeit zu bringen. Und der Putzfrau, dass ihre Tochter im Garten spielte, während sie arbeitete.
Kurzschlusshandlungen?
Fehlanzeige.
Zhou betrachtete eine Aufnahme, die Peter und Ramona Klatt an einem Strand in Italien zeigte. Dass ausgerechnet diese Leute ein Kind entführt haben sollten, nur um ein paar Aktien zurückzukaufen, erschien ihr nach wie vor völlig abwegig. Und doch hatten die Klatts genau das getan. Ein Kind entführt ...
Sie klickte eines der angehängten Telefonprotokolle an. Es war mit »hohe Priorität« markiert und unterschrieben von Carsten Pell. Eine Angestellte des Plaza hatte hinter einem Stapel mit Bettwäsche eine Tüte von Toys"R"Us gefunden. Was folgte, war eine penibel genaue Aufstellung des Inhalts: *Drei Puzzle, Disney- und Pferdemotive. Eine Lego-Packung, genauer die Yacht aus der Produktlinie »Lego Friends«. Asterix- und Micky-Maus-Heftchen. Rote Ringelsocken. Mädchenunterhemd und -unterhose Gr. 158 in Weiß. Nachthemd, hellblau mit Katzenmotiv.*
Zhou klickte auf FENSTER SCHLIESSEN. Kein Zweifel, die Klatts hatten es ihrem Opfer so angenehm wie möglich machen wollen. Blieb die Frage, warum sie sich überhaupt zu einem derart drastischen Schritt entschlossen hatten. Ihre Augen blieben an den Zahlen hängen, die SaniCon geschickt hatte. Eine Aufstellung sämtlicher Beteiligungen. Geschäftsberichte. Das Übliche. Bei den Aktienpaketen, die Sun Chang vor etwas mehr als einem Jahr erworben hatte, ging es alles in allem um einunddreißig Prozent, verteilt auf vier verschiedene Investoren. Leider gingen aus Deckers Bericht weder deren Namen hervor, noch fand Zhou Informationen darüber, über welches

Bankhaus die Transaktionen abgewickelt worden waren. Also beschloss sie, sich die Geschäftsberichte gleich morgen früh noch einmal selbst vorzunehmen. Wir übersehen etwas, dachte sie, während sie die angehängten Dokumente routiniert durchscrollte. Irgendetwas an diesen Transaktionen war für die Klatts von derart elementarer Bedeutung, dass sie sich genötigt sahen, etwas Ungesetzliches zu tun. Etwas, das ihnen nach übereinstimmender Meinung ihrer Geschäftspartner, Nachbarn und Freunde vollkommen gegen den Strich gegangen sein musste.

Sie zog überrascht die Augenbrauen hoch, als sie das notariell beglaubigte Testament entdeckte, das Peter und Ramona Klatt erst vor einigen Wochen gemacht hatten. Decker hatte das Dokument gewissenhaft eingescannt und zur besseren Orientierung einige Passagen farbig markiert.

»Ach du Scheiße«, entfuhr es Zhou, als ihr klar wurde, was sie da vor sich hatte. Bedeutete das etwa, dass Steven Groß entgegen aller Beteuerungen am Ende doch in Ungnade gefallen war? Und wenn ja, warum?

*Herr und Frau Klatt waren sehr kluge Menschen*, hörte sie im Geiste wieder Ines Stiebel, Klatts langjährige Sekretärin, beteuern. *Ich glaube nicht, dass sie etwas idealisierten, bloß weil es mit Familie oder Kindern zu tun hatte ...*

Zhou ließ das Tablet sinken und starrte in den tintenblauen Himmel über der Lichtglocke des Parkplatzes. »Wovor hattet ihr Angst?«, flüsterte sie in die laue Nachtluft. »Ihr habt einander doch blind vertraut, oder nicht? Und obendrein hattet ihr neunundvierzig Prozent der Aktien. Was hätte euer Neffe da mit seinen zwanzig schon groß ausrichten können? Oder Chang mit seinen einunddreißig?«

Sie stutzte, als ihr schlagartig klar wurde, was unter dem Strich dieser Gleichung herauskam: eine knappe, aber durchaus beschlussfähige Mehrheit!

# 8

```
Institut für Sinologie, Herrentoilette,
22.39 Uhr
```

Diese tiefen schwarzen Augen hatten eine Kraft, die Em ein ums andere Mal den Atem raubte.

Kaylin hatte nicht den geringsten Versuch gemacht, sich vor ihr zu verstecken. Sie hatte die Tür geöffnet, und das Mädchen hatte unter einem von drei Waschtischen gesessen und ihr mit ruhiger Aufmerksamkeit entgegengeblickt, eine alte Sporttasche neben sich auf dem Fußboden und einen der Prospekte aus dem Ständer im Gang aufgeschlagen auf den Knien. Em zweifelte keine Sekunde daran, dass Kaylin sie bereits an ihrem Schritt erkannt hatte, als sie den langen Flur zu Dawa Djungnes Büro entlanggekommen war. Und eines stand immerhin fest: Die Kleine hatte keine Angst vor ihr. Etwas, das Em ehrlichen Herzens freute.

»Hast du die von Thien?«, hatte sie gefragt und auf die Tasche gezeigt.

Das Mädchen hatte genickt. Kein Versuch mehr, ihr vorzumachen, dass sie kein Deutsch verstand.

»Darf ich hineinsehen?«

Wieder Nicken.

Em hatte den Reißverschluss geöffnet und einen Blick in die Tasche geworfen. Eine Decke. Zwei T-Shirts. Socken. Eine Tüte getrocknete Früchte. Und zweihundertfünfundzwanzig Euro Bargeld. Vermutlich alles, was Thien Liming zum Zeitpunkt des Überfalls im Haus gehabt hatte.

Em hatte dieses Thema ganz bewusst ausgespart. Zuerst einmal musste sie an dieses Kind herankommen, das trotz seiner wachen Augen an diesem Abend todmüde wirkte. Sie musste Kaylin klarmachen, dass sie von ihr nichts zu befürchten hatte. Und dann musste sie dem Mädchen gestatten, sich ein wenig auszuruhen. Immerhin war sie ein Kind, das seit mehr als vierundzwanzig Stunden auf der Flucht war. Vor seinem Onkel. Vor den Behörden. Vor einem Killer, der so unberechenbar war, dass es Em eine Gänsehaut über den Körper jagte, wenn sie nur an ihn dachte.

Also hatte sie sich neben Kaylin auf die kalten Fliesen gesetzt und auf das Foto gezeigt, das die Kleine vor sich auf den Knien hatte. Ein imposanter Gebirgssee mit türkisblauem Wasser vor einem schneebedeckten Gipfel.

»Gefällt dir das Bild?«

Kaylin sagte nichts, aber ihr Blick sprach Bände. *Oh ja, es gefällt mir sogar sehr ...*

Em hatte genickt. »Es sieht auch total ... beeindruckend aus.«

Kaylin bemerkte das kurze Zögern sofort. Und vermutlich begriff sie auch, dass Em eine etwas mehrdeutige Formulierung gewählt hatte.

»Du hast recht«, lächelte Em. »Ich mag Wasser nicht besonders.«

Interessiertes Schweigen.

»Es ist mir zu ...« Sie hielt inne und überlegte, wie sie ausdrücken sollte, was sie fühlte. »Ich finde, es ist irgendwie tückisch.« Ein schweres, ungebräuchliches Wort. Noch dazu für eine Asiatin. »Tückisch bedeutet so viel wie hinterhältig«, erklärte sie schnell, doch das war auch nicht viel besser. »Das Problem ist, dass man bei Wasser nie so genau weiß, ob es einfach nur Wasser ist, verstehst du?«, versuchte sie es anders. »Ich meine, es könnte genauso gut etwas darin sein. Etwas, mit dem man nicht rechnet ...«

*Ein totes Kind, zum Beispiel.*

*Ein Junge ...*
Sie atmete tief durch. »Jedenfalls macht es mir Angst.«
Die Kleine sah tatsächlich aus, als begreife sie das.
Und wieder dachte Em, dass sie außergewöhnlich reif war für ihr Alter. »Kannst du mir sagen, warum du hier bist?«
Keine Antwort.
»Du wartest auf Frau Dr. Djungne, nicht wahr?«
Kaylins Überraschung war nicht zu übersehen. Darüber, dass Em Bescheid wusste. Dass man sie durchschaut hatte.
»Hat Thien Liming dich hergeschickt?« Em kniff die Augen zusammen. War das tatsächlich ein Nicken? »Wir wissen, dass er dein Lehrer war.«
Das Mädchen kniff die Lippen zusammen, bis die Haut rund um den Mund weiß wurde.
Wie viel hat sie gesehen?, durchfuhr es Em. War sie tatsächlich schon fort, als die Folter begann, wie wir es anhand der Spurenlage vermuten? Oder ist sie doch noch in dieser Wohnung gewesen? In einem Versteck vielleicht, das sie erst verließ, als Thiens Peiniger bereits wieder fort war? Ihre Augen glitten prüfend über das ebenmäßige Profil des Kindes. Nein, widersprach sie sich selbst. Der Killer hätte sie niemals übersehen. Er hat gesehen oder gehört, wie sie zum Fenster raus ist, und ihm war klar, dass er ihr auf diesem Weg nicht folgen konnte. Also hat er sich ihrem Lehrer zugewandt ...
Aber warum hat Thien Liming es für eine gute Idee gehalten, dass die Kleine hierherkommt?, überlegte sie, während sie wieder das türkisblaue Wasser auf dem Foto betrachtete. Was hat er damit bezweckt? Was ist hier? Ein Kontakt? Irgendeine geheime Hilfsorganisation für in Not geratene Chinesen, deren Adresse man nur unter der Hand bekommt? Sie wusste, dass es dergleichen für Stal-

king-Opfer gab. Namenlose Organisationen, die im Verborgenen und nicht selten auch am Rande der Legalität operierten, weil ein von Grund auf verwalteter Staat mit all seinen Bürgerpflichten und Meldegesetzen den Opfern von Gewalt und Verfolgung nicht genügend Schutz bot. Solche Organisationen schufen neue Existenzen, vermittelten Jobs und Wohnungen und gaben hilfreiche Adressen weiter. Em riss den Blick von dem See auf dem Foto los. Fand dort drüben, im Büro von Dawa Djungne, etwas Ähnliches statt? Immerhin war die Dozentin offenbar auch politisch aktiv. Sie unterschrieb Petitionen. Setzte sich für inhaftierte Landsleute ein. Hatte eine Auskunftssperre und vermutlich auch genügend Courage, um Menschen zu helfen, die nicht mehr weiterwussten. Hatte Thien Liming seine Schülerin aus diesem Grund hierhergeschickt?

*Rein formal gesehen ist das Mädchen Staatsbürgerin der Volksrepublik China und hält sich lediglich vorübergehend in unserem Land auf. Und solange ihr in diesem Land nichts zustößt, sind wir für sie nicht zuständig ...*

Aber wer dann?, protestierte Em in Gedanken. Wer, verdammt noch mal, ist für dieses Kind zuständig?

Rein rechtlich gesehen natürlich ihr Onkel, gab sie sich selbst zur Antwort. Aber aus irgendeinem Grund schien Kaylin nicht zu Sun Chang und seiner Frau zurückzuwollen ...

Als ihr bewusst wurde, dass das Mädchen sie ansah, wandte sie den Kopf. »Du kannst nicht hierbleiben«, stellte sie in betont sachlichem Ton fest.

Die Pupillen in den dunklen Augen schienen sich zu verengen.

»Ich mein's ehrlich. Das hier ist kein Ort, an dem du warten kannst. Selbst wenn es nur ein paar Stunden wären.«

Sie öffnete den Mund, und zum ersten Mal hörte Em

nun auch ihre Stimme. Sie war warm und angenehm dunkel für ein Kind ihres Alters. Tief und guttural. »Dawa Chungne«, sagte sie, und ihr Ton machte unmissverständlich klar, dass sie entschlossen war, sich nicht von der Stelle zu rühren. Nicht, bevor sie nicht erreicht hatte, weshalb sie gekommen war.

»Dr. Djungne ist auf einem Kongress in England«, erklärte Em, weil sie wusste, dass nur die Wahrheit Kaylin überzeugen würde. »Und sie wird frühestens morgen Abend wieder zurück sein.«

Kaylins Augen bohrten sich in ihre.

»Ich lüge nicht.«

Ein Augenblick des Nachdenkens, in dem eine Spur Vertrauen aufblitzte. Doch der dauerte nur kurz. Dann verschränkte sie die Arme vor der Brust und wiederholte mit Nachdruck: »Dawa Chungne.«

Obwohl sie entschlossen, fast trotzig klang, hatte Em in diesem Augenblick zum ersten Mal, seit sie einander kannten, das Gefühl, ein kleines Mädchen vor sich zu haben. Eine Zehnjährige mit Träumen und Ängsten, geschwächt und zermürbt von mehr als vierundzwanzig Stunden der Flucht. Und am liebsten hätte sie die Kleine einfach nur in die Arme genommen ...

»Ich verstehe, dass es wichtig ist, mit ihr zu sprechen«, flüsterte sie stattdessen. »Aber du kannst unmöglich hier warten, bis Frau Dr. Djungne zurückkehrt. Vielleicht kommt sie erst nächste Woche wieder her.«

*Aber was soll ich dann tun?*, schienen die unergründlichen schwarzen Augen zu sagen, und für den Bruchteil einer Sekunde glaubte Em sogar, den Schleier unterdrückter Tränen zu sehen. *Wo soll ich denn hin?*

»Wir werden schon eine Lö...«, begann sie, doch eine Reaktion des Mädchens brachte sie umgehend wieder zum Schweigen.

Von einer Sekunde zur nächsten war der kleine Körper von einer enormen Spannung erfüllt. Kaylins Müdigkeit schien wie weggeblasen.

»Was ist?«, fragte Em alarmiert.

Doch das Mädchen legte nur warnend einen Finger an die Lippen.

Und jetzt hörte Em es auch.

Schritte!

»Egal, was passiert, verhalt dich ganz still«, flüsterte sie, rannte zum Schalter und löschte das Licht. »Und versteck dich in einer von den Kabinen da hinten.« Sie zeigte auf den Durchgang zu den Pissoirs. »Mach schnell.«

In Kaylins Augen lag etwas, das sie nicht deuten konnte. Ein Anflug von Schmerz. Und ... Ja, auch etwas wie Schuld.

Em dachte an die Suite im Plaza. Vielleicht hat Peter Klatt dem Mädchen etwas Ähnliches gesagt, überlegte sie. Vielleicht hat er gespürt, dass Gefahr droht, und hat sie in Sicherheit gebracht. Und jetzt plagt sie das schlechte Gewissen, ihn alleingelassen zu haben. Genau wie sie ihren alten Lehrer alleinlassen musste. Der Preis des Entkommens. »Du musst mich nicht beschützen«, sagte sie leise, aber eindringlich. »Mein Job beinhaltet, dass ich auf mich selbst aufpassen kann, okay?« Wenn dieses Kind von irgendetwas zu überzeugen war, dann nur mit hieb- und stichfesten Argumenten, so viel stand fest.

Kaylin verharrte noch immer vollkommen regungslos.

Em sah den inneren Kampf, den sie ausfocht.

*Kann ich ihr glauben? Will sie mir gut?*

»Vertrau mir«, flüsterte sie, während die Schritte auf dem Gang unaufhaltsam näher kamen. Wer auch immer da kam, versuchte leise zu sein. Und das bedeutete aller Wahrscheinlichkeit nach, dass der Hausmeister ausschied. Doch in einer derart geräuscharmen Umgebung konnte man nicht verhindern, dass man gehört wurde. Wenigstens das, dachte Em, während sie ihre Waffe aus dem Holster zog. Wenigstens werden wir nicht überrumpelt ...

*Und wenn es der Killer aus dem Plaza ist?*
*Der Schütze mit dem Legionärs-Tattoo?*

Dann hatte sie es mit einem verdammt starken Gegner zu tun, ganz klar. Mit jemandem, der das Kämpfen von der Pike auf gelernt hatte. Den keinerlei Skrupel davon abhielten, einen wehrlosen Lehrer zu foltern.

Em merkte, wie ihre Handflächen vor Aufregung feucht wurden. Und auch die Wunde, die sie über Tag fast vergessen hatte, begann mit einem Mal wieder zu pochen.

Es mochte Thien Liming vielleicht gelungen sein, sein Smartphone zu verstecken, bevor es seinem Peiniger in die Hände gefallen war. Aber der Killer hatte mehr als genug Zeit gehabt, auf anderem Wege an die Informationen zu kommen, die ihn interessierten. Was, wenn Thien Liming unter dem Druck der Folter schließlich doch geredet hatte?

Dann sitzen wir in der Falle, dachte Em.

Sie schluckte und drehte sich zu Kaylin um. Doch von dem Mädchen war nichts mehr zu sehen.

Erleichtert wandte sich Em wieder der Tür zu. Ihrem Gegner ...

Die Schritte hatten vor Dawa Djungnes Bürotür gestoppt. Vor Ems innerem Auge dämmerten Bilder herauf. Eine maskierte Gestalt, von Kopf bis Fuß in Schwarz gekleidet, drückt behutsam auf die zerkratzte Plastikklinke. Stellt fest, dass die Tür verschlossen ist. Verharrt einen Augenblick bei den Prospekten im Ständer neben der Tür. Bei Kaylins Bergsee und all den anderen harmlos-bunten Souvenirs, die die Schönheit eines Landes beschworen, das Lichtjahre entfernt schien. Ein behandschuhter Finger streift langsam über die Ecke eines Flyers, die ein klitzekleines bisschen zerknickt ist.

Dann dreht die Gestalt sich um ...

Unwillkürlich hielt Em den Atem an. Die Tür zur Toilette hatte einen Milchglaseinsatz. Doch der nützte ihr weniger als nichts, denn er war viel zu hoch, als dass sie hätte hindurchsehen können. Also musste sie sich allein auf ihr Gehör verlassen. Und auf ihr Bauchgefühl. Auch wenn gerade das in den vergangenen Tagen ein paar empfindliche Dämpfer bekommen hatte.

Sie befeuchtete ihre Lippen. Ihr Herz raste. Ihr Puls war überall zu spüren. Im Hals. In der Schläfe. Im Magen. Und doch war sie von jetzt auf gleich erstaunlich ruhig. Selbst ihre Hand war plötzlich wieder trocken und lag sicher um den Griff ihrer Waffe, nicht verkrampft und nicht zu locker. Ist das hier tatsächlich schon so was wie Routine für mich?, überlegte sie erstaunt. Habe ich mich allen Ernstes schon daran gewöhnt, dass mein Leben in Gefahr ist? Dass ich mit dem Rücken zur Wand stehe? Sie stutzte, als eine flüchtige Erinnerung ihr Bewusstsein streifte. Und für den Bruchteil einer Sekunde sah sie sich wieder im einundzwanzigsten Stock des EZB-Rohbaus stehen. Ein eisiger Nachtwind trieb Abertausende von Schneeflocken wie Pfeile über den gähnenden Abgrund und pfiff durch die leeren Fensterhöhlen, vor denen lose Plastikplanen flatterten. In jener Nacht im vergangenen November hatte sie dem Tod ins Auge geblickt. Doch dieses Mal würde niemand auftauchen, um sie in buchstäblich letzter Sekunde zu retten. Dieses Mal würde sie allein zurechtkommen müssen. Ganz so, wie sie es Kaylin erst vor wenigen Augenblicken versprochen hatte ...

Auf der anderen Seite der Tür erklang ein leises Quietschen.

Neue Schritte. Mehr zu ahnen, als zu hören.

Dann ein Klicken, das Em nur allzu vertraut war.

Instinktiv wich sie ein Stück zurück. Weg von der Tür.

Es war durchaus denkbar, dass er einfach drauflosschoss. Er war weiß Gott kein Typ, der lange fackelte. Und falls er tatsächlich als Legionär gedient hatte, dann waren auch seine Instinkte im Kampf erprobt. Gut möglich, dass er ihre Anwesenheit längst gespürt hatte. Vielleicht witterte er sie. Wie ein Raubtier.

Ja, dachte Em, vermutlich ist ihm längst klar, dass ich hier bin ...

Sie starrte die Tür an. Obwohl es dunkel war, konnte sie klar und deutlich die Klinke erkennen. Und tatsächlich: Das Plastik senkte sich. Langsam, Millimeter für Millimeter glitt die Klinke nach unten.

*Er ist vorsichtig!*

Sie nahm die Waffe mit beiden Händen und hielt sie auf Schulterhöhe vor sich.

Vom Flur fiel bereits ein schmaler Streifen Licht herein. Er lief über die abgenutzten Fliesen wie eine Wunde, die langsam, aber sicher aufklaffte. Dann sah Em eine Hand, die suchend über die Kacheln tastete.

Nur Sekunden später flammte das Deckenlicht auf.


9

**Institut für Sinologie, Flur, 22.45 Uhr**

»Scheiße, was tun Sie denn hier?«

»Na, das ist ja eine zauberhafte Begrüßung!« Zhou machte einen Schritt rückwärts und ließ die Waffe sinken. »Sie hätten mich beinahe erschossen!«

»Was soll ich machen, wenn Sie sich derart anschleichen?«, versetzte Capelli, während sie ihre Waffe wieder unter die Jacke schob. »Und überhaupt: Woher wissen Sie, dass ich hier bin?«

»Von Decker.« Sie atmete tief durch. »Er macht sich Sorgen um Sie, weil Ihr Telefon aus ist.«

»Blödmann!« Capelli schüttelte unwillig den Kopf. »Sollten Sie sich nicht für den Rest des Abends vom Präsidium fernhalten?«

»Sollten *Sie* nicht irgendeinen Bericht schreiben?«

»Der ist fertig.«

»Super. Und ich habe gebadet.« Zhou versuchte ein strahlendes Lächeln. »Folglich sind wir quitt.«

Capellis Augen tasteten ihren Körper ab, als wolle sie sich auf diese Weise vergewissern, dass ihre Kollegin tatsächlich sauber war.

Fehlt nur noch, dass sie an mir schnuppert, dachte Zhou entnervt. »Können wir das lassen, bitte?«

Em lachte. Ziemlich dreckig, wie Zhou fand. Dann trat sie auf den Flur hinaus und schloss die Tür hinter sich. »Aber ernsthaft: Warum sind Sie hier?«

Zhou berichtete in knappen Worten von der Entdeckung, die sie in Bezug auf die Mehrheitsverhältnisse bei SaniCon gemacht hatte. »Wenn Groß und Chang sich also zusammengetan hätten«, schloss sie, »dann ...«

»Weshalb hätten sie das tun sollen?«, fiel Capelli ihr ins Wort. Sie hatte interessiert zugehört, wurde aber zusehends nervöser.

»Keine Ahnung«, sagte Zhou. »Aber ich halte es unter den gegebenen Umständen durchaus für bemerkenswert, dass Peter Klatt ausgerechnet kurz vor seinem Tod rein theoretisch zum ersten Mal in seiner langen Karriere Gefahr lief, aus seiner eigenen Firma gedrängt zu werden.«

»Warum hätte sein Neffe ihn ausbooten sollen?«, widersprach Capelli. »Der Job bei SaniCon macht ihm doch nicht mal Spaß.«

»Sagt *er*.«

Sie überlegte einen Moment. »Ich hatte, ehrlich gesagt, nicht das Gefühl, dass er in diesem Punkt lügt.«

Eine Einschätzung, die Zhou durchaus teilte. »Steven Groß ist Schauspieler«, wagte sie dennoch einen Einwand. »Vielleicht hat er uns etwas vorgemacht. Oder es geht in Wahrheit um etwas ganz anderes als um die Leitung einer Firma.«

Capelli schob den Kopf vor. »Zum Beispiel?«

»Rache. Persönliche Kränkungen. Enttäuschung.« Sie hob die Schultern. »Immerhin hat Klatt seinem Neffen bislang ja noch nicht mal Prokura eingeräumt, obwohl der ganz offiziell als sein Stellvertreter fungierte.«

Ihre Partnerin sah noch immer nicht überzeugt aus. »Das muss nicht zwingend ein Misstrauensbeweis sein«, gab sie zurück. »Vielleicht war Klatt auch einfach ein Mensch, der nicht gerne delegiert.«

»Trotzdem muss in letzter Zeit irgendetwas vorgefallen sein, das ihn dazu veranlasst hat, sein Testament zu ändern«, beharrte Zhou.

»Wenn das wirklich etwas so Schlimmes gewesen wäre …« Capelli blickte an ihr vorbei, den langen Flur hinunter. Ihre Nervosität war mit Händen zu greifen. »Warum haben die Klatts ihren Neffen dann nicht gleich ganz enterbt?«

»Manche Menschen können sich nur schwer zu derart radikalen Schnitten durchringen«, antwortete Zhou. »Erst recht, wenn es um die eigenen Familienangehörigen geht.«

*Wieso?*, schienen die großen grünbraunen Augen ihrer Partnerin zu sagen. *Wenn es gute Gründe gibt …*

Zhou dachte an ihren Vater und kam zu dem Schluss, dass sie recht hatte. »Wir sollten trotzdem mal einen Blick auf Steven Groß' Konten werfen.«

»Einverstanden.« Capelli spähte noch immer Richtung

Treppenhaus. »Sind Sie zufällig dem Mann vom Sicherheitsdienst begegnet?«

»Nein. Sollte ich?«

Sie machte eine wegwerfende Geste. »Nicht weiter wichtig.«

Vielleicht doch, dachte Zhou. »Hat er Ihnen aufgeschlossen?«

Capelli verneinte. »Es war offen.«

»Ist das üblich?«

Lachen. »Dasselbe habe ich auch gefragt.«

»Und?«

»Nein, ist es nicht. Der Wachwechsel findet gegen neun statt. Irgendwann nach der Übergabe macht sich der Diensthabende dann auf seine erste Runde und schließt die Räume ab, die noch offen waren.«

Zhou öffnete den Reißverschluss ihrer Sportjacke. Im Inneren des Gebäudes war es noch immer angenehm warm. Nicht der schlechteste Ort für ein Kind, das einen Platz zum Schlafen brauchte. »Denken Sie, dass Kaylin hier auftaucht?«

»Möglich«, entgegnete Capelli, und ihr Tonfall war einen Hauch zu unbekümmert. »Auch wenn ich mir ehrlich gesagt nicht vorstellen kann, dass sie so spät am Abend noch groß durch die Gegend läuft. Sie muss todmüde sein.«

Zhous Augen streiften die geschlossene Toilettentür in ihrem Rücken. »Vielleicht ist sie ja schon hier …«

»Falls sie hier wäre, hätte ich sie gefunden.« Ihre Stimme war fest und sicher. Und doch glaubte Zhou eine leise Unruhe zu sehen, ein feiner elektrischer Impuls in den Tiefen ihres Blicks.

»Das sind verdammt viele Türen allein auf dieser Etage«, wandte sie ein.

»Aber es war keine offen. Nur dieses Klo …« Capelli

deutete hinter sich. Eine beiläufige, fast aufreizend lässige Bewegung. »Und da ist sie nicht. Was natürlich nicht heißt, dass sie nicht noch auftaucht.«

Zhou zog ihr Smartphone aus der Tasche ihrer Sportjacke. »Dann sollten wir jemanden abstellen, der das Gebäude beobachtet.«

Doch Capelli war viel zu schlau, um ihr so ohne weiteres auf den Leim zu gehen. »Wenn wir das tun, wird es sich kaum vermeiden lassen, dass das BKA von der Sache Wind bekommt.«

»Und wenn wir ...«

»Nein.« Das harmlose kleine Wort hallte wie ein Peitschenhieb von den kahlen Flurwänden wider. »*Wir* müssen gar nichts. Streng genommen dürften Sie nicht mal hier sein. Und aus diesem Grund werden Sie jetzt auch auf der Stelle nach Hause fahren.« Sie schob das Kinn vor. Eine Geste, die bei ihr kompromisslose Entschlossenheit ausdrückte. »Es reicht ja wohl, wenn sich einer von uns beiden nicht konform verhält.«

»Sie klingen wie Makarov.«

»Makarov ist ein kluger Mann.«

»Aber *Sie* können ruhig Ihre Karriere riskieren, ja?« Zhou hatte nicht die geringste Ahnung, ob sie wütend oder dankbar sein sollte. Dafür, dass Capelli sie ganz offenbar schützen wollte. Oder wollte sie das gar nicht? Wollte Emilia sie einfach nur so schnell wie möglich loswerden?

»Ich riskiere gar nichts.«

Zhou rührte sich keinen Millimeter von der Stelle. »Sie wissen so gut wie ich, dass das nicht stimmt.«

»Und wenn schon ...« Sie lachte ein wenig zu laut. »Glauben Sie mir, so schnell bin ich nicht einzuschüchtern.«

»Ich auch nicht.«

Ihre Blicke krallten sich ineinander, und unwillkürlich musste Zhou an zwei Echsen denken, die einander mit hoch aufgestelltem Kragen fixierten. »Sie ist hier, nicht wahr?«, fragte sie nach einem unerträglich langen Moment stummen Kräftemessens.

»Wer?«

»Kaylin.«

Einen Augenblick lang starrte Capelli sie einfach nur an. Dann lachte sie laut auf. »Machen Sie sich doch nicht lächerlich!«

Sie geht in die Offensive, aber sie widerspricht mir nicht, notierte Zhou in Gedanken, und die Erkenntnis, dass sie mit ihrer Vermutung womöglich richtiglag, raubte ihr für einen Moment buchstäblich den Atem.

*Kaylin ist hier!*

*Sie hat sie tatsächlich gefunden!*

Doch bereits Sekunden später bestürmten sie die nächsten Fragen: *Und was jetzt? Was hat sie vor?*

Capelli schien ihre Gedanken zu erraten. »Wenn das Mädchen tatsächlich hier wäre, müssten wir das natürlich melden«, erklärte sie in geradezu aufreizend gelangweiltem Ton. »Und das wiederum würde bedeuten, dass Sun Chang informiert wird. Selbstverständlich würde er sich auf der Stelle ins Auto setzen und herkommen, um seine Nichte abzuholen. Und dieses Mal, glauben Sie mir, würde es ihm auch gelingen.«

»Es ist niemandem damit gedient, wenn Sie …«, startete Zhou einen hilflosen letzten Versuch, doch ihre Partnerin ließ sie nicht einmal ausreden.

»Wem wann womit gedient oder nicht gedient ist, entscheide ich«, entgegnete sie fest. »Und jetzt verschwinden Sie endlich.«

Oh nein! So nicht! Zhou straffte die Schultern und richtete sich zu ihrer vollen Größe von immerhin einem Meter siebzig auf. »Sie sind nicht meine Vorgesetzte«, stellte sie so sachlich wie irgend möglich klar. »Und wenn ich einen Blick in diese Toilette werfen will, dann sind Sie der letzte Mensch, der mich daran hindern wird.«

In Capellis grünbraunen Augen funkelte eine unmissverständliche Drohung. »Glauben Sie?«

»Ja«, antwortete Zhou.

Sie machte einen Schritt nach links, so dass sie genau vor der Tür stand. »Lassen Sie's drauf ankommen.«

Zhou starrte sie an. Was sollte das? Warum setzte sie aufs Spiel, wofür sie tagtäglich so hart arbeitete? Doch kaum dass sich die Fragen in ihrem Kopf manifestiert hatten, fiel ihr auch schon die Antwort ein: »Es ist wegen dem Jungen, nicht wahr?«, brach es aus ihr heraus und die Wucht der Erkenntnis überschwemmte sie mit einer Welle höchst unterschiedlicher Gefühle.

Capelli schien tatsächlich nicht zu verstehen, worauf sie hinauswollte. »Was für ein Junge?«, fragte sie.

»Ihr erster Mordfall.«

Kopfschütteln. »Wie kommen Sie auf die Schnapsidee, dass das irgendetwas mit …«

»Das Opfer«, unterbrach Zhou. »Sie haben gesagt, dass der Junge auch zehn Jahre alt gewesen ist.«

»Ja und?«

»Damals konnten Sie nichts mehr tun, und der Fall wurde nie aufgeklärt«, murmelte Zhou, und die Worte waren eigentlich mehr an sich selbst als an ihre Partnerin gerichtet. »Sie haben nie erfahren, wer ihn ermordet hat. Aber dieses Mal …« Sie sah hoch und blickte Capelli direkt in die Augen. »Dieses Mal können Sie etwas tun. Dieses Mal haben Sie eine echte Chance.«

»Was soll das?«, fauchte Capelli. »Wollen Sie jetzt auch noch den Analytiker spielen, oder was?«

Zhou machte einen Schritt auf sie zu und legte ihr die

Hand auf den Arm. »Sie sind nicht verantwortlich für dieses Kind, Em. Und auch wenn Sie Kaylin noch so gut wollen, müssen Sie sich an die Dienstwege halten. Sonst haben Sie ihr am Ende mehr geschadet als genützt.«

Capelli machte ihren Arm los und drehte sich weg. »Keine Sorge, ich weiß genau, was ich tue.«

Doch etwas in ihren Augen machte Zhou stutzig. Prüfend musterte sie das Profil ihrer Kollegin. »Oh, mein Gott…«, flüsterte sie, als sie sich sicher war.

Capelli fuhr ungehalten herum. »Was ist denn nun schon wieder?«

»Es war gar kein offizieller Fall, nicht wahr?« Sie schluckte. »Sie waren selbst noch ein Kind damals…«

Der Blick, den ihre Partnerin ihr zuwarf, war eine seltsame Mischung aus Respekt und Verachtung. »Sie erwarten doch nicht im Ernst, dass ich diesen Unsinn kommentiere, oder?«

Doch, dachte Zhou. Eigentlich schon…

»Was damals geschehen ist, gehört nicht hierher«, erklärte Capelli unmissverständlich endgültig. »Und jetzt verschwinden Sie endlich. Sie sind nicht autorisiert, hier irgendetwas zu tun.«

»Aber *Sie* sind autorisiert, ja?«

Sie stemmte herausfordernd die Arme in die Seiten. »Zumindest bin ich im Gegensatz zu Ihnen noch immer im Dienst.«

Ein Argument, dem Zhou tatsächlich nicht viel entgegenzuhalten hatte. »Na schön«, stöhnte sie. »Dann tun Sie in Gottes Namen, was Sie nicht lassen können. Ich kann Sie ja doch nicht davon abhalten.«

»Gut erkannt.«

Zhou schüttelte resigniert den Kopf und schickte sich an zu gehen.

Doch zu ihrer Überraschung legte ihr Capelli flüchtig

eine Hand auf die Schulter. »Ich weiß, dass Sie's gut meinen. Und ich ...« Sie räusperte sich. »Na ja, ich weiß Ihre Bemühungen zu schätzen, okay?«

Wenn sie Stress hatte, wirkte sich dieser zumindest nicht auf ihre Physis aus. Ihre Hand war ruhig und warm. Zhou spürte es noch durch den Stoff ihrer Jacke. Ganz kurz nur. Dann ließ Capelli die Hand wieder sinken.

»Gute Nacht, Mai. Wir sehen uns morgen früh im Präsidium.«

»Ja«, sagte Zhou und wandte sich ab. »Bis dann.«

Und wieder spürte sie einen Blick in ihrem Rücken, als sie den langen Korridor entlanglief. Ein alter Spruch ihres Vaters fiel ihr ein, ein deutscher dieses Mal, von Matthias Claudius: *Die größte Ehre, die man einem Menschen erweisen kann, ist die, dass man ihm vertraut.*

Sie atmete tief durch und stieß die Tür zum Treppenhaus auf. Doch erst als sie unten ankam, gestattete sie sich, die Tränen wegzuwischen.

10

**Universität Frankfurt, Herrentoilette,
22.53 Uhr**

Kaylin presst das Ohr gegen das Holz der Tür, doch sie kann nichts mehr hören. Nichts außer ihrem eigenen hämmernden Herzen.

Ihre Finger sind eiskalt und feucht.

Seit endlosen Sekunden ist es still da draußen. Kein Gespräch mehr. Keine Schritte. Kein Garnichts.

*Sie wird mich verraten.*

*Sie wird reden.*
*Und dann holen sie Chang und alles geht wieder von vorn los.*

Die Krallen der Mutlosigkeit graben sich in ihr Fleisch. Aber vielleicht ist sie auch einfach nur müde. Es ist ja so viel passiert, seit sie Changs Haus verlassen hat, um zum Arzt zu fahren. So viel Schlimmes ...

*Bin ich schuld?*

Sie hat die Polizistin mit den Locken absichtlich nicht nach Thien gefragt, weil sie sich vor der Antwort fürchtet. Vermutlich ist er tot. So wie das nette Ehepaar. Andererseits ... Woher sollte die Polizistin dann von Dawa Djungne wissen? Sie hat doch selbst gerade erst von ihr erfahren. Wie sie heißt und wo man sie finden kann. Erst vor ein paar Stunden.

»Sie wird dir helfen«, hatte Thien geflüstert und ihr den Zettel mit der Anschrift in die Hand gedrückt. »Sie weiß Bescheid. Ich habe ihr bereits vor langer Zeit von dir erzählt. Sie ist eine Freundin.«

Und nun behauptet die Polizistin mit den Locken, dass Dawa Djungne gar nicht da ist. Dass sie vielleicht erst nächste Woche wieder herkommt. Etwas, das Kaylin leider nicht überprüfen kann. Deshalb gibt es für sie im Augenblick keine andere Alternative, als abzuwarten. Was die Polizistin tun wird. Wen sie informiert. Wie es weitergeht.

Auf dem Flur ist es noch immer still.

Kaylin hält den Atem an. Ob sie fort sind?

Alle beide?

Sie hat die Stimme sofort erkannt. Die Stimme der anderen Polizistin. »Ich heiße Mai Zhou«, war das Erste gewesen, was sie zu ihr gesagt hatte. In dem kleinen Raum im Erdgeschoss des Plaza. »Ich wohne schon lange hier in Frankfurt und habe einen deutschen Pass. Aber geboren bin ich in Hongkong.«

Ihr Chinesisch war tadellos gewesen. Akzent- und fehlerfrei. Und doch hatten die Worte irgendwie sperrig geklungen. So wie bei ihr selbst. Kaylins Augen gleiten über die vergilbten Kacheln. Als ob die chinesische Sprache ein Kleidungsstück wäre, das ihnen partout nicht passen wollte. Ihnen beiden nicht.

»Weißt du, wo das ist, Hongkong?«, hatte die Frau, die Mai Zhou hieß, sie gefragt.

Doch sie hatte nicht geantwortet, obwohl die Polizistin ihr alles in allem sehr sympathisch war. Sie tut selbstbewusst, denkt sie, aber in Wirklichkeit plagen sie Ängste und Unsicherheit. Sie bringt eine große Stärke mit, doch sie kann sich noch nicht in allen Bereichen dazu entschließen, diese Stärke auch zu nutzen. Hauptsächlich deshalb, weil sie sich selbst noch nicht gut genug kennt.

Auch das kann Kaylin in gewisser Weise nachvollziehen.

*Dein größter Feind bist du selbst*, hatten die Ausbilder in Chengbao ihr eingebläut, wann immer der Schmerz über ihren Willen gesiegt hatte. *Wirklich frei und wahrhaftig stark wirst du erst sein, wenn du dich deinen eigenen Schwächen nicht mehr beugst ...*

Eine Bewegung auf der anderen Seite der Tür bereitet ihren Gedanken ein jähes Ende. Kaylin hört die Schritte der Polizistin, die unmittelbar vor der Toilettentür stoppen. Ein schwerer Atemzug, fast so, als würde sie sich mit einem einzigen Luftholen von einer Zentnerlast befreien.

Dann geht die Tür auf.

Die Polizistin scheint seltsam erleichtert, sie zu sehen.

»Warum bist du nicht in deinem Versteck?«, fragt sie.

Kaylin zuckt die Achseln.

»Okay.« Sie streckt ihre Hand aus. »Komm mit.«

*Wohin?*

Sie lacht. »Keine Angst. Ich bringe dich nicht zurück zu

deinem Onkel.« Ihre Miene wird schlagartig ernst, als sie mit entwaffnender Ehrlichkeit hinzufügt: »Zumindest im Augenblick nicht.«

Kaylin sieht sich nach der Tasche um, die Thien ihr gepackt hat.

»Die nehmen wir mit«, sagt die Polizistin. »Heute Nacht bleibst du erst mal bei mir. Und morgen sehen wir weiter.«

Kaylin späht an ihr vorbei. Doch der Flur ist leer. Die Frau, die Mai Zhou heißt, ist verschwunden.

»Sie ist weg«, nickt die Polizistin, die ihre Gedanken erraten hat. Dann geht sie an ihr vorbei und holt Thiens Tasche aus der Kabine hinter dem Pissoir. »Los jetzt. Machen wir, dass wir hier wegkommen.«

Kaylin blickt auf die Broschüre hinunter, die sie noch immer in der Hand hält wie einen kostbaren Schatz. Der Flyer mit dem Bild des Tso Mapham. Ihre bislang einzige Verbindung zu Dawa Djungne.

»Es ist hier nicht sicher für dich«, wiederholt die Polizistin, die ihre Zweifel erkannt hat.

Ja, denkt Kaylin. Das stimmt. Trotzdem kann sie sich nicht überwinden, einen Fuß auf den Gang zu setzen. Fortzugehen von hier. Dieser Raum dort auf der anderen Seite der Korridors, dieser Name an der Tür ist ihre einzige Chance.

»Ich verspreche dir was.« Die Polizistin geht in die Knie, bis ihr Gesicht genau auf Kaylins Augenhöhe ist. »Ich verspreche dir, dass ich Kontakt zu Dr. Djungne aufnehme, sobald sie zurück ist. Aber du musst mir auch etwas versprechen.«

*Was denn?*

»Du musst mir versprechen, dass du mir nicht mehr davonläufst.« Rund um ihre Pupille liegt ein breiter bernsteinfarbener Ring. Der Rest ist grün und braun. Wunderschöne

Augen, findet Kaylin. So ganz anders als alle Augen, die sie kennt. »Ich kann das hier ...«, die Arme der Polizistin öffnen sich zu einer Geste, die genauso ausladend ist wie ihr Temperament, »... nur verantworten, wenn ich mich darauf verlassen kann, dass du tust, was ich dir sage.«

*Habe ich denn eine Wahl?*

»Du kannst mir vertrauen«, wiederholt sie.

Und dieses Mal ist Kaylin bereit, ihr zu glauben. Also geht sie mit.

»Es ist nicht weit. Mein Auto steht direkt vor dem Eingang.«

Die Polizistin geht voraus. Überprüft sorgfältig jede Ecke. Schaut in jeden Winkel. Hinter jeden Vorsprung und jeden Pfeiler. Erst wenn sie ganz sicher ist, gibt sie Kaylin ein Zeichen, ihr zu folgen.

Kurz vor dem Ausgang bleibt sie stehen. »Bleib dicht hinter mir. Und wenn ich Achtung rufe, wirfst du dich auf den Boden, hast du verstanden?«

Kaylin nickt. Doch sie kommt nicht in die Verlegenheit, der Anweisung der Polizistin Folge leisten zu müssen. Sie erreichen das Auto ohne Zwischenfall und auch von Mai Zhou ist weit und breit nichts mehr zu sehen. Ob die beiden befreundet sind? Kaylins Blick streift das Profil ihrer Begleiterin. Sie behandeln einander mit kühler Distanz, aber wenn man genau hinsieht, erkennt man ein Vertrauen, das den beiden noch gar nicht bewusst ist. Kaylin überlegt, wie lange es wohl dauern wird, bis sie merken, dass sie sich mögen.

»Schnall dich an.«

*Okay.*

Sie tut es und schließt die Augen. Sofort ist die Erschöpfung wieder zur Stelle. Und mit ihr die Angst.

Vor dem dünnen Häutchen ihrer Lider jagt ein Bild das nächste. Manche davon sind alte Bekannte. Andere begegnen ihr zum Glück nur äußerst selten. Es ist, als ob irgendeine geheime Kraft sie in den Tiefen ihres Unterbewusstseins festgekettet habe. Nur hin und wieder löst sich eines dieser Bilder und treibt hinauf an die Oberfläche. Das Bild des chinesischen Soldaten ist so ein Beispiel, auch wenn sie von dem Mann immer nur einen winzigen Ausschnitt sieht. Einen Nacken. Geschmeidige Sehnenstränge unter sanft gebräunter Haut, auf der ein feiner dunkler Flaum liegt. Darüber akkurat geschnittenes schwarzes Haar. So winzig der Ausschnitt auch ist, so genau erinnert sie sich an den Geruch des Mannes, als er sie fortträgt aus dem Haus ihrer Großmutter. Den langen, steilen Weg hinunter bis zu dem olivgrünen Auto, das am Fuße des Hangs auf sie wartet. Noch heute kann Kaylin die Farbe nicht ausstehen. Die Schreie ihrer Cousinen hallen durch den klaren Morgen wie ein vor langer Zeit verblasstes Echo von Schmerz, eine flüchtige Momentaufnahme, körnig und unscharf wie die Gesichter, zu denen sie gehören ...

»Alles klar?«, fragt die Polizistin, die kurz zu ihr hinübersieht.

Kaylin macht die Augen auf und nickt.

Die Fahrt dauert nur ein paar Minuten. Irgendwann nimmt die Frau den Fuß vom Gas. Kaylin ist nie zuvor in dieser Gegend gewesen. Das weiß sie genau. Aber die Straße wirkt sympathisch. Zu beiden Seiten reiht sich Schaufenster an Schaufenster. Wohnaccessoires. Mode. Lifestyle. Dazu Kneipen und Bistros. Bunte Lichter. Leben.

»Normalerweise nehme ich die U-Bahn, wenn ich zur Arbeit fahre«, erklärt ihre Chauffeurin, und Kaylin hat das unbestimmte Gefühl, dass sie sich mit der harmlosen Konversation selbst beruhigen will.

Links neben ihnen taucht – wie aufs Stichwort – der Aufzug zur U 4 auf. Kurz danach biegen sie ab in eine Toreinfahrt, die so schmal ist, dass Kaylin das Gefühl hat, sie müssten jeden Augenblick die Mauern touchieren.

»Hier hinten ist es ein bisschen düster, aber du brauchst keine Angst zu haben«, sagt die Polizistin und es klingt fast wie eine Entschuldigung.

Und tatsächlich muss Kaylin einen kurzen, unbehaglichen Augenblick lang an den düsteren Hinterhof vor Thiens Wohnung denken. An die Mülltonne, hinter der sie sich versteckt hat. Und an Changs unheilvolle Schritte …

Die Polizistin mit den Bernsteinaugen steigt aus, zieht einen Schlüssel aus der Tasche und sieht sich sorgfältig um. Dann kommt sie um den Wagen herumgelaufen und öffnet die Beifahrertür: »Alles klar!«

Zwischen den hohen Mauern hindurch blickt Kaylin in den Himmel, der auch in dieser Nacht wieder voller Sterne ist. Dann folgt sie ihrer Begleiterin ins Haus.

Das Treppenhaus ist alt und sauber und hell. Der Boden im Erdgeschoss ist mit einem bunten Mosaik belegt. Doch sie haben keine Zeit zu näherer Betrachtung. Nach drei Treppen erreichen sie die Wohnungstür.

Die Polizistin schließt auf und lässt Kaylin vorausgehen.

Von einer langen Diele aus gelangen sie in einen großen und vollkommen offenen Wohn- und Essbereich. Die Möbel scheinen fast ausnahmslos alt zu sein und haben bunte Knöpfe als Griffe. Ein flaches Sideboard ist in leuchtendem Gelb lackiert. Und das ausladende Industrieregal in der Ecke strahlt Kaylin in knalligem Rot entgegen. Der hintere Teil des Raumes wird von einer riesigen Kochinsel dominiert. Die Arbeitsplatte sieht aus wie eine bekritzelte Schultafel. So echt, dass Kaylin sich nur mit Mühe zurückhalten kann, mit dem Finger über einen der Schriftzüge zu streichen. Auf der Küchenseite ist ein riesiges Gaskochfeld eingelassen, zum Wohnbereich hin ist die Platte als Bar gestaltet. Drei Hocker stehen dort, jeder mit einem andersfarbigen Leder bezogen.

Eine komplette Wand besteht aus Bücherregalen, die prall gefüllt sind und fast bis an die Decke reichen. Und die Bücher machen tatsächlich den Eindruck, als ob sie benutzt würden. Gelesen. Durchgeblättert. Kaylin denkt an Changs sogenannte Bibliothek, in die er sich gerne zurückzieht, wenn er etwas Wichtiges zu besprechen hat. Die Bücher, die dort stehen, gehören zum Inventar der gemieteten Villa, nur ein paar Bildbände sind seither dazugekommen. Erotische Schwarzweißfotografien. Architektur. Rennautos ...

»Hast du Hunger?«

Sie dreht sich um und schüttelt den Kopf.

»Das ist Greta Garbo in Anna Karenina«, erklärt die Polizistin, als Kaylins Augen an einem riesigen gerahmten Filmplakat hängenbleiben. »Ein guter Film, wenn man's ein bisschen kitschig mag.« Sie lacht und nimmt eine Flasche Orangensaft aus dem Kühlschrank. »Mein Einrichtungsstil ist ziemlich gewöhnungsbedürftig, was?«

Gegen ihren Willen muss Kaylin lächeln.

»Tja, da bist du nicht die Einzige, die das so sieht. Meine Mutter, zum Beispiel, ist bislang nur ein einziges Mal hier gewesen. Aber das genügt. Nun muss ich mir bis ans Ende meiner Tage anhören, dass ich eine Barbarin bin.« Sie runzelt die Stirn. »Damit meint sie, dass sie es total geschmacklos findet, wie ich lebe. Aber was soll's? Mir gefällt's!« Sie lacht wieder und gießt Saft in ein blaues Glas. »Oder willst du lieber Tee?«

Kaylin schüttelt den Kopf.

»Wasser?«

*Nein. Danke.*

»Okay. Dann Saft.« Sie stellt das Glas vor Kaylin auf die Arbeitstheke und geht auf eine schwere weiße Kassettentür zu. »Wenn du doch noch was essen willst, bedienst du dich einfach am Kühlschrank, ja? Ich mache jetzt erst mal dein Bett.«

Kaylin nippt an ihrem Saft, während ihre Gastgeberin geschäftig im Nebenraum verschwindet.

Eigentlich braucht sie nicht viel Schlaf. Vier, maximal fünf Stunden reichen ihr völlig. Doch die Strapazen der letzten Tage haben sie ausgelaugt. Sie fühlt sich matt und fiebrig. Aber darf sie es überhaupt wagen, sich auszuruhen? Darf sie in dieser schönen Wohnung bleiben? Bei der netten Polizistin? *Alle, die mir jemals etwas Gutes wollten, haben ihre Hilfsbereitschaft teuer bezahlt*, denkt sie unbehaglich. *Was, wenn der Drache zurückkommt? Oder noch schlimmer ...*

Sie rutscht von ihrem Hocker und späht um die Ecke zur Diele. Die Polizistin hat hinter ihnen abgeschlossen. Zusätzlich befindet sich ein dicker Riegel auf der Innenseite der Wohnungstür. Sie scheint von Natur aus vorsichtig zu sein. Aber reicht das? Weiß sie, mit wem sie es zu tun hat?

»Hier hast du ein paar Handtücher und ein T-Shirt«, hört sie ihre warme Stimme sagen. Dann ein Stutzen. »Ach, hier bist du ... Suchst du was?«

*Nein. Nicht direkt.*

»Keine Sorge«, sagt die Polizistin. »Du bist hier sicher.«

Sie klingt munter und unerschrocken, doch Kaylin sieht, dass sie unter der wachen Fassade fast genauso erschöpft ist wie sie selbst.

»Das Bad ist da drüben.« Ihre Gastgeberin drückt ihr die Handtücher in den Arm und zeigt auf eine Tür auf der rechten Seite. »Sag mir Bescheid, wenn du so weit bist.«

Erst jetzt bemerkt Kaylin die beiden Kissen und die Decke, die sie hinter sich auf die breite rote Couch geworfen hat.

*Sie überlässt mir ihr Bett ...*
*Dabei kennt sie mich gar nicht ...*
»Mach voran, es ist spät! Und wir haben viel vor morgen.«


11


Frankfurt Westhafen, Wohnung von Mai Zhou,
3.56 Uhr

Zhou blickte quer über das Hafenbecken hinweg zu den Wohnungen auf der anderen Seite. Die meisten Fenster waren dunkel, nur hier und da verriet ein unruhiger blauer Widerschein, dass noch ein Fernseher lief. Auch wenn die Bewohner vermutlich schon vor Stunden eingenickt waren. Zhou hingegen konnte sich einfach nicht aufraffen, ins Bett zu gehen. Im Gegenteil: Sie fühlte sich so aufgekratzt und wach wie ein kleines Mädchen am Weihnachtsabend.

Leider ist die Wahrscheinlichkeit, dass ein weißhaariger Mann mit Geschenken vorbeikommt, relativ gering, dachte sie mit einem Anflug von Frustration. Die vergangenen vierundzwanzig Stunden waren wirklich klasse gelaufen. Und leider versprach der neue Tag auch nicht viel besser zu werden. Zumal Capelli wieder mal einfach drauflosstiefelte. Sie zog durch, wovon sie überzeugt war, ganz egal, wem sie dabei wie sehr auf die Füße stieg. Und wenn sie ganz ehrlich war, konnte Zhou nicht umhin, die Kompromisslosigkeit ihrer Partnerin zu bewundern. Kurioserweise könnte ich exakt dasselbe tun, dachte sie, und doch würde ich völlig andere Ergebnisse ernten. Eine Wahrheit, die ihr nicht schmeckte und gegen die sie trotzdem noch immer kein Rezept gefunden hatte.

Zweieinhalb Stockwerke unter ihr schwappte das Wasser träge gegen die hell erleuchteten Stege, und die Lichter der Stadt brachen sich in den schwarzen Fluten zu zitternden Farbflecken, die an der Oberfläche schaukelten wie verstreute Teile eines überdimensionalen Gemäldes.

Das Display neben der Balkontür zeigte eine Außentemperatur von 7,3 Grad plus. Nicht gerade gemütlich, aber mit Outdoorjacke und Decke gut auszuhalten. Wenn mein Vater mich jetzt sehen könnte, dachte Zhou, würde er vermutlich endgültig zu der Überzeugung gelangen, dass ich den Verstand verloren habe!

Aber sie fühlte sich wohl hier draußen. Die klare Nachtluft half ihr beim Denken, und die Ruhe, die sich in diesen magischen Stunden zwischen Nacht und Tag selbst über einen nimmermüden Moloch wie Frankfurt breitete, brachte wieder ein wenig Ordnung in das Chaos ihrer Gefühle.

Sie nippte an ihrem Tee, der bereits vor langer Zeit erkaltet und ziemlich bitter war. Ganz abgesehen davon hatte sie es noch nie geschafft, einen Tee zustande zu bringen, der auch nur halbwegs so schmeckte, wie sie es aus Asien kannte. Dabei hatte sie sich wirklich Mühe gegeben. Sie hatte sich informiert. Über die richtige Sorte. Die richtigen Beutel. Die korrekte Ziehzeit. Sie hatte Leitungswasser benutzt und verschiedene Sorten Mineralwasser ausprobiert. Dann hatte sie einen Filter gekauft. Und anschließend noch einen mit einer Spezialkohle, die angeblich selbst reinen Kalk in wundervoll klares, weiches Wasser verwandelte. Doch der Tee, den sie kochte, schmeckte noch genauso scheußlich wie eh und je.

Wahrscheinlich, dachte Zhou, weil er einfach nicht hierhergehört ...

Sie goss den Rest kurzerhand über die Brüstung und dachte an ein Theaterstück, das sie im Rahmen ihres Englisch-Leistungskurses gelesen hatte. *A Young Lady of Property* von Horton Foote. Darin gab es eine Szene, in der die fünfzehnjährige Wilma nach dem Tod ihrer Mutter auf der Veranda ihres verlassenen Elternhauses sitzt und über ihre Zukunft nachdenkt. Das Unkraut im Garten steht bereits kniehoch und der Frost hat Wilmas geliebten Bananenbäumen den Garaus gemacht. Einzig die Feigen gedeihen prächtig, ein Umstand, der die junge Wilma gehörig ins Nachdenken bringt. Zhou erinnerte sich noch sehr gut an die Kursarbeit, die sie zu diesem Thema geschrieben hatten. Darin hatten sie den Symbolgehalt der genannten Szene analysieren müssen, und die Lehrerin hatte in ihrer Beurteilung bemängelt, Zhou habe den bildhaft dargestellten Aspekt der »Verwurzelung« Wilmas mit ihrer Heimat nicht genügend berücksichtigt …

»Womit wir wieder bei Liu Yun und seinen gottverdammten Lachsen wären«, flüsterte Zhou ärgerlich vor sich hin.

Sie stellte ihre leere Tasse zur Seite und zupfte wütend die Decke zurecht. Kein Zweifel, das Thema verfolgte sie seit ihrer Kindheit. Und vermutlich würde es sie noch bis ans Ende ihres Lebens weiterverfolgen. Dabei war es vollkommen egal, wie sehr sie sich bemühte. Wann immer es um Wurzeln ging, eckte sie an. Wenn sie Hessisch sprach, was sie eigentlich ziemlich gut konnte, starrten die Leute sie an wie einen Alien. Seltsamerweise reagierten ihre asiatischen Gesprächspartner in der gleichen Weise, sobald sie auch nur ein Wort Chinesisch sprach.

»Ich bin einfach nicht glaubhaft«, flüsterte Zhou leise, aber bestimmt. »Weder für die einen noch für die anderen.«

Wenn sie schimpfte, fluchte oder auch nur leisen Unmut äußerte, waren Deutsche und Asiaten gleichermaßen irritiert. Wenn sie sich hingegen zurückhielt, dann nannten die Deutschen sie arrogant und die Asiaten straften sie mit Missachtung. Und wenn sie Tee kochte, der nicht schmeckte, verstanden sie alle zusammen die Welt nicht mehr ...

»Tja ...« Sie bedachte die leere Tasse mit einem sarkastischen Lächeln. »Ich schätze, Identität ist ein unlösbares Problem.«

Zhou lehnte sich zurück und schloss die Augen. Der Wind war in den letzten Minuten deutlich aufgefrischt und rüttelte an den Tauen der wenigen Boote, die bereits wieder an der Mole lagen. Ob Capelli jemals ähnliche Probleme gehabt hatte? Immerhin stammte ihre komplette Familie aus Sizilien. Doch das schien den meisten Menschen in diesem Land nicht nur geografisch deutlich näher zu liegen als Asien im Allgemeinen und China im Besonderen. Sizilien stand für Pizza, Mafia, Olivenöl, Sonne und Süden. Aber China ... Zhou machte die Augen wieder auf und schüttelte den Kopf. China war die große Unbekannte. Das Riesenreich mit seinen Abermillionen von Menschen, die nicht sagten, was sie dachten, und nicht zeigten, wie sie empfanden. Ein ewiges Rätsel, dem die meisten am liebsten aus dem Weg gingen.

»Und ich«, seufzte sie, »hänge irgendwo dazwischen. Buchstäblich im Niemandsland.«

Die bunten Lichtflecken auf dem Wasser verschwommen zu einer irisierenden Fläche, während sie nachdachte. Das Bild erinnerte sie entfernt an Schmetterlingsflügel. Ein Muster, das man nur erkennt, wenn man weit genug davon entfernt ist.

*Wenn man lange genug die Strömung studiert, versteht man, welche Kräfte den Fluss des Wassers lenken ...*

»Also, *ich* sehe da leider gar nichts«, murmelte Zhou ärgerlich. Und auf einmal fühlte sie sich doch müde. Müde und ausgelaugt. Eine einsame junge Frau, die mitten in der

Nacht auf ihrer teuer bezahlten Terrasse saß und Selbstgespräche führte.

Strömungen.

Lachse.

Schmetterlinge.

Sie strich sich mit den Händen über die Stirn, die kühl war vom Wind. Ihr Haar trug sie noch wie über Tag zu einem strengen Knoten frisiert. Eine der Haarnadeln stach ihr schmerzhaft in die Kopfhaut, aber sie war zu beschäftigt, um den Störenfried herauszuziehen. In ihrem Kopf ging es buchstäblich drunter und drüber. Eindrücke und Momentaufnahmen mischten sich mit Gesprächsfetzen. Und nichts davon schien auch nur im Entferntesten zusammenzupassen. Trotzdem musste da irgendwo ein Muster sein. Ein roter Faden. Eine Erklärung ...

*Meine Nichte ist sehr zurückhaltend.* Zhou rieb sich die Augen. *Kaylin nicht spielen. Nur Arzt gehen.*

Puzzles, dachte Zhou. Eine Tüte mit Kinderspielzeug. Nannys. Und Allergiespritzen.

*Die Kleine ist Vollwaise. Ihre Tante hat sie nach Deutschland geholt, nachdem ihre Eltern bei einem Flugzeugabsturz in China ums Leben gekommen waren.*

Drachen. Tätowierte Abzeichen. Zurückgelassene Amulette.

*Mein Onkel mochte Pragmatiker. Zumindest waren sie ihm weitaus lieber als Drückeberger und Fantasten.* Verwandtschaftsverhältnisse. Geänderte Testamente. Aktienmehrheiten.

*Sie haben doch gewiss daran gedacht, meinem Mandanten für die Befragung einen Dolmetscher zur Verfügung zu stellen?* Die Erinnerung an Paul Merlots Auftritt im Krankenhaus entlockte Zhou ein entnervtes Stöhnen. Anwälte. Notare. Und Verhörmethoden, die in den Bereich der Nachrichtendienste gehörten.

*Sie hatten keinen Streit oder so.*
Gebrochene Finger ...
*Meiner Tante fiel die Firma meines Onkels ein.*
Ein Maulwurf im Umfeld eines mutmaßlichen Waffenschiebers ...
*Prokura? Aber wozu denn? Herr Klatt war doch immer da.*
Ein unbequemer Bericht, der geschrieben werden musste ...
*Ich wollte niemandem nacheifern. Ich wollte lieber etwas eigenes sein.*
Ein enttäuschter Vorgesetzter ...
*Dann nenne ich dich ab sofort also Helen.*
Der Geruch nach Hühnersuppe. Lotus. Und Geschirr für zwei Personen ...
*Geben Sie mir ein Tempo und lassen Sie mich in Ruhe!*
Und auf der Treppe über ihnen ein Geräusch, das keines ist. Mehr eine Ahnung. Als ob dort jemand stünde ...
Zhou riss die Augen auf. *Weißt du jemanden in dieser Stadt, der sich solcher Methoden bedient? Wo könnte man dergleichen lernen?*
»Bei den Geheimdiensten«, hörte sie Liu Yuns eigenartig farblose Stimme antworten. »Oder im Hinterzimmer eines unscheinbaren Kampfsportclubs ...«
Zhou dachte an die Unterweisungen, die sie mit der grauen Eminenz der Frankfurter Kampfkunstszene gehabt hatte. An kurze, punktgenaue Korrekturen und endlos lange Phasen stummer Konzentration. Sie stutzte, als das Bild des Punch and Dragon unvermittelt einer anderen Erinnerung wich: Eine staubige Sporthalle im Tel Aviver Süden. Graue Mattenberge. Das Quietschen von Sportschuhen und ein leiser Geruch nach Schweiß und Shampoo, der unter der hohen Decke schwebt.
Während ihres Auslandssemesters an der israelischen

Polizeischule hatte Zhou oft in dieser Halle trainiert, und ein- oder zweimal hatten ihre Ausbilder auch über eine Technik namens Onshinjutsu oder Inpō gesprochen. Sie stammte aus dem vorindustriellen Japan, und die Ninja hatten sie perfektioniert, streng nach dem Grundsatz, dass eine gute Tarnung die effektivste Form des Selbstschutzes darstellte. Menschen, die diese Technik studiert hatten, beherrschten die Kunst des Unsichtbarmachens. Der Verschmelzung mit dem Gelände oder das Untertauchen in der Masse. Sie wussten, wie man Geräusche und Gerüche ausschaltete und wie man, zum Beispiel, die Rückstrahlung von Licht vermied. Wie man auf den Händen ging, so dass man keine Spuren hinterließ.

»Das menschliche Bewusstsein ist ein äußerst effektiver Filter gegen Reizüberflutung«, hatte ihr damaliger Ausbilder erläutert. »Deshalb schaltet es alles aus, was nicht direkt für unser Überleben notwendig ist. So entstehen Nischen, in denen sich jemand, der sich mit der Materie beschäftigt und die Mechanismen der Wahrnehmung durchschaut hat, nahezu unsichtbar bewegen kann.«

Wer immer vorhin in diesem Treppenhaus gewesen ist, hat genau das getan!, resümierte Zhou, die es vor lauter Aufregung über ihre Entdeckung nicht mehr auf dem Stuhl hielt. Er ist weit besser und umfassender ausgebildet, als wir bislang angenommen haben. Und das bedeutet zwangsläufig, dass er aus der Masse heraussticht, durch seine Fähigkeiten und durch das Maß an Selbstdisziplin, das zur Erlangung dieser Fähigkeiten zweifellos notwendig gewesen war.

Aber half ihnen das irgendwie weiter?

Zhous Finger strichen über das kühle Balkongeländer. Wo sollten sie ansetzen? Wie sollten sie die Mauer des Schweigens durchbrechen, die ihnen nicht nur so manchen Weg, sondern leider auch die Sicht versperrte?

»Die erste Frage, die Sie sich bei jedem neuen Fall stellen müssen«, raunte Jo Hendgen, einer ihrer deutschen Ausbilder, ihr aus dem Dunkel ihrer Erinnerungen zu, »ist die Frage, wer was bei der ganzen Sache zu gewinnen hat ...«

Das ist eine verdammt gute Frage, pflichtete Zhou ihm in Gedanken bei.

Wer gewann eigentlich in diesem Fall? Und noch viel wichtiger: *Was* gewann derjenige?

Steven Groß kann rein theoretisch eine Menge Geld gewinnen, gab sie sich selbst zur Antwort. Genau wie Sun Chang. Peter Klatt hätte den Bestand seines Unternehmens sichern können, falls ihm der Rückkauf von Changs Aktien gelungen wäre. Der Killer aus dem Plaza war für seine Dienste vermutlich ebenfalls gut bezahlt worden, aller Wahrscheinlichkeit nach von Chang, der ihn geschickt hatte, um seine Nichte zu befreien. Aber was gewann zum Beispiel Kaylin, indem sie schwieg? Und schließlich sogar weglief? Warum verhielt sie sich so, wie sie sich verhielt? Und was hatte sie davon, nicht zu ihrem Onkel zurückzukehren?

Zhou schlang schützend die Arme um ihren Körper. Die Ärzte im Krankenhaus hatten keinen Hinweis auf Missbrauch gefunden. Und wenn sie sich den wachen, fast unerschrockenen Blick des Mädchens ins Gedächtnis rief, glaubte sie, ehrlich gesagt, auch nicht daran. Aber was sonst? Wovor hatte die Kleine Angst? Hatte sie überhaupt Angst?

*Kaylin war eine Weile bei ihren Großeltern.*
*Sie hat sich mit der Eingewöhnung sehr schwergetan.*

Vor Zhous innerem Auge tauchte das Bild eines roten Personalausweises auf. Ein Dokument der Volksrepublik China: Lian Kaylin. Geboren am 17.04.2004 in Shanghai.

»Wer bist du, Kaylin?«, flüsterte sie in die Nacht hinaus.

»Welches Geheimnis umgibt dich, dass man uns von allen Seiten solche Steine in den Weg legt?«

Lian, die Lotusblume ...

Emilia, die Ehrgeizige ...

Helen, die Blinde ...

Gedankenverloren faltete sie ihre Decke zusammen und hängte sie über die Lehne ihres Stuhls, dem einzigen, der auf dem schmalen Balkon stand.

»Hier können Sie dann im Sommer sitzen und im Licht der aufgehenden Sonne frühstücken, bevor Sie zum Dienst müssen«, hatte die Maklerin ihr bei der Wohnungsbesichtigung vorgeschwärmt.

Doch Zhou hatte die Wohnung nicht wegen der atemberaubenden Aussicht genommen. Und auch nicht wegen der Nähe zum Wasser oder der tollen Einbauküche. Sie hatte die Wohnung genommen, weil sie eine geschlagene Viertelstunde auf die Maklerin gewartet hatte und dabei nicht ein einziges Mal angesprochen worden war. Sie hatte vor dem Haus gestanden, und die Leute waren einfach an ihr vorbeigestürmt. Ohne Gruß. Ohne Blick. Ohne auch nur im Geringsten von ihr Notiz zu nehmen. Womit wir wieder beim Onshinjutsu wären, dachte sie grimmig. Beim Untertauchen in der Masse. Bei der Kunst des Unsichtbarmachens.

Ein Killer, der spezielle Techniken beherrschte ...

Ein Informant, der nicht enttarnt werden durfte ...

Und eine kleine Chinesin, die kein Chinesisch sprach ...

»Wurzeln«, murmelte Zhou, während sie mit einer entschlossenen Bewegung die Balkontür hinter sich zuzog. »Was sind denn schon Wurzeln?«

# FÜNF

*Die größte Ehre, die man einem Menschen antun kann, ist die, dass man zu ihm Vertrauen hat.*
Matthias Claudius

# I

Wohnung von Emilia Capelli, Berger Straße,
8.52 Uhr

»Also schön, da bin ich«, verkündete Trudi Stein, als sie um kurz vor neun am nächsten Morgen mit ihrem vollgepackten Korb durch die Haustür trat. »Die Sonne scheint. Die Vögel singen. Ich glaube, es wird tatsächlich Frühling.«

»Na, hoffentlich«, lächelte Em, die bereits vor der Tür zum Laden auf ihre Nachbarin gewartet hatte. Natürlich gab es auch einen Kundeneingang zur Straße, doch der blieb gewöhnlich geschlossen, bis das Geschäft aufmachte. Und das war erst in gut einer Stunde. Mehr als genug Zeit also, um die treue Trudi ausführlich zu instruieren. Sie hatte gleich nach dem zweiten Läuten abgenommen, und sie hatte nicht eine einzige Frage gestellt. Etwas, das Em von jeher ganz besonders an ihr schätzte.

»Na schön«, stöhnte Trudi, während sie ihren Schlüssel ins Schloss rammte und ihn zweimal umdrehte. »Warum sind wir hier?«

»Das erkläre ich dir auf der Stelle. Ich muss nur … Ich möchte noch rasch jemanden dazuholen.«

Auch jetzt fragte sie nicht, sondern wartete einfach ab.

Em drehte sich um und machte ein Zeichen. Gleich darauf trat Kaylin aus dem Dunkel des Treppenhauses.

Trudi zog überrascht die Augenbrauen hoch. »Hallo«, sagte sie, als das Mädchen zögernd auf sie zukam.

»Hallo«, antwortete Kaylin zu Ems Überraschung. Dass Trudi so schnell eine Reaktion erntete, erfüllte sie mit einem Gefühl von Neid. Allerdings schob sie das Vertrauen, das Kaylin ihrer Nachbarin offenbar entgegenbrachte, auf ihre gute Vorarbeit.

Sie hatte Kaylin genau erklärt, wer Trudi war und warum es sein musste, dass sie ein paar Stunden zu ihr ging. »Wenn ich nämlich nicht zur Arbeit fahre«, hatte sie geschlossen, »dann werden meine Kollegen hellhörig. Und das können wir uns nicht leisten. Wir müssen einfach durchhalten, bis Dawa Djungne zurück ist.«

Kaylin hatte genickt. Und jetzt stand sie also vor Trudi und sagte: »Hallo.«

»Können wir reingehen?«, fragte Em, während sie sich unbehaglich umschaute. Von der Straße aus konnte man eigentlich nicht hereinsehen. Doch sie fühlte sich nicht wohl an einem Ort, an dem jederzeit jemand zur Tür herein- oder die Treppe hinunterkommen konnte.

»Klar«, entgegnete Trudi mit einem Seitenblick, in dem ein Hauch von Besorgnis schwang. »Kommt rein und macht's euch bequem.«

»Setzt du dich mal kurz in den Sessel da drüben und siehst ein bisschen fern?«, bat Em, nachdem Trudi Kaylin und sie ins Hinterzimmer ihres Ladens geführt und die Kaffeemaschine angeworfen hatte. »Ich muss noch kurz etwas mit Frau Stein allein besprechen.«

Nicken.

»Du kannst mich Trudi nennen«, rief Trudi fröhlich. »Das machen sowieso alle. Magst du etwas trinken?«

Kopfschütteln.

»Okay.« Sie wandte sich Em zu, und auf einmal war sie wieder ernst. »Dann schieß mal los«, sagte sie mit sorgsam gedämpfter Stimme. »Was geht hier vor?«

Em hatte sich genau zurechtgelegt, was sie sagen wollte. Und doch geriet sie bei ihrer Schilderung der Ereignisse ein paarmal gehörig ins Schleudern. Aber sie wollte auch nichts beschönigen. Trudi sollte wissen, worauf sie sich da einließ. Das war sie ihrer alten Freundin schuldig. »Ich weiß genau, was ich da von dir verlange«, schloss sie. »Und wenn du sagst, dass dir das alles zu heiß ist, dann verstehe ich das und …«

»Ach, Schätzchen«, unterbrach Trudi sie lachend. »In meinem Alter ist *zu heiß* ein ziemlich relativer Begriff.«

»Unterschätz das nicht«, widersprach Em mit ernster Miene. »Die Sache könnte gefährlich werden.«

»Gefährlich für wen?«

»Für dich. Für das Mädchen. Was weiß ich.«

»Was ist mit dir?«

»Mit mir?« Sie warf lachend den Kopf zurück. »Vergiss nicht, dass ich mich von klein auf gegen zwei ältere Brüder behaupten musste, die obendrein – zumindest nach Ansicht meiner Mutter – auch noch so was wie Heilige waren. Da werde ich mich ja wohl gegen ein paar Anzugträger vom BKA durchsetzen können.«

Trudi musterte sie eindringlich. »Nach allem, was du mir da erzählst, sind die Anzugträger eines deiner geringeren Probleme.«

»Es ist ja nur für ein paar Stunden«, beschwichtigte Em, ohne auf den Einwand einzugehen. »Nur, bis ich die Kleine mit Dawa Djungne zusammengebracht habe und weiß, was für eine Art von Verbindung da besteht.«

Trudi blickte sich flüchtig nach Kaylin um, doch die saß brav auf ihrem Sessel und sah fern. Irgendein Morgenmagazin. »Hast du sie nicht danach gefragt?«

Em lächelte. »Doch, klar.«

»Und?«

»Auf die Frage, ob sie Dr. Djungne kennt, hat sie nur den Kopf geschüttelt. Und sie scheint auch nicht zu wissen, warum Thien Liming sie dorthin geschickt hat.«

Und wieder dieser Blick. Klug und lebenserfahren.

Auch einer der Gründe, warum Em sich entschlossen hatte, Kaylin für die Zeit ihrer Abwesenheit in Trudis Obhut zu geben. Einer Frau wie ihr machte man nur schwer etwas vor. Das galt für Polizistinnen genauso wie für Kinder.

»Glaubst du ihr das?«, erkundigte sie sich jetzt folgerichtig.

Em sah zu Boden. »Warum sollte sie lügen?«

»Na ja, irgendetwas stimmt da doch nicht«, gab Trudi leise zurück. »Oder findest du es etwa normal, dass ein Kind vor den eigenen Verwandten davonläuft?«

»Also, wenn ich da so an meine Mutter denke ...«

»Ich meine das nicht als Witz, Em.« In die himmelblauen Augen stahl sich eine Spur Strenge, und für einen flüchtigen Moment musste Em tatsächlich an Makarov denken. »Hast du die Kleine mal gefragt, warum sie nicht zurückwill?«

»Ja, natürlich. Und auch, wovor sie Angst hat. Aber sie hat mir nicht geantwortet.« Sie schob kopfschüttelnd die Hände in die Taschen ihrer Jeans. »Ich schätze, sie traut mir einfach nicht. Was ich ihr, nebenbei bemerkt, nicht mal verübeln kann ...«

»Wieso?«

»Na ja, immerhin sind unsere bisherigen Begegnungen nicht gerade unproblematisch verlaufen, um es mal vorsichtig auszudrücken. Und außerdem ...« Sie biss sich auf die Lippen. »Außerdem kann ich nicht besonders gut mit Mädchen.«

Trudi zog kritisch die Brauen zusammen. »Wer sagt denn so was?«

Em senkte schuldbewusst den Blick, als für den Bruchteil einer Sekunde wieder Mellies bleiches Mädchengesicht vor ihr aufblitzte. »Das weiß ich aus Erfahrung«, antwortete sie bitter.

Ihre Freundin schien zu überlegen, ob sie nachhaken

sollte. Aber sie entschied sich dagegen. »Was ist mit Zhou?«, fragte sie stattdessen. »Weiß sie Bescheid?«

»Ich habe alles getan, um sie zu täuschen«, bekannte Em freimütig. »Aber leider hat sie ziemlich gute Instinkte.«

*Sie waren selbst noch ein Kind damals ...*

»Aber sie deckt dich doch, oder?«, bohrte Trudi, und ihre Miene unter der feinen Make-up-Schicht verriet tiefe Besorgnis.

»Ich denke, ich habe sie im Griff.«

Die Antwort schien sie nicht gerade zu beruhigen. »Was, wenn sie zu eurem Vorgesetzten geht?«

»Ich glaube nicht, dass sie das tun würde ...«

»Reicht dir das?«

Em zuckte stoisch die Achseln. »Wenn ich eines kapiert habe in all diesen Jahren, dann, dass man immer wieder überrascht wird. Im Guten wie im Schlechten.« Sie schob ihren Ärmel zurück und warf einen Blick auf die Uhr. Ach, du Schreck! Höchste Zeit! »Die Menschen reagieren praktisch nie so, wie man es von ihnen erwartet.«

Trudi bemerkte ihre wachsende Unruhe und streckte die Waffen. »Also schön«, sagte sie. »Dann fahr jetzt um Himmels willen zum Dienst und spiel business as usual. Ich kümmere mich um den Rest.«

»Pass auf, dass der Rest dir nicht davonläuft«, warnte Em mit einer vieldeutigen Geste in Kaylins Richtung.

»Ich mag alt sein«, lächelte Trudi. »Aber blöd bin ich nicht.«

Em grinste. »Ich rufe dich an, sobald ich weiß, wann Dawa Djungnes Flieger landet«, versprach sie und zog ihre Autoschlüssel aus der Tasche. »Und wenn es hier irgendwas gibt, das dir nicht gefällt, dann ruf mich an, ja?«

»Sicher doch.« Trudis Finger streichelten flüchtig über ihre Wange. »Und mach dir keinen Stress. Die Kleine ist bei mir in guten Händen.«

»Ja«, flüsterte Em, während sie ihrer Nachbarin einen dicken Kuss auf die Stirn drückte. »Ich weiß.«

## 2

```
Polizeipräsidium Frankfurt, Büro Em und
Zhou, 9.16 Uhr
```

»Morgen, Zhou.«

»Morgen.« Sie winkte Carsten Pell zu und wies dann auf die Tür zu Makarovs Büro. »Ist er schon da?«

Pell nickte. »Allerdings ist er auch schon wieder los.«

Schade, dachte Zhou. Zugleich registrierte sie, wie sich die Anspannung löste, die seit dem Betreten des Gebäudes auf ihr gelegen hatte wie ein Bleigewicht.

*Sie sind wirklich die Letzte, von der ich so etwas erwartet hätte ...*

*Ich habe Ihre Versetzung in diese Abteilung nicht ohne Grund befürwortet ...*

»Geht's dir gut?«, fragte Pell quer über zwei Schreibtische hinweg.

»Ja«, entgegnete sie knapp. Und als ihr Blick auf die Thermoskanne fiel, die neben ihm stand, fragte sie hoffnungsvoll: »Ist das zufällig Kaffee?«

»Kaffee? Wo denkst du hin!« Er lachte. »Das ist feinster Kopi Tong Konan Toraja ...«

»Kopi ... was?«

»Indonesischer Kopi Tong Konan Toraja Top-Arabica«, antwortete Pell. »Von einem Meister-Barista ausgewählt und im Kegelmahlwerk des Vollautomaten meines Vaters aromaschonend vermahlen.«

»Also Kaffee«, schloss Zhou.

»Mein alter Herr wäre entsetzt, wenn er wüsste, dass du das Wunderzeug aus seiner Zweitausend-Euro-Maschine mit einer derart profanen Bezeichnung titulierst.« Der sarkastische Unterton ließ erahnen, dass es ihm trotz aller Annehmlichkeiten gehörig auf die Nerven ging, für die Dauer seines Praktikums wieder bei seinen Eltern wohnen zu müssen. »Möchtest du eine Tasse?«

»Gern.«

»Noch nicht gefrühstückt?«, fragte er, als er kurz darauf einen herrlich duftenden Becher vor sie auf den Schreibtisch stellte.

*Du hast abgenommen ...*

Zhou schluckte die schnippische Antwort, die ihr auf der Zunge lag, hinunter und lächelte ihn an. »Nein, ich hatte noch keine Zeit.«

Der junge Kollege nickte verständnisvoll. »Die Kriminaltechnik hat den Vorbericht zur Spurenlage in der Moselstraße geschickt.« Er griff hinter sich und reichte ihr zusammengeheftete Blätter. »Auf dem Geschirr waren tatsächlich Fingerabdrücke von zwei verschiedenen Personen.«

Klar, dachte Zhou. Und wenn mich nicht alles täuscht, sitzt eine davon heute früh mit meiner Partnerin am Frühstückstisch ...

Laut sagte sie: »Weiß Capelli das schon?«

»Ich hab ihr den Bericht vor fünf Minuten per Mail geschickt«, antwortete Pell. »Ach so, ja. Und für dich ist auch noch was gekommen.«

Sie sah hoch. »Für mich?«

»Oh, nichts Dienstliches.« Er zwinkerte vielsagend.

»Sondern?«

»Da es an deine Dienstanschrift adressiert war, hab ich's versehentlich aufgemacht«, erklärte Pell kleinlaut. »Aber es ist eindeutig privat.« Er rannte zu seinem Schreibtisch und kam mit einem braunen DIN-A4-Umschlag zurück. »Hier.«

»Was ist das?«, fragte Zhou mit einem Anflug von Argwohn.

»Ein Schreiben deines Immobilienberaters. Wegen des Grundstücks auf Mallorca.«

*Wegen ... was?*

Zögernd nahm sie das Kuvert zur Hand. Als sie den Absender sah, traf sie fast der Schlag. Eastern Primetop Investment. Das Bankhaus ihres Vaters.

Mit zitternden Fingern öffnete sie die Lasche und zog eine einfach gestaltete Broschüre heraus. INVESTIEREN SIE IN DIE ZUKUNFT, stand auf der Titelseite des augenscheinlich recht preiswert hergestellten Flyers, der mit einer Büroklammer an das kurze Anschreiben geheftet war. Das Impressum verriet, dass es sich um das Angebot eines mallorquinischen Maklers handelte. Im Anhang fand Zhou eine Aufstellung leer stehender Gewerbeimmobilien mit genauer Lage- und Größenbezeichnung, von denen zwei mit einem großen X markiert waren. Sie lagen, soweit man sehen konnte, im Landesinneren und entsprachen eindeutig nicht der Kategorie Immobilien, mit der sich ein Top-Banker wie ihr Vater üblicherweise beschäftigte. Verwundert wandte sie sich dem Anschreiben zu, das nur ein paar Sätze umfasste:

```
Sehr geehrte Frau Zhou,

Ihrer Bitte entsprechend übersenden wir Ih-
nen in der Anlage die Offerte eines unserer
Partner vor Ort. Die angebotenen Immobi-
lien mögen Ihnen auf den ersten Blick we-
nig attraktiv erscheinen, doch bedenken Sie
```

bitte, dass sich allein der Grundstückswert
der zum Verkauf stehenden Objekte aufgrund
der von der Gemeindeverwaltung Manacor erst
vor wenigen Tagen beschlossenen Errichtung
eines großen Freizeit- und Ferienparks in
unmittelbarer Nachbarschaft in den nächsten
Monaten vervielfachen dürfte. Sollten Sie
also nach wie vor Interesse haben, empfehlen
wir, sich so schnell wie möglich mit unseren
Spezialisten in Verbindung zu setzen, damit
wir alles Weitere in die Wege leiten können.

Mit freundlichen Grüßen

Unterschrieben war der Brief von einer Sachbearbeiterin, doch das Kürzel in der rechten oberen Ecke ließ keinen Zweifel daran, dass er aus dem Büro ihres Vaters stammte.

Was, um Himmels willen, soll das denn?, dachte Zhou, während die Bilder der wenig ansprechenden Gebäude unter ihren Augen verschwammen. Warum schickt er mir einen solchen Quatsch? Noch dazu so früh am Morgen?

Sie nahm sich das Kuvert wieder vor. Kein Poststempel. Natürlich nicht. »Wie ist das gekommen?«, fragte sie Pell, der sich taktvoll wieder an seinen Schreibtisch zurückgezogen hatte.

»Soweit ich weiß, wurde es abgegeben«, antwortete er.

Per Kurier? Zhou runzelte die Stirn. Das sah ihrem ebenso wohlhabenden wie sparsamen Vater so überhaupt nicht ähnlich! Kopfschüttelnd las sie den Brief ein weiteres Mal durch. »Oh, Mann!«, entfuhr es ihr. Endliche dämmerte ihr, welche Botschaft sich hinter den harmlosen Zeilen versteckte.

»Ärger?«, rief Pell.

»Nein, nein«, antwortete sie hastig. »Eher im Gegenteil.«

Er warf ihr einen nachsichtigen Blick zu und konzentrierte sich wieder auf seinen Bildschirm. Hinter ihm tauchte Decker mit einer Brötchentüte in der Hand und einer dicken Lederjacke über dem Arm auf. Offenbar hatte er angesichts des guten Wetters beschlossen, seine geliebte Honda aus dem Winterschlaf zu erwecken. »Morgen allerseits.«

»Gut, dass du da bist«, rief Zhou, ohne den Gruß zu erwidern. »Ich bräuchte mal dringend deine Hilfe.«

Er warf die Jacke über einen der Stühle und kam näher. »Klar. Was gibt's?«

»Du hast doch diesen ehemaligen Klassenkameraden, der jetzt ein hohes Tier bei der Stadtplanung ist, oder?«

Decker nickte. »Karlchen.«

»Könntest du Karlchen mal anrufen und ihn ein paar Sachen fragen?«

So laut und oberflächlich ihr Kollege üblicherweise rüberkam, so gut war er in der Lage, zum richtigen Zeitpunkt die Klappe zu halten und Untertöne herauszufiltern. »Ich wollte ihn sowieso fragen, ob er mal wieder mit mir Squash spielt«, spielte er grinsend mit.

»Na, das trifft sich doch prima.«

»Was willst du wissen?«

»Ob und wenn ja was die Stadt mit den Flächen rund um das Gelände der Firma SaniCon vorhat oder vorhaben könnte«, antwortete Zhou, während sie sich die örtlichen Gegebenheiten ins Gedächtnis rief. Das repräsentative alte Haupthaus. Die Nebengebäude. Der erstaunlich ländliche Charme des Areals mit seinen sanften, nebelüberwaberten Wiesen zum Main hin. Die Schrebergartenkolonie …

»Was genau interessiert dich daran?«, riss die Stimme ihres Kollegen sie aus ihren Betrachtungen.

»Steven Groß hätte seinen Job bei der SaniCon am liebsten schon vor geraumer Zeit aufgegeben«, fasste Zhou noch einmal zusammen, auch, um selbst klar zu sehen. »Aber seine Firmenanteile sind nicht genug wert, als dass er mit dem Verkauf ausgesorgt hätte. Das ist die eine Seite.«

Decker sagte nichts.

»Auf der anderen Seite hat Sun Chang offenbar systematisch die frei gehandelten Aktien der Firma aufgekauft – ob im Auftrag von Freunden oder auf eigene Rechnung lassen wir einfach mal dahingestellt sein ...« Sie kaute auf ihrer Unterlippe, während sie nachdachte. »Die SaniCon ist durchaus erfolgreich, aber sie macht nichts, was nicht auch andere könnten«, fuhr sie nach einem Moment des Schweigens fort. »Also ging es bei dem Erwerb der Anteile nicht darum, an hochwertvolle Firmengeheimnisse oder Patente zu kommen.«

»Sondern?«, fragte Decker, der aufmerksam zugehört hatte.

»Genau das ist der Punkt«, entgegnete Zhou, während ihr Blick an der Broschüre hängenblieb, die unter dem Schreiben ihres Vaters hervorlugte. *Die angebotenen Immobilien mögen Ihnen auf den ersten Blick wenig attraktiv erscheinen, doch bedenken Sie bitte, dass sich allein der Grundstückswert in den nächsten Monaten vervielfachen dürfte.* »Vielleicht geht es gar nicht um die Firma selbst, sondern um das, was dranhängt.«

»Was meinst du mit dranhängt?«

»Das Grundstück zum Beispiel.« Sie sah ihn an. »Als wir da waren, habe ich mich gewundert, dass es mitten in der Stadt noch so viel grüne, fast ländliche Fläche gibt. Allein diese Schrebergärten da unten am Main ...«

Allmählich verstand Decker, worauf sie hinauswollte. »Angenommen, eine solche Fläche würde plötzlich als Bauland ausgewiesen ...«

»Die Stadt platzt aus allen Nähten«, nickte Zhou. »Falls man sich entscheiden würde, den Firmensitz in ein Gewerbegebiet außerhalb der Stadt zu verlegen und das Grundstück des Stammsitzes zu verkaufen, könnte man einen horrenden Preis erzielen.«

»Oder man verkauft gleich die ganze Firma«, entgegnete Decker achselzuckend.

»Ja, oder das.« Zhous Finger spielten am Clip eines Kugelschreibers. »Wie auch immer: Um eine derartige Maßnahme beschließen zu können, bräuchte man eine Mehrheit.«

Decker schüttelte heftig den Kopf. »Der alte Klatt hätte einem Verkauf des Stammhauses niemals zugestimmt«, erklärte er. »Er war ein Mann, der auf Traditionen hielt.«

Zhou sah ihn an. »Bislang ist das alles reine Spekulation.«

Und auch diesen Wink mit dem Zaunpfahl verstand der Kollege sofort. »Entschuldige mich kurz«, rief er fröhlich. »Ich muss mal telefonieren.«


3


Frankfurt, Filiale Starbucks Coffee,
9.32 Uhr

Em hielt bei Starbucks und bestellte einen Schoko-Muffin und einen XXL-Kaffee mit Karamell-Aroma. Zum Frühstück hatte sie Toast und Aufbackbrötchen gemacht, und zu ihrer Erleichterung hatte Kaylin nach anfänglichem Zögern gut und durchaus auch mit Appetit gegessen. Sie selbst hingegen hatte vor lauter Aufregung kaum einen Bissen heruntergebracht – etwas, das sie bereits jetzt bereute.

Die Sonne schien durch die blank geputzten Fenster und wärmte ihren Rücken, während sie zusah, wie das nette junge Mädchen an der Maschine ihren Pappbecher füllte. Und unwillkürlich musste sie wieder an Trudi denken. An das Nougat-Croissant aus der rosa Papiertüte, das geradezu sündhaft lecker gewesen war. Und an den alten Freund, der ihre Nachbarin angeblich mit derlei Köstlichkeiten versorgte. Julien …

»Wer ist Julien?«, hörte sich Em im Geiste fragen.

»Ein Elsässer, der wie der Teufel pokert, eine Bierflasche mit den Zähnen öffnen kann und nebenbei auch noch die besten Croissants der Stadt macht«, lachte eine imaginäre Trudi. »Ich habe mir sagen lassen, dass er früher in der Fremdenlegion gedient hat. Aber das kann natürlich genauso gut ins Reich der Legenden gehören …«

»Scheiße!«, entfuhr es Em so laut, dass das Mädchen hinter der Bar erschreckt aufblickte.

Doch sie nahm sich nicht die Zeit für eine Entschuldigung. Sie riss ihren XXL-Becher und die Muffintüte an sich und stürmte aus dem Laden.

Im Gehen zerrte sie ihr Handy aus der Tasche.

»Ja?«, meldete sich ihre Nachbarin nach zweimaligem Läuten, und sie klang mehr als überrascht, dass Em sich so bald wieder bei ihr meldete.

»Es gibt nichts Neues«, klärte Em schnell auf. »Ich habe nur eine Frage.«

Noch so ein »Ja?«

»Du hast mir doch von diesem Mann erzählt, den du kennst«, begann sie, während sie Becher und Papiertüte auf dem Dach ihres Autos abstellte und einhändig nach ihren Schlüsseln kramte.

»Ach, weißt du, ich kenne so viele Männer«, gab Trudi mit eindeutig zweideutigem Unterton zurück.

Em lachte. »Ich rede von Julien.«

»Oh, Julien ...«

»Stimmt es, dass er ein Fremdenlegionär war?«

Sie sah förmlich vor sich, wie Trudi überrascht innehielt, die Brauen zusammenzog und versuchte, der Absicht hinter dieser Frage auf die Spur zu kommen. »Zumindest behauptet er, dass er einer war«, antwortete sie vorsichtig. »Und wenn ich ehrlich bin, glaube ich nicht, dass er lügt. Er ist ... Nun ja, er ist ziemlich tough.«

Es war nur ein Schuss ins Blaue. Eine Möglichkeit von vielen. Aber einen Versuch war es allemal wert. »Kannst du mir sagen, wo ich ihn finde? Ich weiß nur noch, dass es irgendwo bei Demircis Waschsalon war.«

Trudi lachte und nannte ihr die genaue Adresse. »Und erschreck nicht«, schloss sie fröhlich, »manche Dinge sind auf den ersten Blick wenig repräsentativ, aber ...«

Was sie meinte, verstand Em, als sie wenig später vor einem schmutzigen Schaufenster stand und staunend die Auslage betrachtete. Über dem Eingang stand in lange verblichenen Lettern HUGO'S KOLONIALWAREN. Doch ganz abgesehen davon, dass die Aufschrift vermutlich von irgendeinem längst vergessenen Vorbesitzer stammte, war der Begriff auch überaus weit gefasst für die Dinge, mit denen Trudis Freund Julien ganz offenbar handelte.

Ems Blick blieb an einem Schrumpfkopf hängen, der geradezu fürsorglich auf einen Berg aus bunten Clip-Haarsträhnen gebettet war. Zwar war er eindeutig nur aus Plastik, doch das tat seinem makabren Anblick keinen wesentlichen Abbruch.

Hinter dem Kopf stapelten sich staubige Elektrogeräte, die so veraltet waren, dass Em die meisten von ihnen nicht einmal mehr korrekt bezeichnen konnte. Dazu gab es jede Menge Devotionalien, wobei sich der gute Julien glaubenstechnisch offenbar auf keine Richtung festlegen ließ. Mild lächelnde Buddhas aus allen erdenklichen Materialien thronten neben Statuetten der Heiligen Muttergottes von Lourdes, Kerzen mit den Konterfeis der letzten vier Päpste standen einträchtig neben Sabbat-Geschirr und siebenarmigen Leuchtern, und in unmittelbarer Nachbarschaft einiger wertvoll anmutender Thorazeiger und Kippas hatte man ein paar zerlesene Koran-Ausgaben platziert. Daneben fanden sich kitschige Ölbilder mit Biedermeier- und Tiermotiven, mehrere Tulpenlampen aus den Sechzigern in verschiedenen Stadien der Verwesung, ein paar gerahmte Schallplattencover, so bunt, dass man glatt erblinden könnte, und Perücken jedweder Qualität, garniert mit einer Reihe von toten Fliegen, die aller Wahrscheinlichkeit nach aus dem letzten Sommer stammten.

»Ach, du Schande«, murmelte Em mit einem leisen Schaudern, während sie vergeblich versuchte, die batteriebetriebene Plastikkatze zu ignorieren, die ihr aus der Ecke neben dem Eingang entgegenwinkte. »Und ich habe wirklich und wahrhaftig ein Croissant aus diesem Etablissement gegessen!«

Allerdings musste sie der Fairness halber zugeben, dass selbiges sehr schmackhaft gewesen war. Eine Erkenntnis, die sie den nächsten Schritt wagen ließ, auch wenn sie sich im Angesicht von so viel Kitsch und Krempel immer weniger vorstellen konnte, dass hier irgendetwas Brauchbares in Erfahrung zu bringen war.

Trotzdem drückte sie auf die Klinke. Und sie wurde überrascht: Im Inneren des Ladens roch es erstaunlich gut und ganz anders, als sie angesichts des Schaufensters erwartet hatte: Ein feines Aroma von Bohnerwachs mischte

sich mit dem unwiderstehlichen Duft nach frischem Brot, Zigarettenrauch und einem Hauch Vanille.
*Manche Dinge sind auf den ersten Blick wenig repräsentativ, aber ...*
Allerdings war es in dem kleinen Verkaufsraum so warm, dass Em schon nach wenigen Augenblicken ins Schwitzen kam. Ein Gefühl, das sich beim Anblick der übergroßen, in Schal und Wollpulli gehüllten Schaufensterpuppe neben der Tür noch verstärkte.

»Wer da?«, rief eine Männerstimme aus den Tiefen eines hell erleuchteten, aber schlecht einsehbaren Hinterzimmers.

»Mein Name ist Emilia Capelli«, antwortete Em, der es trotz extremer Verrenkungen nicht gelingen wollte, einen Blick auf den Sprecher zu erhaschen. »Und ich ... ich suche den Besitzer dieses Ladens.«

Keine Antwort.

»Ich bin eine Freundin von Trudi«, setzte Em in der Hoffnung hinzu, dass sich diese Eröffnung als eine Art Eintrittskarte erwies. »Trudi Stein.«

»Die Polizistin?«

Noch immer war nichts von dem Mann zu sehen.

»Genau.«

Stille. Dann ein Schlurfen, das entmutigend mühselig klang. »Na, dann immer herein, meine Liebe, immer herein!« Obwohl Julien Jambon arg gebeugt ging, war die Gestalt, die wenige Augenblicke später unter dem Türrahmen erschien, noch immer ausgesprochen respekteinflößend. Ein großer, breitschultriger Kerl mit intelligenten Augen und einem ernsten, sonnengegerbten Gesicht, das ebenso gut einem Araber wie einem Europäer gehören könnte. Er trug lediglich ein schwarzes T-Shirt, was angesichts der tropischen Temperaturen in seinem Laden nicht weiter verwunderte, und dazu eine grau karierte Stoffhose, die er mithilfe von ausgeleierten grauen Hosenträgern an seinem breiten Kreuz befestigt hatte. »Freunde von Trudi sind mir zu jeder Tages- und Nachtzeit willkommen. Also, was kann ich für Sie tun, Madame?«

Sein Akzent war so minimal, dass Em ihn vermutlich gar nicht bemerkt hätte. Ihre Augen blieben an einer Tätowierung hängen, die seinen faltigen, aber noch immer äußerst muskulösen Unterarm zierte. Ein pompöses Kreuz, um das sich eine Rose rankte. Sozusagen der Klassiker.

Jambon bemerkte ihren Blick und grinste. »Ich war jung und rebellisch«, stellte er ohne jeden Anflug von Reue fest. »Und ich wusste, dass ich meinen alten Herrn mit nichts auf der Welt so sehr ärgern konnte, als wenn ich wie ein Sträfling durch die Gegend lief.«

Em lächelte. »Hat's funktioniert?«

»Und ob«, kicherte er. Dann wurde er mit einem Schlag wieder ernst. »Aber Sie sind nicht hier, um über Tätowierungen zu sprechen«, sagte er, ohne zu ahnen, wie weit er mit dieser Bemerkung danebenlag.

»In gewisser Weise doch«, bekannte Em.

Er hob fragend die Brauen.

»Wir sind auf der Suche nach einem Mann, der mit großer Wahrscheinlichkeit in der Fremdenlegion gedient hat oder noch dient«, begann sie vorsichtig.

»Wie kommen Sie darauf, dass er ein Kamerad ist?«, hakte Jambon ein und bestätigte damit indirekt, was Em bis dato nur vom Hörensagen wusste: Dass er selbst als Legionär gedient hatte.

»Hauptsächlich wegen seines Tattoos.« Sie hielt ihm ein Foto des Symbols unter die Nase, das Decker mithilfe von Kaylins Zeichnung identifiziert hatte. »Dieses Ding ist auf die Unterseite seines Handgelenks tätowiert, und zwar so, dass man es nicht auf den ersten Blick sieht. Zusätzlich trägt er eine Uhr, weshalb wir eigentlich nicht davon ausgehen, dass es sich um ein bewusstes Ablenkungsmanöver handelt oder dass die Tätowierung Teil einer Tarnung ist.«

Jambon nickte. »Deuxième Régiment Parachutiste«, murmelte er, während er seine massige Stirn in tiefe Falten legte. »Die Fallschirmjäger.« Unter den buschigen Brauen leuchteten außergewöhnlich helle, blaugraue Augen. »Mit denen hatte ich nie viel zu tun. Aber das heißt nichts.« Er hob den Blick. »Weshalb suchen Sie den Mann? Hat er irgendwas ausgefressen?«

Em war nicht sicher, ob sie richtig daran tat, ihn einzuweihen. Doch sie entschied sich spontan für Aufrichtigkeit: »Wir gehen davon aus, dass er inzwischen als Auftragskiller arbeitet und dass er an dem Doppelmord im Plaza beteiligt war, von dem Sie vielleicht in den Medien gehört haben.«

Der Exlegionär zeigte auf den Verband an ihrer Hand. »Sie sind ihm dort nicht zufällig begegnet?«

»Doch«, nickte sie. »Und er hat auch auf mich geschossen. Aber die Verletzung habe ich mir bei einem Sturz zugezogen, als ich hinter ihm her bin.«

»Trudi hat recht«, lächelte Jambon. »Sie sind ein toughes Mädchen.«

»Dasselbe sagt sie über Sie ...«

»Dass ich ein Mädchen bin?«, rief er in gespieltem Entsetzen.

»Nein, dass Sie tough sind.« Em lachte. Der Alte gefiel ihr. »Jedenfalls haben meine Kollegen alle Hebel in Bewegung gesetzt, um mehr über den Mann herauszufinden. Aber auf offizieller Seite ist bei Ihrem ehemaligen Arbeitgeber ja leider nicht viel zu holen. Und auch die Recherche in den Amicalen hat leider kein Ergebnis gebracht.«

Der Franzose machte eine wegwerfende Handbewegung. »In den Amicalen geht es in erster Linie um Geselligkeit und das Regeln von Rentenansprüchen«, erklärte er. »Da lässt sich der Kerl bestimmt nicht blicken. Erst recht nicht, wenn er für irgendwen den Mann fürs Grobe spielt.« Er überlegte einen Moment. Dann fragte er: »Haben Sie eine ungefähre Vorstellung von seinem Alter?«

»Nach unserer kurzen Begegnung würde ich sagen um die fünfzig«, resümierte Em, was sich inzwischen aus dem bunten Puzzle ihrer Erinnerung mit einiger Sicherheit herausfiltern ließ. »Allerdings hatte ich nicht viel Gelegenheit, ihn mir anzuschauen.«

Er nickte. »Was für eine Waffe hat er benutzt?«

Eigentlich durfte sie solche Interna nicht preisgeben. Andererseits hatte sie sich in diesem Fall bereits über derart viele Vorschriften hinweggesetzt, dass es auf eine mehr oder weniger wahrhaftig nicht ankam. »Eine Glock 36, Halbautomatik«, antwortete sie mit einem leisen Seufzer.

Ihr Gesprächspartner verzog angeekelt das Gesicht.

»Ach so, ja. Und er ist Linkshänder.«

Jambon kratzte sich den fleischigen Nacken. »Okay. Sonst noch was, das Sie mir über ihn verraten können?«

»Er ist nicht allzu groß«, antwortete Em. »Etwa eins achtzig, würde ich sagen. Gute Figur. Austrainiert. Keine auffälligen Bewegungsmuster. Kurzes dunkles Haar.« Sie hob entschuldigend die Achseln. »Und ich fürchte, darin erschöpft sich unser derzeitiger Kenntnisstand. Außer ...«

In Jambons Augen blitzte Interesse auf. »Außer?«

Wie weit sollte, wie weit konnte sie sich noch aus dem Fenster lehnen? Sie befeuchtete ihre Lippen, die in der Wärme des Ladens trocken wurden. »Wir gehen davon aus, dass er Kontakt zu einem Chinesen namens Sun Chang hat und vermutlich mindestens einmal in dessen Villa gewesen ist.«

*Sie können nicht ein einziges Wort dieses himmelschreienden Unsinns beweisen*, hörte sie im Geiste bereits Makarov zetern.

Stimmt, dachte sie, kann ich nicht. Aber ich weiß, dass Kaylin diese Tätowierung gesehen hat. Und ich weiß auch, dass sie das Haus ihres Onkels seit ihrem Einzug vor zwei Jahren praktisch nicht verlassen hat.

Als sie hochsah, blickte sie geradewegs in die wachen blauen Augen von Julien Jambon.

»Ich kann ja mal ein paar Telefonate führen«, erbot er sich nach einem Moment stummen Abwägens. »Vielleicht stoße ich auf etwas, das Ihnen weiterhilft.«

Schön wär's, dachte Em, aber wenn sie ehrlich war, glaubte sie nicht daran. Keine Frage, Jambon war hilfsbereit und geistig ganz sicher voll auf der Höhe. Andererseits war er weit über achtzig, und wenn sie sich hier so umsah ...

»Das ist Daisy.« Er zeigte auf die dick eingepackte Schaufensterpuppe. »Sie begleitet mich seit Jahren.«

*Aha ...*

»Ist 'ne angenehme Gesellschaft, die Daisy.« Grinsen. »Und im Gegensatz zu den meisten anderen Frauen kann sie auch zuhören.«

Em musterte Jambons markantes Profil und überlegte, ob er tatsächlich nur scherzte oder ob er am Ende vielleicht doch nicht alle hatte. Immerhin musste man ziemlich meschugge sein, um es inmitten dieses Sammelsuriums verstaubter Scheußlichkeiten auszuhalten, ohne einen Nervenzusammenbruch oder zumindest Asthma zu bekommen.

»Vielen Dank, dass Sie mir Ihre Zeit geopfert haben«, sagte sie und zog eine Visitenkarte des Präsidiums heraus. »Falls Sie etwas hören, können Sie mich jederzeit unter dieser Nummer erreichen. Oder auf dem Handy.« Sie schrieb ihre private Handynummer auf die Rückseite und legte die Karte auf den alten Tresen, der den Raum völlig willkürlich in zwei annähernd gleiche Hälften teilte.

Seine Daumen gruben sich in den Bund seiner Hose.
»Ich melde mich.«
»Danke.«
»Und grüßen Sie Trudi von mir.«
»Mach ich.« Em hob die Hand zum Abschied und widerstand nur mit Mühe der Versuchung, zum Handy zu greifen und Trudis Nummer zu wählen. Hören, dass alles in Ordnung war. Dass es Kaylin gut ging. Dass niemand gekommen war, um ihr etwas anzutun. Es widerstrebte ihr zutiefst, die beiden allein gelassen zu haben. Aber wenn sie nicht wollte, dass Makarov Verdacht schöpfte, blieb ihr nichts anderes übrig.

*Zhou deckt dich aber, oder nicht?*
*Was, wenn sie zu eurem Vorgesetzten geht?*

»Möchten Sie vielleicht ein frisches Croissant zu Ihrem Kaffee?«, riss Julien Jambons Stimme sie aus den wenig beruhigenden Gedanken.

Em fuhr zusammen. »Ja, gern«, antwortete sie, und erst mit ein paar Sekunden Verzögerung wurde ihr klar, dass diese scheinbar so harmlose Frage ihren Gesprächspartner als exzellenten Beobachter auswies. Der Starbucks-Becher klemmte im Becherhalter. Ihr Wagen stand ein paar Meter vom Eingang entfernt und war von hier aus nicht zu sehen ...

Er hat mich kommen sehen, durchzuckte sie ein Gedanke. Er hatte mich bereits im Blick, lange bevor ich auch nur einen Fuß über seine Schwelle gesetzt habe!

Jambon bemerkte ihre Irritation, und sein Grinsen hätte breiter nicht sein können. »Ich rufe Sie an«, sagte er.

Dann humpelte er vergnügt ins Hinterzimmer, um das versprochene Croissant zu holen.

# 4

Polizeipräsidium Frankfurt, Büro Em und
Zhou, 10.17 Uhr

»Hol mich der Teufel, du hattest recht«, rief Decker und stürmte mit ausladenden Schritten auf Zhous Schreibtisch zu.

»Womit?«, fragte sie, abgelenkt durch Capellis Bericht, den sie gerade in ihrem Postfach gefunden hatte.

»Na, mit dem Grundstück.« Er strahlte wie ein Fünfjähriger, der gerade sein erstes Schwimmabzeichen bestanden hat, als er einen DIN-A3-großen Stadtplan vor seiner Kollegin auf dem Schreibtisch ausbreitete. »Das ist alles noch top secret, aber ein eigens vom Stadtrat beauftragtes Gremium hat vor kurzem einem Antrag auf Nutzungsänderung dieser Fläche hier stattgegeben.« Sein Zeigefinger tippte auf einen kleinen schraffierten Bereich neben der Kleingartenanlage, die sich aus irgendeinem unerfindlichen Grund in Zhous Gedächtnis gebrannt hatte. Vielleicht, weil Schrebergärten mit all ihren kleinbürgerlichen Regeln und Gesetzen zu den wenigen Dingen an ihrem sogenannten Heimatland gehörten, die sie einfach nicht nachvollziehen konnte.

»Eine Nutzungsänderung?« Sie sah ihn an. »Mit welchem Ziel?«

»Der Besitzer des Areals möchte hier, in unmittelbarer Nähe zum Wasser, drei exklusive Mehrfamilienhäuser errichten.« Sein Finger wirbelte über der Karte hin und her. »Die Fläche, um die es geht, ist augenblicklich noch mit einer Lagerhalle bebaut, und sie ist auch mit knapp siebenhundert Quadratmetern eher klein. Aber sie schafft einen Präzedenzfall, auf dessen Grundlage auch die Besitzer der

Nachbargrundstücke entsprechende Anträge einreichen können, so sie das möchten.«

»Und solche Anträge hätten Aussicht auf Erfolg?«

Er nickte. »Unbedingt. Zumal die Stadtplaner diese Flächen wohl schon länger im Auge haben und Politiker aller Fraktionen seit Jahren bemängeln, dass ein derart günstig gelegener Bereich nicht als Wohnraum zur Verfügung steht.«

Zhou hielt unwillkürlich die Luft an. Darum ging es also! »Wie viele Häuser könnte man auf dem Gelände von Klatts Betrieb bauen?«, fragte sie mit ehrfürchtigem Blick auf die grau schraffierte Linie, die den Besitz des ermordeten Unternehmers umrahmte.

»Auf jeden Fall genug, um mit dem Erlös aus dem Verkauf der Grundstücke für den Rest seines Lebens saniert zu sein«, antwortete Decker mit dem ihm eigenen Pragmatismus. »Denn das hier und das und das …«, sein Finger umfuhr weitere Flächen, »gehört laut Grundbuch alles noch dazu.«

»Oh, mein Gott«, rief Zhou staunend. »Das ist ja riesig.«

»Und die Lage ist natürlich absolut unschlagbar«, pflichtete ihr Kollege ihr bei.

Sie dachte an den duftigen Morgennebel über dem Fluss, den sie von Steven Groß' Büro aus bewundert hatte, und konnte nicht umhin, ihm zuzustimmen. Ein citynahes, perfekt angebundenes Gelände mit Aussicht … Der Traum eines jeden Investors!

»Danke, Papa«, flüsterte sie. »Du hast mir sehr geholfen.«

»Was?«, fragte Decker.

Zhou merkte, wie sie rot wurde. »Nichts«, entgegnete sie hastig.

»Und?« Er schob den Plan zur Seite und lehnte den

Hintern gegen die Kante ihres Schreibtischs. Etwas, das er bei allen tat und das sie trotzdem immer irgendwie störte. »Was fangen wir jetzt mit dieser Information an?«

Sie verschränkte die Arme vor der Brust, während sie überlegte. »Fest steht, dass sowohl Steven Groß als auch Sun Chang viel Geld in Aussicht gehabt hätten beziehungsweise noch haben, falls sie sich dazu entschließen sollten, ihre Firmenanteile in einen Topf zu werfen und mit der entstehenden Mehrheit eine Umnutzung des Firmengeländes oder dessen Verkauf zu beschließen.«

»Aber Chang selbst besitzt doch gar keine Anteile«, widersprach Decker.

»Sagt *er*.«

»Stimmt«, nickte er. »Solange wir nicht an seine Konten kommen, können wir nicht wissen, ob er nicht vielleicht doch auf eigene Rechnung gehandelt hat. Allerdings würde das voraussetzen, dass er von der Möglichkeit einer Umnutzung wusste, oder?«

»Warum nicht?«, gab Zhou zurück. »Chang macht seit Jahren Geschäfte in dieser Stadt. Und er ist an einem der angesagtesten Clubs beteiligt. Im Pussycat Doll verkehren Kommunalpolitiker genauso wie Architekten und Stadtplaner. Gut möglich, dass er von den Umnutzungsplänen Wind bekommen hat, bevor die Sache offiziell wurde.« Ihr Blick blieb an Capellis Bericht hängen, der weiß und mahnend auf ihrem Bildschirm flimmerte. Im CC neben dem Betreff stand Ensslins BKA-Kontakt neben der internen Mailadresse von Makarov. »Er hat mit Sicherheit viele Verbindungen.«

»Unter anderem zu Tarek McMillan«, knurrte Decker.

»Ja, unter anderem.«

»Leider fehlt uns im Moment jegliche Möglichkeit, das zu überprüfen«, legte ihr Kollege abermals den Finger in die Wunde. »Einen Beschluss, mit dem wir uns seine Konten ansehen dürfen, wird das BKA unter Garantie zu verhindern wissen. Und wenn nicht das BKA, dann dieser widerliche Schmierlappen von einem Anwalt.«

Vor Zhous innerem Auge blitzte die feiste Gestalt Paul Merlots auf. *Sehen Sie sich vor, Frau Zhou. Bei einer Partnerin wie der Ihren gerät man schnell unter einen ungünstigen Einfluss.*

Sie blickte auf und schenkte ihrem Kollegen ein strahlendes Lächeln. »Vielleicht brauchen wir gar keinen Beschluss.«

»Wieso?«

»Das ist doch ganz einfach«, gab sie zurück. »Wer immer von einem eventuellen Grundstücksverkauf des SaniCon-Geländes profitieren wollte, musste sich zunächst einmal die Aktienmehrheit sichern, um in dieser Hinsicht überhaupt beschlussfähig zu werden.«

Deckers Augen glitten über den tristen, aber strapazierfähigen Linoleumboden. »Stimmt.«

»Dass Peter Klatt das Familienerbe nie verkauft hätte, steht fest«, spann Zhou den Gedanken weiter. »Somit scheidet er als potenzieller Verbündeter aus. Bleiben nur noch Groß und Chang, beziehungsweise dessen Auftraggeber.«

Decker verstand, worauf sie hinauswollte. »Du meinst, einer von beiden musste den anderen kontaktieren, um entweder dessen Anteile zu erwerben oder sich zumindest dessen Zustimmung zu entsprechenden Plänen zu sichern?«

»Genau das«, nickte Zhou.

Ihr Kollege entblößte seine makellos weißen Zähne. »Na, dann zieh ich doch mal los und besorge mir die Erlaubnis, Steven Groß zu durchleuchten.«

»Nimm dir sämtliche Daten des letzten Jahres vor«, sagte Zhou. »Telefonverbindungen. SMS- und E-Mail-Kontakte. Kontobewegungen. Die ganze Palette.« Sie faltete den Plan des Niederrader Geländes zusammen und drückte ihn Decker in die Hand. »Das hier, in Kombination mit der erst vor wenigen Wochen vollzogenen Testamentsänderung, die eindeutig das Ziel verfolgt, Klatts Anteile vor dem Zugriff seines Neffen zu schützen, müsste für einen Gerichtsbeschluss reichen. Und falls es doch Probleme geben sollte, sag mir Bescheid.«

»Du klingst ziemlich entschlossen«, stellte er unumwunden fest.

»Ja«, antwortete sie nach kurzem Überlegen. »Ich glaube, das bin ich.«

»Gut so.« Er zögerte, bevor er mit Blick auf den Plan in seiner Hand hinzufügte: »Aber das ist schon Wahnsinn, nicht wahr?«

Zhou runzelte die Stirn. »Was?«, fragte sie.

»Na ja, da legst du dich jahrzehntelang krumm für das Unternehmen, das dein Großvater gegründet hat, du hältst die Tradition hoch und steuerst den Kahn erfolgreich durch die Strudel der freien Wirtschaft. Und dann kommen eines Tages zwei andere mit einer Mehrheit daher und haben die Möglichkeit, dir den Laden buchstäblich unterm Hintern weg zu verkaufen.«

»Bislang ist das alles reine Spekulation«, protestierte Zhou, doch im Grunde war sie genauso überzeugt wie er.

»Aber es ist die einzige Erklärung, die Sinn macht.«

»Mich wundert trotzdem, dass er so weit gegangen ist, ein Kind zu entführen, um das zu verhindern«, wandte sie ein.

Doch Decker schüttelte sofort den Kopf. »Mich gar nicht«, sagte er. »Wenn es nur um sein persönliches Wohl gegangen wäre, hätte Peter Klatt vermutlich noch zähneknirschend nachgegeben. Aber mit einem möglichen Verkauf der Firma hätten seine Angestellten auf der Straße gestanden.«

»Sie hätten den Firmensitz auch einfach verlegen können«, argumentierte Zhou, während sie sich unsanft an die Scheingefechte erinnert fühlte, die sie früher im Fach »Grundlagen der Rechtswissenschaft« absolviert hatten und bei denen immer einer von ihnen die Rolle des Advocatus Diaboli hatte übernehmen müssen. Die Rolle des Miesmachers. »Zum Beispiel in ein Gewerbegebiet außerhalb der Stadt.«

»Glaubst du wirklich, dass sich Chang oder Groß diese Mühe gemacht hätten?«, hielt Decker ihr entgegen.

Nein, dachte Zhou, das glaube ich nicht.

»Vermutlich hätten sie die Firma einfach verkauft. Oder aufgelöst. Und das wollte Klatt um jeden Preis verhindern.« In Deckers Blick lag Anerkennung. »Nahezu jeder, mit dem ich mich unterhalten habe, hat betont, wie verantwortungsbewusst er war.«

»Ich weiß.« Zhou kaute nachdenklich an ihrem Stift, während sich ihr Kollege eilig an seinen Schreibtisch verzog, um wegen der entsprechenden Beschlüsse zu telefonieren. Selbst wenn der eine oder andere Mitarbeiter vielleicht woanders untergekommen wäre, dachte sie, hätte es Opfer gegeben. Menschen, die nicht mehr vermittelbar gewesen wären. Und all jene, die sich im Vertrauen auf einen sicheren Arbeitsplatz in dieser Stadt niedergelassen, Häuser gebaut, Freunde gefunden und Kinder eingeschult hatten. Sie alle hätten der Profitsucht eines Einzelnen wegen von vorn beginnen müssen.

Und schon wieder geht es um Verwurzelung, dachte Zhou. Mit einem Unternehmen. Mit einer Stadt. Mit einer Persönlichkeit. Deshalb hat Peter Klatt getan, was wir bislang so gar nicht verstehen konnten. Er wollte verhindern, dass seine Angestellten entwurzelt wurden. Selbst wenn er dafür eine Straftat begehen musste. Eine Kindesentführung. Nur leider hatten die Klatts keine Ahnung, worauf sie sich einließen. Und mit wem ... Befremdet beobachtete Zhou, wie bei dem Gedanken eine dicke Gänsehaut ihre nackten Unterarme überzog. Und seltsamerweise kam ihr ausgerechnet jetzt ein Vers in den Sinn, den sie bereits seit langem kannte und der ihr im Zusammenhang mit ihren Recherchen erst vor kurzem wieder begegnet war. Er stammte aus dem Lied »Le Boudin«, das gewissermaßen die inoffizielle Hymne der Fremdenlegion darstellte:

*Nos anciens ont su mourir*
*pour la gloire de la légion.*
*Nous saurons bien tous périr,*
*suivant la tradition!*

(Unsere Alten wussten wie man stirbt für den Ruhm der Legion. Auch wir wissen wie man untergeht, getreu der Tradition.)

5

Polizeipräsidium Frankfurt, Büro Em und
Zhou, 11.46 Uhr

»Mist verdammter!« Em pfefferte ihr Smartphone quer über den Tisch und vergrub das Gesicht in den Händen.

Zhous Kopf tauchte hinter dem Rand ihres Bildschirms auf. »Geht sie noch immer nicht dran?«

»Nein.« Seit dem frühen Morgen versuchte sie nun schon, Dawa Djungne auf deren Mobilfunknummer zu erreichen. Vergeblich. »Das Handy ist aus.«

»Laut Zeittafel der Veranstaltung hat sie den ganzen Tag

über Termine.« Zhou zuckte die Achseln. »Vorträge, Arbeitsgruppen, Besprechungen in verschiedenen Gremien. Da wird sie einfach nicht gestört werden wollen.«

Em wusste, dass ihre Partnerin sie beruhigen wollte. Trotzdem fiel ihr Ton einen Hauch zu ruppig aus, als sie antwortete: »Schon. Aber irgendwann zwischendurch guckt doch wohl jeder mal aufs Handy, oder?«

»Nicht unbedingt.«

»Warum schaut sie denn nicht wenigstens mal nach, wie das Wetter wird?«, knurrte Em mit einem ironischen Blick aus dem Fenster. Der Wind war deutlich aufgefrischt und erste Wolken hatten sich vor die Sonne geschoben. Unübersehbare Vorboten der angekündigten Regenfront. »Immerhin fliegt sie heute noch zurück.«

»Für wann ist der Flug gebucht?«, fragte Zhou.

»Achtzehn Uhr vierundzwanzig ab Heathrow.«

»Das heißt, sie ist gegen acht hier.«

Sie nickte.

»Ich nehme an, wir holen sie ab?«

Em schob trotzig das Kinn vor. »Worauf Sie sich verlassen können.« Dann wandte sie sich wieder dem Bericht auf ihrem Bildschirm zu. Eine erste Auswertung der Spuren in Thien Limings Wohnung. Neuigkeiten aus dem Krankenhaus gab es dagegen noch nicht, wie sie bei ihrer Ankunft erfahren hatte. Der Zustand des Lehrers war unverändert kritisch. *Er wird nicht durchkommen*, dachte Em mit einem mehr als unguten Gefühl im Bauch. *Er wird sterben. Genau wie die Klatts gestorben sind. Und wenn Dawa Djungne uns nicht spektakuläre neue Erkenntnisse liefert, wird Kaylin wohl oder übel zurück zu ihrem Onkel müssen.* Sie schluckte. Der bloße Gedanke, die Kleine wieder in Changs Obhut zu übergeben, verursachte ihr Übelkeit. Aber sie wusste auch, dass sie das Mädchen nicht ewig verstecken konnte. Nicht ohne eine rechtliche Handhabe …

»Em?«

Sie sah hoch. »Ja?«

»Ich fürchte, da kommen Schwierigkeiten auf uns zu.« Zhou deutete unauffällig mit dem Kinn Richtung Tür. Auf dem Gang standen drei Männer. Einer davon war Makarov, in dem zweiten erkannte Em Marc Ensslin. Den dritten konnte sie nur von hinten sehen, aber der Statur nach tippte sie auf Steve Jakobs, Ensslins Adlatus.

Ich fürchte, in diesem speziellen Fall kommen die Schwierigkeiten in erster Linie auf mich zu, dachte Em. Sie wollte gerade aufstehen, als sich ihr Handy mit den ersten Takten des Triumphmarschs aus Aida zu Wort meldete. Ein kurzer Blick auf das Display ließ sie verständnislos die Stirn runzeln. »Ja?«

»Salut, Madame. Julien Jambon hier.«

»Oh!«, rief Em, ohne zu wissen, ob sie sich freuen oder genervt sein sollte. In dieser kurzen Zeit konnte er wohl kaum etwas herausgefunden haben. Oder doch? Ihr Blick blieb an einer Papierserviette hängen, die von ihrer gestrigen Fast-Food-Orgie übrig geblieben war.

*Möchten Sie ein Croissant zu Ihrem Kaffee?*

»Haben Sie etwas für mich?«, fragte sie hoffnungsvoll, während Makarov von der Tür aus ein mehr als ungeduldiges »Capelli!« hören ließ.

»Einen Moment, bitte«, wandte sich Em an ihren Anrufer. Dann hielt sie das Gerät ein Stück von sich weg und rief: »Was ist?«

Ihr Boss fuchtelte wild mit der Hand herum, was wohl heißen sollte, dass er nicht gewillt war, irgendwelche Informationen quer durch den Raum zu brüllen, und sie sich gefälligst zu ihm bemühen solle.

Em deutete an, dass sie noch rasch ein wichtiges Telefonat beenden müsse. Dann sah sie zu Zhou hinüber und verdrehte die Augen.

Ihre Partnerin zeigte auf das Smartphone an ihrem Ohr. *Neuigkeiten?*

Sie nickte und formte stumm die Worte: *Unser Legionär.*

Zhou hob überrascht die Brauen. »Dann mal los«, flüsterte sie, indem sie aufstand und ein oberflächliches Lächeln aufsetzte. »Ich verschaffe Ihnen etwas Zeit ...«

Em blickte ihr nach, wie sie mit hocherhobenem Kopf auf das Dreiergespann in der Tür zuging. Doch Makarov schien alles andere als begeistert zu sein, sie zu sehen. *Ich will Capelli*, las sie von seinen wulstigen Lippen ab. Und das wiederum hieß, dass ihr allenfalls ein kleines Zeitfenster blieb.

Eilig wandte sie sich wieder an Jambon. »Bitte entschuldigen Sie die Unterbrechung«, sagte sie, stets mit halbem Auge bei den Geschehnissen unter dem Türrahmen. »Hier im Büro ist mal wieder die Hölle los.«

»Kein Problem.«

»Haben Sie etwas herausfinden können?«

»Kann sein.« Er hustete. »Ich hab ein bisschen rumtelefoniert. Und ein Bekannter hat mir einen Namen genannt ...«

»Ich bin ganz Ohr«, flüsterte Em, während sie einhändig einen Kugelschreiber vom Schreibtisch angelte.

»Es ist nur ein Vorname«, beeilte sich Jambon ihre Erwartungen gleich wieder ein wenig zu dämpfen.

»Besser als nichts«, gab Em zurück.

»Der Mann nennt sich Henri, was aber unter Garantie nicht der Name ist, den ihm seine Eltern mit auf den Weg gegeben haben.« Jambon lachte laut und herzlich. »Wie auch immer, der Betreffende hat angeblich innerhalb des Zweiten Fallschirmjägerregiments in der 4. Kompanie gedient. Da tummeln sich Spezialisten für Sabotageakte, Sprengstoffexperten und Scharfschützen.«

Das würde passen, dachte Em.

»Allerdings soll er schon seit einiger Zeit nicht mehr dabei sein«, schloss ihr Gesprächspartner nach einer kurzen Pause.

»Das heißt, er hat den Dienst quittiert?«

Jambon ließ ein vielsagendes Räuspern hören. »Sagen wir mal so: Damals im Kosovo müssen sich ein paar Dinge ereignet haben, die seinen Vorgesetzten nicht geschmeckt haben. Er bekam eine Verwarnung, und danach haben sie ihn an die Elfenbeinküste geschickt. Aber die Sache wurde anscheinend nicht besser und man legte Henri nahe, sich ein anderes Betätigungsfeld zu suchen.«

Em registrierte, wie Makarov in der Tür zusehends ungeduldiger wurde. »Sie meinen, der Mann war zu ...«, sie zögerte, weil ihr das Wort im Zusammenhang mit einem Berufssöldner irgendwie unpassend vorkam, »... zu brutal?«

»Viele Menschen glauben bis heute, wir wären ein wilder Haufen Geistesgestörter«, entgegnete Jambon, durchaus amüsiert. »Aber das entspricht nicht der Wahrheit. Wir sind ganz einfach Männer, für die das Kämpfen ein Teil ihres Jobs ist. Dieser Job bedingt aber auch, dass wir uns uneingeschränkt aufeinander verlassen können.« Em sah ihn vor sich, wie er mit seiner riesigen Hand abfällig durch die Luft wedelte. »Da ist für Gewaltjunkies und Psychopathen kein Platz.«

»Klingt ziemlich einleuchtend.« Sie fischte einen Zettel aus der Box neben ihrem Bildschirm und schrieb den Namen HENRI in die linke obere Ecke. »Und der Mann, um den es geht, ist Deutscher?«, hakte sie nach.

»Ja.«

»Wie alt?«

»Etwa so alt, wie Sie ihn beschrieben haben.«

Also um die fünfzig. »Das hilft mir ein ganzes Stück

weiter«, sagte Em, ohne sicher zu sein, ob das zutraf. »Haben Sie vielen Dank, dass Sie so schnell ...«

»Ich hätte noch eine Adresse zu bieten«, fiel Jambon ihr ins Wort, und wieder hatte sie das Gefühl, dass er sich prächtig amüsierte. »Hanns-Eisler-Weg 56. Ich glaube, das liegt in Unterliederbach.« Wieder dieses Räuspern. Wahrscheinlich rauchte er noch immer wie ein Schlot. »Nach Auskunft meines Bekannten ist es das Haus einer seiner Exfreundinnen. Die verbringt wohl seit Jahren mehr Zeit in der geschlossenen Psychiatrie als in den eigenen vier Wänden, und nach allem, was man so hört, benutzt Henri das Haus als Unterschlupf, wenn er mal länger in der Stadt ist.«

Em kam nicht dazu, ihn zu fragen, ob er wisse, wo sich der Mann, den sie suchten, ansonsten aufhielt, denn Makarov pflügte geradewegs auf ihren Schreibtisch zu. »Tut mir leid, aber ich muss jetzt Schluss machen«, flüsterte sie in ihr Handy. »Ich melde mich wieder. Und vielen Dank schon mal für die Infos.«

»Bonne chance!«, entgegnete der Franzose fröhlich.

Sekunden später verriet ein leises Piepsen, dass die Verbindung unterbrochen war.

»Wir müssen reden«, erklärte Makarov einleitungslos und ohne Rücksicht auf das Mobiltelefon, das sie noch immer am Ohr hatte.

»Sicher doch«, entgegnete Em mit aller Chuzpe, die sie angesichts seiner offenkundigen Wut zustande brachte. »Aber leider ist es augenblicklich ziemlich ungünstig.«

»Wieso?«

»Ich muss weg.«

Makarovs Wieselaugen streiften den Zettel, auf dem sie sich die Adresse notiert hatte. »Nein«, sagte er unmissverständlich endgültig. »Müssen Sie nicht.«

»Aber ...«

»In mein Büro!« Er wandte sich ab und stapfte davon. »Sofort.«

Von der Tür aus grinsten ihr Ennslin und Jakobs entgegen. Offenbar genossen sie es, dass ein Muskelspiel von ihnen genügte, um ihre Pläne zu durchkreuzen.

»Scheiße«, fluchte Em und schob den Zettel mit der Adresse in die Tasche ihrer Jeans. »Diese Jungs haben ein echtes Gespür für den richtigen Augenblick.« Wütend beobachtete sie, wie Ennslin und Jakobs in Makarovs Büro verschwanden.

Sie wollte sich eben anschicken, ihnen zu folgen, als Zhou ihr entgegentrat. »Und?«, fragte sie. »Was Neues zu unserem Killer?«

Em berichtete in knappen Sätzen, was sie von Julien Jambon erfahren hatte.

Zhou riss die Augen auf. »Wow, das klingt tatsächlich nach einer Spur.«

»Ich weiß«, nickte Em und sah auf die Uhr. »Und ich kümmere mich darum, sobald ich mit denen da«, ihr Kinn wies auf Makarovs Tür, »fertig bin.«

»Ich könnte vorausfahren und mich dort umsehen«, erbot sich Zhou.

Doch Em zögerte. Sie hasste es, zu delegieren. Ganz besonders, wenn es sich um Dinge handelte, die Erfolg versprachen. Andererseits hatten sie keine Zeit zu verlieren. Und wenn man zwischen zwei Übeln zu wählen hatte, entschied man sich am besten für das kleinere. »Von mir aus«, seufzte sie und zog den Zettel aus der Tasche. »Versuchen Sie rauszufinden, ob da überhaupt jemand ist. Und dann sehen wir weiter.« Sie zuckte die Schultern. »Gut möglich, dass sich der Kerl nach der Sache im Plaza und dem Besuch bei Thien Liming entschlossen hat, erst mal unterzutauchen.«

»Ja.« Zhou nahm den Zettel an sich. »Gut möglich.«

»Ich komme nach, sobald ich kann.«
Sie nickte. »Lassen Sie sich nicht unterbuttern.«
»Von diesen karrieregeilen Anzugträgern da drin?« Em schüttelte den Kopf. »Bestimmt nicht!«
Doch unwillkürlich musste sie an etwas denken, das Trudi erst vor wenigen Stunden zu ihr gesagt hatte: *Nach allem, was du mir da erzählst, sind die Anzugträger eines deiner geringeren Probleme ...*
»Capelli!«
Sie drehte sich um und winkte ihrem Boss betont lässig zu.
»Machen Sie nicht, dass ich ...«
»Ich komme schon«, rief sie aufgeräumt. »Bin schon unterwegs.«
»Viel Glück«, flüsterte Zhou.
»Ja«, nickte Em. »Ihnen auch.«


6


Frankfurt-Unterliederbach, Hanns-Eisler-Straße, 12.22 Uhr

Das Haus mit der Nummer sechsundfünfzig stammte, genau wie die meisten seiner Nachbarn, aus den späten Sechzigern und hatte seither zumindest von außen keine nennenswerte Renovierung mehr erfahren. Entsprechend trostlos wirkte die vergraute Fassade mit den dunklen, einfach verglasten Holzfenstern. Und auch die bemoosten Waschbetonplatten vor dem Eingang trugen nicht unbedingt zu einem freundlichen Gesamteindruck bei.

Um nicht aufzufallen, hielt Zhou ein ganzes Stück entfernt am Straßenrand und schaltete den Motor aus.

Die Rollläden waren, bis auf einen augenscheinlich kaputten im Obergeschoss, hochgezogen. Doch das musste nicht zwingend heißen, dass das Haus bewohnt war. Vielleicht hatte sich die Besitzerin entschieden, sie oben zu lassen, um nicht jedermann gleich zu verraten, dass ihr Zuhause gegenwärtig leer stand. Oder eine Nachbarin hatte einen Schlüssel und sorgte dafür, dass das Haus bewohnt wirkte, während Petra Niedeck, die Besitzerin, einmal mehr versuchte, ihr mehr als verkorkstes Leben in den Griff zu bekommen. Auf der Herfahrt hatte Decker angerufen und berichtet, dass die Vierzigjährige nach diversen erfolglosen Kokain- und Alkoholentzügen derzeit in der Fachklinik für Suchterkrankungen Altenkirchen untergebracht war. Dauer: unbestimmt.

Unschlüssig sah Zhou zu dem unscheinbaren Gebäude hinüber. Sie hatten nicht besprochen, wie sie vorgehen sollte. Einfach nur beobachten? Klingeln? Abwarten? Was waren die Alternativen? Sie blickte prüfend an sich hinunter. Jeans und T-Shirt an diesem Morgen, durchaus legerer als sonst. Leider sah sie trotzdem nicht so aus, als ob sie in diese Gegend gehörte. Eine vergleichsweise hochgewachsene, sorgfältig geschminkte Asiatin in Jeans und Marken-Sneakern, die an den Türen der umliegenden Häuser klingelte und sich nach einem Mann erkundigte, der angeblich vorübergehend in Nummer sechsundfünfzig wohnte ...

»Wirklich total unauffällig!«, murmelte sie wütend vor sich hin.

Natürlich konnte sie auch versuchen, Capelli anzurufen, um sie zu fragen, wie sie weiter vorgehen sollte. Aber sie wollte nicht riskieren, dass Ensslin Wind von dieser neuen Spur bekam. Also entschied sie sich fürs Warten.

Irgendwann würde Em sich schon melden. Und sie selbst hätte noch etwas Zeit zum Nachdenken.

Obwohl sie nur magere drei Stunden geschlafen hatte, fühlte sie sich frisch und ausgeruht. Doch das lag vermutlich am Adrenalin.

Ihre Augen blieben an einem winzigen Teich hängen, den ein optimistischer Natur-Fan mitten in einen der trostlosen Vorgärten gegraben hatte. Seine Größe betrug kaum mehr als einen Meter im Durchmesser, doch Zhou hätte ihre Musiksammlung darauf verwettet, dass er trotzdem eine stattliche Anzahl Fische beherbergte.

Goldfische vermutlich ...

Sie stutzte, als eine flüchtige Assoziation durch ihr Bewusstsein zuckte: das unscheinbare Büro im Punch and Dragon, in dem sie mit Liu Yun gesessen hatte, Seite an Seite auf den Besucherstühlen vor dem Schreibtisch. Sein Blick, der an ihr vorbeigeht, hin zu dem hübsch eingerichteten Aquarium neben der Tür.

*Das Zusammenleben einer jeden Spezies wird von bestimmten Gesetzmäßigkeiten bestimmt. Das gilt für Menschen genauso wie für Lachse ...*

»Wieso eigentlich Lachse?«, fragte Zhou halblaut. »Warum nicht Guppys, Buntbarsche oder Scalare?«

Immerhin waren Lachse doch Seefische, oder? Und außerdem viel zu groß für ein Aquarium. Ihre Finger fuhren gedankenverloren über das Leder des Lenkrads. Oder verbarg sich auch hinter dieser scheinbar so beiläufigen Bemerkung Liu Yuns wieder irgendein Hinweis? Sie rieb sich die Augen, die seit dem Morgen juckten. Heuschnupfen vermutlich. Aber was, um Himmels willen, war denn so besonders an Lachsen?

Zhou kramte ihr Smartphone heraus und gab den Begriff in die Suchmaschine von Google ein. *Der atlantische Lachs* (Salmo salar) *und die pazifischen Lachse* (Oncorhynchus), las sie dort, *kommen zum Laichen zurück in die Süßgewässer, wobei sie auch Hindernisse wie Wasserfälle und Wehre überwinden ...*

»Stimmt«, flüsterte Zhou, »die Besonderheit der Lachse ist, dass sie immer wieder an ihre Laichplätze zurückkehren.«

Zu ihren Wurzeln!

Sie ließ das Smartphone sinken. Und wenn sich Liu Yuns Bemerkung nun gar nicht auf mich persönlich bezogen hat?, überlegte sie, und ihre Kehle war plötzlich staubtrocken vor Aufregung. Wenn er mir in Wahrheit etwas ganz anderes sagen wollte?

Sie kam nicht dazu, den Gedanken zu Ende zu denken, denn im Rückspiegel entdeckte sie den Transporter eines Paketdienstes, der sich langsam näherte. Er stoppte direkt hinter ihr, und Zhou beobachtete, wie der Fahrer im Laderaum verschwand. Die Kirschlorbeerhecke, die das benachbarte Grundstück umfriedete, war hoch genug, dass der Transporter von Haus Nummer sechsundfünfzig aus nicht gesehen werden konnte. Also beschloss sie, die unerwartete Chance zu nutzen.

Sie zog die Autoschlüssel ab, stieg aus dem Wagen und ging auf die offene Seitentür des Transporters zu.

Der Fahrer war noch mit Räumen beschäftigt und nahm sie erst wahr, als sie bereits in der Tür stand. Entsprechend groß war sein Schrecken. »Kann ich helfen?« Er hatte ein bleiches, unscheinbares Gesicht und sprach mit osteuropäischem Akzent. Ein Schild auf der Brusttasche seines Hemdes wies ihn als G. Krasniqi aus.

»Kriminalpolizei«, gab Zhou anstelle einer Antwort zurück und hielt ihm ihren Dienstausweis hin.

Er nahm das Dokument an sich und studierte es aufmerksam. Ein klares Indiz dafür, dass er ihr nicht traute. »Und?«

»Es geht nicht um Sie oder um Ihre Ladung«, beeilte sich Zhou, ihn zu beruhigen. »Ich habe nur eine Bitte.«

In seinen dunklen Augen lag Misstrauen. »Bitte?«, wiederholte er, als sei er sicher, sich verhört zu haben.

Zhou kletterte zu ihm in den Laderaum und deutete auf das Päckchen, das er bei ihrem Auftauchen in der Hand gehalten hatte. »Diese Sendung da ... Für wen ist die?«

»Gnoske«, las der Mann unsicher von dem Adressaufkleber des Päckchens ab. »Was nicht okay damit?«

Zhou schüttelte hastig den Kopf. »Nein, nein«, versicherte sie. »Alles bestens. In welchem Haus wohnt Herr Gnoske?«

»Frau«, korrigierte der Fahrer und tippte auf den Vornamen im Adressfeld. »Lisa-Ursula Gnoske.«

»Auch gut«, sagte Zhou. »Welche Hausnummer?«

»Zweiundfünfzig.«

»Prima.« Sie strahlte ihn an. »Dann nehmen Sie jetzt dieses Päckchen, gehen zu Nummer sechsundfünfzig und sagen, Frau Gnoske würde leider nicht aufmachen.«

»Aber ...«, setzte der Mann an, doch Zhou unterbrach ihn sofort wieder.

»Das geht in Ordnung«, versicherte sie, wobei sie sich bemühte, sowohl Ruhe als auch Strenge auszustrahlen. »Ich möchte nur wissen, ob in Nummer sechsundfünfzig überhaupt jemand öffnet, okay?«

Der Fahrer zögerte. »Und ich sagen ...?«

»Sie fragen nett und höflich, ob Sie das Päckchen für Frau Gnoske dort abgeben dürfen. Und anschließend kommen Sie wieder her.«

Er schien nicht überzeugt, aber er nickte. Vermutlich vermittelte ihm ihr Dienstausweis das Gefühl, keine Wahl zu haben.

»Gut, dann los.« Sie kletterte aus dem Fahrzeug und wartete, bis er ihr gefolgt war. »Bleiben Sie hier, bis ich Ihnen ein Zeichen gebe«, wies sie ihn an. »Und dann tun Sie genau das, was ich Ihnen gesagt habe. Und verhalten Sie sich unauffällig, okay? Tun Sie, als ob Sie in Eile wären.«

Sie wartete nicht auf seine Antwort, sondern kehrte zu ihrem Auto zurück und griff nach ihrem Smartphone. Das Display verriet, dass in der Zwischenzeit jemand angerufen hatte. Capelli vermutlich. Doch dazu war jetzt keine Zeit. Zhou wählte die Kamera-Funktion und bedeutete dem Paketfahrer mit einem knappen Handzeichen, dass er losgehen konnte. Dann richtete sie das Handy auf das Haus mit der Nummer sechsundfünfzig und zoomte sich so dicht wie möglich an die Haustür heran. Am Bild auf dem Display vorbei verfolgte sie, wie der Fahrer durch die offene Gartenpforte trat. Du hättest ihn nicht einfach so da reinschicken dürfen, dachte sie mit einem mulmigen Gefühl in der Magengegend. Was, wenn dieser Henri wirklich dort ist? Was, wenn er den Braten riecht und die Nerven verliert?

Doch es war bereits zu spät, die Aktion abzublasen.

Zhou biss sich nervös auf die Lippen, während das Auge ihrer Handykamera nach wie vor am Rücken des Paketboten klebte. Acht Schritte über moosigen Waschbeton, dann stand der Mann vor der Klingel. Die Kamera fing das Logo auf seinem Hemd ein, das schwer an seinem schweißnassen Rücken klebte. Seinen Finger, der zögernd auf die Klingel drückte. Dann seine Schulter, an der vorbei man die Tür sehen konnte.

Zhou hielt den Atem an.

»Versuch's noch mal«, forderte sie ihren Lockvogel mit stummen Lippenbewegungen auf. »Und lass dir bloß nicht einfallen, dich zu mir umzudrehen!«

Und tatsächlich: Der Fahrer schickte sich an, ein weiteres Mal auf den beigen Klingelknopf zu drücken. Doch da war noch etwas anderes! Zhous Kopf ruckte hoch.

Aus den Augenwinkeln registrierte sie etwas hinter dem vorderen der beiden Fenster im Erdgeschoss. Ein Hauch von Bewegung, der die staubige Gardine ganz sacht zum Schwingen gebracht hatte. Doch sie genügte, um ihr zu verraten, dass jemand im Haus war. Jemand, der sich offenbar dazu entschlossen hatte, nicht zu öffnen.

Sie sah, dass Kasniqi kehrtgemacht hatte und bereits wieder an der Gartenpforte war. Er bewegte sich schnell, aber vergleichsweise locker. Ein ganz normaler Paketbote, der sein Päckchen nicht losgeworden war und nun zu seinem Wagen zurückkehrte, um eines von diesen Benachrichtigungskärtchen auszufüllen.

»Gut gemacht«, lobte sie, als sie gleich darauf wieder im Schatten der Lorbeerhecke standen.

»Aber niemand öffnen.«

»Macht nichts«, sagte Zhou. »Ich habe auch so genug gesehen.«

Krasniqi blickte sie an. Seine Augen flackerten, und sie konnte seine Angst riechen. »Und der Päckchen?«

»Das bringen Sie Frau Gnoske bitte erst morgen, ja?«

»Aber …«

»Keine Sorge, ich kläre das mit Ihrem Arbeitgeber.«

Seine Miene blieb verschlossen. Die Kiefer unter der blassen Haut mahlten. »Kann ich dann jetzt weiterfahren?«

»Klar«, antwortete sie. »Und vielen Dank.«

Er antwortete nicht, sondern verschwand wortlos in seinem Laderaum. Die schwere Tür rasselte ins Schloss. Nur Augenblicke später sprang der Motor an.

Zhou blickte dem Transporter nach, bis er hinter der nächsten Biegung verschwunden war.

# 7

Polizeipräsidium Frankfurt, Büro Em und
Zhou, 12.31 Uhr

»Em?«

»Was denn?«

»Da war ein Anruf für dich ...«

»Ein Anruf?« Em blieb direkt vor Carsten Pells Schreibtisch stehen. »Von wem?«

Wortlos drückte der junge Kollege ihr einen gelben Haftzettel in die Hand, auf dem eine Telefonnummer und ein Name notiert waren. LÜTJE, las Em. Deckers Handschrift. »Alex hat gesagt, dass ich dir das hier unbedingt sofort geben soll, wenn du mit dieser Sache da drin«, sein Blick wanderte zu Makarovs Bürotür, »fertig bist.«

»Danke«, entgegnete Em mechanisch. Lütje war ein Exjunkie, der die Abteilung hin und wieder als Informant unterstützte. Und auch wenn sie ihm nicht über den Weg traute, hatte Em bereits mehrfach mit ihm zusammengearbeitet. Allerdings hatte sie schon mindestens ein Jahr nichts mehr von ihm gehört. »Hat er gesagt, was er will?«

»Dich treffen.«

»Wann?«

Pell warf einen Blick auf seine Armbanduhr. »In einer halben Stunde.«

Sie riss die Augen auf. »Das geht nicht.«

»Alex gegenüber hat er geäußert, es ginge um das Kind, das verschwunden ist. Das sollte er dir ausrichten.«

*Kaylin!*

Em fühlte, wie ein Ruck durch ihren Körper fuhr. »Okay«, rief sie. »Ich kümmere mich drum. Hat Zhou sich schon gemeldet?«

»Nicht dass ich wüsste. Soll ich sie anrufen?«

»Nein«, entschied Em nach kurzem Überlegen. »Ich versuch's von unterwegs aus.«

»Dann viel Erfolg.«

»Ja, ja.« Sie riss ihre Jacke und die Autoschlüssel an sich und stürmte an ihm vorbei. Auf dem Weg zum Parkplatz rief sie Zhou an. Doch die meldete sich nicht. Em hinterließ eine Nachricht, dass sie noch kurz etwas anderes zu erledigen habe, und machte sich auf den Weg ins Bahnhofsviertel.

Wann immer sie nichts anderes verabredet hatten, trafen sie sich bei »Susi« in der Elbestraße, einer schäbigen Kneipe, die im Erdgeschoss einer ehemaligen Pension untergebracht war. Ob es jemals eine Besitzerin namens Susi gegeben hatte, wusste Em nicht. Seit sie den Laden kannte, gehörte er einem kroatischen Gastwirt, der mit preisgünstigen Mittagsangeboten und zwei abgenutzten Billardtischen versuchte, Gäste in seine schummrige Gaststube zu locken. Doch die meisten, die im »Susi« verkehrten, wollten weder essen, noch spielten sie Billard.

Ems Blick streifte die Rücken zweier Männer, die an der Theke saßen und Hochprozentiges konsumierten. Und auch etwas weiter hinten war noch ein Tisch belegt. Zwei Frauen mit billigem Make-up in Gesellschaft eines zahnlosen Opas. Die jüngere der beiden Frauen hatte eine Kaffeetasse vor sich stehen. Ihre beiden Begleiter hielten sich an Rotwein, dem man die mangelnde Qualität auch auf die Entfernung ansah.

Em orderte eine Cola und kämpfte sich dann durch die gewohnt zähe Mischung aus Zigarettenrauch und Frittierfett bis zu einem Ecktisch am anderen Ende des Raums. Und sie musste nicht lange warten.

»Lütje«, stellte sie ohne aufzublicken fest, als sich ein Schatten über die klebrige Speisekarte legte.

»Hey, Em.« Er ließ seinen ausgemergelten Körper auf einen der Stühle fallen und streckte seufzend die Beine von sich. »Wie geht's denn so?«

»Ich habe gehört, du hast was für mich?«, kam sie ohne Umschweife zur Sache.

Der Exjunkie grinste und entblößte dabei ein Gebiss, vor dem jeder noch so ambitionierte Zahnarzt die Waffen gestreckt hätte. »Willst du mir nicht wenigstens guten Tag sagen?«

»Tag.«

Er stöhnte. »Wie immer in Eile, was?«

»Es gibt Leute, die für ihr Geld arbeiten.«

»Ja, ich weiß. Und manche sogar mehr, als sie sollten.« In seine Augen schlich sich ein Hauch von Geringschätzung.

»Was soll das heißen?«

Er machte eine wegwerfende Handbewegung. Seine Finger waren gelb von Nikotin. »Ist nicht wichtig. Ich hab gehört, du interessierst dich seit neuestem für Schlitzaugen.«

Seine Wortwahl störte sie gewaltig, trotzdem verzog sie keine Miene. Für Scharmützel war in dieser Situation keine Zeit. Genauso wenig wie für Grundsatzdebatten über Vorurteile und latenten Rassismus. »Kann schon sein. Und?«

»Sag mal, hat das vielleicht zufällig mit deiner neuen Partnerin zu tun?«, sagte er, ohne auf ihre Frage einzugehen.

Das überraschte sie. »Wieso sollte es?«

»Na ja, vielleicht stehst du ja seit neuestem auf alles Fernöstliche.« Sein Lachen war laut und heiser, was ihn nicht unbedingt sympathischer machte. »Apropos ... Was macht eigentlich Hansen?«

Viktor Hansen war bis vor einem halben Jahr ihr Partner gewesen und so gesehen in gewisser Weise Zhous Vorgänger. Doch augenblicklich befand er sich in Elternzeit für seine kleine Tochter. Eine spontane, völlig unerwartete Entscheidung, die Em damals gehörig ins Schleudern gebracht hatte, inzwischen jedoch fast völlig aus ihrem Bewusstsein verschwunden war.

»Ich bin nicht hier, um Small Talk zu machen«, stellte sie klar. »Also wenn du was hast, das meine Arbeit betrifft, rück's raus. Und falls nicht, lass mich in Ruhe.«

Ihre schlechte Laune prallte an ihm ab wie Regen an einer frisch polierten Motorhaube. »Mir ist zu Ohren gekommen, dass dem guten Hansen zu Hause ziemlich die Decke auf den Kopf fällt.«

»Seine Entscheidung«, erwiderte Em lapidar, auch wenn sie zugeben musste, dass Lütjes Worte sie mit einer gewissen Genugtuung erfüllten. Sie hatte vor ein paar Wochen zum ersten Mal seit langem wieder mit ihrem Expartner telefoniert, und im Zuge dieses Gespräches hatte sie durchaus denselben Eindruck gewonnen: Dass Hansen sich zunehmend verloren fühlte zwischen Vaterpflichten, Arztterminen und Spielgruppe. Dass er seine Frau beneidete, weil ihre Firma sie nach Amsterdam schickte, während er mit der gemeinsamen Tochter zu Hause saß und Windeln wechselte. Solche Dinge.

»Aber sag mal ... Wie macht ihr das eigentlich, wenn Hansen zurückkommt?«, riss Lütjes Stimme sie reichlich unsanft wieder ins Hier und Jetzt zurück. »Muss Zhou dann wieder verschwinden, oder wie habt ihr euch das gedacht? Ich meine, immerhin verfügt Hansen ja wohl über die älteren Rechte, oder?«

»Was soll die verdammte Fragerei?«, echauffierte sich Em, die tatsächlich noch nicht eine Sekunde auf derartige Gedankenspiele verwendet hatte. »Und überhaupt: Hansens Rückkehr steht doch gar nicht zur Debatte.«

»Wieso nicht?«, gab er zurück. »Hast du mal nachgerechnet? Noch 'n paar Monate, und die Kleine kann problemlos in die Tagesstätte.«

»Ich bin nicht hier, um über die Zukunft meiner Partner zu reden«, wiederholte Em, wobei sie innerlich selbst über den Plural stolperte, den sie gewählt hatte. »Also sag mir jetzt endlich, was du von mir willst, oder ich bin weg.«

»Schon gut, bleib locker.« Er schlug seine knochigen Beine übereinander und sah sie an. Es war kein persönliches oder gar erotisches Interesse, mit dem er sie betrachtete. Und doch hatte sein Blick etwas Anzügliches. Er drang ungeniert in ihre Privatsphäre ein, und am liebsten hätte sie ihm gesagt, er solle gefälligst woanders hinstarren. »Man hört ja so das eine oder andere, zum Beispiel, dass hier ganz in der Nähe ein Schlitzauge dran glauben musste, weil er 'n Kind bei sich hatte, das nicht zu ihm gehört.«

Die Formulierung krallte sich in Ems Bewusstsein fest, doch äußerlich verzog sie keine Miene. »Und?«

Sein Blick wurde eine Nuance verschlossener, als er fragte: »Stimmt es, dass ihr dieses Kind sucht?«

»Dir ist doch wohl klar, dass ich darauf nicht antworte«, gab sie zurück.

»Schade.«

»Lass den Quatsch!«, fuhr sie ihn an, bemüht, ihn ihren inneren Aufruhr nicht sehen zu lassen.

*Stimmt es, dass ihr dieses Kind sucht?*

Wie sollte sie antworten? Was erwartete er? Falls sie nicht nachhakte, würde er misstrauisch werden, so viel stand fest. Aber vielleicht wollte er sie auch nur testen. Er war ein guter Kartenspieler, wie sie wusste. Vielleicht pokerte er einfach ein bisschen, um herauszufinden, worauf sie es tatsächlich abgesehen hatte. Schließlich lebte er davon, gut informiert zu sein.

Sie sah ihn quer über den Tisch hinweg an. »Was ist los mit diesem Kind?«, fragte sie gleichgültig.

»Keine Ahnung«, entgegnete er. »Dasselbe wollte ich dich fragen.«

Sie schenkte ihm ein mitleidiges Lächeln und schälte sich von der Eckbank. »War nett, mal wieder mit dir zu plaudern.«

Grinsen. »Es soll jedenfalls ziemlich gefährlich sein, mit diesem Kind in Berührung zu kommen ...«

Em fühlte, wie sich ihre Kehle zusammenzog. Seine Formulierung klang bedrohlich und irgendwie auch ein bisschen mystisch. Wie ein Satz aus einem Horrorfilm.

*Es soll gefährlich sein, mit diesem Kind in Berührung zu kommen ...*

Aber in gewisser Weise trifft zu, was er sagt, dachte Em. Die Klatts sind tot. Thien Liming ist so gut wie tot. Und alle anderen, mit denen wir im Zusammenhang mit Kaylins Geschichte gesprochen haben, kommen fast um vor Angst. Sie schluckte und dachte an Trudis Laden. An die kleinen Glöckchen über der Tür, die im Laufe des Tages so viele Male bimmelten. An die Menschen, die kamen und gingen. Kunden. Sie wusste, sie hatte keine andere Möglichkeit gehabt. Trotzdem war ein Laden, in dem beständig Fremde ein und aus gingen kein guter Ort, um ein Kind zu verstecken. Von der Verkaufstheke waren es nur wenige Schritte bis zu dem kleinen Hinterzimmer, wo Kaylin saß und fernsah. Falls sie überhaupt noch fernsah ...

*Es soll gefährlich sein, mit diesem Kind in Berührung zu kommen ...*

Em tastete nach ihrem Handy, und nur mit äußerster Mühe widerstand sie der Versuchung, bei Trudi anzurufen, um zu hören, dass alles in Ordnung war. »Ohoooo, es ist also gefährlich, sich diesem Kind zu nähern«, wandte sie sich wieder an Lütje und sie tat alles, um möglichst sarkastisch zu klingen. »Na wenn das mal keine aufregenden Neuigkeiten sind!«

Sein Pokerface zeigte keine Reaktion.

»Aber stell dir vor, das hatte ich mir nach der Geschichte mit Thien Liming schon fast gedacht.«

Er sog den Namen auf wie ein Kokser eine Line feinsten Stoffes, und Em hätte sich am liebsten in den Hintern getreten, dass sie sich so leichtfertig verraten hatte. »Umso komischer finde ich, dass hier seit neuestem ein Mann rumrennt, der sich nach einem kleinen Mädchen erkundigt ...«

Em hob den Kopf. »Ein Mann?«

Er nickte.

»Wie sieht er aus?«

»Ich hab ihn selbst nicht gesehen«, entgegnete Lütje vieldeutig, und sie war keineswegs sicher, ob er sie nicht längst durchschaut hatte. Ob er Spielchen spielte. Katz und Maus.

»War der Mann Asiate?«

»Nein. Europäer.«

»Wie alt?«

»Mitte, Ende dreißig, nach dem, was man so hört.«

Em zog die Stirn in Falten. In diesem Fall schied der Legionär aller Wahrscheinlichkeit nach aus. Es sei denn, sie lagen mit seinem Alter total daneben. Aber wer sonst kam infrage? Merlot? Zu alt, widersprach sie sich selbst. Ensslin vielleicht? Oder wahrscheinlicher: Steven Jakobs, sein treuer Vollstrecker?

Das Gespräch mit den beiden war höchst eigenartig verlaufen. Ganz anders jedenfalls, als sie nach Makarovs Wutreden erwartet hatte. Kein Tadel wegen des knappen Berichts oder ihres unorthodoxen Vorgehens bei Thien Liming. Kein Säbelrasseln. Keine Drohungen. Doch sie traute dem Frieden nicht. Die BKA-Kollegen hatten jede

Menge Fragen gestellt. Und obwohl sie sich so bedeckt wie möglich gehalten hatte, wurde Em das Gefühl nicht los, dass die beiden auf etwas ganz Bestimmtes aus gewesen waren. Etwas, von dem sie nicht einmal sagen konnte, ob sie es erreicht hatten.

»Warte kurz.« Sie zog ihr Smartphone aus der Tasche und rief die internen Seiten des BKA auf. Es dauerte einen Augenblick, bis sie ein Foto von Ensslin aufgetan hatte. Und auch bei Steven Jakobs brauchte sie einige Anläufe, bis sie fündig wurde. Schließlich entdeckte sie eine Aufnahme, die Ensslins Assistenten bei einem Halbmarathon zeigte, den er für seine Abteilung bestritten hatte. Sie vergrößerte das Gesicht und drehte das Handy so, dass Lütje es sehen konnte. »War es zufällig dieser Mann?«

»Ich hab doch gesagt, dass ich ihn nicht selbst gesehen habe.«

»Dann sag mir, wen ich danach fragen soll.«

»Geht nicht«, winkte er ab. »Aber du kannst mir das Foto aufs Handy schicken. Ich klär das für dich.«

»Moment«, sie speicherte die Ausschnittsvergrößerung und rief die Homepage der SaniCon auf. Und sie hatte Glück: LEITUNG MARKETING UND VERTRIEB stand unter der überaus schmeichelhaften Porträtaufnahme von Steven Groß. Em speicherte auch dieses Foto und sah wieder Lütje an. »Okay, gib mir deine Nummer.«

Lütje verzog den Mund zu einem breiten Grinsen. »Ich habe immer gehofft, dass du das mal zu mir sagst.«

»Quatsch nicht.«

Er seufzte und sah zu, wie sie die Zahlen, die er ihr nannte, in ihr Display tippte. Gleich darauf verriet ein leises Piepsen, dass die Nachricht mit den angehängten Fotos ihr Ziel erreicht hatte. »Ich rufe dich wieder an«, sagte er und stand auf. »Und Capelli …«

»Was?«, fragte sie in unwirschem Ton.

»Pass auf, wo du hintrittst.«

Sie sah ihn an. »Was soll das heißen?«

»Das soll heißen, dass du dich auf vermintem Terrain bewegst. Da ist es nicht klug, allzu tief zu graben. Und das meine ich weiß Gott nicht nur in Bezug auf Zeugen und mutmaßliche Verdächtige.« Er war ein unangenehmer Typ. Aber er hatte auch schon viel gesehen. Und bei allem, was er seinem Körper über die Jahre hinweg angetan hatte, arbeitete sein Verstand noch immer erstaunlich präzise. »Ich bin nicht sicher, ob dir klar ist, wem du da gegebenenfalls in die Quere kommst.«

Em sah das Blitzen eines wachen Intellekts in seinen Augen. Aber auch noch etwas anderes. Sorge, dachte sie erschrocken. Er ist wirklich und wahrhaftig besorgt um mich! »Gibt's da irgendwas, das ich wissen sollte?«, bohrte sie, doch Lütje brachte sie mit einer knappen Geste zum Schweigen.

»Ich hab dir gesagt, was ich denke. Und ich sage dir das als jemand, der es gut meint mit dir. Was du draus machst, ist deine Sache.«

Er hob grüßend das Handy, als er ging. Nur Augenblicke später war seine dürre Gestalt im Gewimmel der Straße verschwunden.


8


Frankfurt-Unterliederbach, Hanns-Eisler-Straße, 13.25 Uhr

Zhou schreckte aus tiefen Gedanken hoch, als sie eine Veränderung im Rückspiegel des Mercedes wahrnahm. Eine flüchtige Bewegung nur. Aber allemal genug, um ihre Aufmerksamkeit zu erregen.

Sie drehte den Kopf und sah zwei Jungen, vielleicht elf oder zwölf Jahre alt, die sich dem Auto von hinten näherten. Als sie auf Höhe des Mercedes waren, verlangsamten sie ihren Schritt, und erst ihre interessierten Blicke machten Zhou bewusst, dass sich ihr Wagen nur bedingt für eine Observierung eignete. Schon gar nicht in einer Gegend wie dieser. Die Siedlung rund um die Hanns-Eisler-Straße war zwar nicht gerade als sozialer Brennpunkt verschrien, aber es war definitiv auch keine Umgebung, in der teure Geländewagen zum Straßenbild gehörten.

Sie überlegte eben, ob sie Decker anrufen und um ein neutraleres Fahrzeug bitten sollte, als sich die Tür von Nummer sechsundfünfzig öffnete.

Automatisch rutschte sie ein Stück in ihrem Sitz hinunter.

*Also lag ich tatsächlich richtig, was die Gardine anging. Es war jemand zu Hause.*

Zuerst sah sie nur die dunkle Türöffnung. Dann trat ein Mann aus dem Haus. Er war unauffällig gekleidet, in Jeans und Lederjacke. Und obwohl er eine Schirmmütze trug, deren Schatten einen Teil seines Gesichts verdeckte, war Zhou augenblicklich sicher, den Schützen aus dem Plaza vor sich zu haben. Wahrscheinlich lag es an der Art, wie er sich bewegte. Da war eine leichte Unregelmäßigkeit beim Abrollen des rechten Fußes, vielleicht einer ehemaligen Verletzung geschuldet. Eine winzige Nuance nur, die vermutlich kaum jemandem auffallen würde. Doch Zhou war von klein auf daran gewöhnt, auf Bewegungsmuster zu achten. Sowohl das Ballett als auch der Kampfsport erforderten ein hohes Maß an Körperbewusstsein. Und das schulte automatisch auch die Wahrnehmung, was solche Dinge betraf.

Der Mann schien in Eile zu sein. Ohne sich umzublicken, ging er die Straße hinunter und stieg in einen dunkelblauen Passat, der ein Stück entfernt am Bordstein parkte.

Zhou sah, wie die Rücklichter aufblitzten, als er den Fuß auf die Bremse stellte. Kurz darauf setzte sich der Wagen in Bewegung. Sie drehte den Zündschlüssel und folgte ihm in großzügigem Abstand.

Der Passat fuhr nicht wesentlich zu schnell, aber auch nicht übertrieben vorschriftsmäßig. Trotzdem war Zhou in den wenigen Sekunden, die sie ihn gesehen hatte, zu dem Schluss gekommen, dass der Fahrer wütend war. Gereizt und verärgert. Und sie war mehr als gespannt zu sehen, wohin er wollte.

Auf der A 66 schloss sie ein bisschen dichter zu ihm auf und drückte Capellis Kurzwahltaste. Doch das enervierende Tuten, das gleich darauf aus dem Lautsprecher der Freisprechanlage drang, verriet ihr, dass ihre Partnerin gerade telefonierte. Sie spielte einen Augenblick mit dem Gedanken, stattdessen Decker anzurufen. Doch sie wollte auch nicht, dass Capelli sich übergangen fühlte.

»Eigentlich ein guter Witz«, murmelte sie mit einer Mischung aus Fassungslosigkeit und Sarkasmus. *Sie versteckt eine Zeugin, ohne mir auch nur eine Silbe zu sagen. Und ich überlege allen Ernstes, ob es ihr was ausmacht, wenn ich erst mit einem Kollegen spreche ...*

*Überkorrekt* war ein Attribut, das sie seit ihrer Schulzeit verfolgte. Und genauso negativ, wie es sich anhörte, war es in den meisten Fällen auch gemeint gewesen.

*Mai ist stets gut vorbereitet, aufmerksam und fleißig. Bei der Erledigung ihr übertragener Aufgaben verhält sie sich zuweilen überkorrekt.*

Sie spähte nach rechts, wo der Passat gerade wieder in einer Lücke zwischen zwei LKWs verschwunden war. Doch nur Sekunden später tauchte er wieder auf. Der

Mann, den sie im Stillen den »Legionär« nannte, war kein notorischer Linksfahrer, sondern wechselte die Spur gern und häufig. Eine Angewohnheit, die ihre Mission nicht gerade erleichterte.

Sie hielt sich mittig, weil sie auf diese Weise den bestmöglichen Überblick hatte. Trotzdem war sie keineswegs sicher, ob es ihr gelingen würde, an ihm dranzubleiben.

Die Skyline der Mainmetropole kam näher und mit jedem Kilometer, den sie fuhren, wurde der Verkehr dichter. Zhou stieg fluchend auf die Bremse, als der polnische Kleintransporter vor ihr plötzlich ausscherte.

»Herrgott noch mal, pass doch auf, du Idiot!«, schimpfte sie, während sie das Tempo notgedrungen noch weiter reduzierte, weil auf der linken Spur augenblicklich partout kein Durchkommen war. Als sie endlich eine Lücke erwischte, war der Passat längst aus ihrem Blickfeld verschwunden.

»Scheiße!«, rief Zhou und hieb mit der freien Hand auf das lederne Lenkrad ein.

*Scheiße sagt man nicht*, hörte sie im Geiste ihre Mutter protestieren.

»Und ob«, hielt sie ihr und dem Anspruch ihrer eigenen Überkorrektheit entgegen. Zugleich musste sie an den Zettel denken, der ihr vorhin auf Capellis Schreibtisch ins Auge gefallen war. *Kao nizu zong schiba dai*, hatte ihre Kollegin in ihrer flüchtigen, aber durchaus formschönen Handschrift notiert, offenbar, um die chinesische Verwünschung, die ihr so gut gefallen hatte, zu einem späteren Zeitpunkt auswendig zu lernen. Und Zhou hatte einen Rotstift genommen und die fehlerhafte Umschrift korrigiert: *Cao ni zu zong shi ba dai.*

*Mai ist stets gut vorbereitet ...*

»Den Teufel bin ich«, schimpfte sie und trat das Gaspedal durch.

An den Bäumen, die die nahen Felder säumten, rüttelte ein frischer Westwind. Dazu wurden die Wolken am Himmel stetig dunkler.

Er könnte überall sein, dachte Zhou. Vielleicht war er schon bei der letzten Ausfahrt abgefahren. Vielleicht hatte er ... Sie richtete sich auf, als sie ein ganzes Stück vor sich auf einmal den Passat entdeckte. Jap! Ihre Finger trommelten triumphierend auf das Lenkrad ein. Irgendwann musste man ja schließlich auch mal Glück haben!

Sie fädelte sich drei Wagen hinter ihm ein und bemerkte, dass er sich anschickte, die Ausfahrt Miquelallee zu nehmen. Also setzte sie ebenfalls den Blinker und folgte ihm.

Er fuhr die L 3004 Richtung Heddernheim. Zhou wartete einen günstigen Moment ab und versuchte es dann erneut auf Capellis Handy. Und dieses Mal meldete sich ihre Partnerin sofort.

»Ich wollte Sie gerade anrufen«, verkündete sie, ohne Zeit auf eine Begrüßung zu verschwenden. »Wie sieht's aus bei Ihnen?«

»Ich glaube, es ist unser Mann.«

Capelli schnappte hörbar nach Luft. »Tatsächlich?«

»Ja, sieht ganz so aus.« Sie schaltete einen Gang herunter und ließ sich wieder ein Stück zurückfallen. Auf der Nassauer Straße war kaum Verkehr, und sie musste um jeden Preis verhindern, dass der Mann, dem sie folgte, Verdacht schöpfte.

»Darf ich daraus schließen, dass Sie ihn zu Gesicht gekriegt haben?«

»Ja, flüchtig.«

»Das heißt, der Kerl ist zu Hause?«

Zhou bedachte die Freisprechanlage mit einem ironischen Lächeln. »Jetzt nicht mehr.«

»Was soll das heißen?«

»Er musste wohl weg. Ich folge ihm gerade.«

»Wohin?«

»Augenblicklich sind wir in Heddernheim, kurz hinter der Stadtbahnhaltestelle Sandelmühle, und ... Moment!« Sie kniff die Augen zusammen. Der Passat hatte das Tempo deutlich gedrosselt und fuhr jetzt nur mehr Schrittgeschwindigkeit. Zhou sah in den Rückspiegel und hielt dann kurzerhand am rechten Fahrbahnrand. Erst mal gucken, was der Kerl vorhatte!

»Reden Sie mit mir«, beschwerte sich Capelli, und die Farbe ihrer Stimme verriet Besorgnis.

»Ja, doch. Augenblick.«

»Nein, verdammt! Sagen Sie mir gefälligst, was da los ist bei Ihnen.«

Jetzt klang sie tatsächlich ein bisschen wie Makarov ... Kopfschüttelnd beobachtete Zhou, wie der Passat auf das Gelände einer leer stehenden Fabrik einbog. Offenbar hatte er gefunden, was er suchte. Sie legte den ersten Gang ein und rollte langsam hinterher.

G. ECKSTEIN TRANSPORTE, stand auf der Fassade des Hauptgebäudes, neben dem sich früher offenbar auch eine Werkstatt befunden hatte. Durch die halb geöffneten Rolltore sah Zhou zwei Hebebühnen und ein paar verlassene Reifenstapel. Dahinter erhoben sich mehrere imposante Lagerhallen in den weißgrauen Himmel über der Stadt.

»Mai!«

»Ja doch. Alles klar.«

»Wo genau sind Sie?«

Zhou nannte die Adresse. »Ich sehe mir das mal an«, erklärte sie, indem sie den Mercedes entschlossen durch das verwaiste Haupttor steuerte. »Ich melde mich wieder.«

»Stopp, nicht so«, protestierte Capelli. »Wenn er tatsächlich unser Mann ist, dürfen Sie nichts riskieren.«

Doch Zhou ignorierte den Einwand und blickte sich nach dem Passat um. Das Gelände schien ziemlich weitläufig zu sein. Ein paar rostige Container säumten die Zufahrt, die sich jedoch bereits nach rund zweihundert Metern wieder gabelte. Zhou entschied sich für rechts, und sie lag richtig: In einiger Entfernung sah sie eben noch, wie die Rücklichter des Passats im Schatten zwischen den hohen Hallen verschwanden. Der Asphalt war alt und bröcklig. Hier und da standen Pfützen, und die Luft, die durch das halb geöffnete Wagenfenster hereinschwappte, roch nach Steinstaub und Regen.

»Bleiben Sie, wo Sie sind, ich schicke Verstärkung«, meldete sich in diesem Moment ihre Kollegin wieder zu Wort.

Sie runzelte die Stirn. »Bis die hier sind, ist er vielleicht längst wieder fort.«

»Und wenn schon«, versetzte Capelli aufgebracht. »Wir wissen ja jetzt, wo wir ihn finden können.«

»Wer sagt, dass er dahin zurückkehrt?«

»Warum sollte er nicht zurückkehren?«

Weil er Verdacht geschöpft hat, gab Zhou ihr stumm zur Antwort. Weil in der ganzen Zeit, die er dort wohnt, noch nie jemand an seiner Tür geklingelt hat, um ein Päckchen abzugeben. Weil er gute Instinkte hat … Was weiß denn ich? Doch sie behielt die Episode mit dem Paketdienst geflissentlich für sich. Das hier war nicht der richtige Zeitpunkt, um ihrer Partnerin eine leichtfertige Dummheit zu gestehen.

»Sie bleiben weg da«, wiederholte diese unterdessen in ungewohnt scharfem Ton. Ihre Nerven schienen ziemlich blank zu liegen. Und ganz allmählich übertrugen sich Ems Anspannung und Skrupel auch auf Zhou. Doch davon konnte und wollte sie sich nicht aufhalten lassen. Nicht dieses Mal.

»*Sie* sind auch schon mal allein hinter ihm her«, widersprach sie, indem sie den Mercedes entschlossen hinter einem nahen Mauervorsprung parkte und den Motor abschaltete.

»Und was hatte ich davon?«, gab Capelli zurück. »Eine verletzte Hand und einen verdammten Haufen Ärger.«

»Das ist aber doch gar nicht zu vergl…«

»Sie rühren sich nicht von der Stelle, bis wir wissen, was da läuft«, fiel ihre Partnerin ihr erneut ins Wort. »Wenn er unser Mann ist, hat er nicht nur eine Spezialausbildung als Scharfschütze, sondern er verfügt auch über äußerst wache Sensoren.«

Zhou dachte an die Szene in Thien Limings Treppenhaus und konnte nicht umhin, ihr in diesem Punkt zuzustimmen.

»Diese Sache ist viel zu heiß für eine Person.«

»Aber …«

Am anderen Ende der Leitung holte Capelli geräuschvoll Luft. »Überlegen Sie doch mal: Weshalb sucht er wohl ein verlassenes Fabrikgelände auf?«

»Keine Ahnung. Vielleicht hat er hier ein Versteck. Für irgendwelche Dinge, die er nicht bei sich zu Hause lagern will.«

»Es gibt auch noch eine andere Möglichkeit.«

»Nämlich?«

»Er könnte dort verabredet sein. Vielleicht trifft er sich mit einem seiner Auftraggeber.«

Em sprach jetzt ganz sachlich, doch Zhous Augen suchten automatisch den schmalen Ausschnitt des Rückspiegels. Das war in der Tat keine so abwegige Vermutung! Denn was sonst sollte hier sein? Ein toter Briefkasten? Ein geheimes Lager für seine Waffen, Drogen oder Geld?

Am anderen Ende der Leitung ließ Capelli ein ziemlich endgültiges Räuspern hören. »Ich sage den Kollegen Bescheid, dass Sie sie vor dem Gelände erwarten, und ...«

Zhou kam nicht dazu, den Satz zu Ende zu hören, denn im selben Augenblick zerriss ein Knall die Stille zwischen den leeren Gebäuden.

Ihr Kopf ruckte hoch. Die Stimme ihrer Partnerin verkam zu einem unverständlichen Flüstern, das sich im Pochen ihres Blutes verlor. Die Frequenz ihres Herzschlags schien sich innerhalb von Millisekunden verdoppelt zu haben. Zugleich empfand Zhou auf einmal eine große Distanz. Als ob sie hoch oben auf einem schneebedeckten Gipfel stünde. Doch das Gefühl währte nur wenige Augenblicke. Dann holte die Stimme ihrer Partnerin sie unsanft auf den Boden der Tatsachen zurück: »Mai, verdammt! Melden Sie sich! Was, zur Hölle, ist da los bei Ihnen?«

»Jemand hat geschossen«, flüsterte sie, eine Hand bereits am Griff ihrer Waffe.

»Dann bringen Sie sich jetzt erst mal in Sicherheit und warten Sie, bis ...«

»Die Kollegen sollen sich beeilen«, fiel Zhou ihr ins Wort, und sie war selbst erstaunt, wie ruhig und gelassen sie klang. »Ich gehe rein.«

## 9

`Frankfurt-Heddernheim, Firma Eckstein Transporte, 13.59 Uhr`

Als sie mit gezückter Waffe um die Ecke grätschte, sah Zhou, dass der Passat nur wenige Meter von ihr entfernt neben einer ehemaligen Laderampe parkte. Das Fahrzeug war leer. Trotzdem ließ sie äußerste Vorsicht walten, als sie sich dem Wagen näherte und durch die staubige Heckscheibe blickte.

Nichts.

Kein Fahrer. Kein Verletzter.

Keine Anzeichen für das Vorhandensein einer zweiten Person.

Sie hielt die Waffe einhändig und versuchte, mit der freien Hand den Kofferraum zu öffnen, doch der Wagen war abgeschlossen. Aus den dunklen Wolkenfetzen fielen erste Regentropfen auf die warme Motorhaube.

Links von ihr erhob sich die größere der beiden Lagerhallen. Die rostige Brandschutztür dort drüben schien nur angelehnt zu sein. Weitere Fahrzeuge waren nicht zu sehen.

Auf wen oder was hat er geschossen, wenn er allein ist?, überlegte Zhou, während sie prüfend an der hohen Fassade hinaufblickte. Es gab keine Fenster, nur eine schmale Feuerleiter, die von der Brüstung des Daches abwärtsführte. Ein Stück weiter hinten befand sich noch eine zweite Tür, doch die war zu weit entfernt. Oder?

Er hätte nicht hier vorn geparkt, wenn er da hinten rein wäre, gab Zhou sich selbst zur Antwort. Warum sollte er?

Also die Brandschutztür!

Der sandige Boden knirschte unter ihren Sohlen, als sie langsam darauf zuging. Zhou dachte an ihre Zeit in Israel, an die staubige Turnhalle vor den Toren Tel Avivs und an die hohe Kunst der Tarnung.

*Vermeide schnelle Bewegungen.*

*Vermeide Geräusche und Schlagschatten.*

*Nutze die natürlichen Gegebenheiten des Geländes.*

Ihre Finger berührten den verwitterten Türgriff, und sachte, Millimeter für Millimeter, schob sie die Tür auf. Dahinter befand sich ein verhältnismäßig breiter Korridor. Zhou schätzte seine Länge auf etwa zwanzig Meter. Am anderen Ende gab es einen torartigen Durchgang, der vermutlich in die eigentliche Halle führte. Vorher zweigten verschiedene Türen ab.

Die Luft war klamm und roch nach rohem Mörtel und Urin.

Er könnte überall sein, hämmerte es hinter ihrer Stirn. In jedem einzelnen dieser Räume ...

*Dieser Kerl ist viel zu gefährlich für einen allein*, schimpfte Capelli in ihrem Kopf.

Ich weiß, dachte Zhou, aber das ist leider nicht zu ändern. Jemand ist hier. Jemand außer ihm.

Und vermutlich schwebt dieser Jemand in akuter Lebensgefahr. Sie dachte an das Ehepaar Klatt. War es angesichts seiner offensichtlichen Professionalität nicht wahrscheinlicher, dass dieser Jemand tot war? Vielleicht auch nicht, spann sie den Gedanken weiter. Vielleicht hat er nur geschossen, um jemanden zum Reden zu bringen. Oder er probiert etwas aus. Vielleicht ist er tatsächlich allein ...

Sie schluckte und arbeitete sich systematisch weiter, Raum für Raum.

Leer. Verlassen. Geplündert.

Blieb nur das Tor.

Der finstere Durchgang da vorn ...

Die Aufteilung der Räumlichkeiten rief ein paar überaus unangenehme Erinnerungen in ihr wach. Denn erst vor ein paar Monaten hatten sie in einer ganz ähnlichen Umgebung das erste Opfer eines skrupellosen Serienkillers gefunden. Die Frau hatte mit durchschossener Schläfe in einer ausrangierten Kühltruhe gelegen, und noch immer konnte Zhou ihre Augen sehen. Weit aufgerissen, mit Striemen zerlaufener Wimperntusche darunter. Die Frau hatte ihnen entgegengeblickt, als ob sie sagen wollte: *Seht her, was er mit mir gemacht hat. Wollt ihr wirklich zulassen, dass er davonkommt?*

Nein, flüsterte Zhou stumm. Will ich nicht!

Das Tor stand einen Spaltbreit offen, gerade weit genug, dass sie hindurchschlüpfen konnte. Was dahinter lag, überraschte sie: ein Raum von der Größe eines Fußballfeldes, allerdings war er im Gegensatz zu den Zimmern, die sie zuvor in Augenschein genommen hatte, noch immer nahezu komplett eingerichtet. Alles war furchtbar unübersichtlich. Es gab mehrere lange Fluchten aus Regalen und Verschlägen, die vermutlich als Lagerflächen gedient hatten. Dazwischen stapelten sich verwaiste Holzpaletten und leere Pappkartons zu meterhohen Türmen. Das spärliche Licht, das durch die wenigen intakten Oberlichter sickerte, reichte nicht aus, um sich auch nur halbwegs zuverlässig zu orientieren. Andererseits konnte eine mangelhafte Beleuchtung durchaus auch von Vorteil sein.

*Nutze die natürlichen Gegebenheiten des Geländes ...*

Sie wählte einen schmalen Korridor, der sich in abenteuerlichen Windungen um verschiedene Hindernisse herumschlängelte, und schlich weiter. Alle paar Meter blieb sie stehen und lauschte. Und tatsächlich glaubte sie plötzlich, in einiger Entfernung leise Schritte wahrzunehmen.

*Er ist da vorn!*

Sie reckte den Hals. Sie wusste, er war verdammt gut ausgebildet und überdies erfahren. Etwas, das er ihr zweifelsohne voraushatte. Zhou biss die Zähne zusammen und schob sich vorsichtig um die nächste Ecke, sprungbereit, die Muskeln angespannt, im Rücken die hohen Regale mit all ihren Gassen und Verstecken. Vermutlich konnte einer den anderen in dieser Umgebung stunden-, wenn nicht tagelang jagen, ohne ihn je zu Gesicht zu bekommen. Ein Gedanke, der ihr, wenn sie ehrlich war, nur sehr bedingt gefiel.

Sah man vom gleichmäßigen Prasseln des Regens einmal ab, war es jetzt wieder still. Doch das musste nichts heißen. Sie warf einen flüchtigen Blick auf die Uhr und kam zu dem Schluss, dass die Kollegen bald hier sein mussten. Vielleicht rollten schon jetzt, in diesem Moment, Dutzende Einsatzfahrzeuge auf das verwaiste Gelände. Vielleicht ... Sie hielt die Luft an. Da waren sie wieder, die Schritte, die sie bereits zuvor gehört hatte! Und sie kamen eindeutig von dort hinten, wo der blaue Container stand.

Er bewegte sich leise, aber nicht übertrieben vorsichtig, was den Schluss nahelegte, dass er sie tatsächlich nicht bemerkt hatte.

Er hat keine Ahnung, dass ich hier bin!, frohlockte etwas tief in ihr. Er macht einfach weiter.

Doch der Gedanke war kaum zu Ende gedacht, als er mitten in einer Bewegung innehielt. Eine plötzliche, abrupte Reaktion, deren Stoßwellen Zhou körperlich spüren konnte, obwohl sie noch immer mindestens zwanzig, dreißig Meter von ihm trennten.

*Du hast ihn unterschätzt!*
*Denk an das Treppenhaus!*
*Denk daran, wie lautlos er sich auf den alten Stiegen bewegt hat ...*

Sie verharrte reglos, wo sie gerade stand. Einzig ihre Augen wanderten weiter, Richtung Container. Ein Stück seitwärts standen ein paar ausrangierte Kunststoffwannen. Verfaulte Pappe. Und eine neue Ecke. Ein neuer Winkel. Zhou hörte ein leises Knistern, als sich die Härchen auf ihren Unterarmen aufrichteten. Ein archaisches, aber unmissverständliches Zeichen für drohende Gefahr. Ansonsten hing jetzt eine tiefe, unnatürliche Stille in den langen Regalfluchten. Als ob dort vorn irgendein schwarzes Loch wäre, ein Strudel aus Nichts, das jede Regung, jedes Geräusch, jeden Atemzug verschlang.

Was jetzt?, überlegte sie fieberhaft. Wie weiter?

Wenn er plötzlich zwischen den Regalen hervortrat, hatte sie dort, wo sie augenblicklich stand, kaum eine Chance. Andererseits waren seine Instinkte so ausgeprägt, dass er sie hören würde, wenn sie sich auch nur einen Millimeter vom Fleck rührte.

Noch während sie die Alternativen abwog, hörte sie plötzlich ein leises Wimmern. Dann eine Frauenstimme.

»Nein! Bitte nicht!«

Ihre Augen hefteten sich an den blauen Container. Was konnte sie ausrichten, so ganz allein? Hatte sie eine Chance, nahe genug an ihn heranzukommen? Immerhin schien er abgelenkt zu sein ...

Im selben Moment peitschte ein neuer Schuss durch die Luft. Die hohen Wände warfen den Knall zurück, so dass er nach einer ganzen Salve von Schüssen klang. Aus dem Widerhall heraus manifestierte sich ein Schrei.

Todesangst.

*Er tötet sie!*

Und noch mehr Schüsse. Drei. Vier. Zhou hörte das Splittern von Stahl, als ein Projektil in eines der Regale einschlug.

»Polizei!«, schrie sie, während sie mit der Waffe im Anschlag in die Richtung rannte, aus der der Lärm gekommen war. Ihr Körper knallte gegen den blauen Container, der ihr als Bremse und Deckung zugleich diente. Sie fühlte Stahl in ihrem Rücken. Hinter ihr wurde das Trampeln von Stiefeln laut. Die Kollegen. Verstärkung. »Keine Bewegung!«

»Bitte!« Die Stimme der Frau klang rau. »Nicht schießen!«

Zhou brauchte einen Augenblick, um zu begreifen, dass sie Chinesisch sprach. Aber sie lebte! Gott sei Dank lebte sie noch!

»Wo sind Sie?«

»Hier.«

Zhou schob den Kopf um die Ecke, doch noch immer konnte sie die Frau nicht sehen. Aus den Augenwinkeln registrierte sie das Zucken von Taschenlampen. Grelles, unstetes Licht, das suchend über die hohen Regale glitt.

»Sind Sie verletzt?«

Die Frau stöhnte. »Ich ... Ich weiß nicht. Ich glaube ja.«

»Okay. Bleiben Sie, wo Sie sind.« Sie richtete sich auf. »Wir sind hier!«, rief sie ihren Kollegen entgegen.

Dann hob sie die Waffe und machte einen entschlossenen Schritt um die Ecke.

Was sie sah, hebelte ihren Verstand für einige Augenblicke buchstäblich aus: Unmittelbar hinter der Biegung lag der Mann, dem sie gefolgt war. Seine Haltung und das viele Blut auf seinem T-Shirt legten nahe, dass er tot war oder zumindest in einem Zustand tiefer Bewusstlosigkeit, doch Zhou ließ die Waffe erst sinken, nachdem sie die Finger gegen die warme Haut an seinem Hals gelegt und keinen Puls gespürt hatte. Aus dem Dunkel der gegenüberliegenden Verschläge leuchtete ihr ein Paar Augen entgegen, und völlig irrational musste sie an eine nächtliche Fahrt über eine einsame Landstraße denken. Eine dicht bewachsene Böschung und der irisierende Blick irgendeines Wildtieres, das man im Licht der eigenen Scheinwerfer allenfalls als vage Silhouette erahnen kann. Ein gespenstischer Schatten ohne Konturen und ohne Gesicht.

Der Lärm der Schritte verdichtete sich. Zhou hörte Rufe. Knappe, sachliche Kommandos. Sekunden später fiel ein gleißendes Licht direkt in ihre Augen. Wie der Stachel eines riesigen Insekts durchdrang es die Netzhaut und bohrte sich geradewegs in die Rückwand ihres Schädels. Instinktiv ließ sie den Hals des Toten los und hob den Arm vors Gesicht.

»Identifizieren Sie sich!«, schrie eine Männerstimme hinter dem Licht.

Wie in Trance nannte Zhou ihren Namen und ihre Dienstnummer.

Über das Headset in seinem Helm gab der Mann beides an die Einsatzleitung weiter. Und nur wenige Augenblicke später erhielt er die Freigabe. »Alles klar«, sagte er, und endlich ließ er nun auch die Lampe sinken. »Ist das der Mann, dem Sie gefolgt sind?«

»Ja.« Sie nickte, während ihre tränenden Augen am linken Arm des Toten hinunterglitten. Unter seiner Uhr war deutlich ein Teil seiner Tätowierung zu erkennen. Das Abzeichen des Zweiten Fallschirmjägerregiments.

»War jemand bei Ihnen?«

»Nein, aber ...« Zhous zitternde Finger wiesen auf den Verschlag. »Da drüben ist eine Frau.«

»Wir kümmern uns um sie«, antwortete der SEK-Kollege. »Bleiben Sie da sitzen, bis wir das Gelände gesichert haben.«

Die nächsten Sequenzen nahm Zhou gedämpft und seltsam verzerrt wahr, als blickte sie durch dickes Glas: Weitere Beamte in schwarzen Uniformen und schweren ballistischen Westen, die sich mit gezogener Waffe hinter dem Mann zusammendrängten. Winzige Staubteilchen, die im Licht ihrer Taschenlampen durch die klamme Luft flirrten. Blankgeputzte Stiefel, deren Profil Rillen in den staubigen Boden grub. Ein uralter Kaugummi, der unter einem der Regalbretter über ihrem Kopf klebte. Das Rauschen und Knarren von Funkgeräten. Hektik. Befehle. Und ganz im Hintergrund die Sirenen von Einsatzfahrzeugen.

»Hier drei-sieben-vier-neun«, meldete einer der SEK-Leute in sein Headset, während seine Kollegen sich in den umliegenden Gängen verteilten. »Tatort gesichert. Zwei männliche Tote und eine verletzte Frau.«

Zwei? Von einem Augenblick auf den anderen war sie wieder ganz klar.

»Ich wiederhole«, rasselte die Stimme des Mannes neben ihr weiter. »Wir haben zwei männliche Leichen. Und eine verletzte weibliche Person. Die Kollegin von der Kripo ist unverletzt.«

Wie von der Tarantel gestochen kam Zhou auf die Beine. »Wieso zwei Leichen?« Völlig gegen ihre Gewohnheit packte sie den Mann an der Schulter. »Was geht hier vor?«

Statt zu antworten zeigte er auf einen Stapel Kartons in ihrem Rücken. Und erst jetzt bemerkte Zhou, dass dort zwei seiner Kollegen knieten.

Sie stolperte auf die Gruppe zu, und das Erste, was sie sah, war ein Paar hellbraune Schuhe. Bluejeans, edel und teuer. Und Beine, seltsam verdreht. »Was ist hier passiert?«, flüsterte sie fassungslos.

Einer der Beamten drehte sich zu ihr um. »Ein einziger Schuss, direkt in die Stirn«, erklärte er.

»Geben Sie acht, wo Sie hintreten«, warnte sein Kollege, als ihr Fuß gegen einen harten Gegenstand stieß.

Doch Zhou nahm kaum wahr, was er sagte. Wie vom Donner gerührt stand sie da und blickte in die erstarrten Züge von Sun Chang.

10

Polizeipräsidium Frankfurt, Raum 0304,
15.07 Uhr

Bezeichnenderweise saßen sie ausgerechnet in dem Raum, in dem sie sich erst gestern mit Ensslin und Jakobs unterhalten hatten, und Zhou konnte nicht umhin zu bemerken, dass sich ihre ohnehin schon nicht besonders günstige Position seither noch einmal erheblich verschlechtert hatte. Mehr noch: Sie hatte das beklemmende Gefühl, mitten in einem fürchterlichen Alptraum zu stecken, aus dem sie einfach nicht erwachen konnte.

Ihr Blick fiel auf die verspiegelte Wand rechts von ihnen und sie überlegte, wer wohl gerade dort im Nebenraum stand und zusah. Neben ihr wühlte Capelli hektisch in den Taschen ihrer Jeans. Ob sie etwas suchte oder einfach nur genervt war, blieb ihr Geheimnis.

Tatsächlich zerrte das Warten und die erzwungene Untätigkeit gehörig an den Nerven. Doch ohne kompetenten Dolmetscher hätte keine von ihnen beiden gewagt, der zierlichen Frau auf dem Stuhl gegenüber auch nur »Guten Tag« zu sagen. Ein Notarzt hatte Wu Yuen begutachtet und die Schusswunde an ihrem Oberarm versorgt. Anschließend hatte er zögerlich grünes Licht für eine kurze Befragung gegeben. Zhou hatte angeboten, Paul Merlot anzurufen, doch zu ihrer Überraschung hatte Sun Changs Witwe auf die Anwesenheit eines Rechtsbeistands zunächst verzichtet. Ihre blutdurchtränkte Jacke lag noch immer quer über ihrem Schoß, und ihre sorgfältig manikürten Fingernägel spielten nervös am Saum des Kleidungsstücks.

*Warum will sie keinen Anwalt?*, las Zhou in den Augen ihrer Partnerin, als ihre Blicke sich zufällig kreuzten.

*Keine Ahnung.*

*Aber es macht mich genauso nervös wie Sie*, ergänzte sie in Gedanken.

Sie wussten beide, dass sie sich dieses Mal nicht den geringsten Formfehler erlauben durften.

Also beschränkten sie sich notgedrungen aufs Luftlöcher-Starren und warteten.

Ein paar spärliche Fakten hatten die SEK-Kollegen Sun

Changs Witwe allerdings bereits in der Lagerhalle entlockt: Demnach hatte Henri, der Legionär, der in Wirklichkeit Tim Corten hieß, ihren Mann am späten Vormittag kontaktiert und in die verlassene Lagerhalle bestellt. Er wisse, wo sich Kaylin versteckt halte, und sei gegen die Entrichtung einer entsprechenden Summe bereit, ihnen ihren Aufenthaltsort zu nennen.

So weit, so gut.

Zhous Augen suchten wieder Wu Yuens Gesicht. Ihr Make-up war verwischt, und sie hatte noch nicht ein einziges Mal aufgeblickt, seit sie dort auf ihrem Stuhl saß. Nicht einmal, als die Tür aufging und jemand hereinkam. Sie wirkte völlig stoisch in ihrem Schmerz, wie eine Puppe, die irgendjemand benutzt und anschließend achtlos in die Ecke geschleudert hatte. Dabei hatte Zhou gestern im Krankenhaus sehr wohl das Gefühl gehabt, dass sie Einfluss nahm. Auf ihren Mann. Auf den Gang der Dinge. Doch jetzt schien sie wie ausgeknipst. Eine gebrochene Frau mit hängenden Schultern, die das Notwendige hinter sich bringen und sich anschließend einfach nur verkriechen wollte.

Ein leises Klopfen an der Tür machte ihren Betrachtungen ein Ende.

Auf Capellis energisches »Ja, bitte!« trat ein kleiner, kahlköpfiger Asiate in Cordhosen und T-Shirt herein.

»Herr Feng?«

Er nickte.

»Bitte, nehmen Sie Platz.« Capelli stand auf und schob ihm einen Stuhl hin. »Vielen Dank, dass Sie so schnell kommen konnten.«

»Kein Problem.« Als seine Augen sie streiften, bemerkte Zhou ein leises Stutzen. Als ob er sagen wollte: *Wozu rufen Sie mich, wenn Sie eine Landsfrau in den eigenen Reihen haben?* Doch der Eindruck verflog so schnell, wie er gekommen war. Stattdessen streckte er ihr unverbindlich freundlich die Hand hin.

»Brauchen Sie etwas zum Schreiben?«, fragte Capelli.

Er verneinte und setzte sich. »Von mir aus kann's losgehen.«

Sein legerer Ton überraschte Zhou. Doch irgendwie fand sie ihn auch beruhigend.

Capelli nahm ebenfalls wieder Platz und sah ihn an. »Bitte fragen Sie Frau Wu, welche Summe Tim Corten für die genannten Informationen über ihre Nichte gefordert hat.«

Wu Yuen setzte bereits zu einer Antwort an, bevor Feng die Frage zu Ende übersetzt hatte. »Er wollte zwei Millionen«, erklärte sie auf Chinesisch.

Zhou zog die Brauen hoch, während ihre Partnerin erst auf die Übersetzung warten musste.

»Hatte Ihr Mann denn derart viel Geld zur Verfügung?«, fragte sie geradeheraus, als Feng fertig war.

Vermutlich schon, dachte Zhou, während sie sich die Villa des verstorbenen Geschäftsmanns in Erinnerung rief. Das Hauptproblem wird gewesen sein, wie viel er davon wie schnell flüssig machen konnte …

Gegenüber begann Wu Yuen zu nicken. »Es wäre gegangen«, übersetzte Feng ihr Hochchinesisch, in dem Zhou deutliche Spuren des typischen Shanghai-Dialekts ausmachte. Spötter behaupteten, dieser Dialekt bestehe lediglich aus zwei Tönen, einem hohen und einem tiefen Register, und tatsächlich war dieser Wechsel der Lagen bei Wu Yuen besonders ausgeprägt.

*Lian Kaylin*, echote es hinter Zhous Stirn, während ihr Blick nachdenklich wieder die verspiegelte Wand suchte, *geboren am 17.04.2004 in Shanghai* …

»Aber Sie hatten das Geld doch nicht bei sich, als Sie in diese Lagerhalle gefahren sind, oder?«, fragte unterdessen Capelli.

Sun Changs Witwe schüttelte den Kopf. »Nur zwanzigtausend. Mehr konnten wir auf die Schnelle nicht auftreiben.«

»Und wie sollte es weitergehen?«

»Herr Corten gab meinem Mann eine Kontonummer«, übersetzte Feng. »Das Geld sollte bis morgen Abend acht Uhr überwiesen sein. Danach würde er uns die Adresse nennen.«

Aus den Augenwinkeln registrierte Zhou, wie das Gesicht ihrer Partnerin bei diesen Worten eine Nuance blasser wurde. Klar eigentlich! Immerhin war es ziemlich offensichtlich, an welche Adresse Wu Yuen und ihr Mann verwiesen worden wären, falls der Mann mit dem Legionärstattoo nicht geblufft hatte. Aber genau das muss er, widersprach sich Zhou. Er hat nicht wissen können, dass Kaylin bei meiner Kollegin ist. Außer mir weiß das niemand. Und selbst wenn er es irgendwie herausgefunden hätte ... Was hat ihn daran gehindert, dorthin zu fahren und das Mädchen in seine Gewalt zu bringen?

»Und was genau ist dann in dieser Lagerhalle passiert?«, setzte Capelli in diesem Augenblick die Befragung fort. So geradeheraus und ehrlich sie gestrickt war, so gut konnte sie ihre Gefühle verbergen, wenn es wirklich drauf ankam. »Wie kam es dazu, dass die Sache derart eskaliert ist?«

»Ich weiß es nicht«, übersetzte Feng in monotonem Ton. »Sie redeten.«

»Worüber?«

»Keine Ahnung. Ich konnte nicht alles hören.«

»Wo waren Sie?«

»Mein Mann hat gesagt, dass ich mich im Hintergrund halten soll ...«

So wie gestern im Krankenhaus, dachte Zhou.

»Das war die Bedingung dafür, dass er mich ... Dass ich mitfahren durfte.« Sie hielt inne, während Fengs Übersetzung noch zeitversetzt in die entstandene Stille hinüberschwappte.

»Aber Sie kannten Herrn Corten?«, drängte Capelli.

»Mein Mann«, antwortete Wu Yuen nach kurzem Zögern.

»Woher kannten Sie einander?«, fragte Zhou.

Doch sie kam nicht mehr in den Genuss einer Antwort, denn im selben Augenblick wurde die Tür in ihrem Rücken aufgerissen und Makarov steckte den Kopf herein. »Mai?«

Zhou fühlte, wie sich die Muskeln in ihrem Rücken anspannten. »Ja?«

»Kommen Sie mal bitte?«

Sie sah zu Capelli hinüber, doch die zuckte nur irritiert mit den Schultern.

»Bitte«, insistierte Makarov, und seine Stimme klang seltsam. Fast ein wenig kleinlaut. Ein Umstand, der Zhou auf der Stelle aufs Äußerste alarmierte. »Und Sie …«, sein fleischiger Zeigefinger richtete sich auf ihre Partnerin, »… kommen bitte auch kurz dazu.«

»Wir sind mitten in einer Befragung«, fuhr Capelli empört auf. »Das wird doch wohl Zeit haben, bis wir …«

Zhou sah sein Gesicht und wusste, was jetzt kam, bevor er es aussprach: »Die Befragung ist hiermit beendet.«

Capelli sprang von ihrem Stuhl hoch. »Was?«, schrie sie. »Wieso das denn?«

Makarovs Kiefer mahlten. »Kommen Sie, bitte. Wir reden hier draußen weiter.«

Er machte einen Schritt zur Seite, und erst jetzt erkannte Zhou Marc Ensslins Silhouette im Dunkel des Flurs. Der BKA-Mann war nicht allein gekommen, sondern hatte zwei Kollegen im Schlepptau, die sie noch nie gesehen hatte. Alle drei trugen dunkle Anzüge. Wie in einem schlechten Film.

»Was soll denn das jetzt schon wieder?«, fuhr Capelli die Gruppe an, kaum dass sich die Tür des Vernehmungszimmers hinter ihr geschlossen hatte. »Warum lassen Sie uns nicht einfach unseren Job machen?«

»Was dabei herauskommt, hat man ja gerade wieder einmal gesehen«, entgegnete Ensslin mit der gewohnten Süffisanz, doch bei aller Herablassung hatte Zhou den Eindruck, dass auch er dieses Mal gewaltig unter Druck stand. Makarov hatte den Kopf gesenkt und die Hände noch in seinen Taschen zu Fäusten geballt, und die Luft auf dem Flur knisterte förmlich vor unterdrückten Emotionen.

»Leider Gottes haben Sie eine völlig falsche Vorstellung von der Tragweite dieser ganzen Angelegenheit«, ergriff einer der beiden anderen BKA-Leute das Wort. Er trug eine gelbe Krawatte und sah aus wie ein etwas zu klein geratener Bruder von Matt Damon.

»Unsere Vorstellungen gehen Sie einen Scheißdreck an!«, echauffierte sich Capelli, und mit Verwunderung registrierte Zhou die Selbstverständlichkeit, mit der ihre Partnerin sie in ihre Formulierung einbezog.

Einen derart aufmüpfigen Ton war Matt Damon offenbar nicht gewohnt, denn er lief puterrot an. »Es geht da draußen um das Leben unserer Leute«, gab er mit sorgsam gedämpfter Stimme zurück. »Und wenn Sie nicht endlich aufhören, unsere Arbeit zu sabotieren, dann ...«

»Wir sabotieren *Ihre* Arbeit?« Capelli machte einen Schritt auf ihn zu, und für den Bruchteil einer Sekunde hatte Zhou das Gefühl, dass sie ihm an die Kehle gehen wollte. »Vorsicht, Freundchen, sonst können Sie ...«

Makarov trat hinter sie und legte ihr sachte, aber eindringlich eine seiner sommersprossigen Hände auf die Schulter. »Schon gut, Emilia. Ruhig Blut.«

»Den Teufel mit ruhig!«, fauchte sie ihn an. »Diese Komiker hindern uns daran, unsere Zeugin zu vernehmen.«

»Sie ist nicht länger Ihre Zeugin.« Im Gegensatz zu seinem Mitarbeiter sprach Ensslin aufreizend ruhig. »Und es ist auch nicht länger Ihr Fall.« Er griff in die Brusttasche seines Jacketts und hielt ihr ein Schriftstück unter die Nase. »Sie haben Scheiße gebaut. Und zwar nicht nur einmal, sondern ständig. Aber damit ist jetzt ein für alle Mal Schluss.« Er drehte sich zu Matt Damon um und wies auf die geschlossene Tür. »Du begleitest Frau Wu und ihren Dolmetscher zum Auto. Und Jan, du bleibst hier und erledigst den Papierkram.« Er gab das Dokument an seinen Begleiter weiter. »Wir wollen doch schließlich, dass alles seine Richtigkeit hat, nicht wahr?«

Capelli stieß ein wütendes Schnauben aus, doch Zhou sah, wie Makarov sie mit einem einzigen Seitenblick in die Schranken wies. »Alles klar.«

Ensslin bedachte ihn mit einem herablassenden Lächeln. »Auf bald, Daniel«, sagte er, indem er sich mit federnden Schritten zum Gehen wandte. »Und vielen Dank für deine Hilfe.«

Makarov sah aus, als könnte er kotzen, während seine Augen dem BKA-Mann zum Lift folgten. Kurz darauf ging die Tür des Vernehmungszimmers auf, und Matt Damon erschien in Begleitung von Wu und Feng. Sun Changs Witwe ging wie in Trance, während der Dolmetscher mit jeder Faser seines Körpers zum Ausdruck brachte, dass er angesichts dieses ständigen Hin und Her die Welt nicht mehr verstand.

»Und jetzt?«, fragte Capelli, nachdem sich die Aufzugtüren hinter der Gruppe geschlossen hatten. »Sollen wir jetzt einfach wieder an unsere Arbeit gehen, oder was?«

»Ganz bestimmt nicht alle von Ihnen«, feixte der Mann, den Ensslin als »Jan« angesprochen hatte und der sich zwischenzeitlich an einen der Kaffeeautomaten zurückgezogen hatte.

Capelli starrte ihn an. »Was soll das heißen?«

»Fragen Sie Ihren Boss«, versetzte der BKA-Mann. Dann sah er unvermittelt Zhou an und sein Blick bekam etwas Gehässiges. »Sie hätten besser auf den Rat Ihrer Kollegin gehört«, stellte er fest. Dann wandte er sich wieder dem dampfenden Becher im Getränkefach des Automaten zu.

»Wovon redet der Komiker?«, fragte Capelli.

Anstelle einer Antwort senkte Makarov den Kopf.

Zhou merkte, wie ihr kalt wurde.

»Gegen Sie wurde eine Dienstaufsichtsbeschwerde wegen der ungeklärten Vorkommnisse in dieser Lagerhalle erhoben.« Er wich ihrem Blick nicht aus, doch Zhou konnte deutlich sehen, wie viel Überwindung es ihn kostete, die Worte über die Lippen zu bringen. »Aus diesem Grund sind Sie bis zur endgültigen Klärung der genannten Vorkommnisse mit sofortiger Wirkung beurlaubt.«

»Bitte was?«, ereiferte sich Capelli. »Haben Sie den Verstand verloren?«

Makarov ignorierte sie. In seinen Augen flimmerten Ohnmacht und Fassungslosigkeit. »Ihre Dienstwaffe haben Sie den Kollegen ja bereits vor Ort ausgehändigt. Der Einsatzleiter hat mich darüber informiert, dass sie bereits zur Auswertung in der Ballistik ist.« Er räusperte sich. »Wenn Sie mir dann bitte noch Ihren Dienstausweis aushändigen würden ...«

»Verdammte Scheiße, das können Sie nicht machen!«, rief Capelli, während sich BKA-Jan diskret in Richtung Herrentoilette zurückzog. »Sie hat nichts Unrechtes getan, und das wissen Sie, verdammt noch mal, ganz genau.«

»Ist schon gut«, hörte Zhou sich sagen, während sie mechanisch in ihre Jackentasche griff und den Ausweis aus dem Sichtfach ihres Portemonnaies zog. »Unter den gegebenen Umständen hat er keine andere Wahl.«

»Ich bin sicher, dass sich sämtliche gegen Sie erhobenen Vorwürfe rasch als absolut unhaltbar erweisen werden«, stammelte Makarov mit ungewohnter Förmlichkeit.

»Ja«, sagte Zhou. »Bestimmt.«

Dann drehte sie sich um und ging davon.

»Halt!« Capelli überholte sie und baute sich vor ihr auf wie ein Türsteher. »Sie können diese Scheiße doch nicht einfach so auf sich sitzen lassen. Ich meine ... Sie haben alles richtig gemacht, und ... Und wenn ...«

Zhou hob müde die Hand. »Em!«

»Was?«

Waren das etwa Tränen in den Augen ihrer Partnerin? Irritiert hielt sie die Luft an. »Lassen Sie mich gehen, okay?«

»Aber Sie können doch nicht ...«

»Bitte.«

Sie schüttelte den Kopf, aber sie machte einen Schritt zur Seite. »Gottverdammte Scheiße.«

Zhou lächelte ihr zu, auch wenn sie den Eindruck hatte, dass das Ergebnis reichlich schief geriet. »Qin wode pigu zhu tou.«

Sie fühlte eine seltsame, unwirkliche Kühle, als sie langsam den Flur hinunterging. Den Weg, den sie nun schon seit Monaten praktisch jeden Tag nahm. Vorbei an der kleinen Sitzecke, in der niemals jemand saß. In den Aufzug. Von dort zur Tiefgarage.

Der Pförtner winkte ihr zu, als sie an der Ausfahrt hielt, doch in dem Moment, in dem sich die Schranke öffnete, war seine Aufmerksamkeit bereits wieder auf den kleinen Fernseher gerichtet, der an der Wand neben dem Kalender hing.

## 11

Polizeipräsidium Frankfurt, Damentoilette,
16.27 Uhr

Wütend rupfte Em ein paar Papierhandtücher aus dem Spender neben dem Waschbecken und trocknete ihr Gesicht ab. Die Haut um Mund und Nase war fleckig, und es war unübersehbar, dass sie geheult hatte. Daran hatten auch gefühlte fünf Minuten unter fließendem kaltem Wasser nichts ändern können.

»Na, super!«, murmelte sie. »Das Mitleid meiner Kollegen ist genau das, was ich jetzt brauchen kann.«

*Was macht ihr eigentlich, wenn Hansen zurückkommt?*, zischte die unangenehme Stimme von Lütje ihr aus dem Dunkel hinter den Kabinen zu. *Muss Zhou dann wieder verschwinden, oder wie wollt ihr das lösen?*

»Halt die Klappe!«, murmelte Em. Dann atmete sie ein paarmal tief durch und versuchte, wieder ein wenig Ordnung in das Chaos ihrer Gedanken zu bringen.

Auch wenn die Dinge augenblicklich noch so ungünstig aussahen: Zhou hatte sich nichts zuschulden kommen lassen. Im Gegenteil: Ohne ihr Eingreifen wäre Wu Yuen vermutlich ebenso tot wie ihr Mann. Und genau das würde sich auch beweisen lassen.

Makarov hatte ihr zugesichert, sie über sämtliche Untersuchungsergebnisse und Entwicklungen auf dem Laufenden zu halten. »Die Fakten werden sie entlasten«, hatte er in ungewohnt mildem Ton gesagt und ihr dabei flüchtig die Hand auf die Schulter gelegt. »Da bin ich mir ganz sicher. Haben Sie einfach ein bisschen Geduld, okay?«

»Nein«, flüsterte sie, »habe ich nicht.« Und sie war sich auch nicht sicher, was die Entlastung ihrer Partnerin betraf. Man hatte ihnen in den vergangenen Tagen einfach zu viele Steine in den Weg gelegt, als dass sie so ohne Weiteres an einen guten Ausgang glauben konnte.

Wer weiß, was sonst noch alles dahintersteckt, dachte sie unbehaglich. Wer alles seine Finger im Spiel hat. Wer seine Interessen gefährdet, seine Felle wegschwimmen sieht.

*Leider Gottes haben Sie eine völlig falsche Vorstellung von der Tragweite dieser ganzen Angelegenheit ...*

Sie sah in den Spiegel und strubbelte sich die Haare zurecht. Dann zerrte sie ihr Handy aus der Tasche und checkte ihre Anrufe. Doch es hatte niemand versucht, sie zu erreichen oder sonst wie mit ihr Kontakt aufzunehmen. Keine Anrufe. Keine Nachrichten. Keine Mails. Em seufzte und wollte das Gerät eben wieder wegstecken, als ihr ein Satz in den Sinn kam, den Lütje vorhin gesagt hatte: Es soll ziemlich gefährlich sein, mit diesem Kind in Berührung zu kommen ...

Ihre Augen fixierten das Display. Die Klatts waren tot. Thien Liming schwer verletzt. Und nun also Chang. Der jüngste Beweis dafür, dass der lebenserfahrene Exjunkie mit dieser Einschätzung ganz offenbar nicht allzu weit danebenlag. Em spürte, wie die alte Angst sie wieder ankroch. Sie spürte die Last der Verantwortung, die sie sich auferlegt hatte. Sich und anderen, die die Tragweite der ganzen Angelegenheit noch viel weniger einzuschätzen wussten als sie selbst.

Sie seufzte und wählte zum zweiten Mal an diesem Tag die Nummer von Trudis Laden. Dann hob sie das Handy ans Ohr und wartete. Die Stille, die aus dem Gerät drang, während sich die Verbindung aufbaute, kam ihr bedrohlich vor. Und je länger diese Stille dauerte, desto mehr beschleunigte sich ihr Puls. Nach endlosen Sekunden ertönte ein Freizeichen und kurz darauf, nach nur dreimaligem

Klingeln, meldete sich zum Glück auch Trudis vertraute Stimme zu Wort.

»Ist alles klar?«, erkundigte sie sich einleitungslos. Offenbar hatte sie Ems Handynummer erkannt.

»Nicht so wirklich«, entgegnete Em trübe. »Aber deshalb rufe ich nicht an.« Sie blickte Richtung Tür und senkte die Stimme. »Es ist nur ... Ich wollte mal hören, ob bei euch noch alles in Ordnung ist.«

»Aber sicher doch, Schätzchen, alles bestens«, lautete die überaus beruhigende Antwort. »Was sollte denn nicht in Ordnung sein?«

»Ach, nichts«, entgegnete Em schnell. Wenigstens eine Sache, die gut lief an diesem Tag voller Katastrophen! »Ich hatte nur so ein komisches Gefühl, das ist alles.«

»Ich verstehe«, antwortete Trudi, die schon immer ein ausgezeichnetes Gespür besessen hatte, wann man nachhakte und wann man Em am besten in Ruhe ließ. »Im Geschäft ist es heute eher ruhig«, berichtete sie mit jener heiteren Unbekümmertheit, die Em so sehr an ihr liebte, weil sie nicht auf Oberflächlichkeit, sondern auf tiefer Lebenserfahrung gründete. »Also spielen wir Memory und essen Plätzchen.«

»Klingt super.«

»Oh, das ist es auch«, lachte Trudi. »Bis auf die Tatsache, dass deine Kleine unschlagbar darin ist, sich Dinge zu merken. Sie besiegt mich ununterbrochen.«

Die Vorstellung, dass die heimatlose Kaylin und ihre Nachbarin einträchtig am Tisch saßen und Gesellschaftsspiele spielten, entlockte Em ein Schmunzeln. Und doch kam ihr das Gespräch irgendwie unwirklich vor. Als ob die harmlose Szenerie, die Trudi da beschrieb, nur eine Fassade sei, hinter der bereits der nächste Abgrund lauerte. »Ich muss jetzt Schluss machen«, flüsterte sie. »Gebt acht auf euch.«

»Machen wir.«

Sie drückte auf die Taste mit dem roten Hörer und lehnte den Rücken gegen die kühlen Fliesen, als draußen auf dem Flur Schritte laut wurden. Gleich darauf wurde leise an die Tür geklopft.

»Em?«

*Decker!*

»Was ist?«

»Kann ich reinkommen? Ich hab Neuigkeiten für dich.«

Sie grinste. »Das hier ist die Damentoilette«, stellte sie fest, als er gleich darauf durch die Tür trat.

»Falls meine Anwesenheit an diesem intimen Ort deine Gefühle verletzt, kann ich gern wieder gehen ...«

»Untersteh dich!« Sie machte ihm ein Zeichen, die Tür hinter sich zu schließen. »Also?«

»Ich habe hier die Auswertung der Kontaktdaten von Steven Groß.« Er wedelte mit einem Computerausdruck. »Und jetzt halt dich fest: Es gibt tatsächlich vier nachweisbare Kontakte zu Chang.« Seine Augen blieben an dem Smartphone in ihrer Hand hängen. »Drei Anrufe über dieselbe Handynummer, die Peter Klatt gewählt hat, um seine Forderungen in Bezug auf Kaylins Freilassung zu stellen. Und eine SMS.«

»Von wem ging der Kontakt aus?«, fragte Em atemlos.

»Der erste Anruf ging von Groß aus. Das war vor etwas mehr als einem halben Jahr«, antwortete Decker. »Danach war es offenbar Chang, der anrief. Und ganz besonders interessant ist das hier ...« Er hielt ihr das Protokoll des Telefonanbieters unter die Nase.

»Du meinst diese SMS?«, fragte Em.

Er nickte. »Sieh dir das Datum an!«

Ihre Augen suchten die entsprechende Spalte. »Aber das war ja erst gestern«, murmelte sie erstaunt.

»Richtig.«

»Weißt du, was drinstand?«

»Die Nachricht war bereits gelöscht, aber wir konnten den Inhalt rekonstruieren. Der Text lautet: TERMIN VERSCHIEBEN. MELDE MICH.«

»Und was bedeutet das?« Sie rieb sich die Stirn. »Von was für einem Termin könnte da die Rede sein?«

»Das wiederum geht aus dem Telefonat hervor, das Steven Groß fünf Minuten später geführt hat«, berichtete ihr Kollege. »Da rief er nämlich einen Notar namens Dr. Volker S. Felthaus an und sagte einen für gestern Vormittag angesetzten Termin ab.«

Em grub ihre Finger in seinen Oberarm. »Worum sollte es bei diesem Termin gehen?«

Decker bedachte sein Spiegelbild mit einem wohlwollenden Seitenblick. »Wie du dir denken kannst, war Herr Dr. Felthaus zuerst ein bisschen zögerlich mit der Herausgabe von Informationen. Aber ich konnte ihn davon überzeugen, uns die entsprechenden Daten zur Verfügung zu stellen. Es ging um den Verkauf von Steven Groß' Anteilen am Unternehmen seines Onkels.«

»Wie viel hat Chang ihm geboten?«

»1,24 Millionen Euro.«

»Wow.« Em schob die Unterlippe vor. »Damit hätte er seine Schäfchen im Trockenen gehabt und wäre zugleich den ungeliebten Bürojob los gewesen.«

»Aber sein Onkel hat offenbar gewittert, dass etwas im Gange war«, spann Decker den Faden weiter. »Und angesichts der Mehrheit, die Chang mit dem Erwerb von Steven Groß' Anteilen gehabt hätte, wusste er sich nicht anders zu helfen, als Changs Nichte zu entführen.«

»Und der wagte es unter den gegebenen Umständen nicht, die Transaktion wie geplant über die Bühne gehen zu lassen«, schloss Em. »Also schickte er Groß eine SMS und ließ ihn die Sache bis auf Weiteres abblasen.«

»So wird ein Schuh draus, nicht wahr?« Er sah wieder in den Spiegel und zupfte eine gegelte Haarsträhne in Form. »Die Sache hat nur einen Haken.«

»Welchen?«

»Wir können nicht beweisen, dass Chang die Firmenanteile, die er angeblich nur im Namen chinesischer Auftraggeber gekauft hat, noch immer besitzt.«

»Aber das hier ...«, sie tippte auf die Aufstellung in seiner Hand, »sollte doch wohl mehr als genug Handhabe bieten, uns Changs Konten anzusehen.«

»Würde es, wenn das hier nicht wäre ...« Er nahm seinen Tablet und rief eine als vertraulich gekennzeichnete Seite auf.

»Scheiße«, entfuhr es Em, als sie erkannte, was sie da vor sich hatte. »Dieser V-Mann, von dem Ensslin und seine Leute immer quatschen, war Chang?«

»Zumindest taucht seine Kontonummer auf der Gehaltsliste des BKA auf.« Deckers Finger wischten über den Monitor. »Siehst du ...«

Em starrte ungläubig auf die gelb markierte Zahlenfolge hinunter. Sie wusste, dass es beim BKA eine nicht öffentliche, aber dennoch offizielle Tarifordnung für V-Personen gab, die die Vergütung dieser Spitzel in Abhängigkeit zum Nutzen der beschafften Informationen regelte. Allerdings blieb die Frage: »Wieso bindet sich Chang diese Immobilienspekulation ans Bein, wenn er mitten in einer derart heißen Kiste steckt?«

»Das habe ich mich auch gefragt«, räumte Decker ein. »Und bisher kann ich dir noch keine befriedigende Antwort liefern.« Er zuckte die Achseln. »Vielleicht war er einfach einer von den Typen, die alles mitnehmen.«

So sah er eigentlich nicht aus, widersprach Em ihm in Gedanken.

»Was jetzt?«, fragte Decker.

Sie warf einen Blick auf die Uhr. »Jetzt statte ich Steven Groß einen Besuch ab und versuche etwas aus ihm herauszukriegen, mit dem wir diese lächerliche Geheimniskrämerei hier«, ihre Hand wedelte über dem Tablet hin und her, »ein für alle Mal beenden können.«

Decker raffte seine Unterlagen zusammen und hielt ihr die Tür auf. »Eigentlich kein Wunder, dass jemand Chang ausgeschaltet hat.«

Etwas an dieser simplen Feststellung ließ Em stutzen. »Was ist?«, fragte er.

Doch sie schüttelte nur nachdenklich den Kopf. »Ich weiß nicht, was das alles soll«, murmelte sie. »Aber ich werde nicht zulassen, dass meine Partnerin als Sündenbock für irgendeine abgekartete Sache herhalten muss.«


12


Berger Straße, Hinterzimmer von Trudi Steins
Laden, 19.02 Uhr

»Willst du wirklich nichts essen?«

Kaylin schüttelt den Kopf.

»Em kann sich noch nicht gemeldet haben«, sagt Trudi mit einem prüfenden Blick auf die Uhr an der Wand, deren Zeiger aus Messer und Gabel bestehen. »Es ist viel zu früh, noch nicht einmal acht.«

Sie nickt. Sie weiß, wie spät es ist.

Trotzdem ist sie nervös.

Die Glocke über der Ladentür meldet, dass schon wieder ein Kunde hereingekommen ist. In den letzten anderthalb Stunden war deutlich mehr los als den ganzen restlichen Tag über. Aber auch das hat Trudi ihr erklärt. »Die Leute kommen von der Arbeit und stellen fest, dass sie Hunger haben. Und auf dem Weg zum Supermarkt sehen sie die Schokolade und die Schinkenspezialitäten im Fenster und denken: Warum in die Ferne schweifen, wenn das Gute liegt so nah ...«

Sie spricht manchmal ein wenig komisch, findet Kaylin. Anders als die Polizistin mit den Bernsteinaugen. Jetzt steht sie in der Tür zum Laden. »Ich muss«, sagt sie beinahe entschuldigend.

Kaylin sieht ihr zu, wie sie den samtenen Vorhang zuzieht, der das Hinterzimmer von den beiden Verkaufsräumen trennt. Das heißt, eigentlich ist es nur ein Verkaufsraum. Aber es waren mal zwei. Früher. Bevor Trudi die Wand herausnehmen lassen hat. »Damit ich einen besseren Überblick habe ...«

Automatisch muss Kaylin wieder an das Mädchen denken, das vor ihr in Changs Villa gelebt haben muss. Das Mädchen, dessen Namen sie nicht kennt und das ihr trotzdem irgendwie vertraut vorkommt. Fast wie eine Schwester.

Sie schließt die Augen und stellt sich das Bett vor, auf dem sie so oft gesessen hat. Den Blick in den Garten. Aber die Erinnerung daran verblasst zusehends. Obwohl sie gerade einmal zwei Tage fort ist. Dafür kommen andere Bilder zu ihr zurück. Bilder, die sie längst verloren geglaubt hat. Das weite Hochland, über dem die Schatten der Wolken jagen wie eine Herde wilder Yaks. Im Winter schneeweiß, im Sommer leuchtend in allen erdenklichen Grüntönen. Bergspitzen wie Drachenrücken, und über allem der unendliche Himmel, der nirgendwo auf der Welt so rein und so blau ist.

Ihre Finger suchen den Saum ihres Hemdes.

Der Dzi hat die Wärme ihres Körpers angenommen.

Woher kommen diese Bilder? Warum tun sie so weh? Und wo ist der Rest ihrer Erinnerung geblieben? Chengbao, das inzwischen kaum mehr als ein bleiches Nichts ist. Die Gesichter ihrer Mitschüler, seltsam uniform, nur hier und da mal eine Kontur, ein Profil. Die Stimmen der Ausbilder, die sie früher sogar in ihren Träumen gehört hat und die nun von Stunde zu Stunde leiser werden. Der Nacken des Soldaten, der sie fortträgt. Sein Geruch.

Wer bin ich?, denkt Kaylin mit einem Anflug von Angst. Was geschieht mit mir? Woran soll ich mich in Zukunft halten? Welcher Teil meiner Vergangenheit ist wirklich? Und welcher ein einziger Alptraum?

*Dr. Djungne wird dir helfen*, flüstert Thien in ihrem Kopf. *Sie ist eine Freundin und ich habe ihr bereits vor langer Zeit von dir erzählt ...*

Der Dzi in ihren Fingern pocht.

Kaylin lauscht auf die Stimmen im Raum nebenan. Ein junger Mann und eine Frau.

Trudi lacht.

Und schon wieder ertönt die Glocke.

Noch mehr Menschen, die festgestellt haben, dass sie hungrig sind ...

13

Frankfurt Westhafen, Wohnung von Mai Zhou, 19.08 Uhr

Zhou legte ihren Kugelschreiber zur Seite und stand auf. Sie konnte sich nicht erinnern, dass sie schon einmal so lange am Esstisch ihrer Wohnung gesessen hatte. Noch dazu untätig. Sie ging zur Kaffeemaschine und schenkte sich Kaffee nach. Dann setzte sie sich wieder hin.

Seit Stunden ging das nun schon so. Sie saß herum. Trank Kaffee. Starrte aus dem Fenster. Lauschte auf Geräusche.

Streitende Nachbarn? Fehlanzeige.

Hundegekläff? I wo!

Die Menschen, die hier wohnten, hatten keine Zeit für Hunde. Dasselbe galt für Kinder. Alles Faktoren, die Zhou damals, bei der Auswahl der Wohnung, durchaus als Vorzüge empfunden hatte. Doch an diesem Nachmittag wurde ihr zum ersten Mal bewusst, dass sie in einer Art Ghetto lebte. In einer Umgebung von Gleichgesinnten. Unter jungen, erfolgsorientierten Menschen, die voll und ganz in ihrer Arbeit aufgingen, irgendwann spätabends erschöpft nach Hause kamen, den Fernseher einschalteten, ein paar Stunden schliefen und anschließend wieder verschwanden. Ein Leben wie im Hamsterrad, gut geölt, mit festen Strukturen, die einem Halt und Sicherheit gaben. Solange man nicht aus dem Raster fiel und das Nachdenken anfing ...

Sie schluckte.

Vor einer halben Stunde hatte es aufgehört zu regnen. Ein noch immer kräftiger Westwind hatte die Wolken aufgerissen und binnen kürzester Zeit ganz vertrieben. Und jetzt, kurz vor Einbruch der Dunkelheit, fiel ein unwirklicher rotgoldener Abendsonnenschein durch die bodentiefen Fenster, und der Himmel über den glitzernden Hochhausfassaden auf der anderen Seite des Flusses war eine einzige Sinfonie in Blau und Orange.

Eigentlich wunderschön, dachte Zhou. Wäre da nicht dieses Gefühl schutzloser Nacktheit, das sich mit der Abgabe ihres Ausweises eingestellt hatte.

»Als ob das alles wäre, was mich ausmacht«, murmelte sie ärgerlich.

Der Beruf. Die Karriere. Die Arbeit.

Sie vergrub die Stirn in den Händen und wandte sich wieder der Liste zu, die sie aufgestellt hatte. Eine Liste, die nichts als Fragen enthielt: Warum ist Kaylin davongelaufen? Warum hat ihr Onkel sie in seinem Haus eingesperrt und versucht, jeden Kontakt zu ihr zu verhindern? Warum schickt ihr alter Lehrer sie zu einer Frau, die als chinakritisch bekannt ist? Zhous Kugelschreiber kritzelte ein kleines, bogenförmiges Gebilde unter den letzten Satz. Warum hatte Kaylin ihr Amulett in diesem Krankenhaus zurückgelassen? Laut Aussage ihrer Tante handelte es sich um ein Familienerbstück, das ihrer verstorbenen Mutter gehört hatte. Dazu war es sehr alt. Und wertvoll.

»Nur offenbar nicht für Kaylin«, murmelte Zhou. »Sonst hätte sie es kaum einfach dagelassen.«

Oder? Vielleicht war das Zurücklassen des Schmuckstücks auch so etwas wie eine Botschaft gewesen. Genau wie die Zeichnung von Cortens Tattoo. Aber für wen? Sie schloss die Augen. Wer war dieses Mädchen?

Lian Kaylin, geboren am 17.04.2004 in Shanghai ...

Ein chinesisches Kind und eine tibetische Gelehrte.

Ein geändertes Testament und ein kinderloses Ehepaar.

*Die erste Frage, die Sie sich bei jedem neuen Fall stellen müssen, ist die Frage, wer was dabei gewinnt ...*

Das Läuten ihres Handys ließ Zhou erschreckt zusammenfahren. Die Nummer auf dem Display sagte ihr nichts, und sie überlegte, ob sie es sich leisten konnte, einfach nicht da zu sein. Doch ihre Mailbox war aus, und das Läuten hörte einfach nicht auf. Also fasste sie sich schließlich doch ein Herz und nahm das Gespräch entgegen. »Ja?«

»Hier ist Sebastian ...« Es folgte eine kurze Pause, die erwartungsvoll klang. »Sebastian Koss.«

Überrascht zog Zhou die Brauen hoch. Sie hatte mit dem Polizeipsychologen bislang eher sporadisch zu tun gehabt, aber sie mochte ihn und schätzte überdies seine Fachkompetenz und seine trotz seiner Jugend erstaunlich besonnene Art. Ein paar Mal hatten sie in der Kantine zusammen gegessen, und die Gespräche, die sie bei diesen Gelegenheiten geführt hatten, waren ebenso unterhaltsam wie tiefgründig gewesen. Trotzdem wunderte es sie, dass er sich ausgerechnet jetzt bei ihr meldete, und es lag in ihrer Natur, augenblicklich nach einem Haken zu suchen. Entsprechend kühl fiel ihre Begrüßung aus: »Hallo.«

»Hallo.« Er lachte. Ein wenig verlegen, wie ihr schien. Ein Umstand, der ihrem Misstrauen neue Nahrung gab. »Ich habe zufällig gehört, dass Sie ziemlichen Ärger hatten, und wollte fragen, ob ich … Ob es vielleicht irgendetwas gibt, das ich für Sie tun kann?«

Ja, na klar, dachte Zhou. Und die Erde ist eine Scheibe! »Hat Makarov Ihnen gesagt, dass Sie mich anrufen sollen?«

»Nein.«

»Sicher nicht?«

Jetzt lachte er wieder, doch dieses Mal klang es tatsächlich unbeschwert. »Niemand hat mir irgendetwas befohlen oder nahegelegt«, stellte er klar. »Und wenn ich Sie anrufe, tue ich das rein privat, okay?«

Zhou bedachte ihr riesiges Sofa, auf dem sie in aller Regel auch schlief, mit einem sarkastischen Seitenblick. Was bedeutete das schon, privat? Im Grunde seines Herzens war Sebastian Koss genauso karriereorientiert wie sie selbst. Ein rastloser Hochbegabter, der sich die Erforschung der menschlichen Psyche auf die Fahnen geschrieben hatte und vermutlich noch an Heiligabend mit irgendeinem Fachbuch in der Ecke hockte.

»Okay?«, insistierte er.

»Ja.«

»Was würden Sie davon halten, wenn wir essen gehen?«

»Heute?«, fragte sie entgeistert.

»Warum nicht?«

»Nehmen Sie's mir nicht übel, aber mir ist heute nicht nach Ausgehen.«

»Das verstehe ich.« Er machte keine Anstalten, das Gespräch zu beenden. »Wäre es mir vermutlich auch nicht, wenn ich ...«

Der sonore Dreiklang der Türklingel unterbrach seine Rede.

»Tut mir leid, aber da ist jemand an der Tür«, erklärte Zhou, froh, auf diese Weise so unerwartet schnell aus der Nummer herauszukommen.

Koss' sensible Sinne registrierten ihre Erleichterung sofort. »Natürlich«, sagte er, ohne auch nur im Geringsten unwillig oder enttäuscht zu klingen. »Und falls Sie es sich doch noch anders überlegen, rufen Sie mich einfach an.«

»Mache ich«, versicherte sie.

Sie sah sein Gesicht vor sich. Die aufmerksamen braunen Augen. »Und Sebastian ...«

»Hm?«

»Danke.«

Er sagte nicht »Keine Ursache«, sondern: »Bis bald.« Etwas, das ihn in ihrer Achtung noch einmal steigen ließ.

Im selben Moment meldete sich die Türglocke erneut. Wie fremd sich das anhört, dachte Zhou, und während sie zur Gegensprechanlage eilte, versuchte sie sich zu erinnern, wann sie zum letzten Mal Besuch empfangen hatte. Doch sie kam zu keinem brauchbaren Ergebnis. Sie schaltete den Monitor ein und wäre fast in Ohnmacht gefallen, als sie sah, dass ihre Partnerin dort unten auf der Straße stand und fröhlich in die Linse der Überwachungskamera winkte.

»Nett«, sagte Em, als sie sich wenig später reichlich ungeniert in der Wohnung ihrer Kollegin umsah, und Zhou konnte an ihren Augen ablesen, wie sie zusammenrechnete, was die Einrichtung gekostet hatte. »Wow, tolle Aussicht!«

»Danke. Möchten Sie was trinken?«

Sie nickte und trat an die Tür zum Balkon. Inzwischen war es fast dunkel. Auf dem Wasser des Hafenbeckens glitzerten die Lichter der Stadt. »Klar, gern.«

»Kaffee? Cola? Oder vielleicht lieber einen Prosecco?« Eine Anspielung auf Capellis ziemlich verspätete Willkommensparty auf der Damentoilette, die sie sich einfach nicht verkneifen konnte.

Doch ihre Partnerin quittierte die Stichelei mit einem lauten, beinahe dreckigen Lachen. »Kaffee, wenn's keine Umstände macht.«

Zhou nahm eine zweite Tasse aus dem Schrank und schenkte ihrer Kollegin ein. Dann goss sie Milch in ein zierliches Porzellankännchen und stellte beides auf eines von den kleinen Bistro-Tabletts, die ihr Gabriel Hoja, ihr bester Freund und Tangolehrer, zum Einzug geschenkt hatte. »Sind Sie sicher, dass Sie hier sein sollten?«, fragte sie, nachdem sie reichlich formell am Esstisch Platz genommen hatten.

»Sehe ich so aus, als ob ich irgendwas tue, was ich nicht tun will?«

Annähernd dasselbe hatte Koss vor wenigen Minuten auch gesagt. »Nein, aber das war nicht die Frage ...«

Capelli streckte die Füße aus und nippte an ihrem Kaffee. »Ich habe Neuigkeiten«, verkündete sie und berichtete in knappen Worten von dem Gespräch, das sie mit Steven Groß geführt hatte. »Der Antrag auf Einsicht in sämtliche Sun Chang betreffenden Akten läuft bereits«, schloss sie. »Und nach allem, was mir der zuständige Staatsanwalt gesagt hat, haben wir gar keine so schlechten Chancen, damit durchzukommen.« Sie leerte ihre Kaffeetasse und sah auf die Uhr. »Aber jetzt müssen wir los.«

»Wohin?«, fragte Zhou verwirrt.

»Wir haben eine Verabredung, schon vergessen? Und um diese Tageszeit sollten wir für die Fahrt zum Flughafen lieber ein paar Minuten mehr einkalkulieren.«

»Ich bin suspendiert, schon vergessen?«, gab Zhou zurück, wobei sie den Tonfall ihrer Partnerin erstaunlich treffend imitierte.

Capelli grinste. »Erstens sind Sie nicht suspendiert, sondern beurlaubt. Und zweitens ...« Sie hob die Hand, als sie sah, dass Zhou den Mund aufmachte. »... bin ich augenblicklich auch nicht im Dienst. Genau genommen habe ich seit ziemlich genau zweiundzwanzig Minuten Feierabend. Also hören Sie jetzt gefälligst auf, an den verdammten Vorschriften zu kleben, und holen Sie Ihre Jacke. Ich warte unten beim Wagen.«

14

**Frankfurt Airport, Terminal 1, 19.56 Uhr**

Auf der überdimensionalen schwarzen Anzeigentafel war keinerlei Verspätungsmeldung für Flug LH 915 aus London-Heathrow verzeichnet.

»Gottlob sind sie pünktlich«, stellte Capelli erleichtert fest. »Ich habe Trudi auch so schon viel zu viel Verantwortung aufgebürdet.«

Auf der Herfahrt hatte sie von Kaylin und dem Laden ihrer Nachbarin gesprochen, als wäre ihre Partnerin von Beginn an eingeweiht gewesen. Und noch immer wusste Zhou nicht so richtig, wie sie sich angesichts dieser plötzlichen Vertraulichkeit verhalten sollte.

»Woran denken Sie?«, fragte Capelli, während sie mit hastigen Schritten den Schildern ANKUNFT folgten.

»An Lachse«, antwortete Zhou zerstreut.

»Sie meinen die Fische?«

»Ja.«

»Aha ...« Pause. Dann: »Haben die irgendwie 'ne besondere Bedeutung?«

Zhou hob irritiert den Kopf. »Was meinen Sie?«

Capelli verdrehte die Augen. »Lachse.«

»Das ist eine verdammt gute Frage.« Sie wich einer Frau mit Kinderwagen aus. Die beiden älteren Söhne der Familie zogen eigene Trolleys hinter sich her, doch sie stellten sich noch nicht allzu geschickt damit an. Das Ergebnis war raumgreifendes Chaos.

»Das muss ich jetzt nicht verstehen, oder?«, beschwerte sich Capelli.

Doch Zhou konnte nicht antworten, denn die Puzzleteilchen, die sich in ihrem Kopf gerade zusammenfügten, beanspruchten ihre gesamte Aufmerksamkeit. *Ein kluger Lehrer wird seinem Schüler immer den Rat geben, sich auf seine Wurzeln zu besinnen.* Wurzeln. Eine Passagiermaschine aus London. Eine tibetische Widerständlerin. Ein Flugzeugabsturz. Und ein geändertes Testament.

»He!« Capelli zupfte an ihrem Ärmel. »Zur Gepäckausgabe geht's da lang.«

Zhou blieb abrupt stehen und starrte sie an.

»Was ist denn jetzt los?«

Anstelle einer Antwort zog sie ihre Partnerin ein Stück beiseite, weil in diesem Augenblick eine Welle von Passagieren Richtung Ausgang flutete. »Wissen Sie, ob Decker die Angaben in Kaylins Pass schon überprüft hat?«

»Ja«, nickte Capelli. »Im Bericht steht, damit sei so weit alles in Ordnung. Und auch bei den Adoptionspapieren gab es, soweit ich weiß, keinerlei Unregelmäßigkeiten.«

»Und was ist mit ihren Eltern?«

»Sie meinen die, die mit dem Flugzeug abgestürzt sind?« Sie stutzte, als auch ihr schlagartig bewusst wurde, wo sie sich gerade befanden.

»Genau.« Zhou biss sich auf die Lippen. »Haben wir dazu irgendwelche Informationen?«

Capelli überlegte. »Ich meine, irgendwo bei den Berichten einen Zeitungsartikel gesehen zu haben«, sagte sie nach einer Weile. »Auf Chinesisch natürlich, so dass ich kein Wort verstanden habe. Aber es waren ein oder zwei Fotos dabei.«

»Fotos?«, rief Zhou aufgeregt. »Von den Eltern?«

Die Heftigkeit ihrer Reaktion irritierte Em sichtlich. »Ja, ich denke schon«, stammelte sie. »Diese Leute waren recht bedeutend, glaube ich. Kaylins Mutter war früher Model oder so. Aber ich bin noch nicht dazu gekommen, mir das genauer anzusehen.«

»Könnten Sie vielleicht Decker anrufen und ihn bitten, uns eine Kopie des Artikels zu schicken?«

»Jetzt?« Ihre Augen suchten die Uhr neben der Anzeigetafel, die bereits Viertel nach acht zeigte. »Hat das nicht Zeit bis später?«

»Ich glaube nicht«, gab Zhou zurück, während sie krampfhaft versuchte, ihre Gedanken zu ordnen. Eine hübsche junge Chinesin, die als Model arbeitet und einen schwerreichen Mann heiratet. Die Ehe ist glücklich, und sie bekommen eine kleine Tochter. Die Eltern schenken dem Mädchen ein wertvolles Jadeamulett, das sich vermutlich schon seit Generationen im Besitz der Familie befindet. Doch ihr Flugzeug stürzt ab und das Mädchen ist von einem Tag auf den anderen Vollwaise. Sie kommt in ein anderes Land und lebt vollkommen abgeschottet im Haus ihres Onkels. Aber eines Tages kommt ein Ehepaar daher und entführt sie aus der Praxis ihres Kinderarztes.

Sie wird gefunden. Doch statt mit ihrem Onkel nach Hause zu gehen, nimmt sie ihr Amulett ab und läuft davon ...

»Alex?«, schrie Capelli unterdessen gegen den Lärm der Durchsagen in ihr Handy.

»Ja?«

»Du hattest doch diesen Zeitungsartikel über Kaylins Eltern beziehungsweise über den Flugzeugabsturz, bei dem sie ums Leben gekommen sind, oder?«

Zhou bekam seine Antwort nicht mit, doch ihre Kollegin schien zufrieden. »War da nicht auch ein Foto dabei?« Sie hielt inne. »Ja, von den Eltern. ... Was? ... Klar, wenn das geht. ... Dann sei so gut, und schick es mir aufs Handy, ja? Es geht um ...« Sie hob hilflos die Arme.

»Lachse«, flüsterte Zhou.

Ihre Partnerin runzelte die Stirn. »Es könnte wichtig sein«, entschied sie sich für eine weniger kryptische Erklärung. »Was? ... Ja, danke. Du bist ein Schatz!« Sie unterbrach die Verbindung und ließ das Handy sinken. »Er sucht es raus und schickt es uns rüber«, erklärte sie. »Können wir jetzt bitte weiter?«

Zhou nickte. »Klar.«

»Na, also.«

Sie stürmte voran, und Zhou hatte Mühe, mit ihr Schritt zu halten. Auf dem glänzenden Boden spiegelte sich hartes, unpersönliches Neonlicht. Die Gummisohlen ihrer Sneaker quietschten.

»Da hinten ist es.«

In der Gepäckausgabe von Terminal 1 ratterte ein Gepäckband neben dem anderen. Dazwischen waberten Massen von Menschen jeglicher Herkunft und Nationalität. Quengelnde Kinder zerrten an den Mänteln ihrer Eltern. Manche Reisende aßen oder tranken Kaffee, Coca-Cola oder Energydrinks. Andere informierten ihre Angehörigen per Handy über ihre Ankunft. Ein junges

Pärchen knutschte inbrünstig. Unmittelbar daneben wartete eine Gruppe von zehn oder zwölf Nonnen auf ihre Koffer.

Nur mit großer Mühe war es Capelli gelungen, sich und ihrer Partnerin Zugang zum Sicherheitsbereich zu verschaffen. Zum Glück hatte sie gute Kontakte zu den Beamten der Bundespolizei.

Dennoch drohte die Sache schon jetzt aus dem Ruder zu laufen. Von allen Seiten eilten neue Reisende auf die unermüdlich ratternden Bänder zu. Stimmen flirrten durch die Luft. Rufe, Begrüßungen, Geplärr.

Capelli knurrte irgendetwas von »unübersichtliche Scheiße« und stellte sich auf die Zehenspitzen, um sich nach dem richtigen Ausgang umzuschauen.

Zhous Augen folgten einem herrenlosen Koffer, der bereits die dritte Runde drehte, obwohl die Fluggäste aneinandergedrängt wie die Ölsardinen um das Band herumstanden. Und von jetzt auf gleich war es wieder da, dieses Gefühl, dass eine große Gefahr drohte. Da war dieselbe raumgreifende Leere, die sie bereits in der Lagerhalle gefühlt hatte. Und auch gestern, in Thien Limings Treppenhaus ...

»Das verstehe ich nicht«, riss Capellis Stimme sie aus ihren Gedanken.

»Was ist?«

»Ich habe hier den Artikel, den Decker geschickt hat. Und tatsächlich sind da auch Fotos der Eltern und von Kaylin als Kind. Aber ...« Sie schüttelte den Kopf. »Ich weiß ja, dass wir Europäer immer behaupten, die Asiaten sähen alle gleich aus. Und natürlich ist sie noch viel kleiner auf dem Bild. Doch das Kind hier ... Scheiße, ich würde schwören, das ist nicht Kaylin!« Sie drehte ihr Smartphone so, dass Zhou das Bild sehen konnte. »Sagen Sie bloß, dass Sie so was bereits vermutet haben?«

Zhou antwortete nicht. Endlich ergaben die verstreuten Puzzleteilchen ein stimmiges Gesamtbild! Ein Kind, das von seinem Lehrer an seine Wurzeln erinnert wird. Eine Tibeterin, die sich nachdrücklich für die Freilassung des 11. Penchen Lama einsetzt, eines Jungen, den die chinesische Regierung im Alter von nur fünf Jahren an einen unbekannten Ort entführt hat, um ihn »umzuerziehen«. Ein totes Ehepaar. Eine kinderlose Schwester. Und das Erbe eines riesigen Vermögens.

*Die erste Frage, die Sie sich stellen müssen, ist die Frage, wer dabei was gewinnt ...*

Zhous Blicke irrten zwischen den Gesichtern der Umstehenden umher. Onshinjutsu. Die Kunst des Untertauchens in der Masse. Geheimdienstmethoden. Eine V-Person. Ein Schatten auf einem Krankenhausflur. Jemand, der glaubt, über den Gesetzen zu stehen, weil er nicht Bürger dieses Landes ist und weil er die Behörden überdies regelmäßig mit Insider-Informationen über Tarek MacMillan und seine Waffengeschäfte versorgt. »Könnte sie hier sein?«, fragte sie, indem sie ihre Partnerin beschwörend am Arm fasste. »Könnte sie irgendwie rausgefunden haben, was wir vorhaben?«

»Wer?«

»Die graue Eminenz hinter all diesen Vorgängen«, antwortete Zhou. »Die Frau, der wir bislang kaum Aufmerksamkeit geschenkt haben, weil sie immer im Hintergrund bleibt und jede Situation zu ihrem Vorteil zu drehen versteht. Und die trotzdem nicht davor zurückschreckt, ihren eigenen Mann zu opfern, wenn es ihrer Sache dienlich ist.«

Capelli starrte sie an. »Sie reden von Wu Yuen.«

»In der Shang-Zeit war der Wuismus eine bedeutende schamanische Religion«, erklärte Zhou, was sie irgendwann einmal von ihrem Vater gehört hatte und was bis vor wenigen Augenblicken irgendwo in den Tiefen ihres

Unterbewusstseins verschwunden war. »Die Wu waren mächtige Zauberpriester, die auf Drachen ritten und sich, zumindest der Legende nach, auch in solche verwandeln konnten.«

»Deshalb also das Drachensymbol auf dem Amulett ...«

Sie nickte. »Ich wette, dieses Kind hier«, ihr Finger tippte auf das Familienfoto, das noch immer auf dem Display des Handys flimmerte, »ist Wu Yuens Nichte. Die echte, meine ich. Sie trug das Amulett ihrer Mutter und kam nach Deutschland, nachdem ihre Eltern tödlich verunglückt waren. Aber irgendetwas scheint mit ihr passiert zu sein. Etwas, dass es nötig machte, sie zu ersetzen.«

»Ersetzen?« Capelli schnappte hörbar nach Luft. »Wieso ersetzen?«

»Ich habe natürlich noch keine Beweise, aber ich wette, es geht um das Vermögen ihrer Eltern«, antwortete Zhou. »Vielleicht wird es erst frei, wenn Kaylin achtzehn ist. Oder ihre Tante muss ihre Volljährigkeit abwarten, weil sie Kaylins Unterschrift braucht.« Sie schluckte. »Worum auch immer es hier geht, offenbar ist es unbedingt notwendig, dass Kaylin am Leben ist und bleibt. Und falls die echte Kaylin gestorben wäre ...«

Ihre Partnerin verstand, worauf sie hinauswollte. »Sie meinen, sie ist verunglückt oder krank geworden, und Wu und Chang haben sich ein anderes Kind besorgt? Im selben Alter, aber mit einer völlig anderen Herkunft?«

»Das Problem ist Chinas Einkindpolitik«, sagte Zhou. »Ich kenne mich da nicht allzu gut aus, aber es dürfte nicht leicht sein, an ein Kind im passenden Alter zu kommen, nach dem niemand fragt. Die größten Chancen hat man da vermutlich bei einem Mädchen, das aus politischen Gründen verschleppt wurde.«

Capellis gelbgrüne Augen begannen zu leuchten. »Aus Tibet, zum Beispiel ...«

»Ja, zum Beispiel.«

»Dann müsste Wu Yuen eigentlich mit allen Mitteln verhindern, dass wir Dawa Djungne treffen, oder?«

»Em!«, unterbrach Zhou.

»Was?«

»Da hinten kommt sie!«

Dr. Djungne war nicht so klein, wie sie erwartet hatten, und auch nicht mehr so schlank wie auf dem Foto, das die Institutsseite der Universität verwandte, aber sie erkannten ihr Gesicht sofort. Zhou schätzte den Abstand auf etwa hundert Meter. Und die Tibeterin schien es eilig zu haben. Sie ging an vorderster Front der Gruppe von Reisenden, die in diesem Moment aus Richtung des Flugsteigs A 60 quollen, eine schwarze Bordtasche über der Schulter und einen Mantel über dem Arm.

Im selben Augenblick löste sich ein paar Meter seitlich von ihnen eine Gestalt aus der Masse der Umstehenden. Sie trug Blazer, Rock und ein dunkles Kopftuch und bahnte sich mit weichen, geschmeidigen Bewegungen einen Weg abseits der Passagierströme. Obwohl Zhou sie nur von hinten sah, war sie augenblicklich sicher.

»Da!«, rief sie ihrer Kollegin zu und zeigte auf den Schatten, der immer wieder für ein paar Sekunden auftauchte. Dann sprintete sie los. Ihr war klar, dass ihr nur wenige Sekunden blieben. Dawa Djungne wandte sich nach rechts und eilte zielstrebig auf das übernächste Gepäckband zu. Hinter einer Gruppe von Männern entdeckte Zhou das Kopftuch ihrer Verfolgerin. Nur noch wenige Meter. Sie nahm Anlauf und setzte zum Sprung an. Zugleich registrierte sie den Arm. Etwas Metallisches blitzte auf. Eine Klinge.

»Achtung!«

Dawa Djungne blickte auf. Im nächsten Moment riss die Wucht von Zhous Sprung sie zu Boden. Zhou hörte ihren entsetzten Aufschrei. Und ein wütendes Zischen, nur wenige Meter von ihnen entfernt. Dann einen Schuss.

»Polizei! Lassen Sie die Waffe fallen!«

Die Menge stob kreischend auseinander.

Keine Fehler, hämmerte es hinter Zhous Stirn. Wir dürfen auf gar keinen Fall auch nur den geringsten Fehler machen.

Capelli schien das ähnlich zu sehen. Ihre Miene drückte höchste Anspannung, aber auch eiserne Entschlossenheit aus, als sie mit gezogener Waffe auf Wu Yuen zutrat. »Legen Sie sich auf den Boden. Die Hände hinter den Kopf.«

Sun Changs Witwe rührte sich nicht von der Stelle. Das Kopftuch war ihr im Eifer des Gefechts heruntergerutscht, und Zhou sah die Arroganz in ihrem Blick, als sie Capellis nachdrücklichen Befehl mit einem leisen Lächeln abtat.

»Ich meine es ernst«, sagte ihre Partnerin ruhig. »Legen Sie sich hin, oder ich erschieße Sie.«

Die Ankündigung ließ die Umstehenden weiter zurückweichen. Einige kreischten. Doch die meisten waren einfach nur starr vor Schreck.

Innerhalb von Sekunden stürmten bewaffnete Sicherheitsleute herbei.

»Alles okay«, rief Capelli ihnen entgegen. »Wir sind Kolleginnen. Capelli und Zhou, Kriminalinspektion 1.«

Einer der Männer trat hinter sie.

»Diese Frau war im Begriff, eine Zeugin anzugreifen. Außerdem wird ihr Kindesentführung und Dokumentenfälschung vorgeworfen.«

Wu Yuen begriff sofort, und sie konnte nicht verhindern, dass man zumindest ihren Augen die Überraschung ansah. Ihr Blick suchte das Messer, das sie von sich geschleudert hatte und das ein paar Meter entfernt auf dem Boden lag.

»Darüber hinaus wird sie verdächtigt, heute Nachmittag

in Heddernheim ihren Mann sowie einen Veteranen namens Tim Corten erschossen zu haben.« Capelli schenkte dem Mann ein strahlendes Lächeln. »Sie können das gern überprüfen, aber rufen Sie nicht das BKA. Die können ihr jetzt nämlich auch nicht mehr helfen.«

Zhou spürte, wie sich Dawa Djungne unter ihr bewegte. »Kommen Sie, ich helfe Ihnen.« Sie reichte der Tibeterin die Hand und half ihr auf die Beine. Ein schönes Gesicht, viel schöner als auf dem Foto. Mit ruhigen, ausgeglichenen Zügen und klugen Augen, in denen sich die Lichter der Anzeigentafeln spiegelten. »Thien Liming schickt uns«, erklärte sie, als sie die Frage im Blick der anderen sah. »Es geht um ...« Sie unterbrach sich, als ihr klar wurde, dass sie Kaylin sagen wollte. Doch das kam ihr nach allem, was sie jetzt wusste, irgendwie unpassend vor. »Es geht um ein Mädchen. Wir kennen ihren richtigen Namen nicht, aber wir hoffen, dass Sie uns helfen können, ihn herauszufinden. Und bis dahin ...« Capelli trat neben sie, und sie lächelte ihr zu. »Bis dahin nennen wir sie Helen.«


15

**Frankfurt Flughafen, einige Tage später**

Der Morgen war verhangen und regnerisch, doch Kaylin-Helen hatte ihr mehrfach versichert, dass sie Regen mochte. Trotzdem bedauerte Em, dass der letzte Eindruck, den sie mit zurück in ihre Heimat nahm, ausgerechnet ein so trüber war.

Ein Wagen der Bundespolizei setzte sie direkt vor der wartenden Maschine ab. Makarov hatte sich dafür verwendet, dass Dawa Djungne für diese ganz besondere Mission schon so bald wieder beurlaubt worden war. Später an diesem Tag hatte er die Kollegen der Abteilung ins Penny Lane eingeladen. Etwas, das in der gesamten Zeit, die Em nun schon in der Abteilung für Kapitaldelikte Dienst tat, erst ein einziges Mal vorgekommen war. Damals war Makarov fünfzig geworden und hatte frisch geschieden nicht gewusst, was er mit diesem runden Geburtstag anfangen sollte.

Sie betrachtete Kaylins Haar, in dem feine Tropfen perlten. »Setz die Kapuze auf«, hatte sie gesagt, genau wie ihre Mutter früher, wenn sie wieder einmal mit aus der Hose hängendem T-Shirt aus dem Haus gerannt war, um sich im nahen Wald mit ihren Freunden zu treffen.

Doch Kaylin hatte nur den Kopf geschüttelt.

So wie sie damals.

Keine Kapuze mehr ...

Am Fuß der Gangway beugte sich Em fürsorglich zu ihrer kleinen Begleiterin hinunter. »Hast du auch alles?«

Sie nickte und hielt sicherheitshalber auch die riesige Plastikbox hoch, die Trudi für sie gepackt hatte. Schokolade. Schinkenbrote. Pralinen. Käse. Das Beste, was ihr kleiner Laden zu bieten hatte.

Alles Dinge, die Kaylin vielleicht nie wieder essen würde.

Noch immer war sie nicht besonders gesprächig, doch Em hoffte, dass sich das irgendwann ändern würde. Wenn sie wieder daheim war in dem fernen Land mit den türkisblauen Seen und den schneebedeckten Gipfeln, über das sie in den letzten Tagen das eine oder andere gelernt hatte. Wenn sie wieder ihre Sprache sprechen durfte, die sie bis auf ein paar Worte verlernt hatte. Wenn Dawa Djungnes Freunde ihre Familie gefunden hatten. Ihr Zuhause. Ihre Wurzeln.

Die Tibeterin trug angesichts des langen Fluges, der ihnen bevorstand, einen bequemen wollenen Hosenanzug. Sie lächelte Em aufmunternd zu.

Die Botschaft war klar: *Es ist Zeit.*

Zeit zum Abschied nehmen.

Zeit, einander Lebewohl zu sagen.

Ich hasse Abschiede, dachte Em, indem sie der freundlichen, aber stets ein wenig distanzierten Frau die Hand entgegenstreckte. »Geben Sie acht auf sie.«

»Das werde ich.«

»Und wenn Sie irgendwas brauchen ...«

Lächeln. »Ich halte Sie auf dem Laufenden. Versprochen.«

Sie nickte und ging in die Knie, um auf Augenhöhe mit dem Mädchen zu sein, das sie erst wenige Tage kannte und das ihr trotzdem schon viel zu sehr ans Herz gewachsen war. »Also dann, Helen ...«

Ihren wahren Namen hatten sie noch nicht herausgefunden. Ob sie ihn jemals herausfinden würden, blieb abzuwarten. Allerdings hatte Dawa Djungne ihr erklärt, dass es in ihrer Kultur nichts Ungewöhnliches sei, zu jedem beliebigen Zeitpunkt eines Lebens einen neuen Namen anzunehmen. Dazu sei lediglich eine spirituelle Zeremonie durch einen Lama nötig. Die Sherpa, zum Beispiel, trügen ohnehin nur einen Vornamen, meist den Wochentag, an dem sie geboren wurden. Dawa bedeute übrigens so viel wie Montag. Und viele Tibeter änderten ihre Namen nach schweren Krankheiten oder einer Serie von Pech in der Hoffnung auf eine bessere Zukunft.

Eigentlich beruhigend, dass man jederzeit neu anfangen kann, dachte Em.

»Danke«, sagte Kaylin-Helen auf Deutsch.

Sie machte eine wegwerfende Handbewegung. »Ach was, wofür denn?«

Lächeln.

Dann eine kurze Umarmung.

Ein Stück über ihnen der Kopf einer Stewardess. »Wir müssen«, sagte sie beinahe entschuldigend.

»Ich weiß«, nickte Em und sah zu, wie das Mädchen, das sie Helen nannte, die schmale Gangway hinaufstieg. Fast an der Einstiegsluke drehte sie sich noch einmal um und lächelte ihr zu. Dann war sie verschwunden.

Em schob die Hände in die Taschen ihres Trenchcoats und hielt die Luft an, als sie unvermittelt etwas zwischen ihren Fingern fühlte. Sie zog es heraus und starrte mit einer Mischung aus Fassungslosigkeit und blankem Entsetzen auf den schmalen Stein in ihrer Hand. Sie wusste von ihm nicht viel mehr, als dass Kaylin ihn besaß, seit sie denken konnte, und dass er Glück brachte.

»Zwölf Augen sind sehr, sehr selten«, hatte Dawa Djungne genickt. »Ich wüsste nicht, dass ich jemals einen mit zwölf Augen gesehen hätte ...«

»Das geht nicht!«, rief sie und blickte zu der mittlerweile geschlossenen Luke hinauf. »Das kannst du mir nicht schenken!«

In den Fenstern der Maschine spiegelte sich der graue Himmel, als sie langsam aus ihrer Parkposition glitt.

»Nein!«, schrie Em. »Stopp! Es ist *dein* Stein! ... Das Einzige, was dir aus deiner Vergangenheit geblieben ist«, setzte sie leise hinzu.

Die Rücklichter des Flugzeuges blitzten auf, als die Maschine wendete und sich in majestätischer Langsamkeit auf den Weg zur Rollbahn machte.

Sie hatte Kaylin erzählt, was sie inzwischen herausbekommen hatten. Dass Wus Schwester sehr reich gewesen, aber bei einem Flugzeugabsturz ums Leben gekommen war. Dass Wu daraufhin die echte Kaylin adoptiert hatte. Nicht aus Freundlichkeit, sondern wegen des immensen Vermögens, das die Kleine am Tag ihrer Volljährigkeit erben würde. Doch das Mädchen hatte eine Lungenentzündung bekommen und war gestorben. Und Wu war nach China gereist, um sich nach einem Mädchen im passenden Alter umzusehen, das ihre Nichte ersetzen konnte.

Die echte Kaylin hatte sie auf dem Grundstück ihrer Villa begraben. Die Überführung in das Familiengrab in Shanghai war bereits veranlasst. Wenigstens das, dachte Em.

»Und Chang?«, hatte Kaylin-Helen gefragt.

Em hatte kurz gezögert und sich dann ein weiteres Mal für die Wahrheit entschieden. »Wu hat ihn erschossen, weil er keine Geduld hatte. Die Aussicht auf ein Vermögen reichte ihm nicht, er wollte selbst eins verdienen. Doch sein Plan, die Firma von Peter Klatt zu übernehmen, ging nicht auf, weil Klatt seinen Neffen durchschaute und bereit war, für den Erhalt seines Lebenswerks zu kämpfen.«

Damit hat Chang nicht gerechnet, dachte Em. Und als sich der Kreis um ihn immer enger zog, fasste seine Frau den Entschluss, ihn aus dem Weg zu räumen, um ihr Projekt nicht zu gefährden. Sie rief Corten an und bestellte ihn unter einem Vorwand in diese Lagerhalle. Und dann überredete sie ihren Mann, ihr dorthin zu folgen. Sie besorgte sich eine Waffe, wie Corten sie benutzt, und jagte Chang eiskalt eine Kugel in den Kopf. Und dann wartete sie auf Corten, um ihn in angeblicher Notwehr zu erschießen. Sie hätte genug Zeit gehabt, die Waffen auszutauschen und Cortens Waffe verschwinden zu lassen, dachte Em. Doch dann war Zhou erschienen, und sie hatte improvisieren müssen ...

Was passiert jetzt mit ihr?, hatten Kaylins Augen gefragt.

Und Em hatte geantwortet: »Sie kommt vor Gericht. Mord, Mordversuch und Kindesentführung sind gravierende Verbrechen, und ich glaube kaum, dass es ihr gelingen wird, einer lebenslangen Haftstrafe zu entgehen.«

In Kaylins Blick hatte sich ein Hauch von Zweifel gemischt. Und dann hatte sie plötzlich den Stein aus dem Saum ihres Unterhemdes gezogen. »Damit«, hatte sie in ihrem gebrochenen, aber dennoch sehr feinen Deutsch gesagt, »man kann Drachen lenken, wenn man genug gelernt hat.«

Ein außergewöhnlicher Satz aus dem Mund eines zutiefst außergewöhnlichen Kindes.

»Das geht nicht«, wiederholte Em hilflos, während das Heck der Maschine hinter dem Terminal verschwand. »Dieses Geschenk ist viel zu wertvoll ...«

Sie kehrte zu Trudi zurück, die sie im Flughafengebäude erwartete.

»Weinst du?«, fragte sie, als Em neben sie trat.

»Es regnet«, sagte Em.

»Na, klar.« Sie griff in ihre Tasche. »Schokolade?«

Em wollte gerade »Nein danke« sagen, als Kaylins Maschine an ihnen vorbeidonnerte. Der Pilot beschleunigte, und nur Sekunden später hatten die Räder vom Boden abgehoben. »Warum nicht?«, sagte Em und griff in die Pralinenschachtel, die Trudi ihr hinhielt.

»Bin gespannt, was aus ihr wird«, sagte sie, den Blick stur geradeaus gerichtet.

»Was Großes«, entgegnete Em voller Überzeugung.

»Ich bin in einer Stunde mit Julien verabredet. Zum Essen.«

»Grüß ihn von mir.«

»Du könntest mitkommen und die Anstandsdame für uns spielen.« Ihre himmelblauen Augen blitzten vergnügt. »Sonst kann ich für nichts garantieren.«

Em lachte. »Verlockendes Angebot. Aber ich bin schon verabredet.«

»So?«

Sie seufzte. »Unser Boss gibt eine I-am-sorry-Party für Zhou. Und nach allem, was er in letzter Zeit abgezogen hat, werde ich mir auf keinen Fall entgehen lassen, wie er zu Kreuze kriecht.«

»Na, dann viel Spaß.«

Em tastete nach dem Dzi in ihrer Manteltasche. »Ja«, sagte sie. »Ich glaube, den werde ich haben.«

# Epilog

Der Lärm des Gastraums umschloss sie wie ein Kokon, kaum dass sie einen Fuß über die Schwelle gesetzt hatte. Em sah sich suchend um und steuerte dann entschlossen auf einen Tisch im hinteren Teil der Kneipe zu. Es war ein billiges Etablissement, ein Ort für Leute, die rauchen und trinken wollen und dabei nicht viel Wert auf Ambiente legen. Über der Bar hing ein Flachbildfernseher. Ein Fußballspiel. Doch die wenigen Gäste, die zu dieser späten Stunde noch halbwegs geradeaus gucken konnten, schauten woandershin.

»He, Mel!«, nuschelte ein verlebt aussehender Mittfünfziger, als Em neben seinem Tisch stehen blieb. »Du hast Besuch!«

Die Angesprochene hob den Kopf und musterte Em mit glasigem Blick.

Sie hatten einander oft mehrere Monate, manchmal sogar Jahre nicht gesehen. Und jedes Mal war Em aufs Neue erschrocken, was die Zeit, die seit ihrem letzten Aufeinandertreffen vergangen war, aus Melanie Schneider gemacht hatte. Diese Frau ist so alt wie ich, dachte sie erschüttert, aber sie sieht aus, als ob sie ihr Leben bereits hinter sich hätte. Irgendwo hatte Em läuten hören, dass ihre alte Klassenkameradin von Koks und Pillen inzwischen auf billigen Fusel umgestiegen war. Und das leere Schnapsglas neben ihrem Bier sprach dafür, dass die Gerüchte stimmten. »Hallo, Mellie.«

»Was willst du?« Ihr Ton war aggressiv, um nicht zu sagen feindselig. Doch daran hatte sich Em mittlerweile gewöhnt.

»Mit dir reden.«

»Worüber?«

Em schüttelte den Kopf. »Nicht hier.«

Mellie starrte sie einen Augenblick lang an. Dann öffnete sie den Mund zu einem heiseren Lachen. Bei dieser Gelegenheit bemerkte Em, dass ihr ein Vorderzahn fehlte. Vielleicht hatte sie sich mit dem falschen Mann eingelassen. Vielleicht war sie gestürzt. Eine Frau mit ihren Gewohnheiten lebte nicht ungefährlich. »Ich hab keine Geheimnisse vor meinen Freunden.«

»Aber ich«, gab Em zurück, als sie urplötzlich eine Hand auf ihrem Hintern fühlte.

»Hey, Schätzchen, warum so ungemütlich?«, maulte ein fülliger Junge mit Froschaugen und kahlrasiertem Schädel, der mit am Tisch saß. »Setz dich doch zu uns! Ich geb dir 'n Bier aus.«

Angesichts seines Zustandes verzichtete Em auf eine adäquate Reaktion und schob einfach nur seine Hand weg. »Nein, vielen Dank.«

»Emilia Capelli trinkt nicht mit Hilfsarbeitern.« Mellies Haar war noch immer rot, aber es wirkte jetzt strähnig und glanzlos. Keine Spur mehr von dem warmen Kastanienton ihrer Kindheit. »Dazu ist sie sich zu fein.«

Der Kahlkopf glotzte Em aus leeren Augen an. »Wieso?«

»Weil sie sich schon immer zu fein gewesen ist. Für alles und jeden.« Ihr Blick wurde herausfordernd. »Stimmt's nicht, Emilia?«

»Nein. Und meine Freunde nennen mich Em.«

»Ich bin aber nicht deine Freundin.« Sie richtete sich auf, soweit ihr Zustand das zuließ, und aus ihren Augen sprühte blanker Hass.

»Doch«, entgegnete Em ruhig. »Bist du. Und glaub mir, du kannst eine brauchen.« Sie griff nach Mellies Arm, um ihr hochzuhelfen.

Doch Mellie schlug ihre Hand weg. »Wie kommst ausgerechnet du dazu, mir zu sagen, was ich brauche?«

»Sag Adieu zu deinen Freunden«, forderte Em, indem sie die Hände unter Mellies Achseln schob und sie mit einem Ruck auf die Füße zog. »Wir gehen.«

»Hast du sie noch alle?« Sie wand sich wie ein trotziges Kind. Zuerst noch zurückhaltend. Doch als Em sie unbeeindruckt von ihrem Protest quer durch den Gastraum zerrte, wurde ihre Gegenwehr heftiger. Glücklicherweise war ihre Koordinationsfähigkeit zu dieser späten Stunde bereits erheblich eingeschränkt. »Was soll die Scheiße?«, keifte sie, mittlerweile knallrot im Gesicht. »Warum lässt du mich nicht einfach in Ruhe?«

»Diese Zeiten sind vorbei.« Em war noch immer vollkommen ruhig. »Du hast es so gewollt. Jetzt nimm, was du kriegst.«

Von rechts trat ihr eine kastige Frau mit leuchtend blau gefärbten Haaren entgegen. »Hast du 'n Problem, Alte?«

Em lächelte ihr zu und hielt ihr mit der freien Hand ihren Dienstausweis unter die Nase. »Das geht in Ordnung.«

Die Frau hob in einer Geste der Kapitulation die Hände und trollte sich wieder an ihren Tisch.

»Lass mich los!«, fauchte Mellie, als sich die kühle Nachtluft wie ein feiner Nebel um ihre Schultern legte. »Du hast, verdammt noch mal, nicht das Recht, mich zu irgendwas zu zwingen.«

»Theoretisch ist das korrekt«, stellte Em fest, ohne ihren Griff auch nur einen Hauch zu lockern. »Mein Auto steht da vorn.«

»Ja und?«

»Und wir machen eine kleine Spritztour.«

»Jetzt?« Sie schüttelte den Kopf. »Du tickst doch nicht richtig.«

Em zog sie einfach weiter, öffnete die Autotür und verfrachtete sie kurzerhand auf den Beifahrersitz. »Komm nicht auf die Idee, wieder auszusteigen, sonst verbringst du die Nacht in einer Zelle, klar?«

»Das kannst du nicht machen!«

»Und ob ich das kann!« Sie ließ sich hinter das Lenkrad fallen und startete den Motor.

»Wo fahren wir hin?«

»Wart's ab.«

»Aber ...«

»Halt die Klappe!«

Ihr Ton war noch nicht einmal besonders scharf gewesen. Doch er genügte, dass Mellie in trotziges Schweigen verfiel. Erst als sie längst aus der Stadt heraus waren und Em in einen holprigen Feldweg einbog, kehrte so was wie Leben in sie zurück. »Scheiße, Em, was tust du da?«

»Das weißt du.«

Ihre Stimme wurde schrill. »Ich will da nicht hin.«

»Dein Problem.«

»Das ist Freiheits...« Ihr Säuferhirn musste eine Weile nach der richtigen Formulierung suchen, aber es wurde fündig. »Freiheitsberaubung! So was ist strafbar.«

»Wieso?« Em fuhr so dicht an die Böschung heran, wie sie konnte, und schaltete den Motor aus. »Wir sind zwei alte Freundinnen, die einen Ausflug machen. Nichts weiter.«

»Das kannst du nicht tun!«

»Steig aus!« Sie wunderte sich selbst, wie ruhig ihre Stimme klang. Völlig kompromisslos und klar. So, wie man sie kannte. Wenn die Leute wüssten, dachte Em, wie selten meine Gefühle mit meiner Außenwirkung übereinstimmen ...

Sie ging um das Auto herum und zerrte ihre Freundin vom Beifahrersitz. Vor ihnen lag der See vollkommen unbewegt. Ein riesiges schwarzes Auge mit Wimpern aus Tannen. Der Wind, der den ganzen Tag über aus Westen geweht hatte, war abgeflaut, und es roch nach Frühling und frischem Grün.

»Ich habe gesagt, ich will nicht!«

Der drohende Unterton ihrer Stimme verriet Em, dass sie nicht länger bereit war, sich Vorschriften machen zu lassen. Trotzdem traf der Schlag ihrer Faust sie absolut unvorbereitet. Em taumelte rückwärts und tastete im Fallen nach ihrer Nase. Doch ihr blieb keine Zeit, die Blutung zu stillen. Nur Sekunden später traf sie Mellies Tritt in die Flanke. Em fühlte Moos im Rücken. Dornen und Laub. Ein stechender Schmerz jagte durch ihren Körper. Doch er wirkte wie eine Initialzündung. Sie schnellte hoch und fing den Fuß ihrer Freundin in der Luft. Ein klug angesetzter Hebel, und Mellie landete auf dem Allerwertesten. Was folgte, war ein kurzer, schmutziger Kampf, bei dem keine von ihnen die Regeln der Fairness beachtete. Mellie hatte viel gelernt in diesen Jahren, die sie mehr oder weniger auf der Straße verbracht hatte, das musste Em neidlos anerkennen. Von der zaghaften Heulsuse, die sie in ihrer Kindheit so verachtet hatte, war nicht viel übrig. Etwas, das Em gegen ihren Willen traurig machte. Während sie in dem blindwütigen Verlangen, einander wehzutun, die Böschung hinunterkugelten, blitzten Bilder vor ihr auf: Das adrette Mädchenzimmer, in das Melanie Schneider sie so oft eingeladen hatte und in dem sie doch nur ein einziges Mal gewesen war. Ein rosafarbenes Barbiehaus. Eine freundlich lächelnde Mutter mit einem Teller voller Schnittchen. Aber da war auch noch etwas anderes gewesen. Sie konnte nicht sagen, woran sie das festmachte, aber sie hatte schon damals den Eindruck gehabt, dass vieles an Mellies Zuhause nur Fassade war. Dass es Brüche gab. Dinge, die man nicht auf den ersten Blick erkennen konnte und die dennoch da waren.

Vielleicht ist es doch nicht allein der See gewesen, durchfuhr es sie. Vielleicht wäre es sowieso so gekommen. So oder so ähnlich ...

Sie erwischte Mellies Arm, und ineinander verkeilt landeten sie im flachen Wasser. Em hörte den entsetzten Schrei ihrer Freundin. Dann war es von jetzt auf gleich totenstill. Wie nach einem Gewitter, bei dem sich Hass und über Jahre angestaute Vorwürfe in einer Orgie blinder Gewalt entladen haben, breitete sich eine erschöpfte Ruhe über ihre erhitzten Gemüter.

»Scheiße!«, fluchte Mellie und betastete ihre Augenbraue.

Em kroch von ihr weg und wischte sich mit dem Ärmel ihrer Jacke das Blut von den Lippen. Das Seewasser schwappte träge um ihre Füße und sie fühlte Kies unter ihrem Hintern. Zugleich musste sie an etwas denken, was Kaylin in einem ihrer raren Gespräche über die Eigenschaften von Wasser gesagt hatte: *Wasser steht für Weichheit und Ausdauer. Für den steten Tropfen, der den Stein höhlt. Aber auch für den Wandel. Den Beginn von etwas Neuem.*

Sie atmete tief ein und drehte sich zu ihrer Freundin um, die neben ihr im flachen Wasser kauerte, die Knie mit den Armen umfangen wie ein Kind. »Etwas möchte ich ein für alle Mal klarstellen«, ihre Stimme klang erschreckend dünn. »Ich werde dich nie wieder decken. Ab sofort bist du allein für dein Leben verantwortlich. Und ich für meins.«

Sie erwartete Protest. Zumindest irgendeinen Kommentar. Doch Mellie schwieg. Nach einer Zeit, die Em wie eine Ewigkeit vorkam, fragte sie leise: »Träumst du von ihm?«

Em schüttelte den Kopf.

»Wirklich nicht?«
»Nein.«
»Aber du denkst an ihn?«
Sie blickte über das stille, dunkle Wasser. »Nein. Nicht an ihn.«
»Sondern?« Aus ihrer Frage sprach echtes Interesse.
»Ich denke an seinen Mörder.«
»Aber ...« Mellie wischte sich eine verirrte Haarsträhne aus der Stirn. »Wir wissen doch gar nicht, wer das ist ...«
*Wir ...*
Em schauderte. »Stimmt. Trotzdem denke ich an ihn. An nahezu jedem Tag, den ich lebe.«
In Mellies blassblaue Augen stahl sich ein neuer Ausdruck. Und wieder schwieg sie für sehr lange Zeit. »Ich wollte immer so sein wie du«, bekannte sie nach einer Weile. »Seit ich dich kenne, wollte ich das.«
Em sah sie an. »Wieso?«
Sie zuckte die Schultern. »Weil du so stark bist.«
Sie hätte am liebsten laut losgelacht. »Ich bin nicht stark.«
»Doch.« Ihr schmutzig rotes Haar fiel zurück in ihr Gesicht, als sie nickte. Und von einem Moment auf den anderen war sie wieder zehn Jahre alt. Ein heiles, unbedarftes Kind. »Das bist du.«
Em sah wieder aufs Wasser. »Ich kann einen Therapieplatz für dich besorgen, wenn du das willst.«
»Wozu sollte ich eine Therapie machen?«
»Für dich.«
Sie lachte. Laut und heiser. Irgendwann verstummte sie.
»Ich mein's ernst«, beharrte Em.
Ein kurzer Seitenblick. »Ja. Ich auch.«
Wie kann ich sie dazu bringen zu kämpfen?, dachte Em. Aber auch: Ich möchte mir diesen Klotz nicht ans Bein binden. Die Gnadenlosigkeit des Gedankens erschreckte

sie. Instinktiv tastete sie nach dem Stein, den Kaylin ihr geschenkt hatte. Sie hatte ihn erst vor ein paar Tagen fassen lassen und trug ihn seither an einer schlichten Silberkette um den Hals.

*Damit kann man Drachen lenken.*

Aber konnte man auch Dämonen bannen? Wohl kaum.

»Was is'n das für 'n komischer Anhänger?«, frage Mellie, der die verstohlene Geste nicht entgangen war.

»Das ist eine lange Geschichte«, entgegnete Em mit einem leisen Lächeln.

Und zum ersten Mal seit Jahren lächelte Mellie auch. »Ich hab Zeit ...«